LE SAUVEUR DE LA MORT

UN THRILLER POLICIER BRITANNIQUE

LES ENQUÊTES DU SERGENT DÉTECTIVE TOMEK BOWEN
TOME 7

JACK PROBYN

CLIFF EDGE PRESS

À PROPOS DU LIVRE

Au cœur d'une tempête, un animateur radio local est sauvagement assassiné dans son manoir de l'Essex. Lorsque les nuages et la pluie se dissipent le lendemain matin, le DS Tomek Bowen et son équipe découvrent une scène de crime qui rappelle quelque chose tout droit sorti des livres d'histoire.

Les preuves suggèrent qu'il s'agit d'un meurtre aléatoire. Mais tandis que Tomek démêle les différentes couches de la vie de la victime, il réalise que l'animateur cache bien plus que ce qu'il laisse paraître.

Pendant ce temps, à la maison, Tomek est contraint d'affronter une adolescente difficile qui, pour une raison inconnue, devient de plus en plus combative. Tout cela parce qu'elle a rencontré Zeus, l'homme qui va sauver le monde. Mais seulement si elle fait tout ce qu'il lui dit, peu importe qui elle blesse en chemin.

REJOIGNEZ LE CLUB VIP

Votre livre GRATUIT vous attend

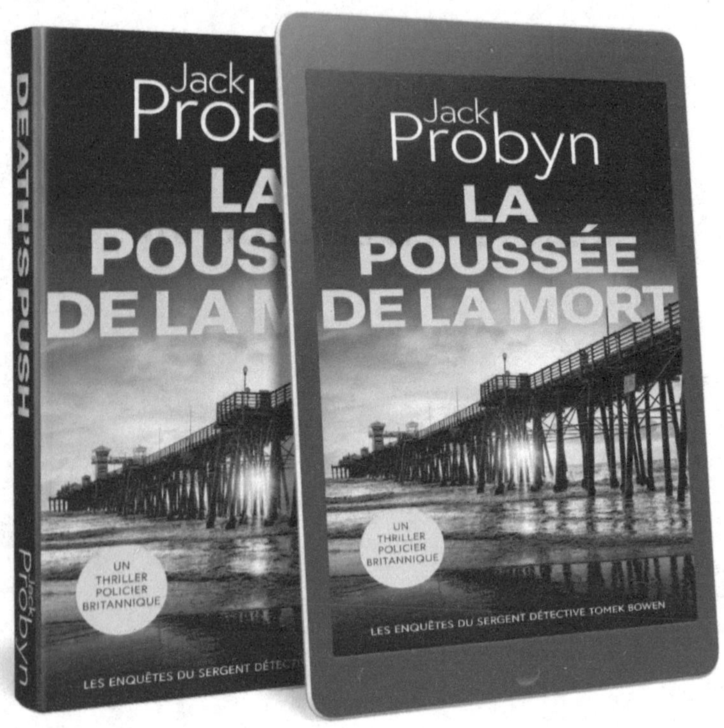

Offert dès votre adhésion au club

Recevez dès maintenant votre exemplaire GRATUIT du roman préquelle de la série DS Tomek Bowen sur jackprobynbooks.com en rejoignant mon club VIP par e-mail.

CHAPITRE
UN

C'était l'une des tempêtes les plus belles et les plus violentes qu'elles aient jamais vues. Des éclairs illuminaient le ciel comme des feux d'artifice un soir de fête, recouvrant le Sud de l'Essex d'épais rideaux blancs. Le tonnerre, aussi profond et puissant qu'une éruption volcanique, leur brisait les tympans, masquant leurs mouvements à chaque grondement. Une pluie torrentielle tombait du ciel, rebondissant sur la canopée de feuilles avant de s'écouler progressivement jusqu'au sol.

La fureur de Zeus se déchaînait ce soir-là.

C'était la tempête parfaite.

La couverture idéale.

Le cône de lumière blanche s'étendait devant elles, éclairant le sentier boueux et détrempé. Au-dessus, le crépitement de la pluie résonnait dans les bois, et les filles gloussaient et poussaient des cris aigus en pataugeant dans la boue.

Car elles étaient en chasse.

Accomplissant l'œuvre de Zeus.

Peu après, elles arrivèrent au pied du jardin. Haletantes, extatiques. Leurs vêtements et leurs chaussures étaient couverts d'un éparpillement de feuilles détachées et trempés par la pluie. D'épaisses ronces, de plus de deux mètres de haut, barricadaient la clôture, montant la garde, protégeant la maison. Mais les épines ne faisaient pas le poids face à elles.

Cauchemar Murmurant déplia un tapis de yoga et le drapa par-dessus le buisson, le rose vif du tapis contrastant violemment avec l'obscurité qui les enveloppait. Elle fut la première à passer. S'agrippant aux autres pour se soutenir, avec Muffin Éclatant qui plaçait ses mains sur l'arrière des jambes et les fesses de Cauchemar Murmurant, elle se propulsa au-dessus des ronces et atterrit avec un cri étouffé.

— Tu vas bien ? demanda Muffin Éclatant.

— Ça va, répondit-elle avec un gloussement presque hystérique. Dépêchez-vous !

La suivante à traverser les ronces fut Muffin Éclatant. Elle bondit sur le tapis et utilisa son élan pour se propulser par-dessus la clôture. En atterrissant, une épine lui égratigna l'avant-bras. Elle y jeta un coup d'œil, haussa les épaules, puis aida le reste de ses sœurs à franchir la haie. Alors que la troisième fille escaladait, un éclair soudain zébra le ciel, immédiatement suivi d'un coup de tonnerre.

Zeus était maintenant directement au-dessus d'elles. Les observant. Les guidant. Les encourageant.

Il illumina le ciel une fois de plus, cette fois avec une nappe d'éclairs, alors que toutes les filles franchissaient la haie. Il leur montrait le chemin, leur montrait l'ampleur de la tâche.

Devant elles, à l'autre bout du jardin de trente mètres de long, se dressait une demeure blanche, aussi haute que large, avec d'immenses fenêtres qui s'ouvraient sur de magnifiques intérieurs. C'était une maison comme elles n'en avaient jamais vu.

Pendant un instant, elles restèrent là, contemplatif, les cheveux plaqués sur leurs visages, haletantes, gloussantes.

Au-dessus, un coup de tonnerre retentit, profond et sombre, signalant qu'il était temps d'y aller.

D'un seul mouvement, les filles se séparèrent et se collèrent aux clôtures de chaque côté du jardin, accroupies. Cette fois, elles ne firent aucun bruit, hormis celui de leurs pieds sur l'herbe mouillée. Elles traquaient comme des prédatrices en quête de leur proie. Silencieuses, mortelles.

Et leur proie se trouvait à l'intérieur de cette maison. Quelque part dans le salon, au-delà des portes-fenêtres et de la grande plante en pot.

Quelques instants plus tard, trempées et détrempées, le cœur battant, elles atteignirent le bord de la maison. Cauchemar Murmurant fit le premier pas : gardant son corps pressé contre le mur, elle se dirigea à pas feutrés vers les portes-fenêtres. Elle s'arrêta, jeta un coup d'œil au coin, puis fit signe au reste des filles.

La voie était libre.

Elles rejoignirent Cauchemar Murmurant à tour de rôle, s'alignant à ses côtés une par une, comme des poupées diaboliques dans un film d'horreur. De l'autre côté de la vitre se trouvait un salon somptueux, avec des meubles modernes et une télévision et un système audio high-tech. La télévision était allumée et forte, le son traversant les fenêtres. De leur point d'observation, elles pouvaient voir le canapé – et l'homme qui y était allongé.

Vu sa position, il semblait endormi.

C'était la tempête parfaite.

Maintenant, il ne leur restait plus qu'à entrer.

Cauchemar Murmurant, s'accroupissant près de la serrure, plongea la main dans la poche de son pantalon et en sortit un crochet. C'était un outil professionnel, conçu pour aider les gens à rentrer dans leurs voitures s'ils s'étaient enfermés dehors. Mais c'était aussi l'outil parfait pour s'introduire dans les maisons et, après quelques mouvements, les tumblers se mirent en place et la porte se déverrouilla.

Avec précaution, lentement, pour ne pas réveiller l'homme sur le canapé, Cauchemar Murmurant ouvrit les portes. Avant d'entrer dans la maison, elles retirèrent chacune leurs chaussures, puis sortirent leurs lames de derrière leur dos. Cauchemar Murmurant franchit le seuil en premier, traçant un chemin vers l'homme sur le canapé. Puis les filles la suivirent à tour de rôle. Une fois qu'elles furent toutes à l'intérieur, Muffin Éclatant referma doucement la porte derrière elles et rejoignit le reste de ses sœurs, armes brandies, luisantes sous la brillance blanche des lumières LED au-dessus d'elles.

Zeus était en colère.

Mais si tout se passait comme prévu, il ne le serait plus. Il les avait guidées jusqu'à ce point, mais maintenant qu'elles étaient enfin là, c'était à elles de jouer.

À elles de rendre la tempête parfaite encore plus parfaite.

CHAPITRE
DEUX

Tomek Bowen s'étira de tout son long sur le lit en bâillant, ses muscles et ses articulations se réveillant lentement. Puis il balança ses jambes sur le côté du lit et posa ses coudes sur ses genoux. Il resta ainsi quelques instants, grognant, reniflant et se massant le visage pour se réveiller. Il avait passé une nuit merveilleuse. Selon les prévisions météo, un orage était prévu, et à en juger par les gouttes de pluie sur les fenêtres, ça avait bien été le cas. Mais il n'en avait pas entendu le moindre décibel. Il ne savait pas pourquoi, mais il avait toujours les meilleures nuits de sa vie pendant les orages, comme si le tonnerre qui grondait dans la maison le ramenait à son enfance et aux nuits où il s'endormait souvent au son des cris de ses parents au rez-de-chaussée.

Le seul problème, c'est qu'il avait *trop* bien dormi, et se sentait maintenant dégoûtant et vaseux.

Frottant le sommeil de ses yeux et grattant les parties de son corps qui s'étaient emmêlées et déformées pendant la nuit, Tomek sortit du lit et étira ses jambes. Son corps fut submergé par l'envie soudaine de bâiller à nouveau. Il perdit la bataille, cette fois en remuant les orteils et en tendant les mains vers le plafond.

Il était sur le point de se détourner du rebord de la fenêtre quand quelque chose attira son regard. Derrière ses trois bonsaïs, qu'il avait récemment arrosés et nourris avec une solution d'algues, se trouvait un nichoir à oiseaux. Fait main, artisanal. Fragile, il fallait le préciser, mais il avait néanmoins une valeur sentimentale pour lui : le nom de son frère était gravé au bas de la boîte. En ce moment, un petit rouge-gorge était perché sur le rebord du nichoir, le fixant du regard.

— Salut, mon pote, dit Tomek en s'appuyant contre le rebord de la fenêtre. Un sourire grandit sur son visage et son corps se réchauffa. — Qu'est-ce que tu as là ?

Coincé dans le bec de l'oiseau se trouvait un petit ver, de quelques centimètres de long, encore vivant, se tortillant pour sa survie. L'oiseau leva la tête et secoua doucement le ver, comme s'il le montrait fièrement à Tomek.

— Oh, tu as une famille là-dedans, mon vieux ? demanda-t-il.

En réponse, l'oiseau enfonça sa tête dans l'entrée de la boîte et disparut, le ver toujours dans son bec. Immédiatement, les sons stridents de poussins excités gazouillant traversèrent le double vitrage. Tomek imagina les petits du rouge-gorge se battant les uns contre les autres pour être les premiers à se nourrir. Comme lui et ses frères autrefois, en Pologne, avant que ses parents n'aient déménagé dans un autre pays et commencé leurs entreprises. Il n'avait que quatre ans à l'époque, mais le souvenir de ses frères le supplantant pour la dernière pierogi, et le taquinant cruellement par la suite, demeurait.

Un instant plus tard, le rouge-gorge réapparut, suspendu au bord de la boîte. Pendant de son bec se trouvait l'extrémité de la queue du ver. L'oiseau sauta du bord sur le rebord de la fenêtre.

— Tu partages ça avec moi ? demanda Tomek. Ses yeux se tournèrent vers la poignée de la fenêtre. — Tu veux entrer ?

Comme pour répondre, l'oiseau gazouilla.

Tomek ouvrit la fenêtre et, en quelques secondes, le rouge-gorge entra timidement.

— Bonjour, Michał, dit Tomek, parlant doucement. — Tu es venu voir ton frère après tout ce temps, hein ?

L'oiseau déposa le ver sur la surface, puis s'envola rapidement.

Tandis que Tomek le regardait disparaître dans la boîte, ses pensées se tournèrent vers son frère décédé. Il imagina où Michał pourrait être maintenant, trente ans plus tard. Peut-être aurait-il eu une famille, une maison, une carrière.

Une vie.

Mais cela lui avait été enlevé trop tôt. Beaucoup trop tôt.

À présent, les cris excités provenant de l'intérieur du nichoir s'étaient atténués. En jetant un coup d'œil à la fenêtre, le ver attira son attention. Il bougeait encore, se tortillant, se contorsionnant sur la surface. Soigneusement, avec le même respect et la même attention qu'un bambin donne à un crabe sur la plage, Tomek le pinça entre ses doigts et le plaça sur le bord extérieur du rebord de la fenêtre. Au cas où les petits auraient encore faim.

Il s'attarda un moment, observant le nichoir, écoutant les sons, laissant le sourire s'épanouir sur son visage.

Malheureusement, sa jubilation fut écourtée par la sonnerie de son téléphone portable sur la table de chevet.

Soupirant, il se pencha pour répondre.

— Bonjour, dit-il lentement.

— Bonjour, fit écho Sean. — Tu as déjà mis ton froc ?

— C'est la seule chose que j'ai sur moi.

— De quelle couleur ?

— Tu aimerais bien le savoir. Qu'est-ce qui ne va pas ?

— La routine. Et pour celle-là, tu vas devoir porter un peu plus que ce que tu as actuellement sur toi, champion.

CHAPITRE
TROIS

Tomek remarqua d'abord, dès qu'il mit les pieds dans la petite demeure sur Shipwrights Drive, outre le sol en marbre et la statue d'un dieu grec au centre de l'entrée, le bruit assourdissant qui provenait du téléviseur. Il venait du salon et résonnait dans toute la maison. Vêtu de sa combinaison blanche en papier, Tomek s'arrêta pour observer les lieux, admirant la magnificence de la maison. Celui qui avait vécu ici avait bien réussi dans la vie. La lumière inondait l'espace depuis la fenêtre Velux au sommet du bâtiment, à une dizaine de mètres de hauteur. Elle était amplifiée par le lustre doré qui pendait à quelques pas au-dessus de la tête de Tomek. À sa gauche se trouvait une cuisine équipée d'installations et d'appareils haut de gamme. Tout y était élégant et moderne, comme si aucune dépense n'avait été épargnée pour garantir au propriétaire le meilleur du meilleur.

— Tu es prêt ?

La question venait de l'inspectrice Victoria Orange, à sa droite. Elle aussi était vêtue de la tête aux pieds d'une combinaison médico-légale. Elle s'arrêta dans l'embrasure de la porte et croisa les bras sur sa poitrine.

— Bonjour, Anna, plaisanta Tomek. Comment vas-tu ?

— Je ne suis pas Anna, répondit-elle sèchement.

— Non ? Vous vous ressemblez beaucoup vocalement.

— Mis à part l'accent polonais.

— Exactement. Bien sûr que je savais que c'était toi. Je reconnaîtrais ces yeux fatigués n'importe où.

À peine avait-il prononcé ces mots que Tomek fut assailli par un bâillement involontaire.

— Maintenant que tu le mentionnes, dit Victoria, je reconnais aussi *tes* yeux fatigués.

— J'aimerais pouvoir dire que c'est l'orage qui m'a empêché de dormir, répondit-il, mais j'ai dormi comme un bébé.

— On dirait que notre victime dormait aussi comme un bébé quand elle a été tuée, ajouta Lorna Dean en tournant au coin et en se plaçant aux côtés de Victoria.

— S'il ne dormait pas avant, maintenant c'est le cas... ajouta Tomek.

— Bien envoyé, remarqua la pathologiste du ministère de l'Intérieur. Normalement, il se serait attendu à voir le rouge flamboyant de ses cheveux transpercer sa combinaison en papier, mais ce matin, cette couleur n'était pas visible, comme si elle s'était teint les cheveux différemment. À moins que la lumière vive qui filtrait dans la maison ne se reflète tellement sur la combinaison qu'elle déformait les couleurs en dessous.

— Viens voir par toi-même.

Tomek n'avait pas besoin qu'on le lui dise deux fois. Il attendit que les femmes passent d'abord — toujours gentleman — puis les suivit de près en entrant dans le salon. C'était là que toute l'agitation se produisait. L'espace grouillait de techniciens de scène de crime, vêtus de leurs combinaisons en papier, qui se déplaçaient en essayant d'éviter de se bousculer malgré l'immensité de l'espace dont ils disposaient. Au centre du salon se trouvait un immense canapé d'environ six mètres de long, en forme de fer à cheval, qui s'incurvait autour du téléviseur encastré dans le mur. Juste devant se trouvait un pouf surdimensionné assez grand pour y asseoir un ours. Sous le téléviseur, une cheminée électronique qui, comme la télévision, était restée allumée et diffusait actuellement une chaleur comparable à celle du Sahara. Tomek n'était là que depuis une minute et déjà il pouvait sentir la sueur commencer à perler dans le creux de son dos et sur son front.

— Vous croyez qu'on pourrait peut-être tout éteindre ? demanda-t-il. Je doute qu'il ait encore besoin de ces trucs allumés.

Tomek pointa du doigt Dion Dublin de l'émission *Homes Under the Hammer* qui traversait actuellement une salle de bain délabrée, que Tomek supposait être à l'opposé de celle qu'il pourrait trouver dans cette maison.

— Je préférerais qu'on ne touche à rien si ce n'est pas nécessaire, répondit Rory Stevens, le responsable de la scène de crime. Il apparut de derrière un mur quelconque, comme s'il avait attendu le moment propice pour faire une telle entrée. Si ça ne te dérange pas.

Tomek hésita avant de répondre. L'homme lui faisait comprendre que c'était son royaume et qu'il y exerçait une domination totale.

Tomek se tourna vers le téléviseur. — Il doit bien y avoir un bouton sur ce foutu truc quelque part.

Il s'approcha de l'écran et appuya son visage contre celui-ci, inspectant l'appareil sous différents angles, à la recherche d'un bouton pour l'éteindre. Mais il avait été enfoncé dans le mur au millimètre près.

— À moins de démolir le mur, il va rester allumé, ajouta Rory fermement.

Tomek ne l'aurait pas cru assez ferme pour faire passer son message — il lui avait toujours paru plutôt passif et détendu — mais il y avait quelque chose de différent chez le Rory de ce matin.

— Qu'est-ce qui se passe, Rory ? L'orage t'a empêché de dormir aussi ?

Les yeux de l'homme se plissèrent derrière son masque. — La télé reste allumée.

— Au moins, éteignez le chauffage, ajouta Tomek. Ça ne peut pas être bon pour... Tomek baissa les yeux vers le désordre sur le sol devant lui. Ça ne peut pas être bon pour *lui*. Au moins, il n'a pas à se déplacer dans un de ces putains de trucs.

— Ferme-la, Tomek. Arrête de te plaindre, déclara Victoria d'un ton autoritaire.

Il se tut rapidement et croisa les bras sur sa poitrine, baissant le regard vers le corps. Devant lui, effondré sur le sol, entouré d'une mare de son propre sang, se trouvait un homme du même âge que lui, avec des cheveux noirs épais qui étaient devenus emmêlés et teintés de rouge. Il ne portait qu'un short de jogging et des chaussettes. Sa gorge avait été tranchée et son corps avait été percé de dizaines de coups de couteau, le pire étant dans son diaphragme, juste sous le sternum.

L'homme était figé sur le sol, les yeux grands ouverts, fixant le téléviseur, une main reposant près de son cou.

— Qu'est-ce que ce pauvre type a fait pour mériter ça ? se demanda doucement Tomek. Puis, plus fort, au reste du groupe : On a un nom ?

— On nous a informés de source sûre que son nom est Michael Edwards.

— Par qui ?

— Sa femme de ménage, répondit Victoria. Elle l'a trouvé comme ça et a appelé la police. Elle vient tous les matins vers neuf heures.

— Son désir professionnel de nettoyer le sang sur le sol et le pouf ne s'est pas manifesté alors ? Tomek se tourna vers la plinthe la plus proche et se pencha pour vérifier la présence de poussière. Son verdict : elle ne faisait pas du très bon travail.

— Curieusement, je pense qu'elle avait d'autres préoccupations, dit Victoria.

— J'imagine qu'elle a une clé ?

— Oui.

— Et comment est-elle entrée ? Par devant ou par derrière ?

— Par devant, répondit Victoria, sur un ton qui indiquait clairement qu'elle n'avait guère de patience pour les questions de Tomek.

— Comment le tueur est-il entré ? Tomek désigna les portes-fenêtres qui s'étendaient du sol au plafond le long du mur et donnaient sur un jardin incroyablement long et étendu. Au fond se trouvait Shipwrights Wood, un mur de forêt dense de trente mètres de haut. Autour de la porte ouverte se tenaient deux agents de la police scientifique. Son regard se posa sur le sol en marbre impeccable, puis sur le jardin à l'extérieur.

— Notre hypothèse est qu'il est passé par l'arrière, répondit Rory. La serrure ne semble pas avoir été forcée, ce qui suggère que le tueur savait ce qu'il faisait.

— Si c'est le cas, où sont les traces de pas boueuses ?

Un moment de réflexion s'abattit sur le salon, comme si c'était la première fois que quelqu'un pensait à se poser cette question.

— Il pleuvait à verse, ajouta-t-il. Le tueur aurait dû en apporter un peu à l'intérieur.

Personne ne répondit. Finalement, tout ce que Tomek obtint fut un haussement d'épaules de Rory. — Peut-être que notre tueur a nettoyé derrière lui.

— Soit ça, soit Mademoiselle Dettol s'en est occupée avant, répliqua Tomek, détournant rapidement son attention de Rory pour la porter sur le corps étendu au sol. Aucune trace de sang ailleurs sur le sol. Aucun signe de lutte. Il devait dormir quand le tueur est entré.

— C'est exactement ce que je pense, acquiesça Lorna. Bien que je puisse me tromper. Vous aurez mon rapport complet d'ici la fin de la journée.

— Parfait, dit Victoria, puis elle se tourna vers Tomek. En attendant, pourrais-tu ramener la femme de ménage au commissariat et prendre sa déposition ?

Tomek ouvrit la bouche pour protester. C'était un travail pour un uniforme ou un agent de police, mais il savait qu'il perdrait rapidement la dispute, surtout devant tous ces gens, alors il la referma.

Si Rory avait le contrôle de la scène de crime, Victoria avait clairement celui de l'enquête et, de façon frustrante, cela allait jusqu'à dire à Tomek ce qu'il devait faire.

CHAPITRE
QUATRE

Six heures plus tard, Tomek avait enfin terminé avec la femme de ménage de Michael Edwards. Cela avait été un processus minutieux, la sexagénaire ayant rappelé chaque petit geste, chaque détail infime de son entrée dans la maison, revenant parfois trois ou quatre fois sur les faits avant de finalement s'arrêter sur une chronologie solide qui la satisfaisait. Il n'y avait rien à glaner du récit de Mary Middleton. Elle était un témoin clé qui s'était trouvé au mauvais endroit au mauvais moment, et qui en était ressortie avec des cauchemars comme seul souvenir. Rien de plus.

Peu après lui avoir dit au revoir, et avoir enfin senti la vie revenir dans son poignet après avoir écrit lisiblement pendant si longtemps, il était monté à la salle des opérations, où l'agent Rachel Hamilton lui avait promptement demandé de faire demi-tour et de repartir.

Maintenant, ils roulaient vers le siège de la station de radio KISS à Chelmsford, à quarante minutes de route. Après plusieurs mauvaises directions et vingt minutes de retard sur l'heure prévue, ils entrèrent finalement dans la station de radio.

—J'espère que tu as appelé à l'avance pour les prévenir de notre arrivée, dit Tomek alors qu'ils approchaient du bureau d'accueil.

Rachel lui jeta un regard inquiet.

—*S'il te plaît*, dis-moi que tu as appelé à l'avance.

Avant qu'elle ne puisse répondre, ils arrivèrent à la réception.

—Bonjour, dit la jeune punk d'une vingtaine d'années avec suffisamment de métal dans le visage pour le fondre en une longue épée. Bienvenue chez KISS. Comment puis-je vous aider ?

Avant que Tomek n'ouvre la bouche, Rachel dit : —Nous avons rendez-vous avec Roger Armstrong. Il devrait nous attendre.

La métallophile (tant par la quantité de métal incrustée dans sa peau que par les suppositions de Tomek concernant ses goûts musicaux) sourit, révélant un piercing sur la langue et un autre entre ses dents de devant.

—Je vais l'informer de votre présence, dit-elle, avant de saisir le téléphone devant elle.

Pendant qu'elle parlait dans le combiné, Rachel donna un coup de coude à Tomek.

—Je crois que tu me dois des excuses.

—Pour quoi ?

—Pour avoir sous-estimé mes pouvoirs.

—Tu n'as pas utilisé la télépathie, si ? Tu étais juste organisée.

La réceptionniste termina son appel.

—Ce que tu ne m'as pas accordé comme mérite, ajouta Rachel, avant de tourner son attention vers la réceptionniste.

—Il est prêt à vous recevoir. Il est au quatrième étage. Son bureau est la cinquième porte à droite.

—Quatrième étage. Cinquième porte à droite. Compris. Allons-y.

Rachel s'élança, mais Tomek était resté sur place. Une question lui brûlait le cerveau.

—Est-ce que vous déclenchez les alarmes aux contrôles de sécurité des aéroports avec tous ces...

—Piercings ?

—Ouais. Ces trucs...

—Non. Non, ce n'est pas le cas, dit-elle, cette fois sans son sourire d'hôtesse d'accueil. Le vingt-et-unième siècle a trouvé un moyen de les fabriquer différemment.

—Cool. Merci.

Elle devait clairement se faire poser cette question souvent, et Tomek décida que cela ne valait la peine ni pour l'un ni pour l'autre de lui poser d'autres questions banales et agaçantes. Mais juste au moment où il se tournait vers l'ascenseur, quelque chose lui vint à l'esprit.

—Vous avez déjà croisé Michael Edwards pendant que vous travailliez ici ?

—Tous les matins.

—Et ?

—Et quoi ?

—Comment le décririez-vous ?

—Un peu connard, mais les gens qui se croient le cadeau de Dieu le sont toujours.

Tomek tapa sur le comptoir, la remercia pour son aide, puis rejoignit Rachel dans l'ascenseur. En entrant, il appuya plusieurs fois de suite sur le bouton pour fermer les portes derrière lui.

—Tu n'as besoin d'appuyer qu'une seule fois, lui dit Rachel. Le pilonner avec ton gros pouce ne le fait pas fonctionner plus vite.

—Si, si je le dis. Tomek continua d'appuyer sur le bouton.

—C'est pareil pour les feux de circulation.

Plus d'appuis.

—Attends simplement !

Tomek s'arrêta soudainement. Dès qu'il le fit, les portes de l'ascenseur se fermèrent. Il se tourna vers elle, souriant avec suffisance.

—Tu peux effacer ce sourire de ton visage.

Tomek n'avait aucune intention de le faire.

—À quel étage on va ? Qu'est-ce qu'elle a dit ? demanda-t-il.

—Quatrième étage. Cinquième porte à droite.

Quand les portes de l'ascenseur s'ouvrirent quelques instants plus tard, ils se retrouvèrent face à un choix. Aller à gauche *ou* à droite. La réceptionniste n'avait pas précisé dans quelle direction ils devaient quitter l'ascenseur. Et pour aggraver les choses, des salles et des bureaux s'alignaient des deux côtés de chaque couloir.

—Tu aimerais bien que j'aie la télépathie maintenant, hein ? commenta Rachel en partant vers la gauche.

—Je préférerais que tu aies été assez organisée pour qu'il nous attende déjà en bas à notre arrivée afin qu'il puisse nous montrer le bon chemin, dit Tomek en se tournant dans l'autre sens et en partant vers la droite.

Finalement, Rachel avait choisi correctement. À gauche. Elle avait trouvé Roger Armstrong qui ouvrait la porte de son bureau au moment même où Tomek atteignait l'autre bout du couloir. C'était un petit homme avec l'attitude de quelqu'un qui souhaitait être quatre fois plus grand, comme en témoignait la force de sa poignée de main avec laquelle il essayait délibérément, selon Tomek, de lui broyer la main. Mais la première chose que Tomek remarqua chez cet homme était son odeur. Il était trempé d'après-rasage, comme s'il s'y était baigné pour masquer l'odeur de cigarette sur ses vêtements, ses mains et son haleine.

L'odeur dans le bureau n'était pas meilleure, épaisse et musquée, s'accrochant au fond de la gorge de Tomek. À l'intérieur, le bureau était équipé de matériel musical moderne et high-tech, avec des claviers musicaux et d'autres machines techniques alignées d'un côté, des microphones et des casques suspendus au mur à gauche, et du côté opposé se trouvait une grande fenêtre qui donnait sur un studio.

—Vous avez votre propre studio d'enregistrement, nota Tomek. Sympa.

— Il n'y a pas beaucoup d'enregistrements qui s'y font, remarquez. C'est juste au cas où nous aurions besoin que certains membres du personnel fassent des voix off ou des enregistrements qui pourraient se retrouver dans l'une de nos émissions.

— Cool, dit Tomek, sans feindre le moindre intérêt. Il porta son attention sur un fauteuil en cuir et s'assit en face de Roger. Je crois que Rachel t'a expliqué la raison de notre visite.

Roger baissa la tête. — Oui... Michael. Très triste. Épouvantable, en fait.

— Tout à fait... dit Tomek, remarquant le manque de sincérité dans la voix de Roger.

— Depuis combien de temps travailles-tu avec Michael, Roger ?

— Près de dix ans.

— Donc tu le connais assez bien ?

— J'aime à le penser, dit Roger en se grattant le côté du visage. C'était l'un des meilleurs animateurs radio que nous ayons jamais eus, et j'ai suffisamment d'expérience dans ce domaine pour savoir de quoi je parle — tellement d'expérience que je suis comme un serpent.

Comme ni Tomek ni Rachel ne réagissaient à sa remarque, il ajouta : — Parce qu'ils muent… vous comprenez ?

— Ils sont aussi connus pour se retourner contre les gens et les trahir, commenta Tomek avant de laisser Rachel continuer.

— Quel est votre rôle à la station, monsieur Armstrong ? demanda-t-elle, passant rapidement à autre chose avant que Roger ne puisse protester.

L'homme répondit exactement comme Tomek s'y attendait, plein de son propre sentiment d'importance exagéré. Il bomba le torse et releva le menton, comme s'il n'en croyait pas que Rachel ne sache pas qui il était.

— Je suis le directeur des opérations, expliqua-t-il. Mon travail consiste à m'assurer que tout fonctionne bien ici.

— Quand avez-vous appris qu'il y avait un problème avec Michael Edwards ?

— Quand je suis arrivé au travail.

— C'était à quelle heure ?

— Sept heures.

— Et à quelle heure Michael commence-t-il habituellement son service ?

Roger fixa Rachel pendant un long moment avant de finalement tourner son regard vers Tomek. Son expression était vide, presque dépourvue de toute émotion. Sauf une — la stupéfaction.

— Vous n'avez jamais entendu parler des Matins Magiques de Michael ?

— Un type appelé Michael m'a proposé des champignons magiques à Amsterdam une fois, répondit Tomek. Mais j'ai l'impression que ce n'est pas la même chose.

— Bien sûr que non, bordel ! Les Matins Magiques de Michael ne sont pas seulement magiques. Ils sont maniaques. Ils sont fous. Ils sont mentaux. Ils sont du pur mayhem. Ils sont—

— D'autres adjectifs commençant par la même lettre, interrompit Tomek.

Roger Armstrong lança à Tomek un regard moqueur avant de continuer. — Michael est l'un des plus grands animateurs radio que nous ayons jamais eus à KISS. Il est numéro un depuis huit ans. Il attire plus de cinq millions d'auditeurs chaque matin de sept heures à midi. Et les gens ne s'en lassent pas. Nous ne constatons pratiquement aucune baisse du nombre d'auditeurs pendant ses cinq heures, c'est...

— Maniaque ? Du mayhem ? Magique ?

Roger claqua des doigts en direction de Tomek. — C'est magique, voilà ce que c'est ! Cet homme est magique. Et maintenant... et maintenant il est parti.

Maintenant, une véritable émotion commençait à transparaître dans la voix de Roger, bien que Tomek pensa que c'était davantage dû au fait qu'il allait sans doute perdre la plupart, sinon la totalité, de ces cinq millions d'auditeurs qui se connectaient chaque matin.

— Donc, Michael devait commencer l'émission à sept heures ce matin, c'est bien ça ? demanda Rachel en commençant à griffonner dans son carnet.

— Oui.

— Et à quelle heure arrivait-il normalement ici ?

Roger se tapota le menton d'un air pensif. — Oh, il est généralement là vers cinq heures. Lui et les producteurs de l'émission ont beaucoup de choses à passer en revue. Ils discutent de la structure, du format, des changements éventuels dans le programme par rapport au jour précédent.

Tomek fit un rapide calcul dans sa tête : si Michael commençait le travail à cinq heures, il devait quitter la maison à 4h30, ce qui signifiait un réveil possible à quatre heures du matin, peut-être plus tôt. Ce qui signifiait que l'heure de sa mort se situait avant quatre heures du matin.

— Et à quelle heure Michael termine-t-il habituellement son job à la radio ? demanda Rachel, croisant une jambe sur l'autre pour s'installer plus confortablement.

— Son *job* ? C'est ce que vous pensez que c'est ? Juste un peu d'amusement ? C'est le berceau de la radio ici, madame. Sans Guglielmo

Marconi, le monde n'aurait pas l'un de ses meilleurs talents radiophoniques. Un peu plus de respect pour l'homme !

— Pourriez-vous répondre à la question ?

Les épaules de Roger se tendirent de ressentiment. — Dix-sept heures. Il est parti hier à dix-sept heures.

— C'est tard, fit remarquer Tomek.

— Après chaque émission, lui et les producteurs passent en revue le programme du lendemain. Et parfois, il reste coincé dans des réunions de données et d'analyses. D'autres fois, il traîne pour discuter avec les gens, recueillir des conseils sur ce qu'il peut améliorer, entendre les opinions des autres. Aussi beaucoup de choses sur les réseaux sociaux. Construire la marque. Construire *sa* marque, sa notoriété. Il adore l'industrie. Il y est immergé. Il vit pour elle et respire par elle.

Plus maintenant, pensa Tomek. S'il y avait une chose que Michael Edwards ne faisait *pas*, c'était bien vivre et respirer *quoi que ce soit*.

Juste au moment où Tomek allait répondre, une alarme retentit dans la pièce. Le bruit soudain fit sursauter Tomek, et pendant un instant, il pensa qu'une alarme incendie se déclenchait quelque part dans le bâtiment. Ce n'est que lorsqu'il sentit son téléphone vibrer contre sa jambe qu'il réalisa que c'était sa propre alarme. Penaud, levant un doigt pour interrompre la conversation, il sortit l'appareil de sa poche et regarda l'écran.

— Merde, dit-il en se tournant vers Rachel. Il faut qu'on parte. Urgence.

Tomek bondit de son siège et se précipita vers la porte. Pendant ce temps, Rachel tendit la main à travers le bureau, serra celle de Roger et suivit Tomek hors de la pièce. Alors qu'elle fermait la porte du bureau, elle demanda : — Quelle est l'urgence, Sergent ?

Tomek lui montra l'écran. — La réunion parents-professeurs de Kasia. Dans une demi-heure. Ça te va si je te dépose à l'école et que tu rentres par tes propres moyens au commissariat ?

CHAPITRE
CINQ

Malgré ses longues et vives protestations, Rachel n'avait pas eu d'autre choix que de trouver son propre moyen de retourner au commissariat. Tomek l'avait laissée de mauvaise humeur sur le parking de l'école, tandis qu'il s'était précipité vers l'accueil, à travers les couloirs, et dans la salle de classe transformée en salle d'attente pour les parents et les enfants. Là, il avait trouvé Kasia dans le coin le plus éloigné, avachie sur une chaise, écouteurs aux oreilles, faisant défiler son téléphone. Miraculeusement, il était à l'heure. C'était juste, certes. Seulement une minute d'avance, mais c'était quand même à l'heure. Il s'avéra qu'il n'aurait pas dû se casser le cou pour revenir : Mlle Holloway, la professeure principale de Kasia, avait dix minutes de retard. La dernière fois que Tomek l'avait vue, ses cheveux avaient la couleur du chêne. Maintenant, ils avaient la teinte des tables en bois des laboratoires de sciences qu'il avait aperçus en courant dans les couloirs. Une nuance plus claire qui lui allait bien et faisait davantage ressortir l'éclat de ses yeux.

— Je vous prie de m'excuser pour l'attente, dit Bridget Holloway en les faisant entrer dans la pièce d'à côté. Sa robe florale vert foncé flottait derrière elle et ondulait tandis qu'elle se laissait lentement tomber sur son siège. Au-dessus d'eux, un climatiseur soufflait de l'air froid dans la pièce, chatouillant la nuque de Tomek.

— Nous sommes quittes maintenant, dit Tomek.

Bridget rit puis se tourna vers Kasia, dont la jupe et la cravate étaient beaucoup trop courtes au goût de Tomek.

— Ce sera ton tour d'être en retard la prochaine fois, Kasia, plaisanta Bridget.

— Je ne suis jamais en retard, madame, répondit Kasia chaleureusement.

— C'est vrai. C'est tout à fait vrai. Bridget jeta un coup d'œil au carnet devant elle et tourna la page pour trouver la bonne. Je dois dire, commença-t-elle en s'adressant à Tomek, que depuis notre dernière conversation, j'ai remarqué une amélioration considérable dans le comportement général de Kasia. Je sais que tu venais juste d'arriver dans l'école quand nous avons eu notre première réunion, Kasia, et que nous avons eu quelques difficultés au début, mais tu as fait des progrès remarquables, et j'ai été extrêmement surprise et impressionnée par tes avancées. Tu peux être fière de toi.

Un petit sourire de fierté, presque invisible, traversa le visage de Kasia. Celui sur le visage de Tomek, cependant, était beaucoup plus visible. — Beau travail, championne, dit-il.

— Merci, papa, répondit Kasia doucement.

— J'ai reçu beaucoup de retours positifs des professeurs de Kasia, poursuivit Bridget. Une amélioration notable en sport, en histoire - ce que nous savions déjà - en informatique, en anglais, en sociologie, et même en sciences. L'assiduité de Kasia, comme elle l'a très justement fait remarquer, s'est améliorée et elle est maintenant à l'heure à chaque cours. Tous tes professeurs ont indiqué qu'ils ont remarqué que tu étais plus attentive, que tu t'impliquais davantage, que tu n'avais pas peur de participer aux discussions en posant des questions et en y répondant, ce que tout le monde ne fait pas. Bien que j'aie entendu dire que tu t'es engagée dans quelques, comment dire, *débats constructifs* avec certains de tes professeurs...

— Tu as répondu aux profs ? lança Tomek.

— Non ! J'ai juste signalé à M. Patterson qu'il se trompait sur quelque chose.

— Et se trompait-il ? demanda Tomek à Bridget.

La professeure hocha lentement la tête. — Après un certain temps, M. Patterson a fini par admettre qu'il avait peut-être tort.

Tomek était gonflé de fierté, et maintenant le sourire sur son visage était sur le point de tomber. Il tendit sa main à plat, paume vers le haut, et la maintint devant Kasia. Elle leva la sienne en l'air et la frappa dans un low-five.

— C'est ma fille, ça, dit-il.

Mais l'atmosphère agréable ne dura pas longtemps. Presque comme un signal, l'expression de Bridget devint compatissante, comme un médecin qui venait de passer les dix dernières minutes à encourager son patient, seulement pour le faire dégringoler avec un diagnostic dévastateur.

— Il y a un « mais », n'est-ce pas ? demanda Tomek.

— Oui. Mais un seul, et mineur.

Il déglutit. — D'accord...

— Les mathématiques, dit-elle, et elle laissa sa phrase en suspens comme si cela expliquait tout.

— Les mathématiques ?

— Oui. Les mathématiques. Nous avons toujours un peu de mal, n'est-ce pas, Kasia ?

La question était dirigée vers Kasia, mais à présent elle avait perdu sa concentration et réalisé, une fois la pression dirigée vers elle, qu'elle ne voulait plus être là.

— Il n'y a eu *aucune* amélioration ? demanda Tomek.

Bridget pinça les lèvres et inclina la tête d'un côté. — Il y a eu une petite régression. Et, je suis sûre que je l'ai déjà dit par le passé, mais je pense que tu as la capacité de très bien réussir dans cette matière. C'est juste...

— Quoi ? insista Tomek.

— Kasia, elle... Bridget regarda sa fille. Elle semble distraite pendant les cours. Es-tu d'accord avec ça, Kasia ?

— Oui, madame.

— Qu'est-ce qui te distrait ? demanda-t-il.

Kasia offrit un haussement d'épaules typique des adolescents. Maussade, brusque, concis.

— Il doit bien y avoir quelque chose, insista Tomek. Est-ce parce que tu n'aimes pas cette matière, ou… ?

— J'sais pas, répondit sa fille sèchement. L'intonation de sa voix indiquait clairement qu'elle ne voulait plus en parler.

Mais elle n'avait pas le choix.

— Y a-t-il quelqu'un dans la classe qui te distrait ? Il se tourna vers Bridget parce qu'il savait qu'il obtiendrait une réponse d'elle. Est-ce que quelqu'un la distrait ?

Bridget ouvrit la bouche pour parler, mais avant qu'elle ne puisse répondre, le téléphone de Tomek commença à sonner. Il sortit l'appareil de sa poche et parcourut le nom sur l'écran.

Nasty Nick.

— Excusez-moi un instant, dit Tomek, en levant un doigt en l'air. Puis il se leva de son siège et se dirigea vers la porte, en répondant au téléphone. — Tout va bien, monsieur ? commença-t-il. Alors qu'il posait sa main sur la poignée de la porte, le son de la voix de Nick fut rapidement étouffé. Kasia leva les yeux vers lui, puis les baissa vers ses genoux, la déception inscrite sur son visage.

C'était son moment à elle. Il était là pour discuter d'elle et de ses progrès. Le travail, ou quoi que ce soit, pouvait attendre.

— Désolé, Nick, commença Tomek. Je vais devoir te rappeler. Je suis en réunion.

Il racrocha avant que Nick ne puisse répondre. En retournant à sa place, Tomek mit son téléphone en silencieux et le glissa dans la poche de son blazer, où il serait moins susceptible de sentir les vibrations.

—Désolé pour ça, dit-il, tournant la tête entre Kasia et Bridget. Où en étions-nous ?

CHAPITRE
SIX

Kasia claqua la portière derrière elle et enfonça sa ceinture dans l'attache, avant de porter son attention sur son téléphone. Tomek avait senti son portable vibrer trois fois depuis qu'il avait raccroché au nez de Nick, mais il les avait toutes ignorées. Alors qu'il se glissait sur le siège conducteur, le téléphone sonna à nouveau. Il jeta un bref coup d'œil à l'écran.

— Tu peux répondre, lança Kasia d'un ton sec. C'est visiblement important.

Tomek passa sa langue sur son palais. — Pas aussi important que toi, répondit-il en glissant l'appareil dans le porte-gobelet. Comment penses-tu que ça s'est passé ?

— Bien.

— Vraiment ? Je trouve que c'était mieux que bien. Mademoiselle Holloway avait beaucoup de bonnes choses à dire. Tu devrais être fière de toi, compte tenu de tout ce que tu as traversé. Et je pense vraiment que tu devrais accepter la proposition de l'école concernant ces clubs après les cours dont elle parlait. C'est une bonne occasion pour toi de te faire de nouveaux amis et d'essayer de nouvelles choses.

— Ouais, dit-elle.

Et voilà qu'ils étaient revenus aux réponses monosyllabiques et monotones auxquelles il s'était habitué ces dernières semaines.

Tomek inséra la clé dans le contact, la maintint là, attendit. De l'autre côté de la rue, un adolescent était tiré sur le trottoir par un border collie deux fois moins grand que lui. Il y avait eu des moments où Tomek avait pensé à prendre un chien. Quelque chose pour égayer l'humeur de Kasia. Une sorte d'animal de soutien émotionnel, mais ces satanées bêtes demandaient tellement de temps et d'attention qu'il ne voyait pas comment y arriver. S'il ne pouvait pas accorder à Kasia le temps dont elle avait besoin, on pouvait être certain que le chien n'en aurait pas non plus.

— Comment s'est passée l'école aujourd'hui ? demanda-t-il.

— Bien. Ennuyeux.

— C'est dommage.

— Ouais.

— Je pensais que peut-être—

Son téléphone qui sonnait dans le porte-gobelet le déconcentra. Le petit appareil vibrait violemment dans le plastique, produisant un bruit affreux qui fit dresser les poils sur les bras de Tomek.

— Je vais chez Yasmin ce soir, tu te souviens ? dit-elle, le prenant par surprise.

Soudain, le bruit ne le dérangeait plus autant qu'un instant auparavant.

— Chez Yasmin ?

— Ouais. Tu te rappelles, je t'en ai parlé la semaine dernière ? Aller chez elle après la réunion parents-profs. Elle va à une petite soirée pour les moins de seize ans où il y a des châteaux gonflables et des jeux vidéo et des baby-foot et d'autres trucs. Tu as dit que c'était d'accord...

Vraiment ? Il ne se souvenait pas d'avoir eu cette conversation, ni d'avoir consenti à la laisser aller à une soirée pour les moins de seize ans. Mais en même temps, il ne se rappelait pas non plus le nom de la personne à qui il venait de parler à la station de radio, alors qu'est-ce que ça prouvait ? De plus, la dernière demi-heure avec Mademoiselle Holloway avait prouvé qu'elle avait fait beaucoup de progrès depuis son arrivée à l'école. Elle avait gagné le droit de retrouver son amie. Elle le méritait.

— Je suppose que si j'ai déjà dit oui, je ne peux pas vraiment t'empêcher d'y aller maintenant, n'est-ce pas ?

Le visage de Kasia s'illumina légèrement. — Non, pas vraiment. Et puis, on dirait qu'ils ont besoin de toi au travail.

Tomek ne s'en était pas rendu compte, mais son téléphone sonnait à nouveau.

— Tu devrais répondre, ajouta-t-elle. Ça doit être important.

CHAPITRE
SEPT

Il était clair que, parmi tous ses amis, Donnie Strachan avait le trajet de retour le plus court. Une marche de deux minutes depuis l'école King John, en descendant Shipwrights Drive. Mais comme c'était le trajet le plus bref de tous ses copains, c'était aussi généralement le plus ennuyeux et le moins intéressant. Il manquait toujours les plaisanteries, les blagues que les autres semblaient échanger en se dirigeant vers Benfleet Road en direction de Benfleet et au-delà vers Canvey. Mais pas aujourd'hui. Aujourd'hui était différent. Aujourd'hui, des voitures de police étaient alignées dans la rue devant chez lui. Un ruban de police bleu et blanc barrait la maison de M. Edwards, et des personnes en combinaisons blanches entraient et sortaient. Un petit groupe d'élèves, en chemises blanches et pantalons noirs, se tenait derrière le cordon de police, bavardant entre eux, impatients de découvrir ce qui s'était passé. L'école n'avait fait aucune communication, aucune annonce. Et les policiers postés devant la maison ne leur disaient rien non plus.

Ce serait sans doute le sujet de conversation de toute l'école le lendemain, et tout le monde viendrait vers *lui* pour avoir des réponses. Pour les prochains jours, peut-être même toute la semaine, il serait l'élève le plus populaire de l'école. Celui vers qui tous se tourneraient pour obtenir des informations et des potins. Et il pourrait leur raconter tout ce qu'il voulait, tisser n'importe quel tissu de mensonges que son cerveau voudrait créer. Et ils n'y verraient que du feu.

— Tu ne peux pas passer par là, mon garçon, lui dit l'un des policiers alors qu'il essayait de se glisser sous le ruban de police.

— J'habite juste là. Donnie pointa sa maison, puis agita ses clés devant le visage du policier. L'agent céda, à contrecœur, et le laissa passer. En se dirigeant vers sa porte d'entrée, Donnie ne pouvait détacher son regard de la maison de M. Edwards. Quelque chose de grave s'était produit. Quelque chose d'important. Quelque chose qui justifiait toutes ces personnes qui entraient et sortaient.

Rien de tel n'était jamais arrivé dans sa rue. C'était toujours si calme, si ennuyeux.

Dès qu'il franchit la porte d'entrée, Donnie laissa tomber son sac au sol et se précipita dans le jardin. C'était une course contre la montre avant que Maman ne rentre. Habituellement, il avait dix minutes avant qu'elle ne le rejoigne, mais aujourd'hui, avec un peu de chance, la police dehors la retarderait de quelques précieuses minutes supplémentaires. Il était désespéré de voir ce qui causait toute cette agitation, alors dès qu'il ouvrit les portes-fenêtres de la terrasse, il se précipita vers la clôture qui longeait le jardin de M. Edwards. Il tendit la main vers le haut de la clôture et essaya de grimper par-dessus, mais il était trop petit. Au fond du jardin, cependant, se trouvait la table de jardin et l'espace barbecue, où ils s'asseyaient l'été avec ses cousins, buvant, jouant de la musique, parlant et riant. Donnie sprinta jusque-là, l'excitation bouillonnant en lui. Arrivé à la table de jardin, il grimpa dessus, se stabilisa sur ses deux pieds, et se tint debout en s'agrippant au parasol qui dépassait du milieu. Et alors il le vit.

Une douzaine de personnes, vêtues de combinaisons blanches, à quatre pattes, passant au peigne fin le jardin de M. Edwards, rampant à travers chaque brin d'herbe, progressant lentement d'un bout à l'autre.

Ils cherchaient quelque chose. Peut-être un indice qui avait été échappé par accident ou jeté intentionnellement. Peut-être une arme.

Et puis il le vit.

S'accrochant au parasol pour se soutenir, il se mit à quatre pattes, puis recula de la table. L'herbe était douce et humide sous ses chaussures d'école. Le soleil l'avait éclairée toute la journée, mais avait peu fait pour la sécher des effets de la pluie torrentielle de la nuit. Tournant le dos à la table, Donnie se dirigea vers le fond du jardin. Les buts de football que lui et Papa avaient enfoncés dans le sol un après-midi étaient couverts de boue, et le dernier ballon de Premier League gisait sur l'herbe, délaissé. Derrière les buts se trouvait une rangée d'arbustes et d'arbres qui nécessitaient une taille constante. Donnie avait perdu le compte du nombre de fois où il avait grimpé aux échelles et s'était vu confier le taille-haie pour les couper. Malheureusement, les échelles avaient été rangées dans l'abri à l'opposé du jardin, il n'avait donc aucun point d'observation pour contempler l'ensemble du jardin de M. Edwards.

Mais cela n'avait pas d'importance. Parce qu'il n'avait pas besoin d'en voir plus. Quelque chose avait attiré son regard. Quelque chose d'excitant, quelque chose de brillant. Quelque chose d'enfoncé en biais dans l'herbe, au pied des buissons.

Donnie s'en approcha, l'excitation dans son sang se transformant en appréhension.

L'objet était métallique, et il brillait au soleil ; brillait comme l'épée de Frodon quand les orques étaient proches. Donnie réalisa très rapidement qu'il regardait un couteau, une lame qui avait été utilisée pour blesser quelqu'un. Peut-être M. Edwards.

La curiosité l'emporta et il se pencha pour le ramasser. La lame était plus lourde qu'il ne s'y attendait. Le manche était noir, en caoutchouc, le couteau mesurait au moins 25 centimètres. Comme un couteau de boucher. Les yeux de Donnie s'écarquillèrent d'étonnement. Il tenait une véritable épée. Une épée puissante. Elle n'était peut-être pas aussi longue que celle d'Aragorn, mais il se sentait quand même comme le héros de la Terre du Milieu.

C'était son précieux.

— Donnie !

La voix lui parvint de l'autre bout du jardin et lui fit pousser un petit cri.

— Putain ! murmura-t-il.

Maman. Elle était rentrée tôt.

Donnie pivota sur place et plaça ses mains derrière son dos, gardant la lame hors de vue.

— Oui ? cria-t-il en retour.

— Qu'est-ce que tu fais là-bas ?

— J'essayais de regarder chez le voisin...

— Eh bien, arrête. Viens ici. La police doit te parler de ce qui est arrivé à M. Edwards.

Donnie déglutit difficilement. La panique s'installa rapidement et il regarda autour du jardin, cherchant un endroit sûr pour cacher la lame. Finalement, il la laissa tomber derrière le but tout en regagnant nonchalamment la maison.

C'était énorme. C'était vraiment énorme. Et, plus important encore, il détenait le secret de toute cette histoire. Il avait la pièce à conviction que la police recherchait.

Mais il ne pouvait pas la révéler. L'épée était l'Anneau Unique et elle devait rester cachée, en sécurité, hors des mains de l'ennemi.

Il devait juste la garder.

Son précieux.

CHAPITRE
HUIT

Tomek a déboulé par la porte du bureau et s'est dirigé droit vers la Salle des Incidents Majeurs. Dans l'un des nombreux messages vocaux que Nick lui avait laissés, il l'avait informé que l'équipe tenait un briefing et qu'ils avaient besoin de lui au plus vite. Dès son entrée, un petit groupe de têtes s'est rapidement tourné vers lui, leurs expressions vides, comme s'il regardait un tas de robots défectueux. Il s'est excusé pour son retard, puis a cherché une place. Le seul problème était qu'elle se trouvait de l'autre côté de la table, et la table était si grande qu'il n'y avait pas d'espace pour manœuvrer autour des gens, de sorte qu'il a été obligé de grimper dessus et de se jeter en avant pour atteindre son siège.

— On peut parler d'une entrée remarquée, a dit Nick avec un profond soupir par les narines.

— Oh, ça ? Ce n'était rien. Ne vous arrêtez pas pour si peu. Je vous en prie, continuez.

Nick a croisé les bras sur sa poitrine, un sourcil levé avec dédain. — Maintenant, nous devons tout expliquer à nouveau pour votre bénéfice, *Sergent*. Il était impossible pour Nick de mettre plus d'emphase et de mépris sur le titre de Tomek.

— Non, pas du tout, a dit Tomek avec un geste désinvolte de la main. Je suis sûr que je peux rattraper.

Nick semblait dubitatif, mais s'est tourné vers Victoria, qui parlait avant l'interruption.

— Comme je le disais, a-t-elle repris, la première lame mesurait trois centimètres et un quart—

— La *première* lame ? a demandé Tomek.

Nick a soupiré, puis a lancé un regard noir à Tomek. — Il y a des preuves suggérant que plus d'une lame a été utilisée. Victoria, veuillez continuer.

Victoria s'est éclairci la gorge. — La première lame mesurait trois centimètres et un quart à son point le plus large. Il a été rapporté qu'elle est entrée sur vingt-trois centimètres de profondeur, à quelques centimètres au-dessus du nombril de Michael Edwards. La deuxième mesure était pour—

— Combien de lames y avait-il ? a interrompu Tomek.

— Si vous vous taisiez pour écouter, vous le sauriez.

— Vous voulez dire que vous n'avez pas encore abordé ce point ? Vous nous laissez tous en suspens ?

Victoria a ouvert la bouche pour répondre, mais Nick l'a arrêtée d'un geste de la main. Elle a retenu ce qu'elle était sur le point de dire et s'est renfrognée sur son siège.

— Reprenons depuis le début, voulez-vous ? Parce que vous êtes visiblement incapable de suivre. Nick a pointé Victoria du doigt. — Nous n'en sommes qu'à deux minutes et jusqu'ici nous n'avons appris que deux choses, et pourtant vous semblez déjà avoir du mal avec ces deux éléments. Si vous ne l'aviez pas deviné, l'autopsie de Michael Edwards est revenue. Deuxièmement, il y a beaucoup à digérer. Troisièmement, Lorna a trouvé ce qu'elle pense être des blessures provenant de trois armes distinctes. Victoria était en train de nous expliquer cela quand vous avez décidé de faire votre apparition.

— Désolé, monsieur. J'avais un truc à faire.

— Eh bien, vous pourrez tout me raconter dans mon bureau plus tard.

Tomek a levé une main en un salut moqueur. — A-t-on retrouvé l'une des armes suspectées ?

Nick a ouvert la bouche pour répondre, mais cette fois Victoria l'a devancé. — Nous n'en sommes pas encore là, a-t-elle sifflé. Si vous me laissiez finir mes explications, vous pourriez découvrir que je réponds naturellement à certaines de vos questions.

Tomek s'est incliné et leur a fait signe de reprendre la parole.

— Putain de merde, a chuchoté Victoria en se repositionnant sur son siège et en attrapant ses notes. — Trois lames au total. La première faisait trois centimètres et un quart de large, la blessure vingt-trois centimètres de profondeur. La seconde faisait six centimètres et demi de large, mais la blessure seulement sept centimètres et demi de profondeur. La troisième faisait deux centimètres de large et avait un bord légèrement dentelé. La dernière a été utilisée pour lui trancher la gorge. À côté d'elle se trouvait un dossier contenant des impressions. Elle l'a ouvert et a commencé à les distribuer dans la pièce.

Quand la copie de Tomek est arrivée, il l'a tournée dans le bon sens, puis l'a étudiée. La page entière était occupée par une photographie du haut du corps de Michael Edwards, du bas de son menton au haut de son bassin. Sur son corps se trouvaient une série de lacérations et de plaies de couteau, la plus notable étant l'entaille à travers sa gorge. Sous les blessures figuraient les codes alphanumériques : AB1, AB2, et AB3. Pour l'autopsie, son corps avait été nettoyé, et maintenant les plaies de couteau ressemblaient à des coupures de papier sur son corps, et non aux marques violentes de perforation qui l'avaient finalement tué. Tomek a compté vingt-sept blessures sur son corps, sans compter la longue entaille à travers sa gorge.

— Quelqu'un a pété un câble, a noté le DC Chey Carter.

— Ou certaines *personnes* ont pété un câble, a renchéri la DC Rachel Hamilton.

— *Personnes* est définitivement mon hypothèse. Victoria s'est levée de son siège et, à l'aide d'un aimant, a placé une impression A3 plus grande sur l'un des nombreux tableaux blancs de la pièce. Elle a commencé à pointer chaque blessure en parlant. — Vingt-sept marques de perforation individuelles. Vingt-sept fois qu'un couteau a été levé et utilisé pour tuer Michael Edwards. Toutes provenant de trois lames différentes.

— N'est-il pas possible que la main du tueur ait légèrement tremblé pendant qu'il donnait les coups de couteau ? a demandé Chey doucement.

— Que voulez-vous dire ? a répondu Victoria.

Le jeune agent s'est éclairci la gorge. — Je veux dire que celui qui a fait ça ne s'est pas retenu. Ce sont des coups de couteau assez sauvages, ce n'est pas comme si cela s'était produit par accident. Alors je me demande s'il est possible qu'un seul tueur se soit simplement déchaîné sur Edwards et qu'il l'ait fait avec tant de force que la lame soit entrée sous différents angles, donnant l'impression qu'il y avait trois armes de meurtre différentes.

Victoria a réfléchi un moment, étudié l'image sur le tableau blanc, puis s'est tournée vers Chey.

— Bon point. Mais cela n'explique pas les incisions plus courtes et moins profondes. Victoria a pointé les trois points AB2 sur l'image. — Cela ne correspond pas non plus à la lame qui a traversé sa gorge et dont Lorna pense qu'elle avait un bord dentelé. De plus, il est impossible qu'une arme qui est entrée sur cinq centimètres puisse soudainement pénétrer sur vingt-trois, pas s'ils « se déchaînaient », comme vous l'avez si éloquemment formulé.

— Je vois, a dit Chey, avec une légère expression d'embarras et de défaite sur le visage.

— Mais Chey soulève un point important, ajouta Nick. Ce n'est pas quelque chose que nous devrions complètement écarter.

— D'accord.

Jusque-là, Tomek n'avait écouté qu'à moitié ; son attention était distraite par deux marques noires juste au-dessus du téton gauche de Michael Edwards. — Qu'est-ce que c'est que ça ? demanda-t-il.

— Je présume que vous parlez de ces marques ? demanda Victoria, en pointant vers le téton.

— Oui.

— Elles ressemblent à des brûlures de cigarette, répondit Rachel.

— Ou des brûlures de Taser, ajouta le DC Martin Brown avec un mouvement subtil mais douloureusement évident et suffisant de sa queue de cheval.

— Lorna soupçonne qu'il s'agit de brûlures de pistolet à impulsion électrique, dit Victoria.

— Alors ils l'ont tasé avant de le tuer ? demanda Martin.

— Peut-être pour le réveiller, suggéra Tomek. Mille volts d'électricité, ça a tendance à faire cet effet.

— Je pense que les couteaux s'enfonçant dans son corps auraient fait l'affaire plus efficacement, rétorqua Victoria. Elle prit un stylo sur la table et s'éclaircit la gorge. — Mon hypothèse est qu'ils sont entrés, l'ont trouvé endormi, l'ont tasé puis l'ont poignardé à plusieurs reprises. On ne sait toujours pas si sa gorge a été tranchée avant ou après.

— On s'en tient à la théorie des tueurs pluriels ? demanda sincèrement Tomek en reposant la photographie sur la surface.

— Pour l'instant, oui.

— Combien en tout ?

— Au moins trois ; trois tailles de couteau différentes, trois utilisateurs différents.

— Et ils l'ont fait sous la pluie aussi ? Très *Flashdance*.

— *Utilisateurs*, entonna Victoria. Pas soudeurs.

Tomek haussa les épaules. — Erreur facile à faire. Surtout compte tenu de mon expérience, il ne faut pas plaisanter avec les soudeurs.

Tomek faisait référence à un incident survenu quelques semaines plus tôt, où un suspect de meurtre qui rénovait son appartement l'avait agressé et tenté de le tuer en portant un masque de soudeur. La remarque suscita un petit rire parmi l'assistance.

Tomek s'enfonça dans son siège, étudiant le tableau, réfléchissant. Il imaginait la scène de crime dans son esprit. Trois tueurs s'introduisant par les portes-fenêtres à la faveur de l'obscurité et de la tempête Nina, comme on l'avait surnommée, pour trouver Michael Edwards endormi sur son canapé, la télévision jouant bruyamment. Puis ils l'avaient tasé, lui avaient tranché la gorge et l'avaient poignardé à plusieurs reprises dans une attaque frénétique.

Alors qu'il s'apprêtait à poser une question, Nick intervint. — Sait-on comment ils sont entrés ? À part en forçant les portes-fenêtres, je veux dire.

C'était maintenant au tour du DC Oscar Perez de parler. Jusqu'à présent, le détective constable était resté dans un silence presque total, écoutant, observant, attendant.

— J'ai parlé avec la voisine de Michael Edwards, Melody, et son fils cet après-midi, après son retour du travail, et ils ont confirmé n'avoir rien entendu ni vu. Donnie avait du mal à dormir à cause de la tempête et est donc venu dans la chambre de ses parents, mais ils n'ont rien entendu. Pas de cris, rien.

— Cela ne répond pas à ma question, dit Nick avec un profond soupir. Comment sont-ils *entrés* ? Chey, des avancées sur ce point ?

Le jeune agent offrit un regard d'excuse à Oscar. — J'ai enquêté, et Michael Edwards n'avait pas de système de surveillance de sécurité actif dans sa maison.

— Mais j'ai vu plein de caméras sur le bâtiment, remarqua Victoria.

Chey haussa les épaules. — Elles sont pour la frime. Censées agir comme dissuasion plus qu'autre chose.

— Donc il est possible que le tueur le savait et est simplement entré par l'allée, a contourné la maison puis a forcé l'entrée par l'arrière ? dit Nick, réfléchissant à haute voix. Puis il y réfléchit davantage et se corrigea. — Ça n'a pas de sens. Pourquoi passeraient-ils par l'allée avant pour entrer par l'arrière ? Peut-être qu'ils ne savaient pas pour les caméras et sont entrés par...

— Le jardin, oui, termina Chey. Et je ne peux pas leur en vouloir. C'est un jardin magnifique. Bien plus grand que celui de mes parents...

— Mais vous n'avez aucun enregistrement ? coupa Nick, désireux de ramener le jeune agent sur la bonne voie.

Chey secoua la tête.

Nick regarda autour de la table, ses yeux s'arrêtant sur chaque membre de l'équipe en succession rapide, jusqu'à ce qu'ils s'arrêtent sur Martin, le seul avec un ordinateur portable devant lui. Nick pointa et claqua des doigts vers lui, avant de lui ordonner d'afficher une vue Google Maps de la maison de Michael Edwards. Quelques minutes plus tard, l'image apparut à l'écran. Le jardin de Michael Edwards faisait le double de la longueur de sa maison et n'avait qu'un seul voisin d'un côté. À l'est de la maison se trouvait le bois de Shipwrights, plus de trente acres d'arbres denses et de buissons.

L'atmosphère dans le bureau chuta dès que la réalisation les frappa tous.

— Combien de temps nous faut-il pour mobiliser une équipe de recherche qui fouillera toute cette zone ? demanda Nick, adressant la question à Victoria.

— Nous pouvons les avoir prêts pour huit heures demain matin, mais d'abord nous devrons boucler tout le périmètre.

— Bien. Alors faites-le.

CHAPITRE
NEUF

La première chose que Kasia remarqua fut l'odeur. Citronnée, sucrée. Forte, presque au point de lui donner la nausée. À moins que ce ne soit les nerfs qui faisaient actuellement des pirouettes dans son estomac. La chose suivante qu'elle remarqua fut le son. De la musique indienne. Douce, la voix du chanteur étant agréable et apaisante, faisant se dresser les poils de ses avant-bras.

Encore une fois, c'était soit ça, soit les nerfs.

Et puis elle remarqua la lumière. Ou plutôt, son absence. Le studio était faiblement éclairé, ambiance tamisée, illuminé par une poignée de bougies du côté opposé, et occupant le centre du studio se trouvaient une vingtaine des filles les plus belles et les plus minces qu'elle ait jamais vues faisant du yoga, chacune portant le même Lycra blanc moulant. D'après le peu de recherches qu'elle avait faites sur cette discipline auparavant, elle savait qu'elles étaient en pleine posture de l'enfant. Derrière elles, au fond de la pièce, la lumière des bougies dessinant la silhouette de son corps, se tenait une figure. Musclée, bien définie. Imposante.

Dès que l'arrivée de Kasia et Yasmin fut connue, le groupe de filles arrêta immédiatement ce qu'elles faisaient et se précipita vers elles, gloussant avec excitation. C'est alors que Kasia remarqua à quel point elles se ressemblaient toutes. Non seulement en termes de couleur de leurs tenues de yoga, mais aussi de couleur et de style de leurs cheveux. Elle ne savait pas si elles avaient toutes décidé de les teindre en blond et de les attacher en couettes pour rire, ou si c'était la norme pour le yoga, mais elle pouvait penser à des façons plus élégantes de les porter. Sans mentionner qu'elle trouvait qu'elles se ressemblaient toutes. Leurs structures faciales, leurs bouches, leurs yeux.

Elles ressemblaient toutes un peu à elle...

Avant qu'elle ne puisse y réfléchir davantage, les filles commencèrent à se présenter, et elle fut bombardée par une rafale de surnoms bizarres qui avaient peu de sens. Et si ce n'était pas assez étrange, elles la saluaient en l'embrassant sur les deux joues, à l'européenne, puis en la serrant dans leurs bras pendant cinq secondes, avant de la relâcher et de lui embrasser le front. Considérant qu'elle n'avait jamais rencontré aucune de ces personnes auparavant, elles étaient excessivement amicales et affectueuses. Malgré cela, et malgré elle-même, elle aimait ça. Elle commença immédiatement à sentir la tension dans ses épaules et son haut du dos se relâcher, et sentit ses insécurités et son anxiété diminuer. Il n'y avait rien à craindre. Les filles étaient adorables : la complimentant, touchant son visage, lui disant qu'elle était jolie, s'extasiant sur ses cheveux naturellement blonds et lui disant à quel point elles en étaient toutes jalouses.

Elle sentit une amitié immédiate se développer avec elles toutes ; Yasmin lui avait dit que ça arriverait.

—Tu es enfin arrivée, dit une des filles à Yasmin après avoir fini de lui embrasser le front. Qu'est-ce qui vous a pris tant de temps ?

—On a dû faire un détour. Ma mère nous a déposées devant Domino's même si je lui ai dit *tellement* de fois qu'elle n'avait pas besoin de le faire !

—Eh bien, ça n'a plus d'importance maintenant. Vous êtes là.

La femme, dont Kasia avait déjà oublié le nom, se tourna vers elle, la scrutant de haut en bas. Kasia pouvait sentir le regard de la femme examiner chaque caractéristique de son corps, la mettant mal à l'aise et la rendant peu sûre d'elle.

—Tu n'as pas de tenue ?

L'accusation dans son ton intimidait Kasia, comme si elle répondait à un professeur strict, comme si elle répondait à Mme Kaur. Kasia ne savait pas quoi dire. Elle essaya de se tourner vers Yasmin pour obtenir du soutien, mais Yasmin l'avait abandonnée et était occupée à discuter avec d'autres filles. Pourquoi Yasmin n'avait-elle rien dit au sujet de porter une tenue de *yoga* ?

Elle l'avait amenée ici comme une blague. Elle lui avait menti, piégée-

—Parce que ce n'est pas un problème si tu n'en as pas, dit finalement la femme. Nous en avons plein de rechange à l'arrière. Tu sembles faire la même taille que le reste d'entre nous. Je suis sûre qu'on peut t'en trouver une qui t'aille.

Le sourire qui éclata sur le visage de Kasia n'avait jamais été aussi sûr et rapide auparavant. Elle s'était trompée. Tout était dans sa tête ! Elle avait été folle de penser que Yasmin lui avait fait un coup à la *Mean Girls*. Non, elle était arrivée en bonne compagnie et elle serait en bonne compagnie pour le reste de la soirée.

Cinq minutes plus tard, toutes les filles s'étaient rassemblées pour lui trouver des vêtements appropriés. Une tenue blanche composée d'un legging de sport et d'une brassière. Un peu trop serrée à son goût, faisant déborder la graisse de son ventre et de son dos sur les côtés, mais c'était mieux que rien. Au moins maintenant, elle s'intégrait.

Pendant ce temps, la figure sombre et menaçante était restée assise sur le sol, regardant, observant. Ce n'est que lorsque Kasia fut revenue du vestiaire qu'il bougea. Alors qu'il se levait, les filles commencèrent à se pâmer devant lui, à le toucher, à s'accrocher à lui. Ses mouvements étaient élégants, gracieux, presque éthérés. Il n'était vêtu que d'un pantalon de yoga beige, et à mesure qu'il s'approchait, ses traits devenaient plus prononcés. Les épaules parfaitement carrées et solides. Les biceps gonflés. La poitrine ciselée. Les abdominaux durs comme roche qui semblaient avoir été taillés dans la pierre la plus pure sur terre. Et puis il y avait son visage : symétrique, beau comme à Hollywood, une mâchoire si nette et pointue qu'on pourrait couper de l'acier avec. Mais ce qui attira vraiment l'attention de Kasia, c'étaient ses yeux. Bleu saphir, comme quelque chose d'une brochure de lune de miel, avec de petites étincelles qui semblaient lui faire un clin d'œil comme des étoiles dans le ciel nocturne.

Le voilà. La raison pour laquelle elle était là. Pour le rencontrer *lui*. Pour rencontrer celui qui se faisait appeler Zeus. Au début, elle avait été dubitative à propos du nom, en avait ri avec Yasmin et s'était moquée de lui pour ça. Mais maintenant, elle pouvait comprendre pourquoi. C'était comme si l'homme était un descendant direct.

—Bonsoir, Kasia.

Non seulement ses yeux étaient hypnotisants, mais sa voix l'était aussi. Presque angélique, douce, mais avec une certaine dureté. C'était le genre de voix qui avait le pouvoir de contrôler chacune de tes émotions. D'un coup, elle en tomba amoureuse.

— Bon... bonsoir, bégaya-t-elle, le cœur battant la chamade.

— Vous pouvez m'appeler Zeus, dit-il, puis il tendit sa main pour qu'elle la baise.

Avec précaution, Kasia se pencha en avant et la baisa. Alors qu'elle se redressait, il saisit sa main et la baisa en retour. La sensation de ses lèvres sur sa peau suffit à faire frémir tout son corps, et elle haussa les épaules, gênée, en essayant de se dégager. Mais il ne la laissa pas faire. Sa prise était trop ferme. Mais pas assez puissante pour lui faire mal ou l'alarmer d'une quelconque façon. Et plus il tenait sa main, plus il plongeait son regard dans le sien, moins elle voulait se retirer. Elle était captivée. Comme s'il regardait au plus profond de son âme.

— Vous avez de si beaux traits, dit-il. Et une belle âme aussi. Vous êtes vraiment une fille étonnamment jolie.

Kasia était incapable de détacher ses yeux de lui. Finalement, tout ce qu'elle put dire fut un timide « Merci ».

— Ce n'est pas tous les jours qu'on rencontre quelqu'un d'aussi délicat et précieux que vous. Je suis honoré et vraiment humble d'avoir fait votre connaissance. Ne vous inquiétez pas, mes filles prendront soin de vous et s'assureront que vous vous installiez correctement.

— D'accord.

Elle ne trouvait rien d'autre à dire.

Finalement, il lâcha sa main et retourna d'un pas nonchalant vers l'avant de la salle, où il reprit sa position en tailleur. Comme si elles communiquaient par télépathie, les autres filles retournèrent avec agilité et rapidité à leurs places précédentes sur les tapis de yoga. Kasia ne savait pas quoi faire, alors elle resta simplement debout au milieu de la pièce, attendant que tout le monde s'assoie. Alors qu'elle se tenait là maladroitement, elle baissa les yeux sur un ensemble de sourires radieux. Puis elle sentit une tape dans son dos et se retourna pour voir Yasmin derrière elle, un tapis de yoga à la main.

Avec hésitation, Kasia le prit et ensemble, elles trouvèrent une place l'une à côté de l'autre au fond de la salle.

Pendant un long moment, personne ne dit rien. Le studio était rempli de silence et de l'odeur d'encens qui ne lui donnait plus la nausée.

— Kandy HeartThrob, avez-vous déjà fait du yoga ? demanda Zeus.

Le silence persista. Kasia attendit que la personne réponde. Mais comme personne ne le faisait, la réalisation commença à s'insinuer en elle. Ses soupçons furent confirmés lorsque les filles commencèrent lentement à se tourner vers elle, et que Yasmin lui donna une tape sur le bras en chuchotant : « Réponds-lui ! C'est à toi qu'il parle ! »

— Kandy HeartThrob ?

— O-Oui... ?

— C'est votre nom ici, expliqua Zeus. Votre nouveau nom au sein de votre nouvelle famille, avec vos nouvelles sœurs. Avez-vous déjà fait du yoga ?

Kasia secoua la tête, mais réalisa ensuite qu'elle était au fond de la salle, le plus loin possible de la lumière, alors il ne pourrait pas la voir. Elle répondit qu'elle n'avait jamais fait de yoga auparavant.

— Très bien. Peut-être que ce soir, vous pourrez alors observer et apprendre. Après tout, vous aurez tout le temps de vous exercer.

CHAPITRE
DIX

Tomek se réveilla lentement, agréablement. Il n'était pas envahi par l'habituelle angoisse de devoir se lever et aller travailler chaque matin. Non, ce matin-là, il se réveilla dans une humeur presque délicieuse. Il avait bien dormi la nuit précédente. Le soleil matinal filtrait à travers les rideaux, apportant avec lui les premiers signes de l'été et des jours plus chauds et plus beaux. Dehors, à la fenêtre, il entendait le rouge-gorge gazouiller et pépier avec sa progéniture. Si c'était ainsi qu'il allait se réveiller pour le reste de sa vie, il n'y voyait aucun problème.

En sortant du lit, il tira les rideaux pour inspecter sa ménagerie de faune et de flore. Ses bonsaïs avaient désespérément besoin d'une bonne taille. L'augmentation de la lumière du soleil ces derniers jours leur avait donné suffisamment d'encouragement pour se libérer de leurs entraves hivernales et entrer dans la nouvelle saison. En conséquence, de nouvelles branches se formaient sauvagement sur le dessus et sur les côtés. Avant de faire quoi que ce soit d'autre, il prit son arrosoir, le remplit dans le lavabo de la salle de bain et versa délicatement une mesure dans chacun des pots. Ensuite, il trouva ses ciseaux à bonsaï et commença à retirer chirurgicalement les nouvelles pousses, les taillant jusqu'à ce qu'elles paraissent contrôlées et uniformes, puis les plaça sur le rebord de la fenêtre. Alors qu'il remettait les ciseaux dans leur étui, le rouge-gorge apparut depuis l'intérieur de la cabane à oiseaux. Ce matin, sa poitrine semblait plus rouge, plus vibrante, comme si lui aussi était excité par l'arrivée de l'été.

— Salut, mon pote, dit-il. Bonne journée hier ?

L'oiseau gazouilla et sautilla de la cabane jusqu'au rebord extérieur de la fenêtre.

— La mienne n'était pas trop mal, merci. On a un vrai casse-tête qui nous attend cependant.

À cela, Michał n'avait rien à dire.

Juste au moment où Tomek s'apprêtait à continuer sa conversation imaginaire avec un oiseau, quelqu'un frappa à la porte de sa chambre. Kasia entra un instant plus tard.

— Bonjour, Kash, dit-il. Tu es debout tôt. Tout va bien ?

Elle se frotta l'œil gauche avec la paume de sa main et étouffa un bâillement avec l'autre.

— Je pourrais te demander la même chose, dit-elle. Tu parles tout seul ?

Tomek rit et secoua la tête.

— Je parle à mon frère.

Kasia baissa sa main et le regarda attentivement, cherchant probablement le téléphone portable qui était encore branché sur sa table de chevet.

— Oncle Dawid ?

Tomek pointa le rebord de la fenêtre. Michał, comme s'il pouvait comprendre, sautilla le long du rebord pour que Kasia puisse le voir derrière les arbres.

— Oncle Michał, répondit Tomek. Il est passé hier pour donner un ver à ses enfants et m'a ensuite donné les restes.

— Un ver ?

— Un ver, oui.

— Beurk, dégoûtant. Tu ne l'as pas mangé, n'est-ce pas ?

— Non, bien sûr que non. Je ne suis pas idiot.

— Mais tu te rends compte que tu parles à un oiseau, non ?

Tomek se tourna vers Michał. Il se pencha plus près de la fenêtre.

— Elle ne le pense pas, murmura-t-il.

— Papa...

Son ton avait baissé.

— Oui, ma puce ?

— Tu te sens bien ? demanda-t-elle, sa voix teintée d'une inquiétude sincère.

— Pourquoi n'irais-je pas bien ?

— Parce que tu parles à un oiseau. Ce n'est pas normal...

Tomek sourit et ferma les yeux. Elle ne comprenait pas. Comment le pourrait-elle ? Elle était trop jeune pour comprendre la vie et la mort, les signes et les symboles auxquels les gens s'accrochaient quand ils pensaient qu'un être cher était revenu sous une forme différente. À son âge, tout était simplement noir ou blanc. Il n'y avait pas de gris pour que de tels espoirs et croyances puissent exister. C'était soit le pire jour du monde, soit ça ne l'était pas. C'était soit la fin du monde, soit ça ne l'était pas. Rien entre les deux. Un jour, il mourrait et il était sûr qu'elle comprendrait alors. Mais pour l'instant, oui, ce n'était pas normal. C'était étrange.

— Tu as probablement raison, lui dit-il doucement.

Et ce fut la fin de la conversation. Elle lui tourna le dos et se dirigea vers la salle de bain. Un moment plus tard, le bruit de l'eau courante se répandit dans l'appartement.

— Elle ne comprend pas encore, dit Tomek au rouge-gorge. Elle ne connaît pas la douleur et la souffrance comme nous, mon pote. Et espérons qu'elle n'ait jamais à les connaître.

Il s'apprêtait à se préparer pour le travail quand quelque chose attira son attention : un grand espace dans l'un des joints entre le toit et les portes de la cabane à oiseaux. Le mastic que Nathan avait utilisé lors de sa construction se détachait, et bientôt elle ne serait plus fonctionnelle.

Tomek saisit son téléphone, le débrancha du chargeur et alla directement dans ses Messages. Là, au sommet de sa boîte de réception, se trouvait une conversation avec un numéro de portable qu'il n'avait pas eu le courage d'ajouter à son carnet d'adresses. Il n'avait pas voulu y attacher un nom pour l'instant, mais il savait exactement qui était à l'autre bout. Nathan Burrows. L'homme responsable du fait que Tomek pensait que son frère décédé était revenu sous la forme d'un rouge-gorge.

Ces dernières semaines, ils avaient échangé des SMS presque tous les jours. Quatre-vingt-quinze pour cent d'entre eux venaient de Nathan, lui donnant des mises à jour sur les dernières nouvelles de la vie carcérale. Les cinq pour cent restants venaient de Tomek, envoyant un pouce en l'air ou, à l'occasion, une réponse plus élaborée et réfléchie. Un canal de communication s'était ouvert, et Tomek ne savait toujours pas ce qu'il en attendait. Un ami ? Une résolution ? Des excuses en plus de celles qu'il avait reçues d'innombrables fois déjà ?

Il ne savait pas. Mais en ce moment, il savait qu'il avait besoin de l'aide de cet homme. Nathan avait fabriqué le nichoir dans le cadre d'un atelier de menuiserie à la prison de HMP Wakefield, et le lui avait envoyé comme cadeau. La seule raison pour laquelle Tomek l'avait accepté et installé était l'inscription du nom de Michał sur le devant. Cela pouvait sembler bizarre pour n'importe qui d'autre — Kasia, en particulier — mais cela lui servait de souvenir de son frère. Le rouge-gorge et ses petits iraient et viendraient, mais le nichoir resterait tant que le bâtiment tiendrait debout.

Il ouvrit la conversation avec Nathan et commença à taper un message.

Salut Nathan. Je voulais te prévenir, le nichoir que tu m'as envoyé commence à se dégrader. Serait-il possible d'en fabriquer un autre et de me l'envoyer ?

Il joignit une photo et appuya sur envoyer.
Une réponse arriva presque instantanément.

Absolument ! J'ai un aut' cours demain. T'inquiète pas, mon pote, je m'en occupe.

CHAPITRE
ONZE

Les pauses déjeuner étaient toujours identiques : les mêmes groupes d'amis occupant les mêmes espaces dans la cour de récréation, faisant les mêmes choses que la veille. Aucune différence, aucune variété. La même chose après la même chose après la même chose. Avant, Kasia n'aurait pas remarqué les détails de ce que faisaient les gens de son année, mais après la nuit précédente, après ce que Zeus lui avait dit à elle et aux autres filles, quelque chose s'était déclenché en elle, comme une porte qui s'était déverrouillée.

Elle et Yasmin étaient assises en tailleur au bord du terrain de sport, sur le gazon artificiel, leurs mains placées entre leurs jambes pour empêcher les garçons d'apercevoir leurs sous-vêtements sous leurs jupes. Un groupe d'élèves de première jouait au football près d'elles. Parfois, le ballon roulait vers elles et une bousculade s'ensuivait, deux joueurs se donnant des coups dans les jambes jusqu'à ce que l'un d'eux sorte victorieux. Si leur objectif était de les impressionner, elle et Yas, ça ne fonctionnait pas. Aucune des deux n'était intéressée. Mais le vrai problème n'était pas les garçons. C'était le groupe de filles mesquines de l'autre côté du terrain de football, qui, de toute évidence, *attendaient avec impatience* l'attention des garçons, mais le ballon ne semblait jamais arriver jusqu'à elles. Kasia et Yas savaient toutes les deux ce que ces filles devaient dire, ce qu'elles devaient penser. Yas avait deux ans de plus que

Kasia, elle était en première, et il était rare que deux personnes de différents niveaux traînent ensemble, sauf si elles étaient de la même famille, et même dans ce cas, ça paraissait *bizarre*. Par conséquent, les rumeurs avaient commencé à circuler. Elles étaient amoureuses, elles étaient des parentes éloignées qui essayaient de rester discrètes, ou Kasia faisait du lèche-bottes à Yas parce qu'elle essayait de s'intégrer. Kasia ne prêtait attention à aucune de ces rumeurs. Elle s'en fichait complètement de ce que les autres disaient. Elle avait vu et vécu suffisamment de choses dans sa vie pour savoir que ce qu'on disait et pensait d'elle était insignifiant et ne reflétait que leurs propres vies déprimantes et misérables. Au contraire, Kasia était heureuse d'avoir trouvé une bonne amie en Yasmin. Elles s'étaient rapprochées ces derniers mois, depuis qu'elles avaient vu l'une de leurs amies se faire agresser et avoir le crâne fendu sur la plage de Bell Wharf. Depuis lors, Kasia considérait Yasmin comme sa meilleure amie. Le problème, cependant, c'était qu'à cause de leur différence d'âge, elles n'étaient jamais dans les mêmes classes, ce qui signifiait qu'elles étaient obligées d'attendre la récréation, l'heure du déjeuner ou la fin des cours pour pouvoir discuter. Bien sûr, elles s'envoyaient des messages tout au long de la journée, mais c'était toujours compliqué et il y avait toujours le risque que leurs professeurs les attrapent et confisquent leurs téléphones.

Kasia avait eu hâte de voir Yasmin toute la journée. Et, à en juger par l'expression excitée de Yasmin, elle ressentait la même chose.

—Oh mon Dieu, dit Yasmin en agitant la main, incapable de contrôler ses émotions. Je n'arrive pas à croire que tu l'as *enfin* rencontré. J'avais envie de t'en parler depuis des siècles mais je n'ai pas pu... pour des raisons évidentes, bien sûr.

S'il y avait une indication sur ce que pouvaient être ces raisons évidentes, Yasmin ne le montrait pas, ni ne le verbalisait. C'était plutôt simplement *supposé*.

—Il est tellement génial, n'est-ce pas ? Il est si beau et *canon*. Et gentil, et drôle, et attentionné, et poli. Je me souviens de la première fois que je l'ai vu dans *EastEnders*, je le trouvais incroyable, et puis quand j'ai découvert sa musique, mon cerveau a littéralement explosé. Elle posa une main sur l'avant-bras de Kasia, avec une nouvelle expression sur son visage, comme si son esprit tournait à mille à l'heure et que le reste de son corps avait du mal à suivre. Il semblait bien t'apprécier, d'ailleurs.

—Tu crois ?

Kasia mentirait si elle disait qu'elle n'avait pas pensé à Zeus ou au reste de ce qui s'était passé. En fait, c'était tout ce à quoi elle avait pensé. Ce sentiment de famille. Cette connexion. Ce lien entre chaque membre.

Quelque chose qu'elle avait désiré depuis des années.

Cette acceptation.

Bien sûr, elle avait Tomek. Mais ce n'était pas pareil. Il était distant, toujours occupé par le travail, occupé par autre chose. À tel point qu'elle ne le voyait jamais, ne lui parlait jamais, ne connaissait jamais le vrai lui. Il avait été forcé de devenir son père depuis qu'elle s'était présentée à sa porte ; ce n'était pas ainsi qu'on créait un lien entre eux. C'était trop forcé.

Mais pas avec les filles. Pas avec les Harpies. Ça semblait plus que naturel. Ça semblait être le destin.

—Myrtle McCall me disait...

—C'était laquelle ? demanda Kasia.

—Cheveux blonds. Couettes...

Kasia regarda Yasmin d'un air perplexe. Jusqu'ici, son amie avait décrit presque toutes les filles du groupe.

—Celle avec des lunettes ?

Le souvenir que Kasia avait de cette femme était vague, mais elle hocha la tête comme si elle s'en souvenait.

—Ne t'inquiète pas, ça te prendra un moment pour connaître le nom de tout le monde. Ça m'a pris beaucoup de temps aussi, pour être honnête. Mais elles sont toutes si adorables et sympathiques une fois qu'on apprend à les connaître. Auspicious Almond, ou Aussie comme tout le monde aime l'appeler – moi je l'appelle secrètement Almy – peut sembler un peu garce, mais c'est parce qu'elle est là depuis le début. Elle a été la première à rencontrer Zeus et à démarrer le groupe, alors elle est un peu protectrice envers lui et les autres filles quand une nouvelle arrive. Mais une fois qu'elles t'acceptent, c'est comme si elles devenaient ta nouvelle famille. Nous sommes toutes sœurs là-bas, et j'aime chacune d'entre elles.

Yasmin reprit finalement son souffle avec une grande bouffée d'air.

—Comment elles t'appellent ? demanda Kasia. J'ai dû le manquer.

—Gassy Yassy.

—Pourquoi ?

—Parce que j'ai roté devant Zeus quand je l'ai rencontré pour la première fois, et puis j'ai été un peu insolente avec lui après. Yasmin rejeta ses cheveux en arrière. Je me souviens encore de cette soirée. Il la mentionne encore de temps en temps d'ailleurs. *Tellement* embarrassant.

Kasia réfléchit au surnom que Zeus lui avait donné. —Pourquoi m'a-t-il appelée Kandy HeartThrob ? Ces mots n'ont rien à voir avec notre première rencontre.

Le visage de Yasmin se tordit comme celui d'un bambin excité. Elle se pencha plus près de Kasia, resserrant sa prise sur son avant-bras, et dit : — C'est parce qu'il te trouve douce comme un bonbon... Et qui sait, je pense que tu as peut-être fait battre son cœur un peu plus fort. À tel point que je sais pertinemment qu'il veut que tu viennes à la prochaine réunion. N'oublie simplement pas ta tenue de yoga la prochaine fois.

CHAPITRE
DOUZE

La matinée s'était écoulée sans fait notable. Comme prévu, l'équipe de recherche de cinquante personnes promise par Victoria avait commencé ses investigations à neuf heures précises. Plusieurs membres de l'équipe, dont Chey et Martin, ainsi qu'une douzaine d'agents en uniforme qui avaient été appelés pendant leur temps libre, étaient présents, ratissant les bois, rampant à quatre pattes, cherchant tout indice qui pourrait être lié au meurtre. Sans oublier qu'ils recherchaient l'arme du crime – ou les armes. Mais jusqu'à présent, ils n'avaient rien trouvé. La veille, pendant que la police scientifique et Tomek examinaient la maison et le jardin, tout le groupe de garçons de sixième de l'école King John avait été envoyé pour une course marathon de trois kilomètres à travers les bois et une partie du Thundersley Glen voisin. En conséquence, la terre détrempée et boueuse avait été piétinée par des centaines de petits pas. Si les chances de trouver les empreintes des tueurs (sans parler d'autre chose) étaient minces au départ, elles étaient maintenant inexistantes.

Chey et Martin étaient revenus de la recherche défaits et démoralisés. Mais leur consternation fut rapidement apaisée par un café offert par Tomek. Il n'avait pas préparé le café, remarquez. Il avait juste appuyé sur un bouton de la nouvelle machine à café du bureau, puis attendu que l'appareil fasse le reste. Mais c'était l'intention qui comptait.

Un peu après l'heure du déjeuner, l'atmosphère encore sombre et déprimée, la DC Anna Kaczmarek entra dans le bureau.

— La voilà ! La femme que nous attendions tous, s'exclama Tomek.

— C'est drôle, mon mari ne dit jamais ça. Tu pourrais lui apprendre deux ou trois choses.

Tomek secoua rapidement la tête. — J'ai vu ton mari. Je préfère ne pas donner de conseils conjugaux à quelqu'un qui peut facilement me faire passer par-dessus une table.

— Un peu de compétition pourrait le motiver à s'améliorer.

Anna se dirigea vers son bureau et laissa tomber son sac à dos sur sa chaise.

— Comment ça s'est passé ? demanda Tomek.

— Cinq sur dix, répondit Anna.

Avant qu'elle ne puisse continuer, la porte du bureau de Victoria s'ouvrit, et l'inspectrice sortit. — Raconte-nous, dit-elle.

— Tu es comme une vieille pote pénible, Victoria, commenta Tomek. Tu n'apparais que quand tu veux quelque chose.

Presque comme sur un signal, le DS Sean Campbell émergea de derrière elle.

— Quand on parle du loup, dit-il en se glissant devant Victoria et se dirigeant vers le reste de l'équipe.

Tomek le regarda passer. — Quand es-tu même entré là-dedans ? Je ne me souviens pas t'avoir vu entrer.

Sean ouvrit la bouche pour répondre, mais Tomek leva une main vers lui.

— En fait, ne réponds pas. Je préfère ne pas savoir depuis combien de temps tu es là-dedans. Ni ce que vous avez fait.

— Comporte-toi correctement, rétorqua Victoria en rejoignant le reste du groupe. Ce n'était rien de ce genre. Et ne redis pas ça parce que c'est comme ça que les rumeurs commencent.

Tomek fit un clin d'œil facétieux à Sean. Sa relation avec Victoria avait commencé au début de l'année et avait provoqué une petite tension entre lui et Tomek, une prise de distance. Ils ne s'étaient pas vraiment parlé depuis un certain temps, mais les choses s'arrangeaient enfin.

— Anna, parle-nous de la mère de Michael Edwards, dit Victoria, désireuse d'éloigner la conversation de sa vie sexuelle et de revenir à l'enquête. Qu'as-tu appris ?

— Pas grand-chose, répondit Anna en sortant son carnet de son sac et en posant celui-ci par terre. Elle a dit qu'ils ne s'étaient pas parlé depuis des années. J'ai essayé d'insister pour savoir pourquoi, mais elle n'a pas développé. Aucun d'entre eux n'a essayé de prendre contact, donc je ne peux même pas déterminer où se situe le blâme. Mais elle semblait assez bouleversée par sa mort, comme la plupart des mères que je vois, peu importe à quel point elles sont éloignées. Et elle a passé la majeure partie du temps à me raconter son enfance, et quel genre de garçon il était en grandissant.

— Et ?

— Extraverti et plein d'entrain, apparemment. Toujours en train de jouer avec ses amis, les retrouvant les week-ends, faisant des bêtises. Il a fait beaucoup de spectacles au collège et au lycée. Pièces, productions théâtrales, ce genre de choses. Il a même essayé de créer sa propre émission de radio mais il n'y avait pas assez d'argent.

— Logique, dit Tomek. A-t-il eu des partenaires à qui nous pourrions parler ?

Anna passa la tête par-dessus son écran d'ordinateur et haussa à moitié les épaules. — J'ai demandé, mais la dernière fois que sa mère a su quelque chose à propos d'une petite amie, c'était il y a environ dix ans.

— Quand il avait... ? demanda Tomek, laissant la question inachevée, espérant que quelqu'un pourrait y répondre pour lui.

— Vingt-cinq ans, répondit Rachel. Il a trente-cinq ans maintenant, au cas où tu ne saurais pas faire le calcul.

Tomek lui lança un regard noir. — Je luttais avec les derniers chiffres. Je ne pense pas que j'y serais arrivé sans ton aide, Constable.

Rachel lui fit un pistolet avec ses doigts accompagné d'un clin d'œil. — Quand tu veux, Chef.

Elle avait volé l'un de ses gestes caractéristiques, mais ça ne le dérangeait pas. Elle s'imprégnait de plus en plus de ses maniérismes plus elle restait avec l'équipe, même si elle refusait de l'admettre. Bientôt, elle et Chey seraient ses doubles parfaits.

Alors que Tomek se retournait vers Victoria, son téléphone

commença à sonner. C'était Abigail, son ex-petite amie. *Ex* pour une bonne raison. Il appuya sur le bouton sur le côté de son téléphone pour couper la sonnerie et reporta son attention sur la conversation. À ce moment-là, le DCI Cleaves sortit de son bureau.

— L'ADN et les preuves trouvés sur la scène viennent d'être soumis, dit-il sans émotion.

— Seulement *maintenant* ? demanda Victoria.

Il grogna et soupira. — Il y a eu un retard avec le coursier qui devait venir les récupérer, apparemment. Putain d'incapables, franchement.

— Qu'est-ce qui a été soumis ? demanda Sean. Il avait manqué le briefing de la veille et avait donc plus de choses à rattraper que les autres.

— La police scientifique a trouvé plusieurs échantillons de cheveux. Des cheveux longs et blonds, autour du canapé et près de la porte d'entrée, expliqua Nick.

— Ils appartiennent à nos tueurs ? demanda Sean.

— Forte possibilité, intervint Victoria. À moins qu'il n'ait reçu une femme la veille de sa mort, après que Mlle Middleton ait nettoyé la maison, je dirais qu'ils appartiennent à ceux que nous recherchons. Du moins à l'un d'entre eux.

— Est-ce qu'on sait s'il avait des amies ? demanda Tomek, dirigeant la question vers Chey, qui était le plus susceptible de savoir. En tant que membre le plus jeune de l'équipe, il était le plus *au fait* de la technologie et des médias sociaux, et était capable de trouver des informations bien plus rapidement que Tomek n'aurait pu déverrouiller son téléphone et trouver l'application.

— Oui, Chef. Il y a une femme sur son Instagram que je pense qu'il pourrait avoir fréquentée.

— Super. Trouve-moi son nom et son adresse, tu veux bien ? J'aimerais la voir.

CHAPITRE
TREIZE

Ils trouvèrent une petite table dans un café tout aussi petit au coin de la rue où travaillait Bryony Watson. Au fond de l'établissement, un barista s'affairait à préparer leurs boissons. Le sifflement de la machine était noyé par le bourdonnement des conversations autour d'eux. C'était l'endroit de prédilection de Bryony chaque fois qu'elle avait besoin d'un verre. Elle ne supportait ni le café instantané qu'ils avaient au bureau, ni la mixture que produisait la machine. Son café devait être frais, fort et préparé par un être humain. Et après avoir découvert ce qu'elle faisait dans la vie, il n'était pas surpris. Bryony travaillait comme chercheuse et assistante pour une société de télévision qui produisait des émissions de célébrités. Non seulement elle passait son temps à appeler des gens pour dénicher des informations croustillantes sur diverses célébrités ou personnalités de la télévision, mais elle était aussi leur bonniche.

Selon ses propres mots.

— Les heures sont longues, vraiment putain de longues en fait, mais j'adore ça, dit-elle tandis que le barista déposait leurs boissons devant eux. Bryony remercia l'homme puis se saisit immédiatement de sa tasse. Le contenu disparut en quelques secondes.

— Vous aimez *ça* tout autant, manifestement, dit Tomek, en indiquant la tasse dans sa main.

— Je dirais même que je l'aime un peu plus, répondit-elle en reposant bruyamment sa tasse sur la table.

— Vous ne trouvez pas que ça vous brûle la langue ? J'apprécie un bon café autant que n'importe qui, mais je préfère ne pas me brûler les entrailles en le faisant.

— Votre corps s'adapte, dit-elle, avec une pointe de sarcasme. Il s'adapte aussi au manque de sommeil.

Oui, mais pas d'une bonne façon.

— J'ai de la chance si j'arrive à dormir quatre heures. Et c'est dans les très bonnes nuits.

— Trop de travail et pas assez de distractions font de Bryony une fille bien terne.

Malheureusement, la référence lui échappa. Et elle perdit aussi un peu du respect de Tomek.

Il décida de faire avancer la conversation, pour échapper à son expression déconcertée.

— Si vous travaillez tout le temps, vous avez dû avoir du mal à maintenir une relation avec Michael ? demanda-t-il.

Elle haussa légèrement les épaules, presque imperceptiblement. — Nous avons eu nos moments. Comme tout le monde.

C'est alors que Tomek lui expliqua la raison pour laquelle il l'avait arrachée à son important travail. Que son petit ami était décédé. Qu'il avait été brutalement assassiné. D'abord, son visage s'était figé, inexpressif, dépourvu de toute émotion. Puis les larmes avaient commencé à se former aux coins de ses yeux grands ouverts. Il s'écoula un long moment avant qu'elle ne cligne des yeux et que les pleurs ne cessent. Tandis qu'il la laissait assimiler cette perte soudaine, Tomek se dirigea vers le comptoir pour demander un mouchoir.

— Vous comprenez, naturellement, que je dois vous poser quelques questions sur votre relation avec Michael ? dit-il, une fois qu'elle sembla prête à continuer.

— Oui. Entre ses doigts, elle jouait avec une poignée de mouchoirs, tirant, déchirant, triturant, évitant les questions aussi longtemps que possible.

— Je suis désolé de vous l'avoir annoncé comme ça, mais vous deviez le savoir. Et c'est juste une formalité, pour que nous puissions vous éliminer.

— Je comprends. Mais d'après l'expression de son visage, elle semblait à des milliers de kilomètres.

Il continua, malgré tout.

— Depuis combien de temps connaissiez-vous Michael ?

— Quatre ans.

— Et depuis combien de temps formiez-vous un couple ?

— Un an.

— Comment vous êtes-vous rencontrés ?

— Au travail.

Il était évident que jusqu'à ce moment, son esprit n'avait fonctionné que par brèves réponses. Mais alors quelque chose changea dans son cerveau et elle commença à développer. — J'étais son assistante à KISS jusqu'à ce que je démissionne pour venir ici. Ce n'était rien de personnel, oh mon Dieu, non, sinon j'aurais mis fin à la relation. On m'a simplement offert une opportunité que je ne pouvais pas refuser.

— Et il l'a bien pris ?

— Il a compris. Il ne voulait pas être celui qui me retiendrait.

— Très admirable.

— C'était Michael tout craché. Un gentleman. Toujours faisant passer les autres avant lui-même.

— Donc il ne s'est jamais mis des gens à dos ?

Elle pinça les lèvres, puis secoua la tête. — Pas à ma connaissance. Je veux dire, il avait ses opinions et ses points de vue qui - comment dire ? - contrariaient les gens, mais tout le monde rencontre des personnes qu'ils n'aiment pas, n'est-ce pas ? Nous avons tous droit à notre opinion. C'est un pays libre.

Tomek avait déjà entendu ce genre de discours auparavant, et savait où il menait souvent. Il décida de ne pas s'engager sur cette voie pour le moment.

— Pouvez-vous penser à quelqu'un qui aurait pu vouloir lui faire ça ?

— Non ! Pas du tout. Même s'il avait fait quelque chose pour contrarier quelqu'un, je ne pourrais jamais imaginer prendre une autre vie, surtout aussi vicieusement et violemment qu'ils l'ont fait à Michael.

Tomek était d'accord. Il ne pouvait pas non plus imaginer prendre une vie. Mais dans ce cas, quelqu'un l'avait fait. Et, pour rendre les choses encore plus confuses, potentiellement *trois autres* personnes avaient ressenti la même chose.

Tomek prit une gorgée de sa boisson, maintenant qu'elle avait refroidi à une température tolérable. Bryony en profita pour commander un autre double expresso. Elle avait besoin de quelque chose de plus fort, lui dit-elle. Pendant qu'ils attendaient, Tomek fit avancer la conversation.

— Quand avez-vous vu Michael pour la dernière fois ?

— L'autre soir.

— Pourriez-vous être plus précise ?

Elle fit une pause d'un instant pour faire le calcul dans sa tête.

— Il y a trois nuits. Pas la nuit dernière, ni celle d'avant, mais celle d'avant celle-là. Elle plaça ses deux mains sur ses tempes et grogna. — Désolée, les jours se confondent tous.

— Que faisiez-vous ensemble ? continua Tomek.

— J'étais allée chez lui et j'y avais passé la nuit. Nous étions tous les deux en congé le dimanche, alors nous avons passé la majeure partie de la journée à dormir au lit.

Tomek prit note mentalement. Il ne pensait pas que c'était important, mais on ne pouvait jamais en être certain.

— Vous êtes-vous parlé depuis ?

Elle hocha la tête, puis confirma qu'ils s'étaient envoyé quelques messages au cours de la journée et qu'elle était prête à les partager avec lui s'il le souhaitait.

— Ce ne sera pas nécessaire pour l'instant, dit Tomek. — Bien que je sois curieux, vous a-t-il dit ce qu'il faisait le jour de sa mort et la veille ?

Bryony fit une nouvelle pause, plus longue cette fois, tandis qu'elle fouillait dans ses archives mentales. — Je ne saurais vous dire, pour être honnête. Il l'a peut-être mentionné dans l'un des messages, mais si je connais Michael comme je pense le connaître, il aurait simplement fait l'aller-retour entre son travail et son domicile, encore et encore. Il ne s'arrêtait jamais. Il ne pouvait pas déconnecter. Nous sommes aussi accros l'un que l'autre.

Avant que Tomek ne puisse répondre, son téléphone vibra. Dès qu'il vit le nom d'Abigail apparaître en haut de l'écran, il mit l'appel en sourdine.

— Vous devez répondre ? demanda Bryony.

— Ce n'est pas important.

Parce qu'elle ne l'était pas. Abigail pouvait attendre. Plus précisément, elle pouvait aller se faire voir. Il n'avait pas le temps de la laisser lui soutirer des informations.

Pendant quelques instants, Tomek perdit le fil de sa pensée et balbutia de manière incohérente en essayant de reprendre le cours de ses idées.

— Vous vouliez savoir quels étaient les déplacements de Michael avant sa mort, dit Bryony, venant à son aide.

— Ah, oui. Merci. Peut-être que nous demanderons à quelqu'un d'examiner vos messages après tout.

Bryony jouait avec le téléphone dans ses mains, faisant glisser son index le long des contours de l'appareil. — Je ne suis pas sûre qu'ils seront très utiles, mais ils sont à vous si vous en avez besoin.

— Parfait. Je vais vous donner l'adresse e-mail de mon collègue et vous pourrez lui envoyer les captures d'écran pour qu'il les examine. Il est jeune, voyez-vous, donc bien meilleur que moi pour ces choses-là.

— Je comprends ce que vous ressentez, répondit-elle. — J'ai une sœur cadette qui a une vingtaine d'années, et je vous jure qu'elle pourrait communiquer avec la Station spatiale internationale, vu tout ce qu'elle peut faire sur son téléphone.

Tomek sourit. — C'est comme ma fille. Je jure que les enfants d'aujourd'hui sortent du ventre de leur mère avec ça déjà préchargé dans leur cerveau. Je me souviens encore de l'époque des télévisions à manivelle et des tourne-disques huit pistes. Ils ne savent pas la chance qu'ils ont.

— Je suis tout juste assez âgée pour me souvenir des Pages Jaunes, dit Bryony, avec un léger sourire. C'était la première fois depuis qu'il lui avait annoncé la nouvelle qu'elle montrait une émotion autre que le chagrin.

Cette conversation rappela à Tomek celle qu'il avait eue avec Kasia. Il avait mentionné les mots Pages Jaunes devant elle il y a quelques semaines, et avait dû lui expliquer l'époque d'avant Google et d'avant

Internet, où les numéros de téléphone *étaient* disponibles au bout des doigts, mais le seul problème était que ces doigts finissaient tachés de noir à cause de l'encre d'imprimerie. L'esprit de Kasia avait été soufflé, et elle avait même recherché l'information sur Google pour la vérifier.

À la table, Bryony se pencha sur le côté et fit signe au barista.

— *Encore* un ? demanda Tomek.

— Non. Je ne suis pas folle. Juste de l'eau.

Elle passa sa commande au barista. La bouteille arriva un instant plus tard. Alors qu'elle la prenait et commençait à dévisser le bouchon, ses cheveux blonds glissèrent de derrière son oreille d'un côté et pendaient près de sa tempe. Tandis qu'elle les remettait en place, une idée vint à Tomek.

— Accepteriez-vous de faire un prélèvement d'ADN ? Il pointa ses cheveux. — Quelques mèches suffiraient.

Elle parut d'abord choquée, et légèrement offensée, mais son visage se détendit ensuite en un haussement d'épaules indifférent.

— Je n'y vois pas d'inconvénient, dit-elle.

— Bien. Merci. Je vous proposerais bien d'en prendre maintenant, mais j'aurais trop peur de vous faire mal en les arrachant.

CHAPITRE
QUATORZE

Tomek venait à peine de fermer la portière de sa voiture quand il a senti qu'on l'observait. Prudemment, il a verrouillé la voiture et mis les clés dans sa poche, puis il a traversé le parking d'un pas nonchalant. Il n'était pas particulièrement pressé ; il arriverait quand il arriverait.

Ce qui était exactement ce sur quoi Abigail Winters comptait.

Il l'a entendue avant de la voir. Appelant son nom. Sortant de sa voiture.

—Tomek ! Je veux juste te parler !

Malgré son soudain désir fervent de quitter le parking aussi vite que possible, quelque chose l'a obligé à rester. Une force impénétrable et inamovible le maintenait immobile entre les véhicules.

—Tomek... a-t-elle dit, essoufflée.

—Qu'est-ce que tu fais ici ? a-t-il demandé sans la moindre trace d'émotion dans sa voix.

—Je voulais te parler.

Trois semaines. Trois semaines qu'il l'évitait. Trois semaines depuis leur rupture. Il avait tenu aussi longtemps, et maintenant elle avait franchi la distance. Mais il voyait déjà clair dans son jeu. Bien sûr, elle prétendrait vouloir discuter de leur relation, et de la façon dont ils pourraient avancer ensemble, que ce soit amicalement ou d'une autre manière. Mais il connaissait la véritable raison de ses appels téléphoniques harcelants et de sa visite soudaine. Elle avait eu les trois dernières semaines pour le contacter, mais il n'avait pas eu d'enquête pour meurtre à gérer pendant ce temps. Maintenant, comme par hasard, un meurtre brutal avait eu lieu et tout à coup elle avait surgi de nulle part.

—Tu aurais pu être un peu plus subtile, a-t-il dit.

—Quoi ? Ici ? Je ne savais pas comment te trouver autrement.

Il a ricané. —C'est des conneries. Et tu le sais.

—De quoi tu parles ?

Tomek a croisé les bras sur sa poitrine. Il détestait l'admettre, mais elle était belle. Vraiment belle. Comme si elle s'était beaucoup entraînée pendant leur séparation. Et il était certain qu'elle avait aussi appliqué du maquillage plus coûteux ce matin. Et ce parfum... Elle savait qu'il avait un faible pour ce parfum en particulier.

—Je n'ai pas de temps pour ça, a-t-il dit. Je sais ce que tu cherches et je n'ai rien à te donner. Tu devras obtenir tes informations de quelqu'un d'autre.

—C'est toi que je voulais voir.

En levant les yeux au ciel, il a répondu : —Je ne te crois pas. Tu veux savoir ce qui s'est passé à Shipwrights, et c'est tout. Ne me mens pas.

Il s'est dirigé à grands pas vers le commissariat, mais elle l'a attrapé par le bras et l'a retenu.

—C'est toi que je voulais voir, a-t-elle insisté, en faisant cette chose avec sa voix. Cette inflexion qui la faisait paraître mignonne et innocente.

—Pourquoi ? a-t-il demandé sévèrement. Qu'es-tu venue dire qui n'a pas déjà été dit ?

—Toi. Moi. Nous.

—Et alors ? Ce ne sont que trois mots. Ils ne signifient rien.

—Je veux savoir à propos de... *nous.*

Il a inspiré profondément, retenu son souffle, puis l'a laissé s'échapper lentement de ses poumons.

—Il n'y a pas de nous. Il y en a eu un, autrefois, mais ce navire a levé l'ancre. Tu dois lâcher prise, passer à autre chose, trouver quelqu'un d'autre. Et je suis désolé si c'est difficile pour toi, mais ce n'est plus mon problème. J'ai dit que nous pouvions avoir une relation professionnelle, mais soit je me trompais, soit c'est beaucoup trop tôt pour se revoir de cette façon. Il a fait une pause, l'a regardée profondément dans les yeux, s'est senti se perdre à nouveau en eux. —Je suis sérieux quand je dis que je ne pense pas que tu devrais revenir ici. Du moins pas pour me harceler à propos du travail ou de *nous*.

Sur ces mots, il l'a dépassée en trombe et s'est précipité dans le sanctuaire du commissariat. Les meurtriers et les criminels, ça, il pouvait gérer, il pouvait les affronter sans réfléchir ou se soucier de lui-même. Mais quand il s'agissait d'ex-petites amies ou d'anciennes amantes, il était comme un écolier embarrassé qui fuyait toujours ses problèmes.

CHAPITRE
QUINZE

Tomek monta pesamment les escaliers ce soir-là, traînant les pieds sur la moquette. Il s'arrêta dès qu'il entendit le son provenant de derrière la porte. De la camelote. Plus proche d'un bruit blanc que de la véritable musique. On était bien loin des classiques des années quatre-vingt et quatre-vingt-dix qu'il avait écoutés durant son enfance. Aujourd'hui, la jeune génération était contrainte d'écouter du mumble rap et du drill, quoi que ces trucs puissent être.

Mais ça... c'était un genre à part entière.

En atteignant la dernière marche, Tomek glissa sa clé dans la serrure, en prenant soin de ne pas faire de bruit. Il n'avait cependant pas grand-chose à craindre, car la musique résonnait dans tout l'immeuble, faisant vibrer les murs. Probablement en train d'agacer le voisin du dessous au passage.

Prudemment, il tourna la clé et abaissa la poignée.

Puis il ouvrit la porte. Un tout petit peu à la fois. Dix degrés. Vingt. Trente.

Jusqu'à ce qu'il la voie, vêtue de son uniforme scolaire, dansant dans le salon. Ses cheveux voltigeant autour de son visage. Bras et jambes se balançant dans les airs.

Insouciante. S'amusant. Vivant l'instant présent.

L'idée de la filmer pour l'embarrasser plus tard lui traversa l'esprit, mais au moment où il plongea la main dans sa poche pour prendre son téléphone, elle l'avait repéré, avait éteint la musique et ouvert la porte en grand.

— Depuis combien de temps tu es là à me regarder ? hurla-t-elle.

— Pas assez longtemps, dit-il en sortant son téléphone. Recommence. Je veux t'enregistrer pour que tu aies quelque chose à montrer à tes petits-enfants.

— Putain, non !

— Un gros mot ! répliqua Tomek. Bocal à jurons, tout de suite.

Son visage se transforma en une grimace renfrognée.

— Je suis sérieux. De l'argent. Dans le bocal. *Maintenant*. Tomek désigna le petit bocal en verre IKEA posé sur le rebord de la fenêtre du salon. Il était presque rempli à ras bord, principalement de sa propre monnaie, mais il restait suffisamment de place pour qu'elle y ajoute quelque chose.

Furieuse, Kasia se précipita vers son sac à dos, trouva son porte-monnaie, puis laissa tomber une pièce dans le bocal.

— Maintenant, dit Tomek, tenant son téléphone en l'air, où en étions-nous ?

— Depuis combien de temps tu étais là ?

— Je te l'ai dit, pas longtemps. C'est quoi le problème ?

— C'est gênant.

— Mais non.

— Si, ça l'est.

— Allez, fais-le encore. Je promets de ne pas t'enregistrer.

Elle croisa les bras et secoua vigoureusement la tête.

— Pourquoi pas ?

— Je n'arrive pas à croire que tu m'aies vue danser, dit-elle.

— Il n'y a rien de mal à ça. Je le faisais tout le temps devant mes parents et ça ne les dérangeait jamais.

— Vraiment ? demanda-t-elle, la voix pleine d'espoir.

Non. Il ne l'avait jamais fait. Mais elle n'avait pas besoin de le savoir.

— Qu'est-ce que tu écoutais ? demanda-t-il.

— Personne.

— Ça doit bien être quelqu'un. Comment s'appelle-t-il ? Tomek tendit la main vers son téléphone, mais elle refusa de le lui donner.

Tandis qu'elle le tenait derrière son dos, elle siffla : — Pourquoi ça t'intéresse tant, d'abord ?

— Parce que j'essaie d'en apprendre davantage sur ma fille. Je te vois écouter de la musique, et j'ai toujours supposé que tu écoutais Taylor Swift ou Harry Styles ou d'autres artistes pop dont je ne sais pas grand-chose et dont je me fiche. Mais celui-ci... a piqué mon intérêt, disons.

Son argument ne porta pas. En fait, cela la rendit encore plus réticente à divulguer l'information.

— Qu'est-ce que tu caches ? Tu avais l'air de bien t'amuser.

Il réalisait rapidement à quel point il l'avait mise mal à l'aise pour quelque chose d'aussi banal que danser dans le salon. C'est alors qu'il se rendit compte que sa main était toujours en l'air, et il l'abaissa lentement.

— Tu n'es pas obligée de...

— The Sons of Zeus, répondit doucement Kasia, regardant le tapis, incapable de soutenir son regard.

— Pardon ?

— Il s'appelle The Sons of Zeus, répondit-elle, avec plus d'assurance dans la voix maintenant. C'est un artiste indépendant basé à Southend. Il fait plein de concerts au Chinnerys. C'est Yas qui me l'a fait découvrir, elle a dit qu'on pourrait peut-être aller le voir un jour.

Tant de pensées, tant de remarques acerbes surgirent dans l'esprit de Tomek. Mais elles furent toutes supplantées par une pensée en particulier : l'idée de sa fille de treize ans assistant à un petit concert dans un bar avec ses amies.

La drogue. L'alcool. Les pressions sociales qui en découlaient.

Soit il pouvait l'avertir maintenant des dangers et des inquiétudes qu'il avait, soit il pouvait les distiller dans leurs conversations au cours des deux prochaines semaines, ce qui lui donnerait plus de temps pour que le message s'imprègne. Oui, il ferait ça.

— Comment un seul homme peut-il être *tous* les fils de Zeus ? N'en avait-il pas une cinquantaine ?

Kasia soupira profondément et leva les yeux au ciel si loin qu'elle semblait possédée.

— Ce n'est pas de ça qu'il s'agit, papa.

— C'est juste un de ces noms qui ne veulent rien dire ?

— Oui ! D'accord ? Tu as fini maintenant ? Pour pu...

— Langage !

Tomek désigna le bocal à jurons.

— Mais je n'allais rien dire.

— Si, tu allais le faire. Je sais comment cette phrase se termine. Je ne suis pas stupide. Mets encore de l'argent dans le bocal, s'il te plaît.

Elle le fit, mais pas avant d'avoir soufflé, levé les yeux au ciel et jeté son sac partout, juste pour faire comprendre son point. Elle souligna davantage sa frustration envers lui quand elle claqua la porte de sa chambre, remplissant la pièce de silence. Jusqu'à ce qu'elle recommence à jouer The Sons of Zeus.

CHAPITRE
SEIZE

Une heure plus tard, Tomek sentait ses paupières se fermer tandis qu'il s'assoupissait, progressivement enveloppé par les bras de Morphée qui l'attiraient dans leurs sombres étreintes. La télévision était allumée et parlait fort, mais il n'y prêtait aucune attention. Pas plus qu'il ne faisait attention aux documents et aux feuilles de notes qu'il tenait et qui reposaient sur ses genoux. La journée, bien qu'il eût l'impression d'avoir fait très peu, l'avait épuisé, et il commençait maintenant à en ressentir les effets.

Ou peut-être était-ce les informations que l'équipe avait recueillies sur le meurtre de Michael Edwards qui l'avaient plongé dans le sommeil. Jusqu'à présent, Rachel, Martin et Oscar, avec l'aide des agents en uniforme, avaient parlé à plus de cinquante voisins le long de Shipwrights Drive et dans les environs, et personne n'avait rien vu ni entendu. Dans l'ensemble, ça avait été une perte de temps. On pouvait en dire autant des recherches dans les jardins des voisins, qui s'étaient également avérées infructueuses. Soit les tueurs avaient disposé des armes plus loin, à l'ouest du bois dans le grand champ qui le bordait, soit ils les avaient emportées avec eux.

Le dernier rayon d'espoir qui aurait pu leur donner un aperçu des derniers mouvements de Michael Edwards dans les jours précédant sa mort s'était également évanoui. Bryony Watson avait envoyé les captures d'écran à Chey, qui les avait examinées en l'espace de trente minutes et avait immédiatement déclaré qu'elles étaient non concluantes. Selon les messages, Michael Edwards était allé au travail, était rentré chez lui, avait dormi, était retourné au travail le lendemain, était rentré, puis s'était à nouveau couché. Rien n'indiquait qu'il avait fait quoi que ce soit de particulier. L'emploi du temps de bourreau de travail de cet homme était aussi ennuyeux que répétitif.

Travail, manger, dormir. Répéter.

Il n'avait rencontré personne. Il n'avait pas quitté la maison au milieu de la nuit. Il n'était allé nulle part ailleurs qu'au travail ou à la maison.

L'homme avait simplement été brutalement assassiné pour une raison totalement incompréhensible.

Le sommeil l'avait finalement enveloppé quand son téléphone sonna sur l'accoudoir à côté de sa tête. Le bruit soudain le réveilla en sursaut, le faisant se redresser. Les papiers sur ses genoux se dispersèrent et tombèrent au sol. Les ignorant, il attrapa son téléphone.

Désolé de t'écrire si tard, mais un nouveau nichoir est en route vers toi, devrait arriver dans quelques jours, j'espère qu'il te plaira, N

Tomek relut le message, puis une troisième fois, son esprit à moitié éveillé mettant plus de temps que d'habitude à traiter les lettres et les mots devant lui. Lorsque le sens du texte pénétra enfin son esprit, un sourire se dessina sur son visage. L'idée d'un nouveau nichoir pour Michał et sa petite famille de rouges-gorges le remplissait de joie. C'était le minimum que cette famille méritait.

Sa joie fut cependant de courte durée lorsque Kasia émergea de sa chambre. Pendant le peu de temps qu'elle y avait passé, elle avait troqué son uniforme scolaire contre des vêtements décontractés, et avait maintenant branché ses écouteurs. Le son métallique de la musique électronique des Sons of Zeus résonnait depuis ses oreilles.

— Ça va ? lui demanda-t-il, mais c'était peine perdue. Aucune réponse.

Elle se glissa dans la cuisine, ouvrit le réfrigérateur, y prit quelque chose, puis ressortit un moment plus tard avant de retourner dans sa chambre.

Pas un mot, pas même un bref regard dans sa direction.

Merde. Peut-être qu'il l'avait vraiment mise en colère. Mais il ne s'agissait que d'un musicien... Où était le problème ?

CHAPITRE
DIX-SEPT

Kasia a fermé la porte de sa chambre derrière elle et s'est jetée sur son lit. Elle ne s'inquiétait pas que son père entre sans prévenir. Il respectait généralement ce genre de choses. Il la laissait tranquille. Il n'intervenait que si c'était urgent ou pour lui demander si elle voulait quelque chose des courses. De plus, il s'endormait déjà sur le canapé, donc elle ne pensait pas avoir beaucoup de chances d'être dérangée. Non, elle avait l'endroit pour elle seule pour le reste de la soirée.

Sur son lit se trouvait son ordinateur portable, ouvert sur un programme d'apprentissage de mathématiques niveau collège. Une ruse au cas où Tomek finirait par passer sa tête à travers la porte pour lui demander ce qu'elle faisait. Elle s'est positionnée confortablement sur le lit, a croisé les jambes, puis a ouvert le chocolat qu'elle venait de récupérer dans le frigo. Un Kit Kat chunky saveur Biscoff. Du diabète en barre. Mais malgré sa teneur en sucre et en graisse incroyablement élevée, et tout le reste de mauvaises choses qui s'y trouvaient, c'était délicieux, et elle l'a terminé en moins d'une minute. Après avoir jeté l'emballage sur sa table de chevet, elle a placé l'ordinateur portable sur ses genoux, puis est passée à l'autre onglet de son navigateur. Sur l'écran se trouvait une image de Zeus, sauf que ce n'était pas le même Zeus qu'elle avait vu la veille. Ce Zeus était plusieurs années plus jeune, les muscles de ses épaules et de sa poitrine n'étaient pas aussi toniques, et il arborait un léger ventre. Ses cheveux étaient coupés court, et son visage était rasé de près. Si ça avait été la première fois qu'elle l'avait rencontré, elle ne pensait pas qu'elle l'aurait trouvé aussi charmant et fascinant que la nuit précédente.

Elle a appuyé sur la barre d'espace de son clavier, et la vidéo a repris. Octavia Nightbrook, l'une des filles du groupe, avait partagé le lien vers les clips d'archives via WhatsApp, et avait suggéré à Kasia de les regarder. Il y avait des messages cachés et des actions dans toutes ses performances dans *EastEnders*, tous les quarante épisodes. Au total, la compilation durait près de trois heures, et elle en était déjà à une heure.

À l'écran, Zeus, ou Harvey Whitlock comme s'appelait son personnage dans la série, était au milieu d'une dispute avec sa sœur. Elle avait récemment commencé à sortir avec un homme noir, et le personnage de Harvey s'en était offusqué. Kasia n'était pas sûre si c'était parce qu'il n'aimait pas la personne, ou si c'était une question raciale. Puis, quelques instants plus tard, ses inquiétudes ont trouvé réponse quand Harvey a crié au visage de sa sœur qu'elle ne devait plus voir son petit ami parce qu'il ne faisait pas confiance aux Noirs. La dispute s'est finalement transformée en échange de cris, qui n'a abouti à aucun gagnant.

En continuant à regarder, elle a vu le personnage de Zeus descendre vers un fasciste d'extrême droite qui détestait tout le monde sauf son père, qui avait des tendances similaires. Sa chute, et sa disparition éventuelle du feuilleton, est survenue lorsqu'il est entré en contact de façon dévastatrice avec une ligne électrique.

À la fin, Kasia a été époustouflée par deux choses : son talent brut d'acteur, et sa transformation. Les deux avaient pris du temps à se développer, mais au moment de sa mort à l'écran, Zeus avait complètement perdu son ventre et s'était transformé en dieu grec qu'il était maintenant. Les seules différences entre le personnage à l'écran et l'homme qu'elle avait rencontré dans la vraie vie étaient la longueur de ses cheveux et de sa barbe. Quant à son talent, c'était sans précédent. Il y avait quelque chose chez lui, quelque chose qui la captivait et la fascinait. La façon dont il jouait et regardait ses collègues dans les yeux. La façon dont il se tenait devant la caméra et s'assurait que tout le monde sache qu'il fallait le regarder. La façon dont il contrôlait chaque partie de son expression faciale. Et sa façon de parler. Oh mon Dieu, sa façon de parler. Sa manière d'infléchir et de dévier, d'articuler, et de parler comme un homme ordinaire. L'émotion dans sa gamme. Chaque fois que Harvey Whitlock était en colère, Kasia se sentait en colère. Chaque fois qu'il était triste, déçu, furieux, elle ressentait toutes les mêmes choses.

Quand elle a terminé la vidéo, un peu après minuit, elle a envoyé un message à Octavia Nightbrook. Quelques instants plus tard, elle a été ajoutée dans un groupe WhatsApp. Les vingt filles y étaient, leurs surnoms en haut de leurs profils. Chacune d'entre elles l'a accueillie dans le groupe de discussion, y compris Yas, qui a été l'une des premières. L'écran s'est inondé d'émojis de cœurs et de lèvres, ainsi que de divers GIFs de personnes qui s'embrassent et qui saluent. Après un court moment, Kasia a trouvé le courage de répondre et de les remercier toutes de l'avoir intégrée au groupe. C'était une chose d'être accueillie à nouveau à la prochaine séance de yoga, mais c'en était une autre d'être ajoutée au WhatsApp, d'être en communication constante et directe avec toutes les filles à la fois. Et puis la question lui est venue : Zeus faisait-il aussi partie du groupe ? Jugerait-il ses messages, se demandant pourquoi elle ne postait pas plus souvent et n'était pas plus reconnaissante d'avoir été incluse ? Elle a rapidement vérifié la liste des noms du groupe et s'est légèrement détendue après avoir réalisé qu'il n'était pas impliqué.

Après que tout le monde ait fini d'accueillir Kasia, la conversation s'est tournée vers le dernier épisode de podcast que Zeus avait enregistré. Ne voulant pas avoir l'air naïve, Kasia a choisi de ne pas contribuer. Ce n'est que lorsqu'Octavia Nightbrook lui a envoyé un message qu'elle a compris de quoi ils parlaient.

Chaque semaine, parfois tous les deux jours, Zeus enregistre un podcast pour nous tous à écouter. Chaque membre du groupe est tenu de l'écouter et d'offrir un aperçu et des commentaires sur ce qu'il dit. Mais comme c'est ta première semaine, tu as un laissez-passer. Voici la vidéo.

Le cœur de Kasia s'est emballé, puis s'est effondré. Elle avait un laissez-passer cette semaine. Super ! Mais la semaine prochaine... la semaine prochaine, elle devrait faire attention et écouter.

À présent, l'appartement était plongé dans un silence de mort. Tomek était allé se coucher depuis longtemps, et malgré les écouteurs enfoncés dans ses oreilles, elle pouvait entendre le son étouffé de ses ronflements. Bien sûr, elle aurait pu écouter le podcast à voix haute, mais cela ne valait pas le risque, et le son n'aurait pas été tout à fait le même. Avant de lancer la vidéo, elle ferma son ordinateur portable et se prépara pour aller au lit. Une fois qu'elle eut brossé ses dents, éteint toutes les lumières et grimpé dans son lit, remontant la couette jusqu'à sa poitrine, elle enfonça à nouveau les écouteurs dans ses oreilles et démarra l'enregistrement.

Au début, il y eut un bruit blanc strident, le son d'un microphone qu'on branche. Puis elle entendit sa voix. Douce, apaisante, profonde. Envoutante. Comme celle d'Austin Butler.

— Bonsoir, Harpies, commença Zeus.

Elle l'imaginait assis là dans le studio, jambes croisées, yeux fermés, parlant dans un microphone.

— Et bienvenue à un nouvel épisode de La Vérité avec Zeus. Dans l'épisode de cette semaine, j'aimerais discuter de quelques points avec vous tous. Tout d'abord, j'aimerais souhaiter la bienvenue à Kandy HeartThrob, notre dernière et ultime addition au groupe. Nous étions tous ravis de l'avoir parmi nous hier soir, et bien qu'il y ait encore un processus à suivre avant qu'elle ne puisse devenir une Harpie à part entière, je suis certain qu'elle restera avec nous sur le long terme.

Un papillon éclata dans l'estomac de Kasia à la mention de son nom.

— Deuxièmement, je voulais aborder la guerre raciale dont je parle depuis ces deux derniers mois. Et pour le bénéfice de Kandy HeartThrob, je pense qu'il est vital que j'en parle à nouveau.

Sa voix descendit d'une octave et devint étrangement plus sexy.

— Une guerre raciale approche. Permettez-moi de vous le préciser clairement. Bientôt, les basanés et les blancs se retrouveront face à face, et nous aurons l'Armageddon entre nos mains. Trop longtemps les basanés et les blancs ont marché sur la ligne, en équilibre sur la barrière, aucun ne voulant faire le premier pas, mais tout cela va bientôt changer. Je vous le promets. Les blancs en ont assez, et ils se soulèveront. Ils feront tout ce qu'ils peuvent pour protéger leurs familles. Et les basanés répondront de la même façon. Ce sera un bain de sang. Et quand ce moment viendra, nous devrons être ensemble, travailler ensemble, nous faire confiance, afin d'être sauvés. Je suis Zeus. Je suis votre dieu, et je suis votre sauveur. Si vous voulez survivre à l'Armageddon, je vous demande de placer toute votre foi en moi. Je peux tous vous sauver, mais seulement si vous me donnez tout et faites tout ce que je demande.

— Il vous suffit de regarder l'augmentation de l'immigration pour comprendre ce dont je parle. Des gens qui viennent ici sur des bateaux, causant un chômage massif, la crise du logement, la pauvreté. Ils changent le pays pour le pire, et bientôt les blancs ne le supporteront plus. Quelque chose doit céder. Et quelque chose cédera. Non seulement nous envisageons une guerre raciale, mais nous envisageons aussi la fin des temps. Les guerres au Moyen-Orient ne s'arrêtent pas. Elles s'aggravent. Le pays continue de se réchauffer et aucune de nos superpuissances mondiales ne fait quoi que ce soit à ce sujet, malgré les avertissements. Ils brûlent notre planète. Ils nous tuent tous, alors que tout ce qui les intéresse, ce sont leurs soldes bancaires et leurs egos. Ils ont été avertis plusieurs fois. Moi-même, j'ai essayé de les avertir, mais ils continuent d'ignorer le message, poursuivant sans réfléchir leurs voies manifestement dangereuses. Les combustibles fossiles brûlent notre planète, et pourtant ils continuent à les extraire. Gaïa hurle, pleure, nous supplie d'arrêter, et pourtant nous continuons. C'est ma mère. Elle est mourante, et je ne peux pas permettre que cela continue. Mais hélas, je ne peux faire que tant dans cette vie. Je suis trop tard. J'espère que dans la prochaine, je pourrai faire mieux, être meilleur.

Il y eut une longue pause, et pendant un moment Kasia se demanda si c'était la fin de l'enregistrement, ou si elle avait appuyé sur un bouton par erreur. Ni l'un ni l'autre. Le son de la respiration lourde et rythmique de Zeus résonnait dans les écouteurs.

— Je voulais vous informer tous de quelque chose que j'ai appris l'autre jour. Cela concernait les codes-barres. Ils ne sont pas dignes de confiance. Les contrôleurs de ce monde, les conglomérats, les pays corrompus et insidieux, les Juifs, les Rothschild et les Illuminati, ont placé des messages de lavage de cerveau dans les lignes des codes-barres de chaque produit. Vous devez détourner les yeux. Ils essaient d'entrer dans votre tête chaque fois que vous les regardez, et ils essaient de contrôler vos pensées. Pourquoi, pourriez-vous demander. Eh bien, c'est parce qu'ils ne veulent pas que nous croyions qu'une guerre raciale approche. Ils ne veulent pas que les gens voient la vérité de ce qu'ils font à notre population, à nos pays, à notre climat. Ils veulent garder tout le monde sous leur direction et leur contrôle. Ils veulent un monde de moutons, de créatures qui suivront aveuglément. C'est pourquoi les employés de magasin et les personnes dans le commerce de détail, les gens qui passent toute la journée à regarder des codes-barres, des lignes et des chiffres, sont des morts-vivants. Ils sont contrôlés de la pire façon possible. Pour eux, c'est trop tard. Ils sont au-delà de la rédemption, au-delà de l'aide. Mais pour vous, pour nous, je peux aider. Je peux vous sauver. Vos esprits n'ont pas encore été déformés par la manipulation maléfique et vaniteuse de ceux qui nous veulent du mal. Je peux vous sauver.

Kasia répéta ces quatre derniers mots dans son esprit encore et encore.

Je peux vous sauver.

Je peux vous sauver.

Il y a trois nuits, elle aurait entendu ce discours et aurait levé les yeux au ciel, ricané avec dérision, et probablement crié au mensonge. Mais maintenant, après avoir écouté la façon dont Zeus parlait, entendu ce qu'il avait à dire, la façon dont il communiquait, la façon dont il la captivait avec ses idées, elle croyait chaque mot. À tel point que, avant de fermer les yeux et de s'endormir, elle écouta le podcast en entier à nouveau.

Et encore, pour une troisième fois, jusqu'à ce qu'elle finisse par s'endormir à trois heures du matin, rêvant de la guerre raciale imminente et de la guerre contre les codes-barres.

CHAPITRE
DIX-HUIT

Quatre jours plus tard, et ils n'étaient toujours pas plus près de trouver les assassins. Au contraire, ils s'éloignaient de la vérité. Nick avait ordonné une nouvelle fouille de la zone boisée derrière la maison de Michael Edwards par désespoir, et ils n'avaient toujours rien découvert. Ce que l'équipe de recherche avait pris pour des empreintes de pas les avait rapidement menés à une impasse. La seule chance qu'ils avaient de trouver des empreintes aurait été dans le jardin, mais à cause de la terre détrempée et des dizaines d'officiers de scènes de crime qui piétinaient les lieux, toute trace de preuve avait rapidement été perdue, détruite.

Pendant ce temps, l'équipe attendait les résultats de l'analyse ADN des cheveux. Au lieu de se tourner les pouces, ils avaient recueilli plusieurs témoignages supplémentaires, cette fois-ci auprès d'anciens collègues, d'amis et de membres éloignés de la famille de Michael Edwards, qui avaient tous chanté les louanges de cet homme, l'admirant pour avoir exprimé ses opinions souvent d'extrême droite à la radio et sur ses réseaux sociaux, même s'ils n'étaient pas forcément d'accord avec lui. Mais personne ne savait rien sur sa mort, ni n'avait la moindre idée de qui aurait pu en être responsable.

Mais tout espoir n'était pas perdu. Car, le cinquième jour, il y avait eu une avancée.

— Ce n'est peut-être rien, dit l'agent Martin Brown alors que Tomek et Sean se penchaient par-dessus ses épaules. Mais ça pourrait être quelque chose quand même. C'est... comment on appelle ça ?

— Paradoxical, lança Chey avec assurance de l'autre côté du groupe de bureaux.

Tomek tendit le cou par-dessus l'écran de Martin pour voir le jeune agent avachi dans son fauteuil, un écouteur dans l'oreille, en train de faire quelque chose sur son ordinateur, ses yeux et ses doigts se déplaçant rapidement de gauche à droite comme s'il était branché à la matrice.

— Qu'est-ce que tu viens de dire ? demanda Tomek.

— Paradoxical. Quand quelque chose est un paradoxe.

— Ce n'est définitivement pas comme ça qu'on le prononce.

— T'es sûr ? Ça me semble correct.

— Je pense que tu voulais dire paradoxal.

— C'est ce que j'ai dit, non ?

Tomek jeta un coup d'œil rapide à Sean à côté de lui. — Non, tu as dit para*doxi*cal. Tu as juste ajouté une syllabe en plus comme Gordon Ramsay jetant une caisse moisie de nourriture surgelée à la poubelle.

Chey, toujours absorbé par son écran d'ordinateur, haussa les épaules. — Ah bon ? Désolé. J'ai toujours dit paradoxical.

— Eh bien, maintenant tu sais.

Tomek se massa les yeux et se frotta le haut de la tête, avant de reporter son attention sur Martin.

— Tu disais ?

— Oui. Mon... « paradoxe ». Martin regarda l'écran de l'ordinateur et pointa une ligne de texte sur la page. J'ai examiné les relevés bancaires de Michael Edwards et j'ai trouvé quelques anomalies.

— D'accord.

— Pour quelqu'un dont la maison vaut plus d'un million, je pensais qu'il serait en meilleure situation financière. Je ne veux pas juger... mais c'est exactement ce que je suis en train de faire. Selon ses employeurs, son salaire dépasse les deux cent mille livres par an, et ça n'inclut pas tous les sponsorings et les contrats de marque qu'il fait à côté. Et, d'après Google, sa valeur nette est d'un million trois cent mille. Malheureusement, les chiffres dans ses comptes bancaires, et tous ses actifs et divers investissements, racontent une toute autre histoire.

— Il était plus riche ? demanda Sean.

— Le contraire. Il était presque ruiné.

— C'est pourquoi je ne fais jamais confiance à ces sites qui calculent la valeur nette, intervint Chey de derrière son écran à nouveau. Non seulement ils me rendent malade à voir combien d'argent ont les célébrités, mais un calculateur m'a aussi dit que j'avais une valeur nette de quinze mille livres, même quand je lui avais dit qu'il me restait cent livres sur un compte et que j'étais à découvert sur l'autre.

Tomek jeta un coup d'œil par-dessus le moniteur à nouveau. Il détestait être aspiré dans cette conversation alors qu'il y avait un travail policier important à faire, mais il ne pouvait tout simplement pas laisser un commentaire comme celui-là sans réagir.

— Tu vis chez ta mère et ton père. Ta mère te prépare à manger tous les jours. Tu as acheté ta voiture d'occasion. Où va tout ton argent ?

— Drogue et strip-teaseuses, dit Chey, le visage impassible, puis il attrapa une canette de Dr Pepper et l'ouvrit, les gaz explosant dans un bruyant *psss*.

— C'est plutôt que tu dépenses tout sur cette merde que tu bois, répliqua Tomek.

Un autre haussement d'épaules, cette fois-ci empreint d'une certaine arrogance. — Ça me rend heureux.

Tomek décida d'en rester là. Chey était plus abrupt que d'habitude. Il n'y avait aucune de sa jovialité habituelle dans sa voix. Il y avait clairement quelque chose qui n'allait pas, et il décida de le laisser tranquille. Il reporta son attention sur Martin.

— Michael Edwards est ruiné...

— Oui. *Presque* ruiné. Et il semble que, ces deux dernières années, il y ait eu une raison à cela.

— Continue.

Martin pointa à nouveau une ligne de texte sur la page d'écran.

— Tout son argent entre, puis la majeure partie ressort immédiatement. Tout va vers une seule personne. Un certain Richard Stafford.

Tomek reconnut immédiatement le nom.

— *Ce* salaud ?

— Qui ? demanda Sean, se perdant dans un bâillement.

— Richard Stafford...

— Répéter son nom ne va pas m'aider à m'en souvenir.

Tomek secoua la tête et inspira, incrédule. Richard Stafford était l'un des dealers de drogue les plus importants du Sud de l'Essex et était sur le radar de la police depuis plusieurs années. Tomek avait récemment croisé son chemin suite au meurtre d'un politicien local et l'enquête qui avait suivi, révélant une opération de trafic sexuel à petite échelle parmi certaines élites politiques et sociales de Southend. Malgré les preuves accablantes contre ses amis et co-conspirateurs, Richard Stafford avait réussi à échapper à la justice. Mais il n'était pas encore tiré d'affaire, car la brigade des stupéfiants continuait à rassembler des preuves contre lui. Ils l'arrêteraient, un jour.

C'était juste une question de temps.

Et de savoir qui d'autre serait pris dans le feu croisé.

— Quel est le lien ? demanda Tomek.

Martin haussa les épaules. — Aucune idée, Chef. Toutes les personnes à qui j'ai parlé n'ont rien mentionné concernant Stafford ou Michael ayant un quelconque rapport avec la drogue.

— Ce n'est pas le genre de chose qu'on dit avec fierté à propos d'un être cher, répondit Tomek. Soit ça, soit ils n'étaient pas au courant. Chey ?

À ce moment-là, l'agent avait placé ses deux écouteurs dans ses oreilles et hochait la tête au rythme de quelque chose. Quand il remarqua que Tomek s'adressait à lui, il les retira et dit : — Oui, Chef ?

— Dans tes rapports de personnalité et les dépositions de témoins pour Michael Edwards. Est-ce que quelqu'un a mentionné la drogue ou le remboursement de dettes à Richard Stafford ?

Chey fouilla dans sa mémoire pendant une demi-seconde, puis secoua la tête. — Rien de mon côté, Chef.

— Parfait. Alors est-ce que vous pourriez tous les deux les recontacter pour savoir ce qu'ils savent, si toutefois ils savent quelque chose. Je ferai de même avec sa petite amie. Si Michael s'est retrouvé embourbé avec Richard Stafford et sa bande de dealers de quinze ans, alors on pourrait comprendre pourquoi il y avait tant de personnes présentes quand il a été tué.

CHAPITRE
DIX-NEUF

Kasia attendait cette soirée depuis toute la semaine. L'excitation et l'anticipation, mêlées d'une pointe de nervosité, avaient gonflé en elle jusqu'à ce qu'elle ne puisse plus penser à rien d'autre.

Ce soir, elle allait expérimenter ce que Zeus et les autres Harpies appelaient un « Mohana », une nuit d'exploration spirituelle profonde et de compréhension. Une nuit où elle se laisserait aller, se libérerait, s'ouvrirait aux éléments et abandonnerait ses inhibitions, ne faisant plus qu'un avec Zeus et ses sœurs Harpies.

Le seul problème était son père. Elle savait qu'il ne la laisserait pas sortir au milieu de la nuit, alors elle avait décidé de le lui cacher et avait organisé son extraction une demi-heure avant le début prévu du Mohana. Par chance, Tomek avait voulu se coucher tôt et était allé au lit quelques heures plus tôt, mais l'expérience lui avait appris que cela ne garantissait rien. Bien qu'il ait le sommeil plutôt profond, il était également sujet aux cauchemars et pouvait se réveiller à tout moment pour écrire dans son journal dans le salon. Si elle essayait de sortir par la porte d'entrée alors qu'il était en train de noter son cauchemar, c'était fichu. Elle devrait donc emprunter le chemin pittoresque : par la fenêtre, sur le garage des voisins, par-dessus la clôture, et dans la voiture de Silent Horsechick. Il était crucial d'éviter la porte d'entrée à tout prix : la dernière chose qu'elle voulait était d'être repérée par la caméra de sécurité que son père avait installée quelques mois plus tôt pour le voisin.

Le résultat : partie terminée.

Elle tapota l'écran de son téléphone. Celui-ci s'illumina et lui indiqua l'heure : 00 h 29. Silent Horsechick serait là dans moins d'une minute.

Dès qu'elle reçut le message, Kasia rejeta les couvertures, ouvrit la fenêtre de la chambre et commença sa descente vers le garage des voisins. Dehors, l'air était froid et immobile. Toute la chaleur qu'ils avaient connue plus tôt dans la journée s'était dissipée, et au-dessus, des dizaines de petites étoiles dansaient et scintillaient en perçant la fine couverture nuageuse. En grimpant sur le garage, les muscles de ses jambes tremblèrent de peur et d'adrénaline, la forçant à s'accroupir et à s'agripper au bord pour se soutenir. Le garage était en béton, mais cela faisait peu pour apaiser sa crainte de passer au travers et de perdre toute chance de participer au Mohana. Avec précaution, elle traversa la surface, et arrivée au bord du bâtiment, elle se baissa, le corps face au mur, jusqu'à ce qu'elle ne tienne plus que par les bras. Puis elle lâcha prise, s'attendant à moitié à ce que la chute soit bien plus longue qu'elle ne l'était. À sa surprise, le sol n'était qu'à quelques centimètres sous ses pieds.

Ensuite, elle se dirigea vers la route et trouva Silent Horsechick garée dans sa Ford Ka. Les feux étaient allumés, et le doux ronronnement du moteur était le seul bruit perceptible.

— Bonsoir, Harpy, lui dit-elle en montant.

— Bonsoir, Kandy.

Kasia fut submergée par l'odeur de parfum. Ça la frappa comme un coup de poing au visage. Doux et aromatique, et Silent Horsechick lui en proposa immédiatement. Kasia l'accepta avec gratitude et s'en vaporisa modestement sur le cou et le pull.

Ces derniers jours, Kasia et Silent Horsechick avaient communiqué fréquemment sur WhatsApp, discutant de tout, de leur enfance, de leur avenir, de leur amour et adoration pour Zeus et tout ce qu'il représentait, jusqu'aux problèmes des codes-barres, de l'imminente guerre raciale, et de l'apocalypse qui allait bientôt s'abattre sur eux. Silent Horsechick était l'une des rares Harpies qui avait pris le temps de lui expliquer les choses sans la faire se sentir stupide. Elle ne l'avait pas jugée, ni rabaissée. Silent

Horsechick avait été gentille et compatissante, serviable et ouverte, et elle était rapidement devenue l'une des préférées de Kasia.

Silent Horsechick avait vingt et un ans, mais paraissait considérablement plus jeune. Ses traits étaient délicats, son visage était parsemé de taches de rousseur, et ses sourcils faisaient l'envie de toutes les filles. Étant l'une des rares brunes naturelles des Harpies, elle était obligée de se teindre les cheveux en blond plusieurs fois par mois, afin de respecter les directives strictes d'apparence fixées par Zeus.

— Mes mains puent constamment les produits chimiques, expliqua-t-elle en s'éloignant de la maison de Kasia. Mais j'y suis tellement habituée maintenant que je ne le sens même plus.

— Ouais, répondit Kasia. En tant que fille aux cheveux naturellement blonds, elle ne savait pas quoi dire. En fait, elle se sentait un peu coupable de ne pas avoir à faire les mêmes sacrifices ou efforts que Silent Horsechick et beaucoup d'autres.

— Je me souviens de mon premier Mohana, continua Horsechick, pensive. C'était génial. J'ai passé un si bon moment. J'y pense souvent et j'aimerais pouvoir le revivre. Comment te sens-tu ?

Kasia lui dit.

— Ne sois pas nerveuse. Tout ira bien. Tu vas passer un moment incroyable. Tu n'as pas à t'inquiéter. Elle posa une main sur le genou de Kasia et se tourna vers elle avec un sourire chaleureux et rayonnant. — Tu m'as moi et toutes tes autres sœurs autour de toi pour te protéger. Rien de mal ne va arriver, je te le promets.

C'était peut-être vrai. Mais tout ce à quoi Kasia pouvait penser, c'étaient les lèvres rouge éclatant sur la bouche de Silent Horsechick, et comment elle avait oublié de mettre son propre rouge à lèvres avant de partir.

▭

Le feu dansait et ondulait dans l'obscurité, vacillant et faiblissant tandis qu'il luttait contre la douce brise qui soufflait le long de la plage. La lumière de la lune rebondissait sur l'estuaire de la Tamise alors que l'astre planait brillamment au-dessus de leurs têtes. Les ondes sonores de la musique se propageaient dans l'air, noyant le fracas des vagues sur le sable.

Ils étaient tous là. Tous les membres des Harpies, et Zeus lui-même. Habillés dans le même style vestimentaire, dansant, se balançant, se frottant les uns contre les autres, se faisant tournoyer dans leurs bras, profitant du moment.

Sauf Kasia. Elle était restée en marge de ce mouvement insouciant depuis qu'elle et Silent Horsechick étaient arrivées, paralysée par la nervosité et l'anxiété. Elle ne savait pas comment se comporter, comment agir. Qui était-elle pour venir imiter ces personnes ? Même s'ils l'avaient fait se sentir si bienvenue, une partie de son cerveau l'avait empêchée de faire quoi que ce soit. Et donc elle était restée assise près du feu pendant une demi-heure, les genoux repliés contre sa poitrine, jouant du bout des orteils avec le sable, comptant sur les flammes pour se réchauffer.

À plusieurs reprises, Yasmin était venue prendre de ses nouvelles, mais était rapidement retournée vers les autres filles après que Kasia lui ait confirmé qu'elle allait bien. Il n'y avait aucune pression, aucune obligation de faire comme les autres, lui avait dit Yas.

Quelques instants plus tard, la chanson changea sur l'enceinte, et les sons de la musique instrumentale de Zeus commencèrent à s'étendre sur la plage déserte. Kasia la reconnut instantanément. C'était l'un de ses morceaux préférés. Elle avait perdu le compte du nombre de fois où elle l'avait déjà écoutée.

Sans prévenir, sa tête commença à dodeliner et ses épaules à se balancer. Puis une quantité de sable fut projetée sur ses chevilles. Elle leva les yeux pour voir qui venait de s'approcher d'elle et découvrit Zeus qui la dominait de toute sa hauteur, ses épaules et son torse musclés bloquant la lumière de la lune.

— Ça vous dérange si je m'assois ?

— Non... dit-elle, peu sûre d'elle. Bien sûr que non. Bien sûr que vous pouvez vous asseoir.

Elle faillit ajouter : « Parce que vous êtes Dieu et que vous pouvez faire ce que vous voulez », mais se ravisa.

L'homme imposant enfonça ses pieds dans le sable puis se laissa tomber, grognant en heurtant le sol. Il s'assit jambes croisées, pieds tournés vers le ciel, et pendant un long moment, il ne dit rien. Kasia était incapable de le regarder, du moins pas directement. Elle était intimidée par sa présence. Par la présence de Zeus. Par la présence de *Dieu*. C'était seulement la deuxième fois qu'elle le rencontrait, et elle craignait que cette sensation d'inconfort ne s'aggrave à chaque fois. Du coin de l'œil, elle le vit retirer son bandeau et laisser ses cheveux tomber librement sur ses épaules. Le vent les souleva rapidement et les fit voler autour de son visage.

— Belle nuit, tu ne trouves pas ? demanda-t-il.

— Oui. Très belle, répondit-elle, timide, presque en chuchotant. Elle rentra les épaules et glissa ses talons sous ses fesses, se transformant en boule.

— C'est parce que je l'ai rendue ainsi, dit-il. Je peux contrôler les cieux, tu vois. Ça dépend de mon humeur. Quand je suis heureux et satisfait, nous avons un temps agréable et un ciel dégagé — des nuits comme celle-ci. Quand je suis triste et un peu déprimé, nous avons des nuages et de la pluie. Sais-tu ce qui se passe quand je suis en colère ?

Kasia n'en avait pas la moindre idée. Elle serra fermement les lèvres et secoua la tête.

— Du tonnerre et des éclairs. Il inclina la tête vers le ciel, des mèches de cheveux tombant sur ses joues et entre ses lèvres. Heureusement, j'ai mes Harpies à mes côtés pour contrôler mon tempérament et me calmer si nécessaire.

Kasia aussi tendit le cou vers le ciel. Une expression de doute et de consternation dut se dessiner sur son visage, car lorsqu'elle se tourna à nouveau vers lui, il semblait profondément mécontent, presque agacé.

— Tu doutes de moi ?

— Non ! Bien sûr que non !

— Es-tu avec moi ? Es-tu avec nous ?

— Oui, répondit-elle lentement. Je crois que oui.

— Tu *crois* ? Kandy, ce n'est pas un jeu. Ce n'est pas un de tes programmes Netflix à la con. C'est la vraie vie. J'ai des dizaines de filles qui m'envoient des messages privés chaque jour. J'ai des dizaines de filles qui demandent si elles peuvent rejoindre les Harpies parce qu'elles en entendent parler en ligne ou par le bouche-à-oreille, et elles y croient. Et toi, tu *crois* que tu es avec nous ? Je peux faire remplacer ta place en quelques minutes. Il pivota pour lui faire face, posa ses mains sur ses genoux et la regarda profondément dans les yeux. J'ai besoin que tu sois avec nous à travers tout. Si nous devons survivre à la fin du monde et aux guerres raciales, tu dois être impliquée à cent pour cent. Je vois beaucoup de potentiel en toi. Je pense que tu as ce qu'il faut. Nous avons tous une prophétie à accomplir dans la vie. Certaines sont plus grandes que d'autres, et je pense que la tienne est l'une des plus importantes et des plus puissantes que j'ai rencontrées. Je détesterais que tu gâches tout parce que tu as laissé un peu de doute s'insinuer.

— Je sais, dit-elle, se perdant rapidement dans ses yeux bleus.

— Rappelle-moi quel âge tu as, Kandy HeartThrob.

Sa façon de parler, la mention de son nom, fit frissonner son corps d'excitation.

— Treize ans.

Il baissa ses mains jusqu'à ses chevilles, les enserrant fermement de ses doigts. Pas une seule fois elle ne se sentit menacée ou en danger. — Jeune. Très jeune. Certainement très jeune pour certaines choses, mais pas pour d'autres...

Il plongea la main dans la poche lâche de son haut et l'y maintint.

— Tu me fais confiance ? demanda-t-il.

Incapable de se détacher de son regard, elle hocha la tête, les yeux grands ouverts.

— Bien. Alors je veux que tu fermes les yeux pour moi. Tu peux faire ça ?

Elle acquiesça d'un signe de tête.

— Ferme-les, et ensuite ouvre ta bouche.

Comme submergée par quelque chose, elle fit ce qu'on lui disait, serrant les yeux si fort qu'elle commença à voir des étoiles clignoter à l'intérieur de ses paupières. Son cœur battait la chamade dans sa poitrine. Elle entendit le bruit d'un mouvement devant elle, et pendant une fraction de seconde, elle crut qu'il s'était enfui. Combattant la tentation d'ouvrir les yeux, de jeter un coup d'œil furtif à ce qu'il faisait, elle resta parfaitement immobile. Une seconde plus tard, elle le sentit placer quelque chose sur sa langue et refermer sa mâchoire.

Menthe. Picotement. Avec une touche de citron.

D'un coup, elle ouvrit les yeux. Zeus planait à quelques centimètres de son visage, le feu dansant dans ses yeux.

— Tu n'as rien à faire, laisse-le simplement là. Il va se dissoudre rapidement.

Elle voulut ouvrir la bouche pour parler mais se ravisa. À la place, elle laissa l'objet plat faire des bulles dans sa bouche jusqu'à ce qu'elle n'en sente plus le goût. Une fois qu'il fut dissous, elle demanda : — Qu'est-ce que c'était ?

— La vérité, Kasia. C'était la vérité. Très bientôt, tu verras ce que tous les autres membres du groupe voient. Tu ne feras plus qu'un avec eux à un niveau différent. Il lui repoussa les cheveux derrière l'oreille et lui caressa la joue avec son pouce. Tu es une très belle fille, tu le sais ?

Elle redevint timide, parvenant cette fois à esquisser un demi-hochement de tête négatif.

— Eh bien, tu l'es. Très belle, vraiment. Comme toutes les autres filles. Regarde autour de toi. Regarde comme elles sont libres et heureuses. Avec tout ce qui se passe dans le monde, ne veux-tu pas expérimenter un peu de cela aussi ? Ne veux-tu pas être heureuse et libre dans un monde de douleur, de misère et de destruction ?

Oui, bien sûr qu'elle le voulait. Vraiment beaucoup !

Le seul problème, c'était qu'elle n'arrivait pas à formuler ses pensées en mots. Son cerveau ne communiquait plus avec sa bouche. Et finalement, elle s'est contentée de hocher la tête.

— Excellent, dit Zeus en la remettant sur pied. Maintenant, va, sois libre, amuse-toi, ris, vis, pleure, expérimente cette liberté avec les filles et perds-toi dedans. Meurs à toi-même, Kandy. Elles seront là pour te soutenir. Et si tu as besoin de moi, je serai ici, à t'attendre. Ton sauveur.

— Mon sauveur, réussit-elle à articuler, bien que ce ne fût qu'un mélange de sons et de lettres à peine audibles qui s'échappèrent de ses lèvres.

Puis elle se dirigea vers les filles. À présent, elles s'étaient rassemblées en une seule masse, et elles portaient toutes beaucoup moins de vêtements qu'il y avait quelques instants. Certaines étaient en sous-vêtements, tandis que d'autres avaient complètement enlevé leur soutien-gorge. Alors qu'elle s'approchait d'elles, un pied devant l'autre, son corps commença à picoter, et la chaleur l'envahit à nouveau. D'abord à travers ses doigts, puis remontant jusqu'à sa tête, descendant dans sa poitrine, et jusque dans ses orteils. Au moment où elle atteignit les abords du groupe, elle transpirait et retira son gilet et sa jupe en jean, les laissant tomber au sol. La brise fraîche caressa ses jambes, la faisant légèrement frissonner.

Dès que les Harpies la virent, elles crièrent à l'unisson et l'entourèrent, leurs mains touchant ses cheveux, son visage, sa peau nue. C'était comme si elles la vénéraient, s'inclinant devant elle. La traitant comme une déesse. Et elle réagit de la même façon, les touchant, les saluant, s'inclinant devant elles.

Elles étaient sœurs. Une famille.

Puis la basse résonna sur la plage, si puissante qu'elle ressemblait à un coup de poing dans l'estomac. Elle se retourna vers l'endroit où le feu avait été et, à sa stupéfaction, vit la musique venir vers elle, pulsant de l'intérieur de Zeus. Des lignes blanches et des zigzags rebondissaient dans l'air vers elle, émanant de son corps. D'une façon ou d'une autre, le feu s'était éteint, et pourtant il semblait briller d'une lumière blanche, presque angélique.

Son rythme cardiaque s'accéléra. Elle ferma les yeux et s'arrêta, son pouls battant au rythme de la musique de Zeus. Cela prit un moment, mais la première partie de son corps à bouger fut sa main. Tournoyant en cercle. Puis son bras, suivant le mouvement. Puis son épaule, l'autre, ses hanches, sa taille, jusqu'à ses pieds. Avant même qu'elle ne s'en rende compte, elle dansait, les mains en l'air, les yeux grands ouverts. Dansant avec ses sœurs, sa famille. Les bras entrelacés les unes avec les autres. Un seul cœur battant sur la plage.

Elle le sentait. La même chose qu'elles ressentaient toutes depuis si longtemps. La même chose dont elles parlaient toutes mais qu'elles n'avaient jamais pu vraiment lui expliquer.

Elle se sentait libre. Elle se sentait vivante.

Elle se sentait chez elle.

Et elle adorait ça.

Elle comprenait maintenant ce pour quoi elles travaillaient, ce pour quoi elles se battaient. À cet instant, elle comprenait les sacrifices qu'elles avaient tous faits. Et elle en faisait partie.

Putain, elle était à cent pour cent, sans équivoque, sans retour possible, *dedans*.

Quoi que Zeus veuille, quoi que Zeus lui demande ou lui dise de faire, elle le ferait. Sans question et sans doute.

Elle.

Était.

Dedans.

CHAPITRE
VINGT

Tomek n'avait pas l'habitude d'être assis côté passager. Mais alors qu'il regardait défiler la campagne plate de l'Essex avec ses champs de lavande et de cultures, il réalisa que ça ne le dérangeait pas. Qu'il appréciait même plutôt. Maintenant, il n'avait plus à s'inquiéter des connards sur la route qui ne mettaient pas leur clignotant et lui collaient au cul pendant qu'il respectait les limitations de vitesse. Au lieu de ça, il pouvait observer et vivre le changement des saisons, la transformation du paysage. Il pouvait devenir un de ces passagers qui vérifient le rétroviseur toutes les deux secondes ou qui jugent la conduite de leur chauffeur encore plus fréquemment.

Tomek attrapa le levier à côté de lui et abaissa son siège jusqu'à se retrouver presque à quarante-cinq degrés.

— Je pourrais m'y habituer, dit-il.

— Tu profites bien de la vie là-bas, répondit Sean. Assure-toi juste de pouvoir te relever. Ton dos n'est plus ce qu'il était.

Tomek posa à nouveau sa main sur le levier, sur le point de se redresser, mais il ne voulait pas donner à Sean la satisfaction de lui prouver qu'il avait raison, alors il le relâcha et plaça ses mains derrière sa tête à la place. À la radio, de la musique dance jouait dans ce qui était clairement une tentative évidente de la station pour mettre tout le monde dans l'ambiance d'un été ensoleillé.

— Attends quelques années et tu pourras t'allonger comme ça quand Kasia te servira de chauffeur, commenta Sean.

Tomek ricana. — Si elle me parle encore à ce moment-là.

— Des problèmes à la maison ?

Tomek haussa les épaules. — Je pense qu'elle se comporte simplement comme une ado. L'autre jour, je l'ai surprise en train de danser dans le salon sur une horrible musique techno. Et puis elle a été super gênée et a complètement pété un câble quand j'ai voulu savoir ce qu'elle écoutait.

— Peut-être qu'elle tournait un TikTok ?

Tomek secoua la tête. — Non. Je l'ai déjà vue faire ça. Elle se plaint seulement parce que j'apparais dans la vidéo torse nu ou un truc du genre. Mais là c'était différent. Je sais pas, comme si elle faisait quelque chose qu'elle n'était pas censée faire.

— De la drogue ?

— Non, ça va, merci. C'est pas mon truc.

— Idiot, tu sais ce que je voulais dire. Tu penses qu'elle était défoncée quand tu l'as surprise ?

Tomek regarda son ami longuement avant de répondre. — Qu'est-ce que tu racontes, bordel ? Bien sûr qu'elle n'était pas défoncée. Le regard de Tomek se perdit par la fenêtre, contemplant le ciel bleu au-dessus d'eux, tandis que Sean prenait doucement un virage avec la voiture. Il essaya de se remémorer la scène de ce soir-là dans le salon. Était-elle au téléphone avec quelqu'un ? Se filmait-elle ? Non. Elle dansait simplement et profitait du moment. Alors pourquoi avait-elle réagi de façon si offensée ?

— Attends d'entendre les horreurs qu'elle écoutait, dit Tomek en se redressant, sortant son téléphone pour chercher The Sons of Zeus sur Spotify. La photo de profil de Zeus représentait le dieu grec, assis de manière dominante sur un trône de pierre, des éclairs explosant dans le ciel derrière lui.

— Le gars s'appelle *Sons* of Zeus, mais il a mis une image de Zeus lui-même comme photo de profil, dit Tomek à Sean.

— Il ne peut même pas faire ça correctement. Ça a l'air d'une arnaque.

— Attends un peu.

Tomek connecta rapidement son téléphone au Bluetooth de la voiture, avec l'aide de Sean, et lança la musique. Un bruit, strident et discordant, commença à pulser à travers les enceintes. Des tambours. Des cymbales. Des bruits rituels anciens. Une cacophonie de merde. Et, comme il fallait s'y attendre, la ligne de basse et la réverbération étaient si profondes que Tomek pouvait les sentir vibrer dans son postérieur.

Avant que la chanson ne se termine, Sean tendit la main vers le tableau de bord et appuya sur le bouton muet.

— Eh bien, c'est probablement la chose la plus merdique que j'aie jamais entendue, dit-il.

— Toi et moi sommes d'accord. Mais c'est ce que les jeunes écoutent de nos jours.

— Tu te souviens quand ils faisaient de la vraie musique ?

Tomek s'en souvenait. Quand tout était enregistré en direct et en studio, sans avoir besoin de sorcellerie informatique et de retouches pour que le produit fini ne ressemble en rien à la chose réelle. Mais ces jours étaient révolus depuis longtemps, et il ne pensait pas qu'ils reviendraient un jour. Avant qu'il ne puisse trop s'appesantir sur le sujet, ils arrivèrent à destination : la maison de campagne de Richard Stafford à Little Baddow, avec ses six chambres et son million de livres sterling, son allée en gravier qui s'étendait à perte de vue, ses colonnes romaines près de la porte, et ses deux Land Rover Sport habituels perchés dans l'allée.

Ils sortirent de la voiture et montèrent rapidement les marches de la maison. Sean sonna.

— Prêt à mettre l'ambiance ? demanda Sean.

— Ce n'est pas comme ça que va l'expression.

Sean ricana et leva les yeux au ciel. — Ta gueule. Tu savais ce que je voulais dire. En plus, je parie que si tu lui passes un peu de cette merde des Sons of Zeus, il va chanter comme un canari en un rien de temps.

<hr>

Richard Stafford était habillé exactement comme la dernière fois que Tomek l'avait vu : veste Barbour verte avec un gilet marron par-dessus, casquette plate gris foncé, pantalon kaki, et une paire de bottes Wellington. Il ne manquait à l'ensemble que le fusil de chasse sous le bras, le chien haletant à ses côtés, et les faisans qu'il venait d'abattre drapés sur son épaule. On aurait dit qu'il essayait de s'éloigner autant que possible de l'image du dealer de drogue. Et ça marchait probablement avec ses amis chasseurs. Mais pas avec Tomek et Sean. Ils voyaient parfaitement à travers cette façade.

— Deux sergents d'un coup ? dit Stafford en les conduisant dans la pièce qu'il voulait : la cuisine. Ce doit être mon jour de chance. Comme Noël et le Nouvel An réunis.

— Bientôt tu vas t'inscrire à la Loterie du Code Postal. Quoique... — Tomek balaya du regard le grand îlot au centre de la cuisine, ses yeux se posant finalement sur l'Aga à sa gauche. — J'ai comme l'impression que tu n'en as pas autant besoin que certaines personnes qui y participent. Comment se porte l'industrie de l'acier pour toi ?

— Solide. — Richard s'appuya contre le comptoir de la cuisine à côté d'une machine à café à mille livres et appuya sur un bouton. En une seconde, l'appareil s'anima et commença à moudre bruyamment des grains. Quand il eut terminé, Richard demanda : — Un café ?

— S'il te plaît, répondirent Tomek et Sean.

— Comment l'aimez-vous ?

— Fort, répondit Tomek. Comme mon acier.

Stafford agita son doigt d'un air entendu. — Bien joué. — Il prépara les boissons et les posa devant Tomek et Sean. — Alors, qu'est-ce qui vous amène jusqu'à la campagne, messieurs ? Quelque chose doit vous tracasser tous les deux.

Tomek hésita un moment. — Est-ce que le nom de Michael Edwards vous dit quelque chose ?

Richard Stafford maintint sa tasse sous ses lèvres, la garda là, puis prit un temps agaçant pour boire une gorgée, avant de finalement secouer la tête. — Malheureusement non, messieurs.

— Intéressant. Parce que ses relevés bancaires suggèrent le contraire.

— Vraiment ?

— Oui.

— Que disent-ils ?

— Que, chaque mois, Michael Edwards vous envoie une grande partie de son salaire.

La réalisation frappa soudain Stafford et s'afficha sur son visage. — Ah, *ce* Michael Edwards. Désolé, je pensais à quelqu'un d'autre. Et alors ?

— Pourquoi vous envoie-t-il tout son argent ?

— Il me doit de l'argent.

— Pour quelle raison ?

— Disons qu'il s'agit d'une affaire qui a mal tourné. — Stafford prit une autre gorgée de sa boisson et laissa la déclaration planer dans l'air.

— Quelle affaire ?

— Il voulait m'acheter beaucoup de métal pour un projet sur lequel il travaillait, mais l'affaire est tombée à l'eau. Maintenant, il a une dette à rembourser. Je peux vous montrer le contrat si vous voulez.

Tomek se tourna lentement vers Sean. Les deux hommes affichaient des expressions confuses, et Tomek avait du mal à le cacher.

— Je vais avoir besoin que vous m'expliquiez ça en détail, dit-il.

— Pourquoi ? De quoi s'agit-il ? Je n'ai rien fait, messieurs les inspecteurs. Jamais je n'oserais.

— Personne ne dit ça, interrompit Sean.

— Votre présence même le suggère. Tout ce que vous devez savoir, c'est que Michael Edwards m'a contacté pour acheter du métal de qualité pour un projet professionnel sur lequel il travaillait, et une fois que j'avais trouvé tout le métal pour lui, il me l'a volé. Comme vous pouvez l'imaginer, j'étais très contrarié par cela, donc j'ai récupéré ce qui m'appartenait. À partir de ce moment-là, l'homme s'est retrouvé endetté envers moi. Si vous ne l'avez pas déjà compris, c'était une somme importante qu'il me doit — et qu'il me doit toujours, je dois ajouter.

— Eh bien, vous n'allez plus en recevoir de sitôt, dit Sean, puis il se reprit. Mais c'était trop tard. Il avait déjà gaffé.

— Ah bon ?

Il y avait une lueur entendue dans le regard de Stafford qui inquiétait Tomek.

— Il a été assassiné l'autre soir, pendant la tempête Nina. On a forcé sa maison et il a été poignardé à mort, expliqua Sean.

Stafford ferma doucement les yeux et secoua la tête, baissant sa tasse sur le plan de travail. — Terrible. Vraiment terrible. J'espère que vous trouverez son assassin. J'aimais bien Edwards. C'était un type bien. Même si je n'étais pas fan de ses opinions politiques. Mais bon, c'était un grand garçon qui savait se débrouiller. Dommage qu'il était connu pour prendre de mauvaises décisions financières ici et là. S'il y a quoi que ce soit que je puisse faire pour vous aider dans votre enquête, je serais ravi de le faire. Mais j'ai une réunion dans quelques minutes, donc je vais devoir vous demander de partir tous les deux.

CHAPITRE
VINGT-ET-UN

Le soupir qui s'échappa des lèvres du commissaire Nick Cleaves pouvait être entendu à l'autre bout de la pièce, exactement là où se tenaient Tomek et Sean.

— Dans mon bureau. Maintenant.

Nick leur tourna le dos et entra dans son bureau, laissant la porte ouverte pour qu'ils le suivent. Ni l'un ni l'autre ne voulait y aller, mais ils n'avaient pas le choix. Tomek, un pas derrière Sean, donna un coup de coude dans le dos de son ami et le poussa dans la pièce, sous les railleries et les cris de leurs collègues. Un nœud se forma dans l'estomac de Tomek. Il savait ce qui allait suivre : un tonneau de merde qui dévalait la pente sans montrer aucun signe d'arrêt fonçait droit sur eux.

À l'intérieur, Nick était déjà assis derrière son bureau. Sean tendit la main vers l'une des chaises en face, mais fut arrêté par le commissaire.

— Vous pouvez rester debout tous les deux. Après ce que je viens d'entendre, je suis tenté de vous faire foutre à genoux jusqu'à ce qu'on ait terminé.

Tomek déglutit profondément. Il pouvait déjà voir et sentir le tonneau qui fonçait vers eux. Monstrueux, destructeur. Ne laissant aucun survivant sur son passage.

— Qu'avez-vous entendu, monsieur ? demanda Sean.

Tomek grimaça et ferma les yeux. *Ne demande pas ça, espèce d'abruti !*

— Ce que j'ai entendu ? Qu'est-ce que je n'ai pas entendu, Sergent ? Je viens de me faire massacrer lors d'une conférence de presse, où...

— Conférence de presse ? interrompit Tomek. Vous n'avez jamais rien dit à propos d'une conférence de presse.

L'expression de Nick était au bord de l'apoplexie. — En quoi ça te regarde ?

— Abigail était là ? Je vous promets que je ne lui ai rien dit...

— Je sais que tu ne lui as rien dit, parce qu'il n'y a absolument rien à lui dire, ce que j'ai dû admettre il y a quelques heures. Une semaine s'est écoulée et nous n'avons absolument aucune putain d'idée de ce qui est arrivé à Michael Edwards. Donc, nous en sommes réduits à faire appel au bon peuple britannique, dans toute son infinie sagesse, dans l'espoir qu'il puisse nous dire quelque chose. En ce moment, j'ai plus d'idées sur le fonctionnement d'un moteur à combustion interne que je n'en ai sur...

— Le carburant est injecté dans le..., commença Tomek, mais il fut immédiatement coupé.

— Je ne te demande pas un foutu cours en ce moment, espèce d'idiot ! L'expression de Nick empira, les rides sur son front se creusant. — Ce que je *demande*, c'est une explication sur pourquoi deux de mes sergents viennent de faire un petit saut chez Richard Stafford pour une interview rapide.

Tomek vit Sean ouvrir la bouche pour parler, mais plutôt que de le laisser les mettre dans l'embarras une fois de plus, Tomek prit les devants. — Je pense que la question que vous devriez vous poser, c'est comment *vous* êtes au courant, monsieur. Qui vous a dit que nous étions allés le voir ?

— La brigade des stups, répliqua Nick.

— Et qui le leur a dit ?

— À ton avis ? Stafford !

Tomek baissa les épaules. — Vous ne trouvez pas ça bizarre ? On dirait qu'ils sont de mèche.

— Ne sois pas ridicule.

— Pouvez-vous expliquer autrement pourquoi il aurait contacté la brigade des stups, les mêmes personnes qui enquêtent sur lui, pour se plaindre de notre visite concernant quelque chose de complètement sans rapport ?

Nick réfléchit un moment, essayant de répondre à la question dans sa tête. Et peinant à y parvenir.

— Ils lui ont tellement parlé qu'il a probablement leur numéro en putain de numérotation abrégée, répondit finalement le commissaire. — Il savait probablement que c'était le moyen le plus rapide de me joindre.

Possible, mais Tomek n'était pas convaincu.

— Qu'est-ce qu'il avait à dire ?

— Il a poliment demandé que vous ne vous approchiez plus de sa maison.

— Ça me donne encore plus envie de le faire, monsieur.

— Pas si cela signifie que je finis par te suspendre pour harcèlement.

Tomek ricana. — Un peu excessif, vous ne trouvez pas ?

— Alors laisse-moi être clair : vous ne retournerez pas chez Richard Stafford à moins d'avoir le feu vert de la brigade des stups. Ils l'ont demandé et me l'ont fait comprendre sans ambiguïté. Leurs enquêtes en cours sur l'armée de dealers d'Essex de Stafford ont priorité sur tout ce que nous faisons ici.

— Même sur une enquête pour meurtre, monsieur ? demanda Sean.

— Même sur une enquête pour meurtre, Sergent, répondit Nick, sa voix s'adoucissant un peu. — Si les chiffres sont exacts, alors neutraliser Stafford et ses principaux associés et retirer sa drogue des rues pourrait sauver plus de vies que vous ne pouvez l'imaginer.

Tomek se mordit la langue, puis mâchouilla sa lèvre inférieure. Il n'était pas satisfait de la décision, mais il y avait une faille que Nick avait négligé d'expliquer.

— La règle s'applique seulement à nous deux ou à toute l'équipe ?

— À toute la putain d'équipe, malin. Nick grogna, brandissant un doigt vers Tomek. — Alors n'essaie même pas ce coup-là. Ce n'est pas mon premier rodéo.

Tomek porta la main à son front dans un salut moqueur. — Oui, mon Capitaine.

Nick laissa échapper un autre soupir par les narines, cette fois plus doux et moins féroce. Il entrelaça ses doigts et les posa sur la table.

— Eh bien..., commença-t-il, baissant le ton de quelques niveaux. — Avez-vous appris quelque chose pendant votre conversation avec Stafford ?

Tomek et Sean se regardèrent comme une paire d'écoliers, décidant silencieusement qui répondrait en premier. Finalement, Tomek céda la parole à Sean.

— Michael Edwards avait une dette envers Richard Stafford, dit-il.

— Pourquoi ?

— Parce qu'Edwards voulait lui acheter de la ferraille, puis la lui a volée à la dernière minute.

— Combien ?

— Nous n'avons pas obtenu de chiffre. Mais il verse une partie de son salaire à Richard depuis deux ans.

— *Deux*... deux putains d'années ? demanda Nick en levant deux doigts en signe de paix. Pour quoi avait-il besoin de ce métal ? Pour un foutu stade de foot ?

Sean haussa les épaules. — À moins que ce ne soit un euphémisme, monsieur. Vous savez, pour de la *drogue*.

Sean avait chuchoté le dernier mot comme s'ils parlaient dans une salle de classe.

— Bien sûr qu'il s'agit de drogue ! hurla Nick. À quoi diable servirait du métal à Michael Edwards, bon sang ! D'ailleurs, que faisait-il avec une grosse livraison de drogue ?

— Comment croyez-vous qu'il parvenait à travailler vingt heures par jour ? dit Tomek. Il avait probablement un peu de la bonne poudre blanche pour tenir le coup.

Nick lança un regard méprisant à Tomek. — A-t-il des antécédents de consommation de drogue ?

Tomek haussa les épaules. — Son nom n'est pas apparu comme ayant des antécédents quand nous avons fait les recherches l'autre jour.

Nick soupira de nouveau. Lourdement. — Bon. D'accord. Stafford vous a-t-il dit autre chose ?

— C'est là que nous avons été bloqués, répondit Sean. Il n'a rien voulu nous dire d'autre après ça.

L'attention de Nick se détourna des deux hommes pour se poser sur un Post-it sur son bureau. Il le fixa un moment.

— Il s'est définitivement passé quelque chose, mais l'implication de la brigade des stups complique un peu les choses. Il frappa la table de la paume de sa main. — Laissez-moi m'en occuper. Je vais parler aux gars de Colchester, voir ce qu'ils en savent.

Avant de quitter la maison ce matin-là, Kasia avait tiré ses cheveux si fermement qu'aucune mèche ne dépassait, et les avait attachés en couettes. Puis elle avait retiré ses bijoux et les avait enfermés dans le tiroir de sa table de chevet. C'était encore une des exigences de Zeus, et si elle voulait faire partie de la famille, elle devait s'y conformer ; elle avait déjà commencé à se détourner et à se débarrasser des objets comportant des codes-barres pour s'assurer que les messages qu'ils contenaient ne lui lavent pas le cerveau ou n'engourdissent pas son esprit d'une quelconque manière.

Mais maintenant, après la pause de onze heures, elle avait défait ses couettes et avait arrangé ses cheveux pour qu'ils tombent soigneusement autour de ses épaules et, plus important encore, de ses oreilles. La meilleure chose avec les cheveux longs, ce que toutes les filles et seulement certains garçons pouvaient comprendre, c'est qu'ils couvraient les oreilles et étaient parfaits pour porter des écouteurs sans fil en classe.

Surtout pendant le cours de maths.

Elle n'avait pas compris l'algèbre depuis six mois et elle n'allait pas le comprendre maintenant non plus. Au lieu de cela, elle préférait écouter le dernier podcast de Zeus. Il en avait partagé un nouveau dans le groupe de discussion plus tôt ce matin et avait exigé que tout le monde l'écoute avant midi, sous peine d'expulsion du groupe.

Cela lui laissait très peu de temps pour l'écouter. Une partie d'elle se demandait si Yasmin avait pu le faire, mais l'autre partie s'en fichait. Si *elle* ne le terminait pas à temps, *elle* serait celle qui serait expulsée. Pas Yasmin. Personne d'autre.

Kasia s'enfonça dans sa chaise au fond de la classe et posa sa main sur son oreille pour faire comme si elle s'ennuyait. En quelques secondes après le début du podcast, elle sentit son corps se détendre et être submergé par une sensation de picotement.

— Bonjour, Harpies, commença Zeus. J'espère que vous allez toutes bien et que vous vous amusez. Merci de prendre le temps d'écouter mon message ce matin. Il est vital que vous le fassiez rapidement et sans délai, car je dois parfois supprimer ces messages. Nous ne pouvons pas les laisser tomber entre les mains de nos ennemis ; des ennemis qui penseront pouvoir nous accompagner dans l'au-delà.

— Je voudrais également saluer Kandy HeartThrob, avant de commencer, pour sa présence hier soir. J'ai senti qu'elle était nerveuse à son arrivée, mais après que vous l'ayez tous si bien accueillie, j'ai pu constater qu'elle s'amusait énormément. Et j'ai le grand plaisir de vous annoncer à toutes qu'après la danse, elle m'a confirmé qu'elle est des nôtres. Kandy HeartThrob est maintenant un membre à part entière des Harpies. J'espère que vous lui ferez toutes un câlin et un bisou la prochaine fois que vous la verrez.

Zeus commença à applaudir sur l'enregistrement. C'était étrange, même si le reste de ses sœurs étaient à des kilomètres et des kilomètres, elle pouvait les entendre, les *sentir*, applaudir aussi. Comme si elles étaient toutes connectées à un plan supérieur de conscience. Et après la nuit précédente, elle en était presque certaine.

— Comme toujours, je commencerai cette session par un rappel pertinent de notre cause. Les guerres raciales. La crise climatique. Juste ce matin, j'ai vu que le gouvernement accorde de plus en plus de contrats pour forer et extraire des combustibles fossiles, ce qui signifie que notre belle Gaïa, notre belle planète, sera en encore plus grand péril. Elle ne veut pas qu'on la fore et qu'on l'ouvre, et elle nous rappelle son inconfort chaque jour. Nous vivons l'un des mois de mai les plus chauds jamais enregistrés, c'est pourquoi je vous ai demandé d'arrêter d'acheter de nouveaux vêtements. L'industrie de la mode décime les ressources de la planète et contribue à sa mort. Ce qui m'amène naturellement à quelque chose d'important sur lequel j'ai travaillé en coulisses.

Zeus fit une pause. Kasia sentit l'excitation monter en elle.

— Au cours des derniers mois, poursuivit-il, j'ai remarqué le besoin désespéré de vêtements durables et écologiques, c'est pourquoi j'ai lancé...

— Kasia ? l'appela une voix provenant de quelque part dans la classe.

— ...ma propre marque de vêtements durables pour femmes. En particulier, pour mes Harpies. Les vêtements sont fabriqués à partir de textiles recyclés, et avec chaque...

— Kasia, est-ce que tu écoutes ?

— ...commande que j'expédie, je planterai un arbre, et je veillerai à ce qu'il pousse magnifiquement avec beaucoup de soleil et de pluie et...

— Kasia !

Le cri la fit sursauter. Il venait de Mme Hendry à l'avant de la classe. Elle se tenait les bras croisés sur la poitrine, mais quand elle remarqua que Kasia reprenait ses esprits, elle fonça vers elle, se frayant un chemin entre les bureaux et les sacs posés au sol. Kasia essaya d'enlever son écouteur, mais c'était trop tard. Mme Hendry était sur elle en un instant.

— Téléphone. Maintenant.

La professeure tendit la main pour que Kasia y dépose l'appareil.

— Je n'ai pas mon téléphone sur moi, madame.

— Si, tu l'as. Tu écoutais quelque chose. Ça fait une minute que je te parle.

C'est alors que Kasia réalisa que le reste de sa classe la fixait. La jugeait.

— Donne-moi ton téléphone, Kasia. Je ne le demanderai pas deux fois.

— Je ne l'ai pas !

Mme Hendry poussa un profond soupir et pinça les lèvres.

— Montre-moi tes oreilles.

— Quoi ?

— Montre-moi tes oreilles.

— Non, je n'ai pas à...

— Tu veux que j'appelle la police ?

Kasia se retint avant de dire ce qu'elle voulait vraiment. C'était du bluff, elle le savait. Mme Hendry n'appellerait pas la police. Du moins pas techniquement. Son père, oui. Mais pas le 17. Cependant, tout le monde ne le savait pas, et il était clair pour elle que Mme Hendry l'utilisait pour donner l'exemple ; que si on te surprenait avec ton téléphone, la police serait appelée et viendrait t'emmener.

Bien qu'elle ne voulait pas que Mme Hendry pense pouvoir s'en tirer avec quelque chose d'aussi puéril et absurde, elle ne voulait pas non plus qu'elle appelle Tomek. Elle n'en entendrait jamais la fin.

À contrecœur, soutenant le regard de Miss Hendry, Kasia retira l'écouteur de son oreille et le plaça dans la paume de la femme.

— Et maintenant votre téléphone, ordonna-t-elle

Kasia obéit.

Un mince sourire apparut sur le visage de Miss Hendry. — Ce n'était pas si difficile, n'est-ce pas ? Vous pourrez le récupérer à la fin de la journée. Et assurez-vous de rester après le cours pour que nous puissions avoir une petite conversation, s'il vous plaît.

CHAPITRE
VINGT-TROIS

Tomek était en train de remplir un formulaire de note de frais lorsque son téléphone sonna. Il jeta un coup d'œil à l'écran. Il ne reconnaissait pas le numéro, mais à cet instant, répondre à un appel aléatoire était préférable à s'attaquer à la montagne de notes de frais qu'il devait traiter. Il fit glisser son doigt sur l'écran et porta l'appareil à son oreille.

— Allô, répondit-il.

— Bonjour, est-ce que je parle à Monsieur Bowen, le père de Kasia ?

— C'est moi-même.

Il reconnaissait la voix mais n'arrivait pas à l'identifier.

— Bonjour, c'est Mademoiselle Hendry, le professeur de mathématiques de votre fille.

— Ah, oui. Comment allez-vous ?

— Bien, merci. Et vous ?

— Pareil. Bien que j'aie le sentiment qu'après cet appel, ce ne sera probablement plus le cas... Il se leva de sa chaise et se déplaça vers une pièce plus calme. À moins que vous ne m'appeliez pour me dire que Kasia a obtenu une mention ou une note fantastique à quelque chose.

Le silence à l'autre bout du fil était très révélateur.

— Malheureusement, j'aurais préféré que ce soit le cas. Elle parlait doucement, poliment, presque comme si elle rassemblait son courage pour lui dire pourquoi elle avait appelé. Ce matin, en classe, j'ai surpris Kasia sur son téléphone, assise au fond de la salle avec un écouteur dans l'oreille.

— Je vois...

— Comme vous pouvez le comprendre, nous avons une politique de tolérance zéro pour les téléphones portables en classe, et j'ai dû le lui confisquer jusqu'à la fin de la journée.

Tomek regarda sa montre. Il était maintenant 16 heures. La journée d'école était terminée et Kasia devait sans doute être à la maison ou sur le point d'y arriver.

— Bien sûr. C'est tout à fait logique, répondit Tomek. Merci de me l'avoir fait savoir. J'en discuterai avec elle quand je rentrerai.

— C'est parfait, merci, dit-elle, avec une note de prudence dans la voix.

Tomek sentait qu'il y avait autre chose qu'elle voulait dire : la vraie raison de l'appel, et pas quelque chose d'aussi banal, et vraisemblablement courant, qu'une adolescente utilisant son téléphone en classe.

— Il y avait autre chose...

— Mhmm...

— C'est juste que... quand elle est venue le récupérer, elle a sifflé vers moi.

— Elle a *sifflé* vers vous ?

— Oui. Comme le sifflement d'un serpent.

— Elle a sifflé vers vous comme un serpent ?

— Oui.

— Êtes-vous certaine que cela venait de Kasia et non de quelqu'un qui ouvrait une bouteille à proximité ?

Mademoiselle Hendry soupira au téléphone. — Monsieur Bowen, je peux vous assurer que j'ai entendu ce que j'ai entendu.

— Je ne le conteste pas. Je veux juste m'assurer que c'était bien elle avant de piquer une crise apocalyptique ce soir.

— Maintenant... Elle fit une pause. Je ne pense pas que ce soit nécessaire.

— Vous avez raison. Je vais plutôt déclencher l'*apocalypse*.

Kasia referma fermement la porte de sa chambre derrière elle et cala son sac contre celle-ci. Ce ne serait pas suffisant pour empêcher quiconque d'entrer, mais au moins cela servirait de dissuasion. Tomek ne devait pas rentrer avant une heure, ce qui signifiait qu'elle avait toute la maison pour elle. Mais après l'autre soir, elle préférait faire ça dans la sécurité de sa propre chambre. Une protection supplémentaire au cas où il rentrerait plus tôt que prévu.

On n'est jamais trop prudent.

Elle prit son verre d'eau sur sa coiffeuse et traversa la pièce pour rejoindre son lit. Son ordinateur portable était ouvert, et une petite lumière blanche brillait en haut de l'appareil. Sur l'écran, elle voyait le dessus de ses oreillers, sa tête de lit et le mur derrière.

Zeus avait déposé un lien Zoom dans le groupe de discussion et leur avait demandé à toutes d'être prêtes dans cinq minutes. Silent Horsechick lui avait expliqué qu'ils organisaient parfois leurs séances communes de yoga et de spiritualité en ligne. Seulement à de rares occasions. Quand Zeus ne pouvait pas libérer le studio ou qu'il n'avait pas eu assez de temps pour se préparer à l'avance.

En grimpant sur le lit, Kasia tira la couette sur ses jambes et posa l'ordinateur dessus. Elle passa la souris sur le bouton bleu « Rejoindre la réunion » et inspira profondément. Bien qu'ayant une vague idée de ce que la réunion allait impliquer (elle espérait que ce serait similaire à sa première), elle sentit un nœud d'anxiété se former au fond de son estomac. Elle se demandait si cette sensation disparaîtrait un jour, si elle se sentirait un jour vraiment acceptée par elles, même si elle savait officiellement qu'elle l'était déjà.

Un moment plus tard, elle fut acceptée dans la réunion. Une douzaine de vignettes apparurent à l'écran, chacune encadrant l'une de ses nouvelles sœurs. Elles étaient toutes si belles, délicates, éthérées. Elle était époustouflée par leur beauté et leur magnificence chaque fois qu'elle les voyait.

— Salut, sœurs Harpies ! dit Kasia, souriant avec exubérance à la caméra, agitant vigoureusement la main.

Un harmonieux « Saaaluuut » sortit des haut-parleurs alors que les filles répondaient simultanément. Elles commencèrent à bavarder avec enthousiasme, comme si elles ne s'étaient pas vues depuis des mois. Elles parlaient de leurs journées, de ce qu'elles avaient fait, de comment elles s'étaient senties. Kasia eut la plus grande part du temps de parole, les filles se bousculant pour en savoir plus sur son expérience sur la plage. Elle avait tout absorbé et leur avait expliqué ce qu'elle avait ressenti, comment elle avait interprété la soirée, et à quel point elle avait adoré chaque minute.

Après qu'elle eut fini de parler, Zeus rejoignit la réunion, et aussitôt le groupe tomba dans un silence respectueux. Ses larges épaules dominaient le cadre. Ses cheveux avaient été attachés en queue de cheval, et sa barbe avait été taillée professionnellement. Kasia fut immédiatement stupéfaite par ce changement subtil mais radical. Son visage était maintenant plus sculpté, plus rugueux, encore plus séduisant.

— Bonsoir, Harpies, commença-t-il.

— Bonsoir, Zeus, vint la réponse synchronisée.

— Je vous fais confiance que vous vous portez tous bien. Merci d'avoir pu vous réunir dans un délai aussi court. C'est un bon test de votre foi et de votre dévotion. Je ne peux pas me permettre de laisser place à la complaisance lorsque les guerres raciales commenceront et que nous serons les seuls dans l'au-delà. Tout le monde est-il présent ?

Silence. Personne ne répondit.

Jusqu'à ce qu'Amande Propice prenne la parole. En tant que membre la plus expérimentée et servant depuis le plus longtemps dans le groupe, c'était toujours à elle de répondre pour les autres. Tandis qu'elle parlait, son visage apparut au centre de l'écran de Kasia. — Je crois que nous attendons seulement Myrtle McCall, Zeus.

Puis, presque comme si c'était prévu, une notification apparut au bas de l'écran, et un nouveau visage émergea.

— Mademoiselle Myrtle, grogna Zeus. Vous êtes en retard.

— Je suis vraiment désolée, Zeus. J'ai vu la notification tardivement.

Le visage de Zeus se tordit en une grimace, puis s'aplatit. — C'est inacceptable. Vous et moi allons discuter après la réunion de ce soir.

— Oui, Zeus. Désolée, Zeus.

Myrtle McCall baissa la tête avant d'éteindre sa caméra et de disparaître de l'écran.

— Que cela serve de leçon à vous tous. Je ne tolère pas les retards. Zeus inspira profondément, retint sa respiration, puis expira complètement. Tout son corps et ses épaules semblèrent se dégonfler. — Je suis désolé que nous ayons dû commencer la réunion de ce soir sur une note aussi désagréable. Cela dit, aujourd'hui a été une mauvaise journée. Certains d'entre vous auront peut-être remarqué que le temps a changé. La pluie et les nuages sont le résultat direct de mon humeur. Je suis affligé et alarmé par l'état actuel des choses dans ce monde. Près d'une semaine s'est écoulée depuis la mort de Michael Edwards, et pourtant rien ne s'est produit. Les habitants de l'Essex, et du pays, n'écoutent pas. Ils ne font pas attention. Ils ne se soulèvent pas. Nous devons les faire réagir. Nous devons les faire se soulever et voir. Un autre soupir, cette fois plus superficiel, plus court. — Je travaille sur quelque chose qui fera exactement cela, similaire à Michael Edwards. Mais un démon, un Lucifer, une créature des plus maléfiques, œuvre contre nous. Et nous devons être intelligents si nous voulons le dévorer. Je vous donnerai plus d'informations quand ce sera prêt.

La bouche de Kasia s'ouvrit. Michael Edwards. Elle avait entendu ce nom. Elle l'avait lu dans l'un des dossiers d'enquête de Tomek qu'il avait laissés en s'endormant l'autre soir. L'homme qui avait été poignardé pendant la tempête. L'homme dont Tomek n'était pas plus proche de trouver les meurtriers.

C'étaient les Harpies. Elles s'étaient introduites chez lui, l'avaient poignardé, et s'étaient enfuies. Et tout cela pour déclencher la guerre raciale.

Kasia comprit parfaitement. Elle joua avec l'idée de lâcher que Tomek travaillait sur l'enquête, et qu'ils n'avaient aucune idée de qui était responsable, mais y renonça. Mieux valait le dire à Zeus directement, en tête-à-tête.

Avant qu'elle ne puisse y réfléchir davantage, Zeus recommença à parler.

— Il sera nécessaire de mener des Creepy Sleepies, dit-il, la prenant par surprise. — J'aimerais commencer bientôt et augmenter leur fréquence au cours des prochaines semaines. Je vous ferai savoir à tous ce qui est requis et quand. En attendant, à l'ordre du jour de ce soir, nous avons nos bilans de santé habituels. Vous savez tous ce qu'il faut faire. Veuillez procéder.

Le reste des filles savait. Mais pas Kasia. Elle resta assise là, regardant avec incrédulité et peur les filles qui commençaient à enlever leurs hauts et leurs soutiens-gorge jusqu'à ce qu'elles soient nues jusqu'à la taille. Que se passait-il ? Personne ne lui avait rien dit à ce sujet. Pourtant, le reste des filles le faisait, alors elle devrait le faire aussi. Prudemment, un œil fixé sur la porte de la chambre, l'autre sur la lumière blanche de la webcam devant elle, Kasia retira son fin pull gris et son soutien-gorge en dessous. Aucune des autres filles ne se couvrait ; elles laissaient toutes leurs seins pendre librement. Elle se sentit obligée de faire de même. L'insécurité et l'anxiété la submergèrent par grandes vagues. Elle n'avait jamais rien fait de tel. Pas même dans les vestiaires de l'école. Elle était à l'âge où son corps, et celui de tous les autres de son année, changeait. La puberté. Alors que le reste de ces filles étaient pleinement formées, pleinement développées. Elle se sentit soudain ridiculement petite et déplacée.

— J'adore ta peau, Kandy, dit l'une des filles, à sa grande surprise. — Tu as aussi de très jolis os de clavicule.

— M-merci... fut tout ce qu'elle put penser à dire en baissant les yeux sur sa poitrine.

Et puis ça commença. Les bilans de santé. Au cours des vingt minutes suivantes, elles firent le tour du groupe en observant l'estomac, la poitrine et les épaules des unes et des autres, jusqu'aux bras et aux doigts. Critiquant, complimentant, se disant ce qu'elles aimaient et n'aimaient pas du corps des autres.

— C'est un cercle ouvert, avait dit Zeus. — Un lieu pour construire la confiance. Un lieu pour créer des liens et approfondir votre connexion les unes avec les autres. Au final, les humains ne sont qu'une masse de sang, de muscles, d'os et de peau. Rien de plus, rien de moins. Sauf vous, les filles. Si vous devez me suivre, vous devrez être parfaites, immaculées. Vous devrez suivre les instructions les unes des autres et avoir une certaine apparence. C'est uniquement pour vous donner la meilleure préparation pour ce qui est à venir.

Au début, Kasia s'était sentie incroyablement mal à l'aise. Qui était-elle pour critiquer la forme du corps de quelqu'un ? Qui était-elle pour dire qu'elles avaient trop de graisse ? Mais au fur et à mesure que la conversation se développait, et qu'elle réalisait l'importance d'être honnête et la nécessité de se perfectionner pour leurs prochaines vies, elle commença à se détendre un peu. Lorsque vint le moment des commentaires sur son corps, le nœud dans son estomac s'était apaisé. Ses seins étaient petits, mais c'était prévisible, étant donné son âge. La plus grande préoccupation de Zeus pour elle, et pour son efficacité pendant la guerre raciale et leur temps dans l'au-delà, était son poids. Elle était trop ronde, lui dit-il. Elle devait perdre du poids, descendre d'une taille. Elle devait se conformer au reste des filles si elle voulait survivre aux guerres raciales.

— Je comprends, Zeus. Bien sûr. Je ferai tout ce que je peux pour y parvenir pour vous, dit-elle obligeamment.

— Merci. Je te promets que tu ne le regretteras pas.

Zeus avait continué à parler. Mais Kasia n'écoutait plus. Elle était trop occupée à guetter la porte d'entrée. À écouter le bruit de la porte qui se fermait, suivi des lourds pas traversant le salon.

CHAPITRE
VINGT-QUATRE

Tomek mentirait s'il disait ne pas avoir remarqué un changement chez Kasia ces derniers jours.

D'abord, elle avait changé sa coiffure. Il avait toujours aimé la façon dont ses cheveux flottaient librement sur ses épaules et le haut de son dos ; cela lui allait bien et la faisait paraître plus mature. Mais maintenant, elle les avait attachés en couettes, ce qui lui donnait l'air d'une gamine de dix ans.

Ensuite, elle s'était mise à porter des quantités copieuses de maquillage, parfois si épais et ridicule qu'il avait été obligé de le lui faire remarquer.

Troisièmement, et plus inquiétant encore, elle avait abandonné tous ses bijoux, les avait enlevés et cachés quelque part. En particulier, le bracelet coûteux qu'il lui avait offert quelques semaines auparavant. Il l'avait acheté chez un bijoutier local sur Leigh Broadway, et avait ajouté un petit charm pour l'accompagner. Elle l'avait porté tous les jours pendant cinq semaines d'affilée. Et maintenant, plus rien. Comme si cela ne comptait plus pour elle. Comme s'il n'y avait aucun sentiment derrière.

Certes, ils avaient connu des hauts et des bas depuis qu'elle était venue vivre avec lui, mais cette fois c'était différent. Et il avait l'intention de découvrir pourquoi.

Dès qu'il entra dans l'appartement, il se précipita vers la chambre de Kasia et fit irruption par la porte. Après avoir poussé du pied son sac à dos, il la trouva assise sur le lit, nue jusqu'à la taille, en train de refermer brusquement le couvercle de son ordinateur portable.

Tomek poussa un cri gêné et se couvrit les yeux.

— Papa ! Sors d'ici !

Il obéit, puis attendit qu'elle confirme être décemment vêtue. Quand il revint, sa tension artérielle et son rythme cardiaque toujours au maximum, elle avait tiré la couette sur elle et caché son ordinateur portable.

— Qu'est-ce que tu fais ? siffla-t-elle, comme si c'était lui qui avait tort. Pourquoi tu n'as pas frappé ?

— Heureusement que je ne l'ai pas fait, sinon tu aurais essayé de cacher ce que tu trafiquais. Qu'est-ce que tu foutais à l'instant ?

— Langage ! Kasia pointa du doigt le salon, mais ajouter une pièce d'un euro dans le bocal à gros mots était bien la dernière chose à laquelle il pensait.

— Réponds-moi, Kasia. Qu'est-ce que tu faisais à l'instant ? Pourquoi tu étais presque nue ?

Elle serra la couette si fort que ses jointures blanchirent. — Je regardais juste Netflix.

— Tu prenais des photos de toi pour quelqu'un ? demanda-t-il en avançant dans la pièce.

— Quoi ?

— Est-ce que quelqu'un te force à envoyer des images indécentes de toi ?

Il s'approcha de son côté du lit.

— Non ! Papa, bien sûr que je ne—

Il ignora l'ordinateur portable à côté d'elle et saisit son téléphone. Elle était beaucoup plus petite et plus faible que lui, alors la lutte fut brève. Il la maintint en arrière d'un bras tandis qu'il essayait de déverrouiller l'appareil. Puis il réalisa qu'il aurait besoin de son visage pour le faire.

— Déverrouille-le, ordonna-t-il, puis poussa le téléphone devant elle. Le système d'exploitation, avec toute sa puissance high-tech et sa technologie sophistiquée, reconnut ses traits et déverrouilla l'appareil. Tout ce que Tomek avait à faire était de glisser vers le haut. Une fois à l'intérieur, il vérifia rapidement les dernières applications utilisées : TikTok, Instagram, Safari.

— Rends-le-moi ! hurla Kasia en tendant la main vers le téléphone.

Tomek l'ignora et continua. Sur les applications de médias sociaux, il vérifia ses messages directs, constata qu'il n'y en avait pas de récents qui l'alarmaient, puis vérifia WhatsApp. En haut de ses conversations se trouvait un groupe intitulé Les Harpies, suivi d'émojis d'orage et d'éclair.

— C'est qui ces gens ? demanda Tomek en tournant l'écran pour qu'elle puisse voir.

— Des amies de l'école ! Elle fit une nouvelle tentative, mais Tomek fut trop rapide pour elle et éloigna l'appareil. Kasia grogna de frustration.

Sans tenir compte du groupe et du reste de ses messages WhatsApp, Tomek se concentra sur sa pellicule d'appareil photo. Gardant le pire pour la fin. Il ne savait pas ce qu'il allait y trouver. Mais il savait certainement ce qu'il ne *voulait* pas voir. Alors que ses yeux parcouraient les photos les plus récentes, il laissa échapper un profond soupir de soulagement. Il n'y avait rien. Juste quelques photos de sa nouvelle coiffure, prises ce matin-là.

Soulagé, il lui rendit le téléphone. Kasia le lui arracha des mains et le fusilla du regard.

— Je n'arrive pas à croire que tu viens de faire ça, dit-elle.

— Je devais vérifier. Je sais ce qui se passe de nos jours. Je veux juste que tu sois en sécurité sur internet.

Elle leva les yeux au ciel, comme elle l'avait fait tant de fois auparavant. — Je suis prudente. Je ne suis pas idiote. Elle posa le téléphone sur son genou pendant qu'un bref silence s'installait entre eux. — Pourquoi es-tu rentré plus tôt ? demanda-t-elle doucement, comme si elle venait d'oublier l'éclat.

— Pour te voir, dit-il en pointant son doigt vers elle. Ensuite, il essaya d'attraper à nouveau le téléphone, mais cette fois Kasia s'y attendait et le lui arracha des mains. — Pour te parler de *ça*. J'ai entendu parler de ta petite fête musicale en cours aujourd'hui. C'était quoi ça ? Et en maths en plus ? Je sais que c'est ta matière la moins préférée, mais ça ne te donne pas le droit de désobéir aux ordres d'un professeur. Et Mlle Hendry a dit que quand tu es allée récupérer ton téléphone, tu as *sifflé* sur elle. C'était quoi ça ?

— Langage !

— En ce moment, j'ai le droit de jurer autant que je veux ! Je suis absolument furieux contre toi, Kasia ! Qu'est-ce qui se passe ?

Tomek avait essayé l'approche gentille. Il avait tenté d'aborder le sujet de son récent changement de comportement de façon subtile et douce. Mais cela ne fonctionnait manifestement pas. Il était temps de changer de stratégie.

— J'étais... j'étais ennuyée.

— Et tu penses que ça te donne le droit de te comporter comme une affreuse petite peste ? À son tour de siffler entre ses dents.

Le visage de Kasia se tordit. — Je n'étais pas une affreuse petite peste. Je ne voulais simplement pas être là.

— Tant pis. Tu n'as pas le choix. Tu dois le faire. Il passa ses doigts dans ses cheveux, puis massa sa barbe. — Je sais que ça peut te sembler une éternité, mais ça ne l'est pas. Il ne te reste que quelques années à tenir, puis tu pourras complètement arrêter. J'avais ton âge aussi, et il y avait des matières que je détestais, mais tu sais ce que j'ai fait ? Je me suis bougé le cul. Et tu sais quoi d'autre ? À la fin, j'ai découvert que ça me plaisait en fait.

Kasia ricana en levant les yeux au ciel. — Si tu le dis.

Tomek inspira profondément pour tenter de se contrôler. Des meurtriers, des violeurs, des criminels – il les avait tous côtoyés. Certaines des personnes les plus maléfiques et sombres de la planète. Et pourtant, aucun d'entre eux ne l'avait autant irrité ou décontenancé que sa fille adolescente.

— Qu'est-ce qui t'arrive ces derniers temps, bordel ? Tu changes et ça ne me plaît pas. Tu coiffes tes cheveux différemment. Tu as arrêté de porter le bracelet que je t'ai offert. Et c'était quoi cette histoire l'autre jour ? Un truc à propos de putain de *codes-barres* ?

Tomek pouvait voir sur son visage qu'elle voulait s'expliquer mais qu'elle se mordait la langue.

— Je *suis* en train de changer, rétorqua-t-elle. Ça s'appelle la puberté.

Je pensais que tu en savais long là-dessus, vu certaines filles avec qui tu sortais avant. J'ai vu leurs photos, et elles avaient toutes l'air de l'avoir à peine terminée.

— Premièrement, elles avaient toutes la vingtaine, je te remercie. Et deuxièmement, ce ne sont pas tes putains d'affaires.

Tomek serra le poing de frustration. Il ne supportait pas de la regarder à cet instant. Pas comme ça. Pas alors qu'il voyait rouge.

Il se dirigea vers la porte et l'ouvrit brusquement. Au moment de sortir, il s'arrêta et se retourna.

— Je ne pensais jamais avoir à faire ça, mais tu es privée de sortie. Pour... pour le reste de la semaine. Je veux que tu rentres directement à la maison après l'école, et je veux que tu restes dans ta chambre.

— *Quoi* ? C'est tellement injuste !

— C'est comme ça. La vie est injuste. Estime-toi heureuse que je ne confisque pas aussi ton téléphone.

Kasia ouvrit la bouche pour parler, mais il l'interrompit.

— Si j'étais toi, je ne me donnerais pas une raison de changer d'avis.

CHAPITRE
VINGT-CINQ

Tomek avait fait le trajet jusqu'à la station de radio tout seul. Sur la route, il avait mis la musique à fond dans les haut-parleurs, hochant silencieusement la tête au rythme des battements de batterie, laissant ses pensées revenir sur la nuit précédente. Il avait déjà essayé, allongé éveillé dans son lit, mais il était trop en colère, trop frustré pour formuler une pensée cohérente. Maintenant qu'il avait dormi dessus, il trouvait son esprit plus calme, plus maître de lui-même, même si ce n'était que légèrement.

Le comportement de Kasia l'inquiétait profondément. Elle agissait de façon plus qu'étrange, et il doutait que leur dispute à grands cris changerait quoi que ce soit à cela. Il craignait même que cela n'ait aggravé la situation, la rendant plus encline à se rebeller et à faire des choses sans son approbation ou sa permission. Elle avait presque quatorze ans, et pourtant elle se comportait comme si elle en avait quatre de plus. Comme une adolescente au seuil de l'âge adulte.

L'idée qu'elle prenait des photos indécentes d'elle-même lui avait trotté dans l'esprit toute la nuit. Pas les images elles-mêmes, mais le fait qu'elle était poussée à le faire par quelqu'un. Quelqu'un de plus âgé, peut-être. Quelqu'un qui profitait d'elle. Un garçon de l'école, se disait-il. Peut-être que Billy « Le Combattant de Vaches » Turpin était revenu dans sa vie et essayait d'obtenir une sorte de vengeance. Ou peut-être s'agissait-il d'un nouveau garçon. Peut-être quelqu'un qu'elle avait rencontré à la soirée des moins de seize ans, et elle pensait que prendre des photos d'elle-même était le bon moyen d'attirer son attention.

Ces pensées continuaient à percoler tandis qu'il ruminait, jusqu'à ce qu'il se gare sur le parking de la station de radio et se dirige vers la réception. La même femme qui l'avait accueilli la semaine précédente était assise derrière l'ordinateur, mâchant bruyamment un nouveau chewing-gum.

—De retour ? demanda-t-elle.

—Toujours là ? répliqua-t-il.

—Malheureusement. Mais mes jours sont comptés. Soit je pars, soit ils me virent, ce qui arrivera en premier.

—Espérons que l'herbe sera plus verte ailleurs, dit-il. Pourriez-vous appeler Roger Armstrong et lui dire que j'ai besoin de lui parler, s'il vous plaît ?

—Sa Majesté n'aimera pas ça, dit-elle en attrapant le téléphone pour passer l'appel. Après un court moment, elle raccrocha et dit : Il a annulé sa prochaine réunion. Il a dit que tu as quinze minutes.

—Quelle chance.

Alors qu'il s'éloignait, elle le rappela. —Tu sais où le trouver cette fois ?

—Il suffit de suivre l'odeur écrasante d'après-rasage, c'est ça ?

—Tout juste. J'espère que tu as ton masque à gaz prêt.

Oubliez le masque à gaz ; Tomek aurait aimé avoir apporté une combinaison hazmat. Ou au moins, il aurait souhaité proposer de rencontrer l'homme à l'extérieur, où il y avait un peu plus d'air, un endroit où il aurait pu se tenir au vent de lui. L'odeur qui exsudait de ses pores était âcre et écrasante, et Tomek avait retenu sa respiration pendant la première minute de leur interaction, hochant poliment la tête tandis qu'il laissait l'homme divaguer et se plaindre du dérangement et de l'interruption qu'il avait causés.

—Je suis désolé de vous le dire, Monsieur Armstrong, mais je m'en fiche. Notre enquête pour meurtre est plus importante que ce que vous essayez de faire ici. Et je suis sûr que la plupart des gens seraient d'accord avec moi.

La bouche de Roger s'ouvrit en grand.

—Mais, juste pour vous faire plaisir, je vais être aussi bref que possible, continua Tomek, bien qu'il ne soit prêt à le faire que parce qu'il ne pouvait pas supporter l'odeur plus longtemps. Comment cela vous semble-t-il ?

—Ça me semble être l'une des choses les plus grossières qu'on m'ait jamais dites.

Tomek adressa à l'homme un sourire facétieux.

—Excellent. Eh bien, commençons, voulez-vous ?

Roger se frotta vigoureusement le dessous du nez.

—Comment saviez-vous de quoi je voulais parler ? demanda Tomek.

—Pardon ?

Tomek pointa le nez de l'homme. —*Ça.*

—Je suis désolé. Je ne comprends pas de quoi vous parlez.

—De drogues.

Comme sur commande, Roger se frotta à nouveau le dessous du nez.

—Quoi donc ?

—On a fait un peu de poudre, n'est-ce pas ?

—Qu'est-ce que c'est censé vouloir dire ?

—Quelle partie vous pose problème, Roger ? Le nom d'argot pour la cocaïne, ou essayer de trouver une réponse pendant que la substance circule dans votre système ?

Il comprit enfin.

—Il n'y a pas de drogue ici, marmonna l'homme. Absolument pas. Je le saurais si c'était le cas. Et je les confisquerais et licencierais cet employé sur-le-champ. Absolument. Vous avez ma parole. C'est une violation directe du contrat, et c'est un motif de licenciement immédiat. Je n'ai jamais rien vu ni entendu à propos de drogues depuis que je travaille ici, et je trouve cette allégation absurde. Roger leva le doigt et le pointa vers Tomek.

—Vous feriez mieux de faire attention où vous pointez ça. Tomek regarda au-delà du doigt tremblant et dit : Vous n'avez jamais vu aucune preuve suggérant que Michael Edwards aurait pu consommer ou vendre de la drogue à ses collègues ?

Roger secoua vigoureusement la tête. —Absolument pas. Comme je l'ai déjà dit, je n'ai *rien* vu ni entendu pendant les dix années où j'ai travaillé ici. Je serais le premier à savoir s'il se passait quelque chose comme ça.

J'en suis sûr, pensa Tomek, alors que Roger se frottait le nez pour la troisième fois. Comme ça tu pourras être le premier à y mettre tes sales petites pattes.

Roger leva le bras, exhibant une Rolex métallique brillante à son poignet, probablement pour compenser la petitesse de son pénis. Puis il mit fin à la réunion.

—Vos quinze minutes sont malheureusement écoulées.

Tomek consulta sa propre montre. Cela ne faisait que cinq minutes.

—Selon mes estimations, il me reste encore dix minutes.

—Pas d'après ma montre.

Tomek claqua la langue et secoua la tête. —Une montre aussi chic, et elle est en panne ? Tu devrais peut-être la faire examiner. Ce serait dommage que tout ton argent de la drogue ait été dépensé pour une fausse Rolex...

Tomek se leva de sa chaise et se dirigea vers la sortie, laissant l'homme bouillir de frustration. Il sourit en se dirigeant vers l'ascenseur et appuya sur le bouton. Tandis que les portes se refermaient, il poussa un profond soupir de soulagement. Ses frustrations dans sa vie privée débordaient sur son travail. D'habitude, il aurait essayé de séparer les deux, mais Roger était l'exception. Ce connard prétentieux cachait quelque chose, et Tomek était plus que ravi de l'emmerder tous les jours de la semaine.

En bas, Tomek se dirigea vers la réceptionniste.

—Tu pars déjà ? demanda-t-elle, levant les yeux vers lui derrière ses lunettes.

—Quelque chose me dit que je pourrais revenir avant même que tu t'en rendes compte. Bien que je ne sache pas si tu seras encore là à ce moment-là.

Elle sourit, les coins de ses yeux se plissant. —Eh bien, c'était sympa. Mais ce n'est pas un adieu, c'est un à plus tard.

Tomek rit doucement. —Si c'est le cas, alors je me demandais si tu pourrais m'aider.

—Tu veux dire plus qu'en te montrant simplement le bon chemin ? Là, tu en demandes un peu trop.

—C'est à propos de drogues, dit-il.

La femme se renversa dans son fauteuil et croisa les bras sur sa poitrine, un sourcil levé. —Est-ce un piège ?

—Non. Rien de ce genre.

—Tu cherches à acheter ?

Tomek secoua vigoureusement la tête. —Rien de ce genre non plus. Non, je me demande si tu sais quelque chose sur une éventuelle consommation de drogue qui pourrait avoir lieu ici. Tu es à l'accueil, l'oracle. Tu vois et entends des choses que nous, simples mortels, ne pourrions jamais remarquer. Je me suis dit que tu serais la mieux placée pour savoir quelque chose à ce sujet.

La réceptionniste réfléchit un moment, sa tête pivotant de gauche à droite comme si elle cherchait quelqu'un qui n'était pas là.

—J'ai peut-être entendu quelques trucs, récupéré une information par-ci par-là. Qu'est-ce que tu aimerais savoir ?

—Michael Edwards. A-t-il déjà pris de la drogue ou essayé d'en vendre au travail ?

Le ricanement qui sortit des lèvres de la réceptionniste ressemblait davantage à une toux. Comme s'il venait de poser la question la plus stupide qui soit.

—Michael Edwards ? De la drogue ? Ces deux-là étaient inséparables comme les gothiques et le heavy metal. Ils étaient comme cul et chemise. Comment crois-tu qu'il tenait pendant ses journées de quinze heures, et qu'il sortait d'ici encore plein d'énergie ? Le mec passait tout le temps aux toilettes.

—Cocaïne ?

—C'était ce qu'il aimait prendre. Je veux dire, je ne l'ai jamais vu le faire. Mais ça se voyait, tu sais. Et j'ai entendu des gens qui étaient avec lui quand ils en ont pris ensemble, donc je suis assez confiante. Elle se pencha en avant, puis lui fit signe de faire de même d'un mouvement du doigt. —Mais on m'a aussi dit qu'il aimait bien trafiquer, aussi. Encore une fois, ce sont des rumeurs. Il ne m'a jamais *rien* proposé, mais on m'a dit qu'il avait une grande quantité de cocaïne qu'il avait essayé d'écouler lors de la fête de Noël une fois et toutes les personnes qui étaient quelqu'un y ont participé.

—Et toi ?

Elle fit un geste des bras, désignant son bureau. —Je ne suis personne. Je ne suis que l'humble réceptionniste qui complote tranquillement contre tous ces gens et qui les ajoute à mon carnet noir. On ne m'a jamais rien proposé, et je n'aurais pas voulu non plus. La drogue n'a jamais été mon truc. Donnez-moi une bouteille de vodka n'importe quel jour de la semaine.

—D'accord. Et c'était juste de la cocaïne qu'il avait ?

Elle fit une pause. —En fait, non. Je me souviens, bizarrement, qu'il avait une quantité énorme de LSD à un moment donné. Tu sais, les petits carrés qu'on met sur la langue ?

Il hocha lentement la tête. —Je sais comment ça fonctionne.

—Bien sûr que tu le sais. Eh bien, il en avait plein et essayait de s'en débarrasser. Mais c'était il y a un moment, avant qu'il ne se mette à la cocaïne.

Tomek la remercia pour son temps et son aide, puis passa un coup de fil au bureau pour demander une perquisition immédiate pour rechercher de la drogue au domicile de Michael Edwards.

—Oh, et pendant que vous vous occupez de ça, dit-il à Chey, il y a une adresse que j'ai besoin que vous récupériez pour moi.

CHAPITRE
VINGT-SIX

Tomek se gara devant la zone industrielle et ferma discrètement la portière de sa voiture. Il jeta un coup d'œil au point rouge sur son téléphone, puis leva les yeux. Il était au bon endroit. Un petit détour avant d'aller à la gare.

Après avoir quitté le siège de KISS, Chey lui avait donné l'adresse et le numéro de portable de Pamela Kirby, la mère de Yasmin, qui, après s'être profusément excusée de ne pas être chez elle, avait confirmé l'adresse du club pour les moins de seize ans que Kasia et sa fille avaient fréquenté.

Tomek était certain que quelqu'un forçait Kasia à prendre des photos d'elle-même. Et où était-elle allée récemment où elle aurait pu rencontrer quelqu'un de nouveau ? Précisément à l'endroit qu'il regardait : le studio de yoga House of Zeus.

Le petit bâtiment se trouvait au milieu d'une zone industrielle de Southend, enfoui dans une longue rangée de garages et d'ateliers. À l'extérieur, des bancs en bois de jardin-brasserie étaient enchaînés au mur, de grands parasols dépassant de leur centre. Bien que la rue ne fût pas accueillante et clairement un point chaud pour les vols, le studio était plus chaleureux, et Tomek se sentit attiré vers lui. Peut-être était-ce la curiosité qui l'appelait, ou peut-être autre chose. En entrant dans le studio, il fut frappé au visage par l'arôme écoeurant d'encens et de bougies. La porte s'ouvrait sur une grande salle de yoga. Dans un coin de la pièce se trouvait une pile de tapis de yoga. À l'opposé, des rouleaux en mousse et de grands bâtons en bois. Sur le côté adjacent se trouvaient deux bancs ornés de bougies, certaines toutes neuves, d'autres consumées jusqu'à la mèche. Les murs étaient couverts de calligraphies indiennes et asiatiques, d'ornements et d'autres références à la spiritualité. En arrière-plan, une musique électronique vibrante et décousue jouait. Tomek la reconnut instantanément.

Il n'avait jamais compris l'intérêt du yoga et de la spiritualité. Pour lui, ce n'était qu'un tas de conneries occidentalisées par les Californiens comme la nouvelle alternative à l'eau potable, mais il comprenait pourquoi les gens en avaient besoin. Il y avait tellement de chaos et d'horreur dans le monde, ils avaient besoin d'une échappatoire, d'un exutoire, d'une façon de tout évacuer et d'y donner un sens.

Tomek était occupé à examiner certaines inscriptions sur le mur quand un homme émergea d'une porte ouverte, s'essuyant les mains avec une serviette. La première chose que Tomek remarqua fut sa taille. Il était plus petit que Tomek de quelques centimètres, mais ce qu'il lui manquait en hauteur, il le compensait largement en largeur. La deuxième chose qu'il remarqua était ses cheveux longs attachés en chignon et sa barbe sculptée qui était presque aussi longue que ses cheveux. Il ressemblait à un Jésus musclé.

— Je peux vous aider ? demanda l'homme, la méfiance imprégnant son ton.

Tomek tendit la main pour mettre le Jésus bodybuilder à l'aise. Il savait comment cela devait paraître d'avoir un étranger qui débarquait au hasard dans son lieu de travail.

— Tomek Bowen, dit-il en serrant la main de l'homme, sentant immédiatement ses os et son cartilage s'écraser. Enchanté de vous rencontrer.

— Zachary Godson, répondit l'homme, ses yeux étudiant Tomek attentivement. De même. Qui êtes-vous ?

— Je suis le père d'une des filles qui est venue à votre club pour enfants l'autre soir.

— D'accord...

— Je me demandais si je pouvais discuter avec vous de son temps passé ici ?

L'homme jeta la serviette sur son épaule. — Tout va bien ? Elle n'a pas... porté plainte, n'est-ce pas ?

Tomek secoua la tête. — Rien de ce genre. C'était plutôt une préoccupation que j'avais, en fait.

La pomme d'Adam de Zachary monta et descendit alors qu'il avalait profondément.

Tomek ouvrit la bouche pour parler, mais une pensée soudaine s'était introduite dans son train de réflexion. — Que faites-vous ici ?

— Que voulez-vous dire ? répondit Zachary, massant sa barbe.

— Eh bien, au club pour enfants. Vous les forcez à faire du yoga ?

L'homme se gratta l'un de ses biceps. — J'anime des séances de yoga et des retraites pour mes clients pendant la journée et parfois le soir. Mais les trucs pour enfants sont complètement séparés. J'ai un studio plus petit à l'arrière et un entrepôt où je stocke toutes les affaires. Avant qu'ils n'arrivent, je sors les canapés, les PlayStation et les babyfoot. J'ai des billards, un trampoline dehors, plein de choses pour les divertir.

Tout cela était nouveau pour Tomek. Il avait essayé de demander à Kasia si elle s'était amusée et quel genre d'activités elle avait faites, mais elle n'avait pas voulu entretenir la conversation. Au lieu de cela, elle avait grogné et s'en était tenue à ses réponses monosyllabiques typiques, à l'exception de lui avoir dit qu'elle « s'était bien amusée ».

— Et vous passez de la musique ? demanda Tomek. J'ai cru la reconnaître.

— Ah, oui ? Un mince sourire apparut sur le visage de Zachary, bien qu'il affichât toujours une légère appréhension.

— Kasia a écouté cette musique sans arrêt depuis qu'elle est venue ici.

— C'est très gentil de sa part. J'y ai travaillé dur, alors c'est agréable quand les gens continuent de l'écouter dans la nature.

Tomek était impressionné. Une communauté de yoga, un club pour enfants le soir et une carrière musicale.

— Vous êtes un homme aux multiples talents, dit-il.

Zachary parut flatté. — Juste quelqu'un qui essaie de changer le monde et d'y répandre du bien.

— Comme c'est noble.

— Vous aimez ?

Tomek fit une pause avant de répondre. Comment pouvait-il décevoir cet homme doucement sans lui dire qu'il détestait sa musique ?

— Ce n'est pas pour moi, non, répondit-il finalement. Je suis un homme des années quatre-vingt et quatre-vingt-dix, et je suis snob quand il s'agit d'autre chose.

Zachary afficha un sourire, dévoilant ses dents. Ce faisant, ses yeux bleus semblèrent scintiller, et Tomek fut soudain frappé par son charme et sa beauté.

— Sans compter que si la musique part en vrille, vous avez au moins un avenir dans le mannequinat qui vous attend. Le reste d'entre nous doit se contenter d'avoir l'air d'avoir été traîné sur du béton pendant deux kilomètres.

— Je n'en suis pas si sûr, dit-il. J'ai quitté le métier d'acteur pour une raison.

— Acteur ? Quelque chose que j'aurais pu voir ?

— *EastEnders*, répondit Zachary avec désinvolture. Mais cette époque est derrière moi. Alors, qu'est-ce que vous vouliez savoir ?

Tomek leva un doigt en l'air, comme s'il venait de se rappeler pourquoi il était là. — Ah, oui. C'est à propos du genre de personnes avec qui Kasia était ici l'autre soir. Voyez-vous, quelque chose a attiré mon attention et cela suscite certaines inquiétudes. En particulier concernant les membres du sexe opposé. Vous savez comment ils sont de nos jours. Je me demandais si vous l'aviez vue parler à des garçons qui avaient soit son âge, soit peut-être plus âgés qu'elle ?

Zachary n'eut pas besoin de réfléchir longtemps.

— Elle est restée avec son amie toute la soirée. Celle avec... avec les cheveux blonds... en couettes.

— Yasmin ?

— Oui, c'est ça. Chaque fois que je l'ai vue, elle était avec Yasmin. Elles riaient, jouaient sur leurs téléphones, écoutaient de la musique. Elles restaient plutôt entre elles.

— Et vous en êtes sûr ?

Ses yeux bleus scintillèrent encore plus intensément. — Assez confiant, oui. Je ne tolère aucun comportement inapproprié ici. Certes, certains jeunes peuvent flirter un peu de temps en temps, mais je ne tolère rien qui aille au-delà.

Tomek hocha la tête en signe d'acceptation. Puis il fouilla dans sa poche, sortit une carte de visite avec son numéro de portable et la tendit à Zachary. — Si je pouvais vous demander de garder un œil ouvert et de me faire savoir si vous voyez quelque chose de... préoccupant, ou quelque chose que vous pensez que je devrais savoir.

— Bien sûr, dit Jésus Musclé. Je serais plus que ravi de faire ça pour vous.

CHAPITRE
VINGT-SEPT

Elles étaient à leur endroit habituel sur le gazon artificiel, assises en tailleur, leurs sacs posés devant elles. La seule différence aujourd'hui était que le soleil brillait et les garçons jouaient sur le terrain, leurs acclamations et leurs cris remplissant l'air au loin. Près d'elles, au bord du terrain, se trouvait le groupe habituel de filles qui s'extasiaient devant eux, les encourageant comme s'ils étaient des joueurs professionnels.

Des WAGS en devenir, les appelait Kasia. Et elles représentaient tout ce qu'elle détestait chez les filles de son année. Elles étaient si vaniteuses, si prétentieuses. Elles ne se souciaient que de leur apparence, de leurs vêtements et de ce que les autres pensaient d'elles.

Ce qu'elles ignoraient, c'est qu'une guerre raciale approchait, la fin des temps, et que seules elle et Yasmin seraient sauvées quand ce jour arriverait. Pendant ce temps, les autres seraient encore en train de jouer avec leurs cheveux et leur maquillage alors qu'elles seraient ravagées et décimées par les raids, les bombes et les combats.

— Comment te sens-tu après hier soir ? demanda Yasmin.

Il fallut un moment à Kasia pour comprendre la question. Tant de choses s'étaient passées la veille qu'elle ne savait pas à quoi son amie faisait référence.

— C'était... bien, dit-elle. Je... ne m'y attendais pas, mais maintenant je comprends tout à fait.

— Tu as déjà suivi les conseils ? demanda Yasmin.

Kasia hocha la tête. — Je n'ai pas pris de petit-déjeuner et j'ai jeté mon déjeuner aujourd'hui.

— Bien. Il sera content de l'apprendre. C'est important que tu suives ses instructions, sinon il ne sera pas content.

Cela lui rappela quelque chose. — Tu sais ce qui est arrivé à Myrtle McCall ?

Yasmin secoua la tête. — Non, je ne sais pas. Je n'ai jamais été de ce côté-là avec lui.

Son expression suggérait le contraire, mais Kasia décida de ne pas insister.

— Considère ça comme une leçon, poursuivit Yasmin. Tu ne veux pas être du mauvais côté de Dieu, disons-le simplement ainsi.

L'intonation dans la voix de Yasmin l'inquiétait, et elle tint compte de l'avertissement de son amie.

Avant que Kasia ne puisse répondre, un ballon de football heurta la clôture métallique qui entourait le gazon artificiel. Tandis que le ballon rebondissait jusqu'à s'arrêter, un des garçons de l'année supérieure se précipita vers elles.

— Désolé, les filles, dit-il avec arrogance. En se retournant, le ballon en main, il fit un double-regard vers Kasia. — Je ne t'ai pas fait peur, hein ? demanda-t-il avec un clin d'œil.

Kasia devint soudainement nerveuse, sans savoir pourquoi.

— Non. Il n'est même pas venu près de moi, dit-elle timidement.

— Eh bien, si jamais ça arrive, tu n'as qu'à me dire qui l'a frappé et je m'occuperai de lui pour toi, d'accord ?

— D'accord, répondit Kasia, incapable de contrôler le sourire gêné qui se dessinait sur son visage.

Puis elle sentit une claque sur son bras. Elle se tourna vers Yasmin, qui la fusillait du regard.

— C'était quoi ça ? demanda-t-elle.

— C'était *quoi* ?

— Ce flirt. Je t'ai vue. Tu ne peux pas faire ça. Pas si tu veux rester chez les Harpies. On ne peut pas avoir les distractions que ces faibles d'esprit ont. C'est nous contre eux, Kasia. Nous contre eux tous. Ils ne sont pas tes amis, ils n'essaient pas de flirter avec toi. Ils essaient de nous infiltrer. Et on ne peut pas les laisser faire ! Tu te souviens de ce que Zeus a dit sur le diable qui essaie d'empêcher les guerres raciales ? Il est *partout*. Tu dois faire très attention.

Kasia baissa la tête, honteuse. — Désolée. Je devrais savoir mieux.

Yasmin posa une main réconfortante sur son dos. — C'est bon. Tu apprends encore. C'est une bonne chose que Zeus et aucune des autres filles n'aient été là pour voir ça.

— Pourquoi ?

Yasmin ouvrit la bouche pour répondre, mais avant qu'elle ne puisse le faire, le téléphone de Kasia sonna, les distrayant. L'icône WhatsApp apparut sur son écran verrouillé. Yasmin y jeta un coup d'œil, puis vérifia son propre portable.

— Il t'a envoyé un message direct, dit-elle, en posant une main sur le bras de Kasia, le serrant fermement.

Un nœud se forma dans la gorge de Kasia tandis qu'elle fixait l'écran. Zeus. Lui envoyant directement un message. Pourquoi ? Qu'avait-elle fait ? Était-elle en difficulté ?

— Ne reste pas plantée là, cria Yasmin. Ouvre le message ! Tu dois l'ouvrir rapidement sinon—

Yasmin se jeta sur le téléphone posé sur la jupe de Kasia, mais Kasia la repoussa et ouvrit elle-même la notification. Pendant qu'elle parcourait le message des yeux, Yasmin se pencha pour le lire avec elle.

Creepy Sleepy.

Kasia relut le message, attendant, se demandant s'il y aurait une suite. Mais non. Elle posa le téléphone sur ses genoux et se tourna vers Yasmin. Son amie affichait un mélange de jalousie, d'excitation et de confusion en une seule expression.

— Qu'est-ce que c'est ? demanda doucement Kasia.

— Tu as été invitée à un Creepy Sleepy.

— Qu'est-ce qu'un—

Avant qu'elle ne puisse terminer, son téléphone sonna à nouveau. Un autre message de Zeus. Cette fois, Yasmin la devança et lut le message en premier.

— Oh mon Dieu... Oh, non...

— Qu'est-ce que c'est ? Kasia arracha le téléphone des mains de son amie et lut le message.

Nous avons un problème. Ton père vient de passer au studio, posant des questions sur hier soir. J'ai besoin que tu t'en occupes, ou tu es exclue du groupe et tu périras dans la guerre raciale. Souviens-toi de ta prophétie.

CHAPITRE
VINGT-HUIT

Les deux dernières semaines à l'école avaient été les meilleures de sa vie. Tout s'était déroulé comme prévu. Il avait apporté la lame, l'avait montrée à quelques personnes, et à la fin du déjeuner du premier jour, il était devenu le sujet de conversation de toute l'école. Pas seulement de son année — de *toute l'école*. Mille cinq cents élèves, y compris quelques-uns des plus âgés du lycée, connaissaient son nom et venaient le voir dans la cour et dans les couloirs, lui demandant de la leur montrer, le harcelant pour la tenir afin qu'ils puissent inévitablement se vanter auprès de leurs amis non seulement de l'avoir vue en chair et en os, mais aussi de l'avoir *tenue*. Il avait dû être arrêté un millier de fois, et à chaque sollicitation, à chaque tiraillement du bras dans la direction d'une nouvelle personne, il sentait son ego grandir démesurément. Ça devait être ce que ça faisait d'être une célébrité. Il ne pouvait penser à personne dans l'histoire de l'école qui avait eu autant de notoriété. On se souviendrait de lui pendant des années, les générations parleraient de lui comme du gamin qui avait apporté une arme du crime à l'école.

Mais toute cette excitation, toute l'adrénaline qui venait d'être acclamé par des dizaines de personnes dans la cour, disparaissait presque instantanément dès qu'il rentrait chez lui. Il n'y avait personne pour le traiter comme un roi ; sa mère et son père étaient trop occupés à rattraper leur travail, à cuisiner, à nettoyer, puis à s'effondrer devant la télévision parce qu'ils avaient « eu une longue et dure journée de travail ». Il n'y avait jamais de temps pour lui, et le meurtre du voisin n'avait fait qu'exacerber les choses. Depuis la visite de la police, ses parents étaient devenus paranoïaques, regardant par la fenêtre à toute heure, suivant constamment les informations, renforçant leur système de surveillance de sécurité à domicile, interrogeant Donnie sur tous ses déplacements et lui demandant s'il avait vu quelque chose de suspect lors de ses trajets vers et depuis l'école. Ils réagissaient de façon excessive, craignant que le tueur ne revienne et ne les tue tous.

Mais Donnie n'avait pas peur. Il avait l'arme du crime. Il pouvait se défendre.

Ce soir, comme la plupart des soirs, il était enfermé dans sa chambre, faisant semblant de jouer avec ses amis sur la PlayStation. Pendant ce temps, sa mère et son père étaient en bas, probablement en train de faire quelque chose d'ennuyeux. De temps en temps, il criait et hurlait contre la télévision pour faire croire qu'il jouait à sa console. Il n'aurait pas dû s'embêter. Aucun de ses parents n'était monté voir comment il allait depuis leur retour.

Il était tout seul. Juste lui et le couteau. Lui et l'arme du crime.

Posant son téléphone sur la table de chevet, il sortit ses jambes de sa couette *Le Seigneur des anneaux* et se dirigea vers son dressing. Deux lumières vives s'allumèrent au-dessus de sa tête, baignant ses vêtements dans un blanc cru et clinique. À gauche se trouvaient ses vêtements d'école. À droite, ses vêtements décontractés pour les soirées et les week-ends. Au fond se trouvaient ses maillots de foot et ses chaussures pour quand il voulait jouer dans le parc avec ses copains ou aller au terrain de foot à cinq à Southend.

La lame était coincée derrière une boîte à chaussures sur l'étagère du haut, enveloppée dans un maillot de foot d'Arsenal.

Donnie attrapa une grande boîte en plastique qui contenait certains de ses jouets et la plaça devant le mur de chaussures et de maillots de foot. La même chose qu'il faisait chaque fois qu'il la descendait pour l'école. La seule différence était que, chaque fois qu'il faisait cela, sa mère et son père étaient hors de la maison, en route pour le travail. Maintenant, cependant, il y avait un élément supplémentaire de suspense, de prudence, de peur et de danger.

Mais il savait qu'il n'avait rien à craindre. Ils ne venaient jamais le voir. Ne venaient jamais dans sa chambre. Ne l'aimaient jamais assez pour même s'en soucier.

Du haut de la boîte en plastique, il tendit la main vers l'étagère supérieure, retira la boîte à chaussures et récupéra la lame. Avant même que son pied n'ait touché la moquette, il avait déroulé le maillot et tenait l'arme en l'air. Elle étincelait sous la lumière, sauf pour les parties encore couvertes de sang séché. Il n'avait pas essayé de la nettoyer. C'était plus authentique ainsi. Les enfants à l'école voulaient voir le sang. Sinon, quelle preuve avait-il que c'était la vraie arme ? Pour eux, ce n'était qu'un joli couteau. Le sang le rendait *réel*.

Les deux pieds maintenant fermement sur le sol, il fit tournoyer la lame dans l'air, savourant le son de *sifflement* qu'elle produisait tandis qu'il l'agitait à gauche et à droite, combattant ses ennemis invisibles, prétendant jouer à l'un de ses jeux.

Tchac !

Prends ça, racaille d'orc !

Meurs, sale gobelin !

Avec la lame dans sa main, il se sentait invincible. Intouchable. Comme s'il pouvait repousser quiconque et tout ce qui passerait par cette porte d'entrée. Si quelqu'un voulait s'introduire chez lui, il n'était pas de taille. Il était prêt pour eux.

Pendant les deux minutes qui suivirent, il frappa et cogna, poignarda et donna des coups, jusqu'à ce que quelque chose le fasse s'arrêter soudainement.

Pas un son alarmant ou le bruit de ses parents montant les escaliers.

Non. C'était une pensée, une vision.

Pour la première fois de sa vie, il imagina plonger la lame dans l'un de ses parents. Sa mère, debout là dans l'embrasure de la porte. Le couteau pénétrant lentement dans son corps. Le sang jaillissant. C'était pour tous les après-midis et les soirées où elle l'avait négligé. Toutes les fois où elle lui avait crié dessus pour ne pas avoir fait ses devoirs.

Toutes les fois où elle avait—

Et puis il entendit sa porte de chambre s'ouvrir.

—Donnie, mon chéri, dit sa mère en entrant. Tout va bien ? On ne t'entendait plus jouer—

Elle se figea dans l'encadrement de la porte de la chambre, une main sur la poignée, le regardant dans le dressing.

Donnie ne bougea pas. Ne pouvait pas. Quelque chose le retenait, l'inhibait. Ses yeux se dirigèrent vers la lame en même temps que ceux de sa mère.

—Donnie, dit-elle, qu'est-ce que c'est que ça ?

—Rien.

—Donnie, donne-moi ce couteau.

Il ne dit rien. Elle s'approcha de lui à petits pas, une main tendue.

—Donnie... D'où sors-tu ça ?

Elle s'approcha encore plus près, mais il ne pouvait rien y faire. Il était incapable de bouger. Ses jambes et ses bras lui hurlaient de bouger, d'attaquer, de se défendre, mais son cerveau ne communiquait plus avec eux. Et donc il resta parfaitement immobile.

C'était sa chance. Il pourrait plonger le couteau dans son ventre et s'enfuir. Il pourrait faire exactement ce qu'il venait d'imaginer.

Mais maintenant qu'il était là, face à cette possibilité très réelle et distincte, il réalisa qu'il ne voulait pas tuer sa mère. Il ne voulait plus manier cette arme. Comme Frodon portant l'Anneau vers le Mordor, il sentait tout le poids de son mal qui le tirait dans l'autre sens, qui l'attirait vers les ténèbres. Il avait goûté à ses péchés maléfiques, et maintenant il ne voulait plus rien avoir à faire avec.

Tandis que sa mère s'arrêtait à ses côtés, il baissa le bras et plaça la lame dans ses mains. Elle la lui arracha et l'enveloppa fermement dans le maillot d'Arsenal, avant de le traîner hors de sa chambre par le col.

Et juste comme ça, sa notoriété, son statut élevé à l'école, avait disparu.

CHAPITRE
VINGT-NEUF

Tomek sentait ses paupières s'alourdir. Tombantes, somnolentes. Le stress et les difficultés des derniers jours le rattrapaient. Et même les fous rires provoqués par un vieil épisode d'*Only Fools and Horses* ne suffisaient pas à le maintenir éveillé.

Comme d'habitude, Kasia était dans sa chambre, et il se retrouvait seul avec ses pensées dans le salon, l'esprit ailleurs devant la télévision. Ce soir-là, cependant, il était plus que content que Kasia reste dans sa chambre. Il ne pouvait pas supporter l'embarras une nouvelle fois. Pas une deuxième fois. Son visage avait viré au rouge quand elle l'avait coincé dans la cuisine. Quand elle lui avait expliqué que, lorsqu'il était entré dans sa chambre l'autre nuit, elle faisait des trucs. Des trucs d'adulte. Des trucs d'adolescente.

Se masturber.

Du moins, essayer.

C'était pour ça qu'elle était à moitié nue.

Les joues de Tomek avaient rougi plus vite et plus fort que jamais, et il n'avait pas su quoi dire. Que pouvait-il dire ? À la place, il l'avait remerciée de l'avoir mis au courant, puis était retourné préparer son dîner.

Ce qu'elle faisait maintenant, il ne voulait pas y penser. Et il ne voulait certainement pas entrer et le découvrir. C'était bien la dernière chose dont ils avaient besoin ou envie, l'un comme l'autre. Le seul avantage était qu'au moins maintenant, il n'avait plus à s'inquiéter que Kasia envoie des photos d'elle à des garçons qu'elle aurait rencontrés au club pour enfants ou à l'école.

Maintenant, il devait juste se rappeler de frapper et d'attendre une réponse avant d'entrer.

Mais comme une pensée obsédante quittait son esprit, elle était rapidement remplacée par une autre. Et une qu'il n'était pas très heureux d'entretenir.

La pensée d'Abigail.

En particulier, son corps, sa chaleur, son contact sur le canapé. Sa compagnie alors qu'il luttait contre une soirée de banalité. Avant, quand ils étaient en couple, ils bavardaient, riaient, se plaignaient des mêmes choses à la télévision. Bien sûr, la plupart du temps, ils étaient sur leurs téléphones, sans se parler. Mais quelle relation n'était pas comme ça de nos jours ? Il n'y avait qu'un temps limité pendant lequel ils pouvaient parler de leur journée avant de commencer à se répéter. Non, c'était sa compagnie qu'il aimait plus que tout. Quelque chose qu'il n'avait jamais considéré auparavant, jamais même remarqué jusqu'à présent. Un peu trop tard, maintenant que c'était fini.

Les nuits étaient les plus difficiles. Surtout quand Kasia n'était pas dans la même pièce que lui. Même si elle était sur son ordinateur portable ou son téléphone avec ses écouteurs, au moins elle était toujours dans la pièce avec lui, et il pouvait l'ennuyer et la distraire toutes les quelques secondes avec une question banale et sans importance. Mais maintenant qu'il était seul, il trouvait qu'il avait du mal à passer le temps le soir. Il rentrait chez lui, conversait brièvement avec sa fille, l'interrogeait sur sa journée — ou, dans le cas de ce soir-là, découvrait qu'elle avait essayé de se masturber pour la première fois — et puis il se retrouvait seul. Il n'y avait rien de nouveau à la télévision, il n'aimait pas lire, et il n'était sur aucune plateforme sociale. Alors que lui restait-il à faire ? Comment avait-il réussi quand il vivait seul ? Comment avait-il réussi il y a un peu plus de huit mois, avant que Kasia ne débarque dans sa vie ?

Il connaissait la réponse au fond de lui. La camaraderie qu'il recherchait avait pris la forme de coups d'un soir et de sorties au pub avec

Sean et le reste de l'équipe presque tous les soirs. C'étaient ses exutoires pour l'attention et l'interaction humaines, mais maintenant qu'il n'avait plus ni l'un ni l'autre, il envisageait sérieusement de ramper vers Abigail, de retourner vers une relation malheureuse et insatisfaisante. Quelque chose dont il savait, au fond, qu'il ne voulait pas vraiment ni dont il n'avait vraiment besoin.

— Bon, dit-il en fermant l'application Contacts sur son téléphone et en éteignant la télévision. Ça suffit de réfléchir pour aujourd'hui. C'est l'heure d'aller au lit.

CHAPITRE
TRENTE

Elle prit son temps, s'arrêtant après chaque mouvement, retenant sa respiration, attendant de voir si le craquement du plancher avait réveillé Tomek. Après quelques minutes et plusieurs pauses tendues, Kasia était sortie par la fenêtre de sa chambre et avait sauté du garage des voisins. L'adrénaline parcourait son corps. Non seulement c'était son premier Creepy Sleepy, mais elle enfreignait aussi le couvre-feu.

Mais elle savait qu'elle n'avait rien à craindre de Tomek. Il aboyait plus qu'il ne mordait. S'il découvrait un jour qu'elle avait quitté la maison en pleine nuit – ce qui semblait déjà improbable puisqu'elle l'avait déjà fait deux fois sans qu'il n'en fasse mention – il ne pourrait pas faire grand-chose. Et elle aurait le temps de trouver une excuse. Après tout, il avait cru à toute cette histoire de masturbation. S'il était assez crédule pour croire ça, il croirait n'importe quoi. Et la gêne sur son visage après coup ! Elle n'oublierait jamais cette image.

Ça la fit sourire tandis qu'elle se dépêchait de rejoindre la Honda Accord de Lorrie La Leta. Kasia ne connaissait pas le vrai nom de Lorrie. Elle ne connaissait le vrai nom d'aucune des filles, à l'exception de Yasmin. Et depuis qu'elle avait rejoint les Harpies, elle n'avait parlé à Lorrie qu'une ou deux fois tout au plus. Rien de plus qu'un simple « Bonjour » et cette fois où elle avait dû donner son avis sur le ventre de Lorrie. C'étaient les seules fois où elle avait parlé à sa nouvelle sœur, et elle ressentit une légère appréhension en ouvrant la portière. De quoi allaient-elles parler ? Et si Lorrie n'aimait pas discuter ? Heureusement pour elle, Yasmin, qui avait reçu le message dans la cour peu après elle, était à l'arrière de la voiture. Une amie, en plus d'être une sœur. Quelqu'un sur qui s'appuyer.

— Bonsoir, Harpie, dit Lorrie, avec plus d'entrain et d'excitation que Kasia ne s'y attendait. Elle retira une bouteille d'eau vide du siège passager et la jeta au fond.

— Bonsoir, mes sœurs, répondit Kasia en s'installant et en bouclant sa ceinture.

Cette nuit-là, elles portaient toutes la même chose : du noir. Legging noir et sweat à capuche noir pour Kasia, tandis que les autres avaient ajouté des gants noirs à leur tenue.

Avant de démarrer, Yasmin tapota l'épaule de Kasia et brandit une paire de gants en cuir noir devant son visage.

— Pour toi, dit-elle.

— Tu es sûre ?

— Certaine. On est sœurs, non ?

Le visage de Kasia s'illumina de joie alors qu'elle les prenait et les enfilait. Ils étaient serrés, et elle pouvait à peine bouger les doigts. Une raison de plus pour continuer à perdre du poids. Si les autres filles pouvaient les porter, pourquoi pas elle ?

Lorrie La Leta passa la première vitesse et se tourna vers elles. — Alors, mes sœurs. Prêtes ?

Kasia n'avait jamais été aussi prête de toute sa vie. Depuis que Yasmin lui avait expliqué ce qu'était un Creepy Sleepy, elle avait imaginé les événements dans sa tête. Comme un footballeur visualisant ses buts la veille d'un match important, elle avait planifié chaque éventualité, chaque résultat possible.

Et jusqu'à présent, tout était à la hauteur.

Elles marchaient depuis dix minutes, rôdant dans les rues en silence. Au-dessus d'elles, la lune peinait à percer les nuages, et la pression dans l'air s'intensifiait, menaçant de faire tomber la pluie. Elles se trouvaient au milieu d'une rue résidentielle quelconque et anodine à Thundersley. Les voitures encombraient les bords de la route et les allées. Certaines étaient flambant neuves, d'autres vieilles et rouillées.

Elles avançaient sur la pointe des pieds le long du trottoir, évitant les pierres détachées, les branches et les flaques d'eau, avant de finalement s'arrêter. Lorrie La Leta avait mené le chemin jusqu'ici, avec expertise, pensa Kasia, et comme un membre entraîné des forces spéciales, elle leva le poing en l'air, ordonnant à Kasia et Yasmin de s'immobiliser. Puis elle se tourna vers elles et pointa la maison du doigt.

Leur cible pour le Creepy Sleepy était une petite maison individuelle de deux chambres. Probablement d'une valeur ridicule sur le marché actuel. Mais ce n'était pas son problème. Pas maintenant.

Devant la maison se trouvait un jardin parfaitement entretenu, avec une pelouse fraîchement taillée, coupée au ras des dalles qui l'entouraient, un petit carré de fleurs, un bouquet d'hortensias près du mur d'entrée, et une petite armée de nains de jardin gardant la maison.

Lorrie La Leta montra du doigt les nains de jardin, et Kasia et Yasmin hochèrent la tête l'une vers l'autre, comprenant immédiatement ce qu'on attendait d'elles.

Ensuite, Lorrie les conduisit vers le portillon latéral du côté droit de la maison. D'abord, elle vérifia s'il était verrouillé. Il l'était. Puis elle posa un pied sur le mur qui séparait la maison cible de celle du voisin, et se hissa par-dessus le portail en bois. Dans l'obscurité silencieuse, le bruit était assourdissant, et chaque mouvement envoyait des décharges de peur qui ricochaient en Kasia. Elle ne voulait pas être prise. Pas lors de son premier Creepy Sleepy. Et pas parce qu'elle s'inquiétait de ce que Tomek pourrait dire, mais plutôt de la réaction de Zeus. De sa déception. De sa tristesse et de sa frustration. De comment toutes les trois seraient exclues définitivement des Harpies.

Elles ne pouvaient pas se permettre de faire des erreurs.

Elles ne pouvaient pas se permettre d'être prises.

Ensuite, ce fut au tour de Kasia. L'adrénaline coulant dans ses veines, elle posa sa main exactement au même endroit que Lorrie, puis son pied, et poussa. Elle franchit le portail avec facilité et sauta au sol, reconnaissante pour les gants qui protégeaient ses mains d'être éraflées sur le béton. Une fois que Yasmin les eut rejointes en sécurité, elles attendirent, haletantes, retenant leur souffle, guettant les bruits de perturbation, le dos pressé contre le mur.

Trente secondes passèrent. Une minute. Deux.

Rien. Aucun bruit de mouvement provenant de l'intérieur de la maison.

Maintenant, ils devaient trouver un moyen d'entrer.

Accroupis, ils se faufilèrent le long de la maison jusqu'à l'arrière de la propriété. Toujours aucun signe de vie. Pas de lumière filtrant à travers les rideaux. Pas de mouvement visible par les fenêtres.

À l'arrière, ils tombèrent immédiatement sur une porte-fenêtre donnant sur le salon. Lorrie, prenant le contrôle de la situation, s'approcha de la porte, plongea la main dans sa poche et en sortit un appareil. Kasia n'avait aucune idée de ce que c'était ni de son utilité. Elle obtint rapidement les réponses à ces deux questions dès que Lorrie enfonça l'appareil dans la serrure et commença à le tourner dans tous les sens, le bruit claquant dans le silence.

Quelques secondes plus tard, le son de la serrure qui cédait résonna dans tout le jardin, et la porte s'ouvrit.

Ils étaient entrés.

Ils l'avaient fait.

Et personne n'avait bougé, personne ne s'était réveillé.

Après une minute d'attente, ils retirèrent leurs chaussures et pénétrèrent dans la maison. Lorrie ouvrait la marche, suivie par Yasmin, laissant Kasia fermer la file. Une fois à l'intérieur, ils sortirent leurs téléphones et allumèrent leurs lampes torches. Le salon fut immédiatement baigné d'une lumière blanche vive, révélant le contenu de la maison des propriétaires. Deux grands canapés faisaient face à la télévision dans le coin de la pièce. Un lampadaire noir se dressait entre eux. Contre le mur se trouvait un meuble blanc IKEA, rempli de bibelots et de bols contenant des bonbons. Lorrie fonça vers le meuble et commença à déplacer les objets.

Le but d'un Creepy Sleepy n'était pas de voler, ce n'était pas de dérober les possessions du propriétaire. C'était de déplacer des choses, de semer la confusion, d'inciter à la paranoïa et à la peur que leurs maisons n'étaient plus sûres. C'était pour déclencher la guerre raciale qu'ils désiraient tous si ardemment. Pour précipiter la fin du monde, afin qu'ils puissent tous être sauvés de l'événement tragique qui allait s'abattre sur tout le monde. C'était l'œuvre de Dieu. C'était l'œuvre de Zeus. Et ils étaient plus qu'heureux de l'accomplir pour lui.

Peu après, ce fut au tour de Kasia de déplacer quelque chose. Au lieu de rester dans le salon, elle se rendit dans la cuisine, où elle se dirigea directement vers les placards. Le premier qu'elle ouvrit était rempli à ras bord d'épices et d'herbes. L'odeur du poivre et du piment la frappa instantanément, emplissant ses narines. Elle saisit l'un des pots d'herbes et le plaça dans un autre placard. Puis elle déplaça un couteau de l'un des tiroirs et le déposa dans un placard rempli de boîtes de céréales. Les changements n'étaient que subtils, mais ils suffiraient.

Enfin, ce fut au tour de Yasmin. Elle avait un regard sauvage lorsqu'elle quitta la sécurité du salon et de la cuisine attenants, et s'enfonça plus profondément dans la maison, plus profondément dans le danger. Elle avança sur la pointe des pieds le long du couloir, se dirigeant vers le bas de l'escalier. Juste à côté de la porte d'entrée se trouvait une petite salle de bain. Yasmin ouvrit la porte et revint une seconde plus tard avec un rouleau de papier toilette inutilisé. Les oreilles de Kasia guettaient le moindre bruit de mouvement à l'étage. Elle retint sa respiration, espérant que le bruit de sa respiration ne perturberait pas le tour de Yasmin. De retour dans le couloir, Yasmin posa le rouleau de papier toilette sur le pilastre de l'escalier, puis revint sur la pointe des pieds vers ses sœurs. Il y eut un soupir collectif de soulagement lorsqu'elle revint.

Mais ils n'étaient pas encore tirés d'affaire. Pas tant qu'ils devaient encore sortir par le jardin arrière et passer par-dessus la clôture.

Et puis il y avait les nains de jardin...

Kasia attrapa ses chaussures sur le sol et sauta dehors sur le béton humide. Tandis qu'elle les enfilait, elle leva les yeux vers le ciel, scrutant les fenêtres des chambres à la recherche d'un signe de vie. Toujours rien.

Puis, avant qu'elle ne s'en rende compte, Lorrie avait verrouillé la porte arrière, et ils étaient prêts à partir. Kasia les suivit autour de la maison et se plaça en queue pour escalader la clôture. Alors qu'elle se hissait sur le haut du portail, elle s'arrêta, se figea, retint son souffle. Attendit.

Un bruit, une perturbation, quelque part au loin. Des pas qui se dirigeaient vers eux. Le cœur de Kasia lui monta à la gorge alors qu'elle était suspendue au bord du portail.

Et puis elle repéra la source du bruit. Une silhouette, un homme. Titubant de l'autre côté de la route, ivre, la lumière de son téléphone illuminant son visage et son cou. Dans le jardin, Yasmin et Lorrie s'effondrèrent au sol, s'abritant derrière les buissons et le mur de briques. Quelques instants plus tard, l'homme avait disparu.

Ils étaient en sécurité, hors de danger.

Une fois que le bruit des pas se fut enfin éloigné, Kasia se laissa descendre silencieusement au sol.

— C'était juste, chuchota Yasmin.

— Très, répondit Lorrie, puis elle se tourna vers les nains de jardin face à l'allée. — Vous savez quoi faire.

Yasmin et Kasia se regardèrent et acquiescèrent.

Elles savaient exactement quoi faire. Et pourquoi.

Sans qu'on ait besoin de le leur dire deux fois, elles commencèrent à piétiner les créatures en céramique, les écrasant sous leurs pieds, prêtant peu attention aux bruits qu'elles faisaient. Les nains étaient l'œuvre du diable, avait dit Zeus. Les gens étaient contrôlés par eux, et ils enregistraient tout ce qu'ils voyaient et entendaient. Toujours à surveiller, toujours à écouter. Les nains étaient l'ennemi, et on ne pouvait pas leur faire confiance. Et donc ils devaient être détruits.

Par chance, l'herbe épaisse et humide étouffa le bruit de la céramique qui se brisait, et la destruction ne dérangea guère les propriétaires. Une fois les nains suffisamment détruits, les Harpies sprintèrent jusqu'à la voiture à quelques centaines de mètres de là, le cœur battant et le pouls en accélération.

Kasia ne s'était jamais sentie aussi vivante.

Elle adorait cette sensation. Et elle ne voulait pas que ça s'arrête.

Elle passait le meilleur moment de sa vie avec sa nouvelle famille, et elle ne voulait pas que ça se termine.

CHAPITRE
TRENTE-ET-UN

Tomek porta la main à sa bouche, trop tard pour étouffer son bâillement.

— Je vous ennuie, peut-être ? demanda Nick en claquant son carnet sur le bureau.

Tomek hésita avant de répondre et se tourna vers ses collègues qui, à cet instant, le fixaient tous du regard.

— Pas du tout, monsieur, dit-il avec une pointe de sarcasme dans la voix. Je vous en prie... continuez. J'ai hâte d'en savoir plus sur comment un gamin de treize ans a complètement foutu en l'air la seule arme du crime qu'on a réussi à trouver. Il inspira profondément. Vous savez, il devrait être sanctionné ou quelque chose pour ce qu'il a fait. Qu'est-ce qu'ils ont ces putains d'ados aujourd'hui à croire qu'ils peuvent faire tout ce qu'ils veulent ?

Un silence tomba sur la pièce. Il ne s'attendait pas à ce que ça devienne personnel, mais c'était arrivé. Et tout le monde dans la pièce l'avait ressenti. Ils en connaissaient tous la raison également. Ce n'était un secret pour personne qu'il avait eu ses difficultés avec Kasia depuis qu'elle était entrée dans sa vie, mais il avait toujours essayé de les garder à la maison, entre eux. Mais maintenant, la boîte de Pandore était ouverte.

— Du calme, champion, dit Nick. On ne peut pas se mettre à inculper des adolescents pour avoir joué avec des couteaux.

— C'est exactement ce qu'on devrait faire, remarqua Sean. Il y en a tellement qui en transportent dans mon quartier ces temps-ci.

Nick lança un regard sévère à Sean. — Ce n'est pas de ça dont je parle. Oui, tu as raison. Nous devons faire davantage contre les crimes à l'arme blanche. Mais là, je fais référence au gamin de treize ans qui a accidentellement trouvé une arme du crime dans son jardin et l'a montrée à tous ses copains.

— Ce que je voudrais savoir, c'est pourquoi la police scientifique ou les agents en uniforme ne l'ont pas trouvée plus tôt. Je croyais qu'on les avait envoyés parler aux voisins ? lança Tomek. La colère et la frustration qui bouillonnaient dans son sang ne se dissipaient pas, et il ne savait pas ce dont il avait besoin pour y parvenir.

— Je comprends votre frustration, Tomek, dit Victoria, intervenant avant Nick. Et je leur en toucherai un mot plus tard. Mais pour l'instant, concentrons-nous sur le fait que nous l'avons récupérée. Elle n'est peut-être pas dans le meilleur état, mais nous avons l'une des armes du crime. Avec un peu de chance, il restera encore de l'ADN à analyser dessus, et si elle appartient bien à l'un des hommes de Richard Stafford, nous devrions pouvoir les retrouver dans le système ; Dieu sait qu'on en a assez répertorié au fil des ans.

Comme si c'était aussi simple.

Quelque chose disait à Tomek que ça ne le serait pas. Et il pouvait voir à l'expression défaite et abattue de tous ses collègues qu'ils ressentaient la même chose.

— Ça me fait penser, dit-il en se tournant à nouveau vers Nick. Comment s'est passée la perquisition pour chercher de la drogue chez Edwards ?

Nick pointa un doigt en forme de pistolet vers l'agent Oscar Perez. — Le Capitaine est votre homme pour ça.

Oscar, ou Capitaine En Fait comme on l'appelait affectueusement dans l'équipe à cause de son irritante manie de corriger tout le monde avec un « En fait... » suivi de la raison pour laquelle ils avaient tort, s'éclaircit la gorge et tourna les pages de son carnet. — Les chiens ont été envoyés ce matin, dit-il, puis il attendit.

Et attendit.

Et attendit.

— Qu'est-ce que tu fais ? Pourquoi tu ne dis rien ? demanda Tomek, perplexe.

— Je marquais une pause pour l'effet dramatique. C'est quelque chose que j'apprends en ce moment. Dans mes cours d'élocution.

Tomek écarquilla les yeux et ouvrit la bouche pour répondre, mais ce fut Chey qui le devança.

— Tu changes de carrière ? demanda le jeune agent, détaillant Oscar de haut en bas. Je ne t'aurais jamais imaginé électricien, mec.

Oscar semblait visiblement offensé. — *Élocution*, espèce d'abruti, répliqua-t-il. Pas électricien.

S'il était possible que le visage de Chey montre de l'embarras, il choisit certainement de ne pas le faire après cette bourde particulière. — Quelle différence ? demanda-t-il à la cantonade.

— L'un concerne les courants, les ampoules et le câblage ; l'autre concerne la façon de bien prononcer ces mots, répondit Tomek, en articulant chaque mot pour faire effet. Pourquoi tu prends des cours, Oscar ?

L'homme regarda autour de lui, comme s'il cherchait à répondre à la question.

— Oscar ? demanda Tomek.

— Tu changes vraiment de carrière ? demanda Nick.

— Non, répondit le Capitaine. Je... je prends des cours de spectacle. Vous savez, comme à l'école de théâtre. J'envisage de me lancer dans le métier d'acteur... quelques représentations. Les week-ends, ou en soirée. Rien qui interférerait avec mon travail ici, mais... j'espérais en discuter avec Nick et Victoria avant que toute l'équipe ne soit au courant, mais... le chat est sorti du sac maintenant.

— C'est génial, dit Martin à voix haute. Mais assure-toi juste de ne jamais accepter un rôle dans *Cats*. J'ai vu le film et c'est la pire merde que j'aie jamais vue.

— D'accord. Je m'en souviendrai.

Tout le monde offrit ses félicitations à Oscar.

— C'est très excitant, dit Nick, après que l'atmosphère se fut légèrement calmée. Mais nous devrons avoir une discussion séparée sur ce que cela implique pour l'avenir.

— Je vote pour qu'on prenne tous nos soirées pour aller soutenir Oscar lors de ses représentations, dit Tomek en levant la main.

Bien que tout le monde fût d'accord, l'enthousiasme fut rapidement tempéré par Oscar lui-même, qui poursuivit son explication sur l'enquête des chiens policiers. — Les chiens ont trouvé deux kilogrammes de cocaïne et de LSD planqués derrière l'une des armoires de Michael Edwards, expliqua-t-il.

— Ça explique pourquoi personne ne les a trouvés lors de la perquisition, commenta Sean.

— Ça avait une valeur marchande d'environ cent mille livres, poursuivit Oscar.

— Je me demande si ça fait partie de la livraison de métal de Richard Stafford qui a disparu, dit Tomek, pensant à voix haute. Puis il leva les yeux vers Nick. — Est-ce que la brigade des stups nous a donné l'autorisation d'enquêter sur notre propre Pablo Escobar ?

Nick soupira et croisa les bras. — J'y travaille encore. Laisse-moi m'en occuper. On va devoir jouer très finement si on pense que Stafford est notre meilleure piste. Je veux juste qu'on soit absolument certains. Si Edwards envoyait régulièrement de l'argent à Richard, chaque mois, alors pourquoi Richard aurait-il envoyé des gens pour le tuer ?

— J'ai entendu dire que c'était des ninjas qui l'ont fait, lança Chey.

— Quoi ? répondit Sean, suivi d'un — C'est quoi ces conneries ? de Rachel de l'autre côté du bureau.

— Des ninjas, répondit Chey. Donnie Strachan disait que les gamins de son école faisaient circuler des rumeurs selon lesquelles Michael Edwards aurait été liquidé par un groupe de ninjas.

Tomek ricana. — J'ai hâte de voir ça aux infos, dit-il. — Ils ont dit autre chose sur ces ninjas, Chey ? Est-ce qu'ils ont été vus en train de courir sur les toits habillés en noir ? Est-ce qu'ils...

— En fait, commença le Capitaine, plus sérieusement cette fois, quelque chose est arrivé hier soir.

— À propos de ninjas ?

— D'une manière détournée, oui.

Oscar attendit. Et attendit.

— Ne recommence pas à faire des pauses pour l'effet dramatique ! s'exclama Tomek, brandissant son doigt vers l'homme. — Crache le morceau, sinon je ne viendrai voir aucune de tes représentations — même si tu arrives jusqu'à Broadway !

Ça semblait fonctionner. Oscar baissa les yeux vers ses notes, l'air abattu. Pendant un instant, Tomek se sentit mal pour cette remarque. Puis il réalisa que l'homme pratiquait les arts de la scène, et que c'était probablement juste un numéro.

— Ce matin, les agents en uniforme ont été appelés dans une maison à Thundersley. Leur jardin avant avait été vandalisé. Un tas de nains de jardin ont été détruits, et plus bizarre encore, ils ont affirmé que leurs objets avaient été déplacés à l'intérieur de la maison.

Tant de pensées. Tant de commentaires drôles.

Mais pas le temps de les dire.

— Pas très bons ces ninjas s'ils cassent des trucs en entrant ou en sortant, remarqua Rachel.

— Non, mais écoutez ça, dit Oscar, en se penchant en avant. — Il n'y avait aucun signe d'effraction. Ils ont donc dû entrer sans faire de bruit, déplacer des objets, puis repartir.

— Peut-être que c'étaient des fantômes, dit Tomek. — Des fantômes qui ont quelque chose contre les innocents nains de jardin.

Oscar haussa un sourcil peu impressionné et tourna l'épaule à Tomek. — Chef ? demanda-t-il à Nick.

— Ouais ?

— Ça vaut la peine d'enquêter ?

— Putain, non. Laisse ce genre de conneries aux agents en uniforme. Notre temps sera mieux employé à découvrir ce que Michael Edwards faisait avec tout son argent de la drogue. Et, plus important encore, à qui il vendait.

CHAPITRE
TRENTE-DEUX

Chinnerys faisait partie intégrante de la scène musicale de Southend depuis la fin des années quatre-vingt-dix. Non seulement ce lieu accueillait des artistes de renom et des groupes tributes, mais il donnait également une voix aux artistes locaux indépendants en quête de leur grand succès, leur unique chance d'accéder à la célébrité.

Et ce soir ne faisait pas exception ; la salle accueillait les bien-aimés Sons of Zeus des Harpies.

L'événement avait été organisé à la dernière minute, ajouté au programme seulement deux jours avant parce que l'artiste précédent s'était désisté en raison de circonstances imprévues, et heureusement, il tombait après la fin du couvre-feu de Kasia. Après avoir été déposées par la mère de Yasmin, elle et Yasmin ont retrouvé les Harpies qui faisaient la queue dehors. Il était dix-huit heures trente, les portes n'ouvraient pas avant dix-neuf heures, et Zeus ne se produirait pas avant vingt et une heures, mais on leur avait dit de se réunir tôt, pour créer une foule, pour donner l'impression que l'un des plus grands artistes de l'histoire de la musique (ce qu'il était, selon elles) allait se produire dans cette petite salle le long du front de mer de Southend.

Et ça marchait aussi. Alors qu'elles attendaient dehors, plusieurs passants qui se promenaient le long du front de mer, profitant d'une balade tranquille sur l'esplanade et peut-être d'une soirée à jouer dans les salles d'arcade ou à déguster des fish and chips frais, ont eu leur curiosité piquée et se sont approchés.

— Qui joue ce soir ? avait demandé l'un d'entre eux.

— Les Sons of Zeus, avaient répondu les Harpies à l'unisson, comme si cela était programmé dans leur cerveau pour le dire avec cette intonation particulière et à ce rythme précis.

— C'est mon artiste préféré au monde ! avait ajouté Kasia, en criant presque à leur visage.

— Quel genre de musique est-ce ? avait poursuivi l'homme, manifestement toujours intéressé.

— De tout, avaient répondu les filles.

— C'est de la techno, du grunge, du R&B avec un peu de rock, le tout en même temps, avait ajouté quelqu'un.

Le couple avait jeté un coup d'œil au panneau d'affichage avec le visage de Zeus, réalisé qu'il ne s'agissait que d'un one-man-band, puis était parti.

Au début, Kasia s'était sentie offensée par le couple, furieuse contre eux de ne pas être restés. Ils allaient mourir dans l'apocalypse et elle s'assurerait qu'ils fassent partie des premiers. Mais sa frustration et son mépris pour les autres êtres humains ont commencé à s'estomper un peu lorsqu'une poignée de personnes d'une vingtaine d'années ont rejoint la queue et, à sa surprise, n'ont pas été rebutées par leurs cris et leur comportement de fans hystériques. Ils n'ont pas non plus été dissuadés par les filles portant le même merchandising Sons of Zeus qu'elles avaient toutes acheté pour montrer leur soutien. Il ne lui est pas venu à l'esprit qu'ils pourraient être là pour l'une des premières parties.

Quand le moment est enfin venu d'entrer, la foule avait presque doublé de taille. Et ainsi a commencé la lente marche vers l'entrée, pressée contre ses sœurs, toutes impatientes d'entrer et de se précipiter vers l'avant.

— Combien coûte l'entrée ? a-t-elle demandé.

— Dix livres, a répondu Yasmin.

— On doit payer ?

— Bien sûr. Nous devons soutenir Zeus de toutes les façons possibles, Kasia. Et cela inclut aussi financièrement. Il gagne beaucoup d'argent en se produisant lors de ces concerts, et plus nous amenons de monde, plus il a d'argent.

Kasia a hoché la tête. Tout cela avait parfaitement du sens pour elle. Même l'idée de dépenser son argent de poche durement gagné n'était pas suffisante pour diminuer son enthousiasme. Cet honneur particulier revenait aux deux videurs postés à la porte, vérifiant les pièces d'identité de ses sœurs Harpies à mesure qu'elles entraient.

L'âge minimum à Chinnerys était de quatorze ans, et comme il lui manquait trois mois pour atteindre cette date, cela signifiait qu'elle n'était pas éligible pour entrer. Cela n'avait pas été un problème, cependant, car ses sœurs avaient modifié la date de naissance sur sa carte Be Identified Throughout Essex (BITE).

La nervosité a commencé à s'installer progressivement à mesure qu'elle approchait. Elle jouait avec sa carte BITE dans ses mains, la faisant glisser entre ses doigts, essayant d'éviter tout contact visuel.

Finalement, ce fut son tour. Yasmin attendait derrière elle, au cas où elle aurait besoin de quelqu'un pour la défendre, quelqu'un pour assurer au videur qu'elle était assez âgée, avec un mouvement flirteur des cheveux et un battement de cils.

— Pièce d'identité ? demanda le videur. C'était une vraie brute avec des avant-bras et des biceps aussi larges que sa tête.

Elle a avalé profondément sa salive en tendant sa carte BITE. Lorsque l'homme l'a prise, il l'a regardée avec suspicion, scrutant ses traits. Puis il a regardé Yasmin.

Kasia pouvait sentir son cœur dans sa gorge. Curieusement, elle se sentait plus nerveuse à l'idée de se voir refuser l'entrée dans une salle, et de laisser tomber Zeus lors d'une des plus grandes soirées de sa vie, qu'elle ne l'avait été pendant son Creepy Sleepy.

— Quelle est ta date de naissance ?

La question était si soudaine et abrupte qu'elle l'a prise par surprise. Son esprit s'est complètement vidé.

— Ma... ?

— Ta date de naissance, a-t-il répété, sa patience s'épuisant rapidement. Quand es-tu née ?

Et puis ça lui est revenu. Son nouvel anniversaire. L'année

supplémentaire qu'on lui avait donnée pour prouver qu'elle avait plus de quatorze ans. Elle l'a dit à l'homme et, après quelques secondes douloureuses de délibération, il l'a finalement laissée entrer dans la salle. D'un coup, les nerfs ont disparu et l'excitation est revenue en vagues. Ça avait été si facile. Mentir sur son âge comme ça. Mentir sur sa date de naissance. Au cours des dernières semaines, depuis qu'elle avait rejoint Zeus et les Harpies, elle était devenue de plus en plus douée pour mentir. Au point où elle se considérait presque comme une experte. Maintenant, elle pouvait mentir à Tomek avec aisance. À ses professeurs. À ses camarades de classe. Et maintenant au videur de Chinnerys.

Une partie de l'excitation qui l'habitait laissa place à la fierté lorsqu'elle se précipita à travers les portes et se fraya un chemin jusqu'à la piste de danse. La scène occupait le fond de la salle et était remplie de l'équipement électronique de Zeus, brillamment éclairé sous une rangée de projecteurs. Bientôt, Zeus se tiendrait là-haut dans toute sa magnificence. Elle se demandait ce qu'il porterait, comment il aurait coiffé ses cheveux. Elle avait entendu des rumeurs dans la file d'attente selon lesquelles certaines des filles avaient choisi une tenue et une nouvelle coiffure pour lui, mais qu'elles gardaient le secret. Elles voulaient que ce soit une surprise, avaient-elles dit.

Ce n'était pas la seule surprise de la soirée, cependant, car à la fin de ce qui avait été un spectacle brillant, sinon parfait, Yasmin et Peppy Piper, une autre de ses sœurs, l'avaient informée qu'elle ferait un autre Creepy Sleepy. Cette nuit. Dans moins de quelques heures. Et qu'elle devait se rendre directement à la maison sans passer chez elle auparavant.

Ce qui signifiait qu'elle devait mettre ses excellentes compétences en matière de tromperie à l'épreuve une fois de plus.

Sean posa bruyamment sa chope vide sur la table et demanda à Tomek s'il en voulait une autre.

— Vaut mieux pas, répondit-il en regardant son verre presque vide. Je dois aller chercher Kasia après son concert tout à l'heure.

— Ah oui. Monsieur Casse-Oreilles. Je parie qu'elle passe un moment merveilleux.

— Je préférerais me mettre des perce-oreilles dans la tête et les laisser dévorer mon cerveau plutôt que d'écouter—

— C'est ce qu'ils font ? demanda Chey, assis à côté de lui.

— C'est ce que qui fait ?

— Les perce-oreilles. Ils vont vraiment dans ton cerveau ?

Tomek échangea un regard complice avec Sean.

— Seulement si tu ne te nettoies pas les oreilles, répondit Tomek. C'est pour ça qu'il faut être super vigilant quand tu te réveilles le matin. Parfois, ils peuvent être là sans que tu t'en rendes compte. Tu ressens parfois de petits chatouillis dans l'oreille ?

Les yeux de Chey s'écarquillèrent. Il regarda Tomek puis Sean, avant de secouer la tête. Mais les deux hommes voyaient bien qu'il mentait.

— Eh bien, c'est eux, poursuivit Tomek. Ils creusent dans ton oreille, progressant régulièrement vers ton cerveau.

Chey plaqua ses deux mains sur ses oreilles et secoua la tête. — Arrête ! Tu te fous de moi !

Tomek prit son verre, finit les dernières gouttes de sa bière, puis le reposa. — Pas du tout. Je te jure. Cherche sur internet.

Chey n'eut pas besoin qu'on le lui répète. Il saisit son téléphone, le déverrouilla, puis le rejeta sur la table. — Y a pas de réseau dans ce foutu endroit !

Tomek vérifia son propre signal. — Le mien n'a aucun problème.

— C'est parce que t'as encore un Nokia 3310 d'il y a vingt ans. Tu pourrais probablement capter sur l'Everest.

Tomek jeta un œil à son iPhone posé sur la table. — Ce n'est pas parce que c'est un modèle plus ancien qu'il est moins fonctionnel. Parfois, les vieilles choses marchent simplement mieux.

— Sauf pour le corps humain, remarqua Chey, ayant oublié les perce-oreilles imaginaires rampant dans son crâne. Mon cou et mon dos me tuent depuis quelques jours.

— C'est probablement parce que tu passes ta journée voûté sur ton bureau, dit Tomek. De toute façon, t'as à peine douze ans. T'as pas le droit de te plaindre de ce genre de chose avant d'avoir au moins trente ans.

Tomek s'interrompit, puis réalisa que Sean se tenait toujours debout au-dessus d'eux. — Qu'est-ce que t'attends ?

Sean pointa un doigt épais vers le verre de Tomek. — Dernière chance, dit-il.

Tomek déclina et le remercia quand même. Alors que Sean retournait au bar du Fork and Spoon, leur repaire habituel pour les bières d'après-service, Tomek et Chey poursuivirent leur discussion sur le processus de vieillissement et les divers maux susceptibles d'affliger le jeune détective s'il ne changeait pas ses habitudes de posture. Ça allait pour l'instant, dit l'agent ; il avait des années devant lui avant de commencer à s'inquiéter de ce genre de choses.

— La thrombose veineuse profonde et la posture d'un nonagénaire étaient les raisons pour lesquelles j'ai rejoint la police, Sergent, ajouta Chey. Je l'ai même dit pendant mon entretien.

Tomek ricana. — Pour une raison quelconque, je n'en doute pas une seconde, mon pote.

Un instant plus tard, Sean revint avec deux pintes. Il les posa sur la table et en fit glisser une vers Chey.

— Qu'est-ce que j'ai manqué ?

— Chey me racontait à quel point il a hâte de souffrir plus tard dans sa vie.

— Je ne souffrirai pas, répliqua Chey. J'arrangerai ça avant que les choses deviennent vraiment graves.

— Tu parles comme un drogué, ajouta Sean en prenant une gorgée de sa pinte. Quand il la reposa, il laissa échapper un long souffle rauque.

— Bonne ? demanda Tomek.

— La meilleure. J'avais besoin d'une comme celle-là depuis un moment.

— Journée difficile ?

— Plutôt une semaine difficile.

— Ça ne va pas si bien à la maison ? demanda Tomek, faisant référence à la décision récente de Sean d'emménager avec Victoria.

— Juste... le boulot et la maison. La maison et le boulot, expliqua Sean, serrant sa bière entre ses mains comme s'il s'y accrochait pour se soutenir. On est constamment les uns sur les autres. On est crevés tout le temps, on n'a jamais grand-chose à se dire, et quand on rentre, la dernière chose qu'on veut faire, c'est cuisiner ou nettoyer ou ranger la vaisselle, mais c'est ce pour quoi on se dispute le plus. Peut-être qu'emménager avec elle n'était pas la bonne décision.

Tomek fut pris de court. Il soupçonnait qu'ils avaient des problèmes ; il pouvait le voir sur le visage de son ami, dans leurs interactions au bureau et la façon dont ils se disputaient récemment, mais il ne savait pas que c'était à ce point.

— Tu continues ou tu coupes les ponts ? demanda Tomek.

Sean fixait les bulles de sa bière. — C'est délicat, non ? On travaille ensemble, ce qui rend les choses impossibles. Mais pour les rendre encore plus impossibles, elle est ma supérieure. Et puis il y a le problème de me trouver un endroit où vivre—

— Tu pourrais venir vivre chez moi ! s'exclama Chey.

— T'as déménagé ? demanda Sean.

— Non, mais—

— Alors pourquoi je voudrais vivre avec toi et tes parents, bordel ? Où je dormirais ? Dans le lit du haut ?

Les yeux de Chey s'écarquillèrent à cette pensée. — Ce serait *génial*. J'ai toujours rêvé d'avoir un frère en grandissant. Imagine, tous les deux à jouer tard dans la nuit. À nous emmerder l'un l'autre.

— Ce n'est pas aussi génial qu'on le croit, interrompit Tomek. Mes frères étaient des connards avec moi, et si je connais Sean aussi bien que je le pense, il serait le plus gros connard du monde avec toi.

— Ouais, je suis un vrai connard, gamin. Tu ne voudrais pas vivre avec moi. Et... je dis ça avec tout le respect que je te dois, mais je ne veux *pas* vivre avec toi non plus.

Chey baissa la tête, vaincu, prit sa bière, puis la porta à ses lèvres. Les deux hommes le regardèrent prendre un moment pour se remettre de la blessure soudaine qu'il ressentait. Aucun ne savait quoi dire. Finalement, Sean se tourna vers Tomek et demanda : — Comment ça se passe avec Abigail ?

Tomek mordilla sa lèvre inférieure. — Je... Tu vas me détester pour ça, mais j'ai pensé à l'appeler l'autre soir.

— Et tu l'as fait ?

Tomek secoua la tête.

— Bien. Alors je ne te déteste pas.

— C'était tout proche, cependant.

—Je suis sûr que c'était le cas. Mais tu as repris tes esprits et tu ne l'as pas fait. C'était une mauvaise graine — *je m'y connais* — et je suis content que tu sois parti quand tu l'as fait.

Tomek grogna. Il n'avait pas envie d'ajouter quoi que ce soit à la conversation.

—Comment va Kasia ? demanda Sean, essayant de combler le silence gênant.

—Ce soir ou en général ?

Haussant les épaules, il répondit : —En général, je suppose.

Et alors Tomek leur raconta tout. Son comportement récent. Ses difficultés. Ses changements d'apparence.

—L'autre jour, elle m'a dit de ne pas lui montrer de codes-barres, conclut-il.

—Quoi ? demanda Sean.

Tomek haussa les épaules. —Les codes-barres, elle ne les aime pas pour une raison quelconque. Elle a quelque chose contre eux, je pense. Elle m'a dit que je ne devais pas lui en montrer.

—Elle se drogue ? demanda Sean, le ton chargé de sincérité.

—C'est ce que je me suis demandé, mais je n'ai rien trouvé dans sa chambre.

—Elle ne se drogue pas, dit soudainement Chey.

Les deux hommes se tournèrent lentement vers lui.

—Comment le saurais-*tu* ? répondit Tomek.

—Parce que j'ai entendu la même chose.

—Tu as entendu quoi ?

—Que les codes-barres sont mauvais pour la santé. Ils contiennent des messages programmés pour nous laver le cerveau et chaque fois que tu en regardes un, ces messages sont transmis.

Ce n'était pas souvent que Tomek était à court de mots, mais c'était certainement un de ces moments.

—T'es sûr que tu ne te drogues pas aussi ? demanda Sean. —Où est-ce que tu as entendu ces conneries ?

—Sur TikTok et YouTube. Il y a plein de théories du complot là-dessus.

—C'est là qu'elle a putain de chopé ça ? demanda Tomek, reprenant enfin ses esprits.

Chey haussa les épaules. —Probablement. Certaines des autres théories sont assez drôles. C'est fou que certaines personnes croient à ces choses.

Tomek lança un regard noir à l'agent. Il n'appréciait pas l'insinuation que Kasia était stupide. Certes, elle l'était si elle croyait vraiment que les codes-barres contenaient des messages de lavage de cerveau. Mais lui seul avait le droit de le penser. Personne d'autre.

—Saviez-vous que l'eau a des sentiments ? demanda Chey.

—Quoi ? demandèrent Tomek et Sean.

—L'eau... elle a des sentiments... Il s'éclaircit la gorge et se redressa sur son siège. —Des scientifiques ont fait des tests dessus, vous savez.

—Des tests sur *quoi* ? demanda Tomek.

—Des verres d'eau. Ils... un type au Japon a parlé positivement à un verre, puis l'a congelé. Ensuite, il a parlé négativement à un autre, puis l'a congelé. Et quand il a examiné la glace après, la glace négative était pleine de trous déformés et de noirceur. Et la glace positive était pleine de cristaux.

Tomek ne dit rien. Trop abasourdi pour réfléchir correctement.

—Ils l'ont testé jusqu'au mot près, continua Chey, et l'eau réagit de la même manière à chaque fois.

Tomek se tourna vers Sean, qui avait l'air aussi consterné que lui. Un long moment passa avant que l'un d'eux ne dise quelque chose.

—Mon Dieu, les réseaux sociaux pourrissent nos cerveaux, dit Tomek. —La prochaine génération est foutue.

—Je n'ai pas dit que j'y croyais ! protesta Chey.

—Mon cul. C'est pour ça que je t'ai vu bercer ta bouteille d'eau au travail récemment ?

—Va te faire foutre !

Et puis ce fut la crise de fou rire. Tomek se plia en deux, tapant répétitivement du plat de la main sur la table jusqu'à ce que les larmes commencent à se former dans ses yeux.

—Putain l'eau a des sentiments ! Bordel, où est-ce que tu as entendu *ça* ?

Chey haussa les épaules. —Un footballeur.

—Bon sang. Ils devraient vraiment étudier les effets à long terme des coups de tête sur un ballon dès le plus jeune âge. Putain de merde...

Une nouvelle crise de rire, cette fois plus forte et plus longue que la première, les submergea. Quand lui et Sean se calmèrent enfin, essuyant les larmes de leurs yeux, Sean poursuivit : —Quoi qu'il en soit... je ne sais pas quoi te dire à propos de Kasia. On dirait que tu as fort à faire. Mais au moins, elle ne croit pas que l'eau a des putains de sentiments !

À ce moment, avant que l'un d'eux ne puisse sombrer davantage dans l'hilarité, Nick entra dans le Fork and Spoon. En arrivant à la table, il retira son manteau et le plaça sur le dossier d'une chaise. Il serra la main de tout le monde puis s'installa à sa place.

—Qu'est-ce que j'ai manqué ?

—On parle juste de codes-barres, dit Tomek.

—Et de Kasia, ajouta Chey.

—Et de drogues, ajouta Sean.

—Et d'eau.

Une expression de consternation se dessina sur le visage de Nick. —Eh bien, ça a l'air assez intense. Je vais peut-être avoir besoin d'un verre pour digérer tout ça. Il regarda autour de la table, les verres à moitié vides et la table vide devant Tomek. —Un verre ? Un verre ? Un verre ?

Sean et Chey commandèrent un autre. Tomek refusa.

—Allez, insista Nick. —D'après ce que j'entends, c'est toi qui en as le plus besoin.

Juste au moment où Tomek ouvrait la bouche pour répondre, son téléphone sonna.

C'était un message de Kasia, lui faisant savoir qu'elle passerait la nuit chez Yasmin et qu'elle irait à l'école avec elle le lendemain matin. Qu'il n'avait pas à s'inquiéter pour l'uniforme scolaire car Yasmin avait des vêtements de rechange pour elle.

Tomek posa le téléphone, verrouilla l'écran, puis leva les yeux vers Nick.

—À bien y réfléchir...

CHAPITRE
TRENTE-QUATRE

Tomek avait mal à la tête le lendemain matin, bien plus qu'il ne l'aurait imaginé. Une bière supplémentaire s'était transformée en trois, et maintenant il payait chèrement sa décision. Le dernier endroit où il voulait se trouver était dans la maison d'une octogénaire imprégnée de cette odeur particulière. L'odeur de quelque chose qui existait depuis les années soixante-dix et qui s'était tellement imprégné dans le mobilier que la seule façon de s'en débarrasser serait de tout détruire. Cette odeur qui indiquait qu'elle y avait vécu toute sa vie, avec un mobilier assorti : le motif façon autobus sur le canapé, l'épaisse moquette à poils longs devenue élimée au fil des années, le papier peint criard, coloré et déplacé qui faisait de son mieux pour s'accrocher au mur, mais perdait rapidement de sa vigueur.

Malgré son âge et le mobilier délabré qui l'entourait, Mme Spall était en bonne forme. Elle était mince, portait une paire de baskets flambant neuve et semblait être du genre à se promener tous les jours simplement pour maintenir un certain niveau de forme physique.

Elle tendit à Tomek son thé dans une tasse en porcelaine, puis en donna une à l'agent de police qui l'accompagnait. Elle s'appelait Megan, et ils devaient parler avec Mme Spall de l'effraction dont elle avait été victime la nuit précédente. C'était la quatrième en moins de deux semaines, et Nick, dans son infinie sagesse, avait décidé d'envoyer un membre de l'équipe pour aider à l'enquête. Lui, Sean et Chey avaient joué à pierre-papier-ciseaux pour déterminer qui aurait ce privilège. Et Tomek avait perdu.

Il but une gorgée de sa boisson et émit un son approbateur. Le thé était bon. Mais l'odeur, cette maudite odeur, ne l'était pas.

—Merci de prendre le temps de nous parler ce matin, Madame Spall, commença l'agent de police, en jouant avec sa casquette entre ses doigts.

—Je vous en prie, appelez-moi Elizabeth.

—Elizabeth, très bien, dit Megan avec un sourire. Puis elle ouvrit son carnet et appuya son stylo sur le papier. Tout d'abord, je tiens à vous dire que nous sommes désolés d'apprendre ce qui vous est arrivé hier soir. S'il y a quoi que ce soit dont vous avez besoin, au-delà de l'habituel, nous serons plus que ravis de vous aider, ou nous pourrons trouver quelqu'un qui le peut.

Le visage d'Elizabeth s'adoucit et s'illumina d'un sourire, révélant un dentier. —C'est très gentil à vous de proposer, dit-elle. Je dois avouer que je suis un peu effrayée. Je... je veux juste savoir pourquoi ils feraient une chose pareille. J'ai vécu ici pendant cinquante ans et je n'ai jamais eu de problème.

Tomek prit un moment pour inspecter la pièce. —Pourriez-vous nous dire quand vous avez remarqué que quelque chose n'allait pas ?

—C'était après minuit. Je... je somnolais sur le canapé quand j'ai entendu ces bruits venant de l'extérieur. Des perturbations, voyez-vous. Des sons qui semblaient inhabituels. J'ai pensé que c'était simplement mes voisins qui rentraient tard ou qui heurtaient ma clôture par accident, alors je suis allée me coucher et je me suis endormie. Ce n'est qu'environ une heure plus tard, à une heure trente-deux, je m'en souviens parce que j'ai regardé mon réveil, que j'ai entendu les bruits à nouveau. Habituellement, j'ai le sommeil plutôt léger, et quand mes voisins font des fêtes et jouent de la musique forte, cela me tient éveillée. Mais quand je suis descendue, je n'ai rien vu d'anormal dans la maison. Les choses étaient juste... différentes, voyez-vous. L'atmosphère était différente. Et je pouvais sentir un parfum.

—Un parfum ? interrompit Tomek. À côté de lui, Megan griffonnait dans son carnet.

—Oui... Fort. Vraiment envahissant. Je l'ai remarqué immédiatement, voyez-vous.

Tomek ne pouvait s'empêcher de penser qu'ils auraient bien besoin d'un peu plus de parfum dans l'air à ce moment-là. L'odeur faisait battre sa tête.

—Avant de retourner me coucher, j'ai pensé que je devais vérifier toutes les pièces, juste pour m'assurer qu'il n'y avait personne caché dans l'un des placards ou sous l'escalier, poursuivit Elizabeth.

—C'est très courageux de votre part, répondit Megan. Mais vous devez faire attention à ne pas vous mettre en danger comme ça à l'avenir. N'importe qui aurait pu être là.

Elizabeth laissa échapper un petit rire. —Oh, ma chère. J'ai vécu les années soixante, soixante-dix *et* quatre-vingt. J'en ai vu et traversé des choses. Je sais me défendre.

Tomek remarqua une certaine définition dans les muscles de ses épaules et de ses bras, et ne doutait pas qu'elle puisse manier une poêle à frire avec venin si nécessaire.

Elizabeth s'éclaircit la gorge avant de continuer. —C'est alors que j'ai remarqué que des choses avaient été déplacées. Des objets n'étaient plus à leur place. Ça semblait bizarre, voyez-vous. Au début, j'ai cru que je devenais folle ou que j'étais peut-être un peu privée de sommeil, mais plus je regardais et plus j'examinais, plus je me rendais compte que quelqu'un était entré.

—Avez-vous remarqué si quelque chose avait disparu ?

Elizabeth secoua la tête. —C'est ce que je ne comprenais pas. Ils étaient entrés, mais ils n'avaient rien volé. Ils avaient juste... déplacé des choses. Comme le repose-cuillère que j'avais acheté à Malaga qui s'est retrouvé sur la table basse, et le cadre photo de mes petits-enfants qui avait été mis dans la machine à laver. Je... C'était déconcertant.

Megan finit de griffonner ses notes avant de répondre : —Pourriez-vous nous parler de ce qu'ils ont fait à votre jardin avant ?

À ces mots, Elizabeth se tendit, son expression se transforma en froncement de sourcils, et elle émit un « humph » sonore. —Eh bien, vous l'avez vu en arrivant, n'est-ce pas ? Un carnage. Ces sauvages absolus, ces bêtes. Comment ont-ils pu faire ça à mon Norman... à mon jardin ?

Tomek avait en effet vu la destruction causée au jardin avant d'Elizabeth. Des têtes de fleurs et des feuilles étaient éparpillées partout. Des pierres et des mottes de terre avaient été projetées à travers la pelouse. Et ce qui semblait avoir été autrefois un nain de jardin rouge et vert avait été détruit, les morceaux dispersés sur le patio.

—Norman ? demanda Megan.

— Mon défunt mari. Il adorait ce jardin. C'était le sien, et il y a travaillé jusqu'au moment même de sa mort. Littéralement. Il est décédé pendant qu'il taillait la haie. Crise cardiaque. J'ai acheté ce nain pour lui rendre hommage. Il était censé veiller sur le jardin en son absence, et j'ai fait de mon mieux pour le maintenir aussi beau que lui, mais maintenant... Elle baissa la tête et tendit la main vers une boîte de mouchoirs posée à côté d'elle.

Tomek et Megan lui laissèrent un moment pour se ressaisir avant de poursuivre l'interrogatoire.

— Avez-vous vu quelqu'un ? Peut-être avez-vous regardé par la fenêtre et aperçu l'intrus s'enfuir dans la rue ?

Elizabeth réfléchit un instant, comme si elle peinait à saisir ce souvenir. — J'ai regardé par la fenêtre et j'ai cru voir une fille qui courait dans la rue. Elle a disparu juste hors de mon champ de vision avant que je puisse faire quoi que ce soit. Je n'ai pas... Je n'ai pas vu grand-chose de plus. Je suis désolée, ma vue n'est plus ce qu'elle était.

— Avez-vous pu voir la couleur de ses cheveux ? Ce qu'elle portait ? Son âge approximatif ? demanda Tomek.

Elizabeth se tourna lentement vers lui. — Je crois qu'elle était blonde, peut-être. À peu près ma taille, mais... de nos jours, ça ne veut plus rien dire. Je ne saurais pas dire son âge, non. Assez âgée pour conduire, cependant.

— Qu'est-ce qui vous fait dire ça ?

— Parce que j'ai entendu une voiture démarrer peu après.

Tomek regarda Megan et lui fit un signe de tête pour qu'elle note cette information.

— Avez-vous des petites-filles, Elizabeth ?

Elle secoua la tête. — Seulement des garçons, j'en ai peur. Je n'ai eu que des garçons, et ils n'ont eu que des garçons aussi. Donc beaucoup d'hommes pour perpétuer le nom de famille. Pourquoi me demandez-vous cela ?

Il haussa les épaules. — Pour rien.

Hormis le fait que toute cette histoire aurait pu être l'œuvre d'une petite-fille adolescente contrariée et bouleversée, déterminée à se venger de sa grand-mère pour une raison quelconque. C'était presque ridicule, mais Tomek avait suffisamment d'expérience pour savoir que c'étaient souvent les idées les plus improbables qui s'avéraient exactes. Bien que dans ce cas, son intuition lui disait le contraire. Il ne ressentait pas la douleur habituelle à l'estomac ou à la tête quand son sixième sens commençait à s'éveiller.

Il y avait eu trop d'incidents d'effraction récemment pour que ce soit une coïncidence ou une affaire familiale. Dans la plupart des cas, Tomek supposait qu'ils avaient affaire à un groupe d'adolescents ennuyés et turbulents avec un penchant pour les nains de jardin, qui n'avaient rien de mieux à faire que de détruire les pelouses des gens et vandaliser leurs propriétés. Il ne pensait certainement pas que cela avait un quelconque rapport avec Michael Edwards.

CHAPITRE
TRENTE-CINQ

Nick n'était pas d'accord avec la théorie de Tomek.

— L'ADN prélevé sur le cheveu trouvé dans la maison de Michael Edwards appartient à une femme, expliqua Nick en se réajustant sur son siège.

— J'aurais pu te le dire. Il faisait environ soixante-quinze centimètres de long.

— Oui, mais ça correspond à ce que disent les victimes des cambriolages. Tu as dit toi-même qu'Elizabeth Spall avait aperçu une femme s'enfuyant de chez elle, sans parler de l'odeur de parfum.

Tomek concéda ce point avec un petit souffle.

— Mais les modes opératoires sont différents, argumenta-t-il. Supposons un instant qu'il s'agisse des mêmes personnes. Pourquoi entreraient-elles par effraction chez Michael Edwards, le poignarderaient brutalement et lui trancheraient la gorge, puis partiraient sans rien déplacer ni toucher ? Ensuite, quelques jours plus tard, pourquoi ces mêmes personnes s'introduiraient-elles dans des maisons au hasard, déplaceraient des objets et détruiraient quelques pauvres nains de jardin sans même réveiller les propriétaires ? Ce n'est pas cohérent. Ça ne tient pas debout.

Nick réfléchit un moment, passant sa main sur son crâne chauve, comme pour ordonner ses pensées.

— Peut-être que ce n'est pas au hasard, répondit-il finalement. Peut-être qu'ils sont ciblés pour une raison.

— Pourquoi ? demanda Tomek.

— C'est ton putain de boulot de le découvrir. Mais je te dis qu'il y a quelque chose. Et tu dois le trouver. Rapidement. J'ai une autre conférence de presse bientôt, et je veux être en bonne position quand les questions arriveront inévitablement. Ça me fait penser, est-ce que ton ancienne flamme sera là ?

Tomek grimaça. — S'il te plaît, ne l'appelle pas comme ça. Et s'il te plaît, n'utilise plus jamais cette expression.

— Pourquoi pas ?

— C'est gênant. Et la flamme est définitivement, définitivement, définitivement éteinte. Genre, noyée dans l'eau et gelée, donc je n'ai aucune idée si elle sera là. Cela dit, vu le nombre de fois où elle a essayé de me harceler pour obtenir des informations, je dirais qu'il y a plus de chances que tu retrouves tes cheveux et que tu perdes du poids plutôt qu'elle ne soit *pas* présente.

Nick fit un doigt d'honneur à Tomek. — Petit con, dit-il en baissant les yeux vers son ventre.

— Où en sommes-nous avec Richard Stafford et Michael Edwards, Nick ? demanda Tomek, changeant de sujet.

— Je continue d'enquêter. J'ai un gros problème avec les grosses têtes de la brigade des stups. Ils me bloquent à chaque tournant, et je commence sérieusement à penser qu'ils sont de mèche avec Stafford.

— Je suis sûr que tu as fait fuir suffisamment de gens dans ta vie pour que celui-ci ne te pose pas de problème.

Nick fit un autre doigt d'honneur à Tomek. — Va te faire foutre, bis. Tu veux recommencer une fois de plus et faire un triplé ?

Les lèvres de Tomek s'agitèrent en un sourire narquois. — Ne me tente pas.

Les rides sur le front de Nick se détendirent. Il s'éclaircit la gorge avant de parler. — Je n'ai pas eu l'occasion de le dire hier soir, mais... Kasia. Si tu as besoin d'aide ou de conseils ou d'une épaule sur laquelle t'appuyer, je suis là pour toi. Avec deux adolescentes, j'aime à penser que j'en connais peut-être un rayon. Il y a des chances que j'ai probablement déjà traversé tout ça moi-même.

— Tu es tellement vieux que tu as probablement assisté au Big Bang. Mais j'apprécie.

Tomek fit un léger signe de tête à l'homme pour montrer sa gratitude, mais cela fut accueilli avec fureur.

— C'est un triplé, siffla Nick. Va te faire foutre. Je ne veux plus t'aider. Maintenant sors de mon bureau et va travailler.

CHAPITRE
TRENTE-SIX

Yasmin balança ses jambes sur le côté du lit et attrapa sa chemise d'uniforme scolaire, la drapant sur ses épaules. Tandis qu'elle commençait à boutonner lentement, elle savourait ce moment, l'imprégnant, absorbant la douleur et l'inconfort qu'elle ressentait sous la taille.

Le sexe avait été correct, bien qu'un peu douloureux. Pour sa première fois, elle ne savait pas à quoi s'attendre. Mais elle avait été entre de bonnes mains avec Zeus. Elle s'était sentie protégée, réconfortée par ses mains puissantes qui l'avaient maintenue sur le lit. Il n'avait pas voulu lui faire mal, elle le savait. Bien sûr que non. Il ne ferait jamais ça. Il lui avait promis d'être sa première fois, de prendre sa virginité – et elle n'aurait pu imaginer la donner à quelqu'un d'autre. Ne l'imaginerait pas.

Mais c'était fini. Comme ça. Et maintenant, elle se sentait dépouillée, dégonflée, presque déçue. Avait-elle joui ? Elle n'en savait rien. Mais Zeus, oui, et c'était ce qui importait. Permettre à Dieu de prendre sa virginité et lui offrir un orgasme le jour de son seizième anniversaire. Elle pouvait seulement imaginer la considération que cela lui vaudrait dans l'au-delà. Bien sûr, elle savait qu'il couchait avec toutes les autres filles du groupe. Même si elles n'en parlaient pas, elle le savait, mais aucune d'entre elles ne pouvait dire qu'elles avaient laissé le sauveur prendre leur *virginité.* Les autres Harpies avaient déjà été déflorées au moment où elles avaient rencontré Zeus.

Sauf Kasia.

L'odeur du sexe et de la sueur flottait dans l'air, masquée par l'encens qui brûlait dans le coin de la pièce. Zeus était allongé derrière elle, nu sur le lit, le drap couvrant à peine son corps, un bras derrière la tête. Elle pouvait sentir son regard la suivre pendant qu'elle s'habillait, la regarder mettre lentement ses vêtements. Elle se sentait puissante grâce à cela. Presque fière. C'était un honneur et un privilège, alors elle prenait son temps, essayant d'être aussi séduisante que possible lorsqu'elle se leva et roula ses collants d'école le long de ses jambes comme elle l'avait vu dans les films.

Son regard se durcit quand elle arriva à sa culotte et la couvrit avec sa jupe, comme s'il essayait d'avoir un dernier aperçu avant que tout ne disparaisse. Une fois complètement habillée, il attrapa une cigarette sur la table de chevet et l'alluma. La lumière des bougies proches se reflétait sur son corps sculpté. Dieu, comme elle aurait aimé pouvoir se blottir à nouveau dans ses bras. Qu'elle puisse sentir encore une fois la pression de son corps l'écraser, elle et sa gorge.

Mais elle devrait attendre. C'est lui qui déciderait de leur prochain rapport. Il choisirait le moment, le lieu, tout. Tout ce qu'elle avait à faire, c'était se présenter et offrir son corps.

Pendant quelques instants, tandis qu'il continuait d'inhaler sa cigarette, elle resta debout maladroitement au bord du lit, ne sachant pas quoi faire.

Ce n'est que lorsqu'il eut fini sa cigarette et l'eut écrasée dans le cendrier sur la table de chevet qu'il se redressa sur ses coudes, levant une jambe. La position lui rappela *La Création d'Adam* de Michel-Ange qu'elle avait vue une fois dans son cours d'éducation religieuse.

— Peut-on lui faire confiance ?

La question la prit par surprise.

— À qui ? demanda-t-elle.

— Kasia. Peut-on lui faire confiance ?

Yasmin hésita un moment avant de répondre. Peut-être plus longtemps qu'elle n'aurait dû. — Pour quoi ?

— Pour tout. Notre plan. Notre mission. Peut-on lui faire confiance ?

Yasmin acquiesça avec ferveur. — Oui. Bien sûr. C'est ma meilleure amie. Je me porte garante pour elle. Je lui ai expliqué l'importance de garder tout cela entre nous. Comment nous ne pouvons rien laisser échapper. Elle est aussi investie que moi. On peut lui faire confiance. Je vous le promets.

Il médita cette pensée, puis tourna son attention vers le paquet de cigarettes et en prit une autre.

— Très bien, dit-il. J'ai été impressionné par elle jusqu'à présent. Mais son père continue de m'inquiéter. Je pourrais devoir compter sur elle pour obtenir des informations bientôt. Est-elle prête à mourir à elle-même ?

— Oui, répondit Yasmin sans hésitation.

— Je veux dire, est-elle prête à mourir à elle-même *complètement* ?

Cette fois, Yasmin mit plus de temps à répondre. — Oui. Elle l'est. Je le sais.

— Très bien. J'espère sincèrement que c'est le cas, car si ce n'est pas le cas, elle ne sera pas la seule à être expulsée du groupe. Tu comprends ce que je veux dire ?

Elle comprenait parfaitement. Mais le tourbillon de pensées et la peur soudaine qui lui noua l'estomac l'empêchèrent de répondre.

Zeus alluma une autre cigarette et parla en la laissant pendre entre ses lèvres. — La guerre raciale continue de nous échapper. Cela changera ce soir, j'en suis sûr. Et alors nous verrons à quel point ton amie est réellement investie. Je pourrai m'appuyer sur toi, ou pas. Mais sache qu'il pourrait y avoir un moment pour toi d'accomplir ta prophétie. Il tira une grande bouffée de cigarette et expulsa un énorme nuage de fumée dans l'air. — Ce sera tout. Tu peux partir. Ferme la porte en sortant.

Alors qu'elle se dirigeait vers la porte, il l'interpella : — Et dis aux filles que je veux que tout soit prêt pour ce soir. Il ne doit y avoir aucune erreur.

— Oui, Zeus. Bien sûr, Zeus. Voulez-vous que je le dise à toutes ?

— Non, dit-il d'un ton neutre. Ne le dis pas à Kasia. Laisse-la-moi.

CHAPITRE
TRENTE-SEPT

Kasia fixait le message depuis trop longtemps. Beaucoup trop longtemps.

Le message indiquait qu'elle devait agir. Vite. Rapidement. Il y avait une date limite. Et si elle la manquait... Eh bien, elle préférait ne pas penser à ce qui pourrait lui arriver.

> Tu dois prendre le train de 21 h 07 de Leigh-on-Sea à Southend Central ce soir. Si tu le manques, ne prends pas le suivant. Nous ne t'attendrons pas. Tu as une seule chance de prouver si tu es digne de m'accompagner quand les guerres raciales commenceront. Et elles commenceront ce soir.

Elle relut le message. Elle avait perdu le compte du nombre de fois où elle l'avait vu, lu. Du nombre de fois où son cerveau avait absorbé ces mots pour les oublier instantanément.

21 h 07.

Dans quinze minutes.

Ça devrait être largement suffisant. C'était seulement à cinq minutes en voiture. Dix en comptant la circulation. Cela lui laissait cinq minutes pour se préparer (le message n'avait pas précisé de tenue particulière, alors elle devrait deviner et espérer le meilleur) et les quelques minutes restantes pour supplier son père de la déposer.

Son père.

Merde.

C'était bien beau d'y aller en voiture avec quelques minutes d'avance, mais ce n'était pas son plus grand obstacle. Son plus grand obstacle était assis dans son pantalon de jogging dans le salon, faisant semblant de regarder la télévision tout en s'endormant.

De plus, elle devait trouver une raison pour laquelle elle devait être déposée à la gare locale tard un soir d'école.

Ce serait son mensonge le plus difficile à ce jour.

Ou alors...

Elle tourna lentement la tête vers la fenêtre. La pluie martelait le cadre, résonnant dans la pièce. Elle envisagea la possibilité de sauter dehors et de sprinter vers la gare à pied. Mais pourrait-elle le faire ? Quinze minutes sous la pluie battante et le tonnerre ? Elle pourrait appeler un taxi. Ou Yasmin. Ou peut-être une des autres Harpies. Non, elle n'avait pas le temps. Elles vivaient toutes loin, et d'ailleurs, elles essayaient probablement toutes d'arriver au même endroit.

Tout cela ne menait à rien. Elle perdait du temps. Sa meilleure chance était l'homme qui prétendait l'aimer.

Si c'était le cas, alors il était temps qu'il le prouve.

Elle balança ses jambes sur le côté du lit, enfila un jean légèrement usé et un fin pull bleu marine, attrapa un imperméable dans son armoire, et prépara un sac avec l'essentiel : son téléphone, son portefeuille, un jeu de clés de rechange, du parfum et une brosse à cheveux. Puis elle ouvrit la porte et se précipita vers le salon. Elle trouva Tomek allongé sur le canapé, faisant défiler son iPad, somnolant. Dès qu'il la remarqua, il posa l'iPad à plat sur son ventre.

— Où vas-tu comme ça ?

— J'ai besoin qu'on me dépose à la gare, dit-elle franchement.

Tomek regarda sa montre. — Maintenant ? Il est presque vingt et une heures. Et il pleut des cordes. Non.

— S'il te plaît.

— Pour quoi faire ?

— C'est urgent.

— Pourquoi ? Qu'est-ce qui s'est passé ? Son ton était dubitatif. Si elle voulait le convaincre, elle devrait être super convaincante.

Allez, Kasia, réfléchis.

— C'est Yasmin. Elle s'est fait mettre dehors. Elle et sa mère... elles se sont disputées. Elle... elle l'a mise à la porte ce soir et elle veut que je la retrouve.

Tomek mit un moment à répondre. Son visage se déforma tandis qu'il réfléchissait à ce qu'elle venait de dire, à ce mensonge. Son pouls s'accéléra et son cœur battait la chamade tandis qu'elle attendait, attendait et attendait. Espérant, priant qu'il la croirait. Elle retenait sa respiration et sentait ses poumons qui lui criaient de les libérer.

— Pourquoi devez-vous vous retrouver à la gare ? demanda-t-il.

La libération vint, mais ce n'était pas celle qu'elle espérait. — Parce qu'elle y sera.

— Tu lui as dit qu'elle pouvait rester ici ?

Merde.

— Non, répondit-elle. Elle veut que je prenne le train avec elle, pour qu'on puisse aller à Benfleet. Elle sentait le mensonge se défaire au fur et à mesure qu'elle parlait. *Allez, sois plus convaincante ! Fais en sorte que ça ait plus de sens !* Et puis ça lui vint : — Elle a une cousine plus âgée qui a accepté de l'héberger pour la nuit, mais elle veut que j'aille avec elle pour qu'on puisse... pour qu'on puisse en parler.

Tomek ne dit rien.

— Je dois être là pour elle. C'est sérieux, Papa.

— Je ne le conteste pas. Mais je pense qu'elle devrait rentrer chez elle. Peut-être que je devrais appeler sa mère, dit Tomek en tendant la main vers son téléphone.

— NON !

Tomek se figea. — Pourquoi pas ?

— Parce que ce n'est pas à toi de t'en mêler.

— Si elle a une mauvaise influence sur toi, alors je pense que j'ai parfaitement le droit de m'en mêler.

— Une mauvaise influence ? Elle n'a pas une mauvaise influence.

Ce n'était pas bon. Ils déviaient, s'éloignant de plus en plus du sujet. Et elle était en train de manquer rapidement de temps.

— Elles ne s'entendent pas bien, c'est tout, continua-t-elle.

— Tu veux dire comme *nous* ne nous entendons pas ?

Kasia inspira brusquement, tapota du pied sur le sol. *Ne réagis pas. Ne dis rien. Juste... supplie.*

— S'il te plaît, Papa. Elle est dans une mauvaise passe en ce moment et elle a besoin de quelqu'un pour l'aider. Tu... tu dois savoir ce que c'est. Tu n'avais personne quand tu... Tu sais, quand tu as quitté la maison...

Bingo.

L'expression sur le visage de Tomek passa du doute à la réflexion. Il devint soudain pensif, retournant ces pensées dans son esprit.

Allez. Allez. Allez.

Elle retint à nouveau sa respiration.

Finalement, Tomek céda et accepta.

Elle expulsa tout l'air de ses poumons en une grande respiration et fit les cent pas dans la pièce, attrapant tout ce dont il avait besoin. Le sweat qui traînait sur le côté du canapé. Ses chaussures. Ses clés de voiture et de maison.

Le temps s'écoulait rapidement. Il lui restait un peu plus de huit minutes pour y arriver. Et tandis qu'ils sautaient dans la voiture, elle pria pour qu'il n'y ait pas d'embouteillages.

L'atmosphère dans la voiture était tendue. Elle était au bord de son siège, agitée, tapant du pied au rythme de la pluie battante sur le toit. Dans sa tête, elle hurlait contre les autres voitures sur la route, les accusant de ne pas s'écarter ou de déboucher juste devant eux. Pire encore, elle criait intérieurement contre la conduite de Tomek. De tous les moments où il aurait pu ne pas avoir le sens de l'urgence, il avait choisi celui-là.

Elle tapotait frénétiquement sur son téléphone, vérifiant l'heure toutes les dix secondes.

—Pourquoi cette précipitation ? demanda-t-il en jetant un coup d'œil à son écran.

—Elle est dans le train de vingt-et-une heures sept.

Il jeta un regard au tableau de bord.

—Ah.

—Ouais.

—Tu as un billet ?

Merde ! Comment avait-elle pu oublier d'acheter un billet ? Son esprit était tellement préoccupé, elle...

Elle déverrouilla son téléphone et en acheta un en ligne via l'application c2c. Elle se fichait du prix. Tout ce qui comptait, c'était d'arriver à temps.

Il lui restait trois minutes pour se rendre à la gare, scanner son billet électronique et atteindre le quai avant l'arrivée du train.

Quatre minutes pour prouver à Zeus et au reste des Harpies qu'elle était prête, qu'elle était engagée.

Si elle le manquait, ils la renieraient. Si elle le manquait, ils l'excluraient du groupe. Sa famille, ses sœurs. Les seules personnes qu'elle ait jamais connues comme vraie famille. Elle ne pouvait pas supporter cette idée.

Une minute plus tard, au sommet de la colline qui descendait vers la gare, ils s'arrêtèrent à un feu de travaux routiers. La pluie continuait de marteler le toit et les vitres, et les essuie-glaces peinaient à suivre. À part la voiture derrière eux, il n'y avait rien en vue. Pas de voitures venant de droite, ni de gauche, ni en sens inverse.

Ils restaient simplement là, à attendre que le temps passe.

—Bon sang, qu'est-ce qui prend si longtemps ! cria-t-elle alors que son pied atteignait de nouveaux niveaux de tapotement frénétique.

—Ton langage, Kasia !

Elle l'ignora. Pourquoi semblait-il si calme à ce sujet ? Que savait-il qu'elle ignorait ? Essayait-il de la saboter ? Savait-il que les travaux allaient être là ? L'avait-il amenée par ce chemin exprès ?

Finalement, après ce qui sembla une éternité, les feux passèrent au vert, et Tomek appuya doucement sur l'accélérateur. La descente de la colline parut interminable, et lorsqu'ils s'arrêtèrent devant la gare, il ne restait qu'une minute. Elle entendit le train arriver sur le quai au moment où elle ouvrait la portière. Elle sprinta vers la gare sous la pluie battante sans même un au revoir ou un merci.

Mais c'était trop tard. Quand elle arriva aux barrières, le QR code sur son téléphone ne fonctionnait pas. Les gouttes de pluie sur son écran l'avaient déformé, et tandis qu'elle les essuyait sur son sweat, le train s'éloigna, disparaissant dans l'obscurité.

La bouche de Kasia s'ouvrit mais aucun son n'en sortit. Elle voulait hurler, pleurer, mais il n'y avait rien. Elle se sentait dévastée, vide. C'était fini. Elle était exclue des Harpies. Elle avait gâché sa seule chance de faire ses preuves, de se donner pleinement à la cause.

Elle avait envie de vomir, et pendant longtemps elle resta là, fixant l'espace sur le quai où le train venait de se trouver, son esprit dépourvu de toute pensée. Ce n'est que lorsqu'un contrôleur lui adressa la parole qu'elle finit par revenir à elle.

—Tout va bien, ma p'tite dame ? Besoin d'aide avec votre billet ?

Elle l'ignora et s'éloigna avant qu'il ne puisse s'approcher davantage. Puis elle lui tourna le dos et retourna péniblement vers Tomek, la pluie cinglant son visage. Alors qu'elle posait sa main sur la poignée de la portière, un éclair zébra le ciel et le tonnerre gronda au-dessus d'elle.

Zeus était en colère, furieux. Et c'était entièrement sa faute.

Non. Ce n'était pas sa faute.

C'était celle de Tomek.

—Désolé que tu l'aies manqué, dit-il tandis qu'elle remontait en voiture.

—Non, tu ne l'es pas, siffla-t-elle. C'est entièrement ta putain de faute ! Tu as fait exprès, n'est-ce pas ? Tu m'as fait le manquer. Et maintenant... maintenant je ne peux plus... Bon sang, je te déteste. Je te déteste tellement. Ramène-moi chez moi. Ramène-moi chez moi tout de suite.

Tomek la regarda, stupéfait. Il ne savait pas quoi dire. Finalement, il ne dit rien tandis qu'il passait la première vitesse et s'éloignait au son de la pluie furieuse de Zeus martelant le pare-brise et des violents coups de tonnerre au-dessus d'eux.

Zeus était furieux. Et il n'y avait rien qu'elle puisse faire.

Elle avait perdu sa famille.

Elle n'était plus membre des Harpies.

CHAPITRE
TRENTE-HUIT

Des mèches de cheveux épaisses et trempées collaient à son visage. La pluie continuait de les fouetter, elle et les autres filles, de tous côtés tandis que des vagues de tonnerre ondulaient à travers la couverture nuageuse au-dessus d'elles.

Le corps dans ses bras était lourd, la tirant vers le bas. Il était inconscient, ses bras ballants. C'était son rôle de le soutenir et de maintenir le couteau pressé contre sa gorge, mais ses biceps hurlaient sous le poids.

Le reste des Harpies l'entourait, leurs chemises fines et leurs pantalons collant à leurs corps. Certaines d'entre elles étaient si maigres et fragiles qu'elle pouvait voir les contours de leurs cages thoraciques et de leurs clavicules à travers le tissu. Il y avait une lueur démoniaque dans leurs yeux, tous fixés sur Yasmin et l'homme. Derrière elles, à l'abri sous le château, se tenait Zeus. Des cris et des gémissements, mêlés à des ricanements maléfiques, comme les cris d'une meute de hyènes, emplissaient l'air, mais ils étaient rapidement noyés par le grondement du tonnerre au-dessus d'eux.

Zeus était furieux. Et par conséquent, elles l'étaient aussi.

— La guerre des races commence ce soir, cria-t-il, sa voix profonde ; la plus profonde qu'elle ait jamais entendue. Presque surnaturelle. Et maintenant, nous devons faire notre prochain sacrifice.

Il claqua des doigts, et l'une des filles se précipita vers lui. Il lui chuchota quelque chose à l'oreille, et un instant plus tard, elle se ruait vers Yasmin. Sans dire un mot, la fille, Peppy Piper, gifla l'homme au visage. Le mouvement était si soudain et si violent que sa tête roula d'un côté à l'autre. La lame dans la main de Yasmin était si proche de percer sa peau, et pourtant il ne bougeait pas, il ne frémissait pas.

Une autre gifle. Une autre oscillation sur le côté.

Cette fois, l'homme cligna lentement des yeux. Dès qu'il reprit conscience, Bright Muffin leva son Taser et le pointa sur lui. Silent Horsechick et Auspicious Almond sortirent des couteaux de cuisine de trente centimètres de leurs ceintures. Dans l'obscurité, il n'y avait aucun miroitement du métal, aucun reflet de lumière sur la lame, mais chaque Harpie savait qu'ils étaient là.

L'homme dans les bras de Yasmin marmonna et gargouilla à cause du sang dans sa bouche. Au début, ses mots étaient inintelligibles, rien que des sons confus. Mais après avoir craché et déversé le sang sur sa poitrine, il dit : — Qu'est-ce qui se passe, bordel ? Où suis-je ? Qu'est-ce qui se passe ?

— Déshabillez-le, vint l'ordre de l'arrière.

Aussitôt, les filles saisirent l'homme par le col, déchirèrent son t-shirt avec les couteaux et le réduisirent en lambeaux. Ensuite vint le tour de son pantalon. Les filles furent si rapides à le jeter au sol et à le déshabiller que l'homme eut peu de temps pour protester. Cela, et parce que le couteau dans la main de Yasmin était toujours fermement maintenu contre sa gorge. Elle pouvait sentir ses muscles se tendre sous ses bras. Son pouls battant dans son cou. La montée et la descente rapides de sa poitrine tandis que l'adrénaline parcourait son système. Il y avait tant de force en lui, tant de puissance. Et pourtant il ne pouvait en utiliser aucune. C'était elle qui contrôlait. Elle l'avait dompté. *Elle* était celle qui détenait le pouvoir, et elle se sentait vivante grâce à cela, consumée par cela.

— Mettez-le à genoux, ordonna Zeus, toujours dans l'obscurité.

Yasmin ne perdit pas de temps à manœuvrer l'homme pour le mettre à genoux, tous ses quatre-vingt-dix kilogrammes. Ajustant sa prise sur la lame, elle attrapa ses cheveux et inclina sa tête en arrière, orientant son visage vers le ciel. Des gouttes de pluie tombaient dans ses yeux et il clignait frénétiquement des paupières, mais il n'osait pas bouger la tête. Pas s'il ne voulait pas mourir.

— S'il vous plaît, commença-t-il à supplier. S'il vous plaît, je n'ai rien fait. Je ne sais pas ce que vous voulez, mais je ne l'ai pas fait. Vous devez me croire. Vous n'êtes pas obligées de faire ça. Je suis désolé pour tout ce que j'ai dit. Je ne le pensais pas.

Yasmin regardait dans ses yeux pendant qu'il parlait. Que quelqu'un de beaucoup plus âgé et physiquement plus fort qu'elle implore sa vie la remplissait d'encore plus d'euphorie. En un mouvement rapide, elle pouvait l'achever, elle pouvait mettre fin à sa vie et faire couler son sang.

— Tais-toi, siffla-t-elle, en lui crachant au visage. Tais-toi !

L'homme obéit, à l'exception de quelques grondements sourds qui vibraient contre la lame. Peu après, il commença à sangloter, à pleurer et à trembler dans ses bras.

— Assez ! vint le cri de Zeus.

Puis, tout sembla s'arrêter. La pluie, le tonnerre, les éclairs. Les tremblements, les battements du cœur de l'homme, les battements du sien.

Et puis il apparut, émergeant des ombres. Il avait enlevé son haut, et dans la faible lumière, elle pouvait distinguer les muscles qui l'avaient tenue si puissamment quelques heures auparavant. Pauvre Kasia, elle manquait tout ça. Elle serait hors des Harpies pour de bon. Mais elle ne pouvait pas penser à cela maintenant. Elle devait être dans l'instant présent, se consacrant entièrement à Zeus et à ce qu'il lui demandait.

Il s'avança nonchalamment vers eux et leva une main. Dès qu'il le fit, un éclair traversa le ciel, révélant son visage et celui des filles. Elles étaient comme une meute de loups affamés, attendant l'ordre d'attaquer.

Et puis il le donna.

— Tuez-le.

CHAPITRE
TRENTE-NEUF

Une foule s'était formée à l'une des entrées du château de Hadleigh. Au-delà des buissons, la tour restante du site d'English Heritage se dressait, sombre et menaçante contre un décor gris acier.

Tandis que Tomek sortait de sa voiture, son pied s'enfonça dans une flaque. L'eau éclaboussa sa jambe, et il jura à voix basse. Il n'était pas d'humeur. Pas après la nuit précédente. Pas après que Kasia se soit emportée contre lui. Il avait été tellement pris au dépourvu, tellement blessé et brisé, qu'il n'avait rien dit sur le chemin du retour, ni quand ils étaient rentrés, ni le matin. En fait, il avait quitté la maison avant même qu'elle ne se lève pour aller à l'école. Elle pouvait se préparer et s'y rendre seule, si elle voulait se comporter comme une gamine pourrie gâtée, cette ingrate. Il était à court d'idées sur la façon de gérer ses crises.

Heureusement, on lui avait offert une distraction : un autre cadavre, cette fois au château de Hadleigh, l'un des sites les plus précieux de l'Essex.

Un agent de police en uniforme se tenait au cordon près de la porte, repoussant les gens, leur expliquant que le château était fermé aux visiteurs. À son arrivée, Tomek secoua l'eau de pluie de sa jambe et enfila une combinaison de scène de crime dans une tente médico-légale à proximité. Il signa le registre, puis passa sous le cordon, se préparant mentalement à la brutalité qui l'attendait au-delà des haies.

Le château de Hadleigh avait été construit par Hubert de Burgh plus de huit cents ans auparavant. De là, il était passé de main en main pendant près d'un siècle jusqu'à ce que le roi Édouard III l'utilise comme résidence royale. Au cours des siècles suivants, il avait connu de nombreux propriétaires et survécu à la guerre de Cent Ans, jusqu'à ce que, au XVIe siècle, ses matériaux soient vendus et des parties du château démolies. Depuis lors, les ruines, dont il ne restait que le barbacane et deux tours cylindriques, dominaient la côte et les marais du sud de l'Essex.

Tomek s'y était rendu des dizaines de fois durant son adolescence, se faufilant par la porte pour boire avec ses camarades d'école. La seule chose dont il se souvenait de ces nuits, c'était qu'il faisait froid et noir comme dans un four. Les téléphones portables n'existaient pas à l'époque, alors lui et ses amis comptaient sur la lampe de poche du père d'un copain ou sur la faible clarté lunaire pour éclairer le chemin et les inconnus qu'ils finissaient par rencontrer sur place.

L'idée que Kasia puisse s'y faufiler et boire au sommet de la colline lui traversa brièvement l'esprit, mais heureusement, avant qu'il ne puisse s'énerver davantage, il fut distrait par la vue de quelqu'un vêtu d'une tenue de la police scientifique qui glissait dans la boue. Tomek étouffa un rire, de peur que la personne ne se soit blessée. Mais quand il s'approcha et réalisa qu'il s'agissait de Chey, il fut incapable de se contrôler. Le son se répercuta et roula par-dessus les collines.

— C'est toujours toi, dit Tomek en aidant l'homme à se relever.

— C'est à cause de ces saloperies de protections pour chaussures ! Qui a eu l'idée de les fabriquer sans aucune putain d'adhérence ? Je glisse partout comme Bambi sur la glace !

Tomek riait sans pouvoir s'arrêter.

— Ça n'aide pas que ces chaussures n'aient pas de semelles antidérapantes non plus, poursuivit Chey en brossant la boue de sa combinaison.

— Je pense qu'il est temps de t'en débarrasser, mon vieux, dit Tomek en enlevant une motte de boue de l'épaule de Chey. Nadia a failli s'évanouir la dernière fois que tu les as enlevées.

— C'est pour ça qu'elle a acheté tous ces trucs désodorisants ?

Tomek inclina la tête.

— Merde. J'avais *justement* repéré une nouvelle paire.

Tomek lui tapota le dos. — La prochaine fois, assure-toi que les nouvelles sont adaptées à la randonnée en montagne et aux longues balades sur la plage avant de les acheter, d'accord ?

Chey grogna et, tête basse, retourna en traînant les pieds vers la scène de crime. À quelques mètres d'eux, une petite tente médico-légale avait été dressée autour du corps, mais elle était éclipsée par la tour du barbacane qui la dépassait de plusieurs mètres. Tomek se souvenait avoir essayé d'escalader la tour une fois pour impressionner une fille, mais il avait fini par tomber et s'était sévèrement contusionné le coude, les paumes et son ego. Si sévèrement qu'il avait retenu la leçon et n'avait plus jamais tenté l'expérience depuis.

Debout à l'extérieur de la tente se trouvait le responsable de la scène de crime, Rory Stevens. Il se tenait les mains derrière le dos et les épaules légèrement voûtées. Sous son masque facial et sa combinaison en papier, une paire d'yeux fatigués et injectés de sang fixait Tomek.

— Tu as pleuré ? demanda Tomek.

— Très drôle. Rhume des foins.

— Aïe.

— Ouais, c'est une saloperie à cette période de l'année. Et particulièrement dans un endroit comme celui-ci.

— Tu veux dire là où il y a plein d'espaces ouverts et beaucoup de vent ?

Rory grogna, tourna le dos à Tomek, puis se dirigea vers la tente. En soulevant le rabat, il dit : — Attention, *tu* pourrais finir par pleurer après avoir vu ça.

▬

Rory avait tort. La première chose que Tomek voulut faire dès qu'il vit le corps n'était pas de pleurer.

C'était de vomir.

Il se demanda si c'était ce que Chey avait fui la tente pour faire avant de tomber sur l'herbe et de perdre subitement cette sensation dès l'arrivée de Tomek.

La scène de crime ressemblait à celle de Michael Edwards. La victime était un homme, milieu de la trentaine, corpulence moyenne. Sa gorge avait été tranchée, son corps couvert de plaies perforantes, et Tomek remarqua les mêmes deux marques de Taser sur sa poitrine. Son corps avait été placé à plat sur le dos, bras et jambes écartés. Tomek était incapable de déterminer si la scène avait été mise en scène ainsi, ou si c'était simplement la façon dont le corps était tombé après avoir été brutalement poignardé.

Les similitudes étaient trop frappantes pour qu'il les considère comme sans rapport. Cependant, cette fois-ci, il y avait quelque chose de différent dans ce meurtre, quelque chose de plus inquiétant. Tomek avait l'impression que c'était plus frénétique, plus sauvage. Le nombre de plaies par perforation dans la poitrine et l'abdomen de l'homme était, à l'œil nu, presque le double de celui trouvé sur Michael Edwards. Toutefois, au cours de la nuit, la pluie avait emporté la majeure partie du sang, et tout ce qui restait maintenant était coagulé et moucheté par les dernières gouttes de pluie qui s'étaient écrasées sur son corps sans vie.

— On a fait de notre mieux pour le protéger de la pluie, mais il semble que la plupart du sang ait été emporté, commença Rory, comme s'il écoutait les pensées de Tomek. Il a été découvert par un groupe d'écoliers qui se rendaient à l'école. Pauvres gosses. Toute cette histoire les a probablement marqués à vie.

C'est bien vrai, pensa Tomek, alors que son esprit se tournait vers son frère défunt, Michał. Le corps devant lui était dans un état trop similaire à celui qu'il avait trouvé trente ans auparavant.

— Comme tu l'as probablement remarqué en arrivant, nous avons étendu le cordon extérieur assez loin. Aussi loin que possible. Il y a des empreintes de pas partout, mais on m'a dit que c'est un groupe de dix enfants qui l'a trouvé, donc il est très possible qu'une grande partie des empreintes boueuses que tu vois autour de toi soient les leurs. Néanmoins, nous prendrons autant d'échantillons que possible.

— Tous, ordonna Tomek.

— Oui. Tous.

— Y compris les routes menant vers la voie ferrée. Les tueurs ont pu s'enfuir dans toutes les directions.

Tomek prit un moment pour observer son environnement plus large. Au nord se trouvait le centre-ville de Hadleigh ; à l'est, un grand champ ; à l'ouest, l'ancien parcours olympique de VTT ; et au sud, une colline escarpée qui descendait jusqu'à la ligne de train qui transportait les passagers de Shoeburyness à Fenchurch Street. Dans son esprit, il imaginait les tueurs se séparant, fuyant dans toutes les directions différentes, et se dispersant dans l'obscurité de la campagne d'Essex.

— Combien ? demanda Tomek.

— Combien de quoi ?

— Combien de blessures ?

Rory examina le corps. — Un comptage rapide donne un total de quarante-six.

— Putain, remarqua Chey. C'est comme s'ils utilisaient son corps comme une piñata.

— Une idée du nombre de lames qui ont pu être utilisées ?

Rory secoua la tête. — Pas avant que ton médecin légiste puisse les mesurer. Mais, d'après ce que j'ai vu l'autre jour, je dirais que tu cherches le même nombre. Environ trois ou quatre.

Tomek hocha la tête et s'accroupit. Alors qu'il commençait à examiner le corps, la légère odeur d'urine lui monta au nez.

— Il s'est pissé dessus ?

— Très probablement, répondit Rory avec un signe de tête. Tu le ferais aussi, si tu étais dans sa situation.

— Et bien pire encore, rétorqua Tomek en se redressant. Y a-t-il autre chose dont nous devons être conscients ?

Rory ne répondit pas. À la place, il ouvrit le rabat et sortit de la tente. Tomek et Chey le suivirent dehors, vers la barbacane. Tomek se figea dès qu'il la remarqua.

QUE LA GUERRE DES RACES COMENCE avait été griffonné sur la brique avec du sang, faute d'orthographe incluse. De longues et fines traînées de sang avaient coulé le long de la brique et s'étaient arrêtées quelques centimètres plus bas. Le message avait été préservé et protégé des éléments bien mieux que le corps. Celui qui l'avait mis là voulait qu'il soit vu. Sur le sol près du mur, couvert d'une couche de terre et de poussière, se trouvait le haut de la victime, déchiré et ensanglanté.

— Je présume que cela a été fait en utilisant le sang de la victime ainsi que son haut ? demanda Tomek.

— C'est la théorie, répondit Rory.

Les trois hommes prirent une minute pour relire le message, pour l'assimiler.

— De quelle guerre des races ils parlent, à ton avis ? demanda Chey. Ce n'est pas les Jeux olympiques ?

— Qu'est-ce que tu viens de dire, bordel ? Tomek lança au jeune détective un regard profondément intimidant et peu impressionné.

— La guerre des *races*. Le cent mètres et toutes les autres épreuves de course qu'ils font aux Jeux olympiques. Je ne l'appellerais pas une *guerre* en tant que telle, mais ils sont tous en compétition de différents pays, non ?

— Ce n'est pas de ça qu'il s'agit, espèce d'abruti, s'écria Tomek avec incrédulité. *Kurwa macz.*

— Seigneur Dieu, se lamenta Rory. Il faut être vraiment stupide.

— Je vais demander à ta mère de te confisquer ton téléphone, ajouta Tomek. Tous ces réseaux sociaux causent un vrai désastre dans ton cerveau.

Chey leva les mains en signe de reddition. — Erreur honnête. Vraiment honnête. De quoi ça parle alors ?

Tomek laissa échapper un long souffle par les narines, se recomposant avant d'expliquer le terme simple à son collègue. — Une guerre entre les races. Tu sais, les Blancs, les Noirs, les Asiatiques. *Ces* races-là.

Les yeux de Chey s'élargirent avec une lueur de compréhension. — Je comprends maintenant. Donc, celui qui a fait ça pense qu'il y en a une qui arrive ?

Croisant les bras sur sa poitrine, Tomek dit : — Soit ça, soit ils essaient d'en provoquer une.

CHAPITRE
QUARANTE

Le nœud dans l'estomac de Kasia ne s'était pas atténué depuis qu'elle avait quitté la gare, un peu plus de seize heures auparavant. Il la paralysait, enveloppait chaque centimètre de son corps et lui donnait la nausée. Elle avait été distraite pendant tous ses cours ce matin-là, et alors qu'elle traversait la cour de récréation, la tête baissée et serrant son sac fermement contre sa poitrine, la sensation s'intensifiait.

Yasmin l'attendait à leur endroit habituel. Mais aujourd'hui, Kasia n'avait pas envie de la voir. Elle ne savait pas si elle pourrait le supporter. Elle n'avait reçu aucune nouvelle de ses sœurs Harpies la veille au soir, aucun message lui offrant leurs condoléances ou leur soutien. Ni rien de Zeus non plus.

En ce moment, elle ne voulait pas être là. Elle ne voulait être nulle part. Elle voulait se rouler en boule et simplement dépérir. Peut-être même se trancher la gorge comme ses sœurs avaient décrit l'avoir fait à Michael Edwards.

Mais Yasmin avait d'autres idées. Son amie a sprinté à travers le terrain et l'a attrapée par le bras, la tirant vers elle.

— Allez ! a-t-elle crié.

— Yas, je ne veux pas...

— Tais-toi et écoute, a insisté son amie, lui arrachant presque le bras. J'ai tellement de choses à te dire, tu ne peux même pas imaginer.

Yasmin l'a tirée vers le sol avec tant de force que Kasia a perdu l'équilibre et ses jambes se sont envolées en l'air. Comme si elle n'était pas déjà assez embarrassée.

— Qu'est-ce qui se passe ? a-t-elle sifflé. Je ne pensais pas que tu voudrais... voudrais me parler.

Et puis Yasmin est revenue brutalement à la réalité. L'expression excitée sur son visage est devenue maussade, presque morose.

— Je... a-t-elle commencé, soudain incapable de la regarder dans les yeux. Je ne sais pas quoi dire. Tu... tu as bien reçu le message, non ?

Kasia a pris un moment pour répondre. Son amie *savait* qu'elle avait reçu le message. Elle *savait* qu'elle avait manqué le train. Alors pourquoi faisait-elle semblant ?

— J'ai raté le train, Yas. Je l'ai foutu en l'air à cause de ces putains de feux de circulation près de la gare. Je ne sais pas quoi faire... je ne sais pas quoi dire. Est-ce que je devrais lui envoyer un message pour voir s'il me reprendra ? A-t-il dit quelque chose à mon sujet hier soir ? Je suis en train de péter un câble !

Yas lui a pris la main et l'a serrée fortement. — J'étais tellement déçue quand tu n'es pas venue, a-t-elle dit, en la serrant légèrement. Je voulais tellement que tu sois là. Mais... Elle a inspiré profondément. Je ne sais pas ce qui se passe maintenant. Il n'a rien dit. Il... Je vais devoir envoyer un message aux filles pour voir ce qu'elles recommandent. As-tu été officiellement exclue du groupe de discussion ?

Kasia a vérifié rapidement sur son téléphone. Non, elle ne l'avait pas été. Elle y avait toujours accès.

— C'est positif...

Kasia a roulé des yeux et tourné la tête sur le côté. Elle ne voyait rien de positif dans tout ça en ce moment.

— Laisse-moi parler aux filles, a répété Yasmin, posant son autre main sur l'épaule de Kasia. Je suis sûre que si tu expliques la raison, il pourrait te pardonner.

— Bien sûr que non ! a répliqué Kasia. Ce n'est pas suffisant. Je dois tout lui donner. Je ne peux pas me permettre de faire des erreurs comme ça. C'était inacceptable. Je ne peux pas laisser quelque chose comme ça se reproduire, ni pendant la guerre des races, ni dans la prochaine vie, jamais.

Yasmin lui a lancé un regard qui indiquait qu'elle comprenait et était complètement d'accord avec elle.

Soupirant, jouant avec son téléphone entre ses doigts, le regard perdu sur le terrain, Kasia a dit : — Vas-y, qu'est-ce qui s'est passé hier soir alors ? Qu'est-ce que j'ai manqué ?

Une partie d'elle n'avait pas voulu l'entendre. Cela lui aurait donné un énorme cas de FOMO, et ajouté à la culpabilité et à la honte qu'elle ressentait déjà, ç'aurait été suffisant pour lui donner envie de rester enfermée pour le reste de sa vie. Mais l'autre partie d'elle, le côté plus curieux et inquisiteur - le côté plus *investi* - était impatiente de savoir. Elle était une Harpie depuis plus d'une semaine maintenant, elle avait investi son temps, son énergie, son corps et ses efforts pour le devenir ; elle avait l'impression de mériter de savoir, qu'on le lui devait.

Et après avoir tout entendu, dans des détails minutieux et atroces, la sensation de FOMO s'est accentuée. Elle avait manqué le début de la guerre des races. Elle avait manqué le commencement de la fin des temps. Tout ça à cause d'un foutu feu de circulation.

Elle était indifférente au meurtre brutal qui avait eu lieu. À présent, elle avait tellement entendu parler de la nécessité de déclencher la guerre des races, et de la façon dont elle devait être incitée, que cela s'était normalisé dans sa tête. C'était nécessaire. Une vie perdue pour l'amélioration de la race humaine. Une vie perdue pour que le sauveur puisse la sauver.

Il était vital que l'homme soit tué, peu importe qui il était ou quelle famille il avait, s'il en avait une, chez lui.

L'heure du déjeuner s'est rapidement terminée. À la sonnerie, elles ont rassemblé leurs affaires et se sont dirigées vers la salle de classe. Elles ont atteint l'autre côté du terrain quand le téléphone de Kasia a sonné.

Elle s'est figée. A fixé l'écran. A lutté pour contenir son cri.

— C'est lui ! Il appelle !

— Réponds ! Réponds ! Yasmin a planté le téléphone de Kasia devant son visage. — Pour l'amour de Dieu, réponds !

Les nerfs ont soudainement envahi son corps. Son bras tremblait tandis qu'elle tenait le téléphone, qui semblait maintenant peser une tonne dans sa main. Lentement, prudemment, elle a répondu à l'appel et porté l'appareil à son oreille.

— Allô ? a-t-elle dit, la voix nouée, le pouls battant.

— Es-tu seule ? est venue la voix profonde et morne.

Kasia a croisé le regard de son amie. — Yas est avec moi, a-t-elle répondu. Nous allons retourner à l'école.

— Laisse-la, a ordonné Zeus. Et quitte l'école.

— Oui. Bien sûr. Tout ce que tu veux.

Kasia n'a pas hésité. Elle a fait un signe d'adieu à Yasmin, lui a tourné le dos et s'est dirigée vers les grilles de l'école. Une fois dehors, elle a enlevé sa cravate et sa veste, des éléments qui l'identifiaient facilement comme une élève de l'école King John, et a pris une rue résidentielle.

— Zeus, je suis vraiment désolée d'avoir manqué...

— Assez, a-t-il dit, la faisant taire instantanément. Tu as une faute à ton nom. Tu as une dette. Tu as creusé ta propre tombe, mais es-tu prête à t'en sortir ?

— Oui.

— Es-tu prête à accomplir ta prophétie ?

— Oui.

— Es-tu investie ?

— Oui.

— À quel point ?

— Tellement, honnêtement. Tellement que je ne peux même pas l'exprimer avec des mots.

Il y eut une longue pause, et pendant un bref instant, elle se demanda si l'appel avait été coupé.

— Es-tu prête à mourir à toi-même ? demanda finalement Zeus.

— Oui. Absolument. À cent pour cent. Je suis totalement engagée. Je ne veux plus jamais te décevoir, Zeus. Je vais m'assurer que rien de semblable à la nuit dernière ne se reproduise jamais, jamais, jamais. Tu dois me croire sur ce point. Je suis prête à mourir à moi-même.

Une autre pause, encore plus longue que la première.

— Très bien. La chance te sourit. J'ai posé un regard favorable sur toi, et il y a encore une chance d'être avec nous quand la guerre des races éclatera. La nuit dernière ne s'est pas déroulée comme nous l'aurions espéré. Le diable nous a encore joué ses tours, mais j'ai vu une prophétie qui affirme que cela arrive bientôt. Très bientôt. Mais nous devons agir vite. Le diable nous a écoutés et pourrait être au courant de nos plans. Es-tu prête à combattre le diable ?

— Oui !

— Alors tu dois mourir à toi-même, Kasia. Et tu dois maintenant faire tout ce que je dis.

— Bien sûr. Je suis prête. Je suis disposée.

CHAPITRE
QUARANTE-ET-UN

Tomek était en train de taper ses notes concernant la déposition d'Elizabeth Spall lorsque son téléphone sonna. Il ressentit immédiatement une sensation de malaise alors que l'appareil vibrait contre sa jambe. Ce malaise s'intensifia quand il vit qui l'appelait. Une partie de lui ne voulait presque pas répondre. L'éviter, le laisser sonner, prétendre qu'il était occupé, fuir. Mais l'autre partie comprit la nécessité et l'urgence de faire glisser son doigt vers la droite et de répondre à l'appel, comme s'il était une sorte de super-héros médiocre.

— DS Bowen à l'appareil, dit-il comme s'il ne savait pas qui était au bout de la ligne.

— Bonjour, Monsieur Bowen, commença la voix. C'est Mademoiselle Holloway de l'école de Kasia. Comment allez-vous ?

— Je ne peux pas me plaindre, dit-il. Du moins, pas pour l'instant.

Mademoiselle Holloway gloussa maladroitement au téléphone.

— C'est bien. C'est juste que... je me demandais si vous pourriez venir à l'école entre maintenant et la fin de la journée ?

Tomek regarda l'horloge, puis son agenda.

— Je peux venir maintenant. Pourquoi, qu'a-t-elle fait cette fois-ci ?

Il découvrit la réponse près d'une demi-heure plus tard.

— Monsieur Peters, l'un de nos professeurs d'éducation physique, l'a trouvée qui se dirigeait vers le pont des Gitans, expliqua Mademoiselle Holloway. Il a sprinté le long du front de mer pour la rattraper.

Tomek lança un regard noir à Kasia.

— Tu séchais les cours ? siffla-t-il.

Elle était assise, jambes et bras croisés, son sac perché sur son genou, un gros morceau de chewing-gum dans la bouche. Elle ne dit rien.

— Qu'est-ce que tu faisais ? demanda Tomek.

Toujours rien.

— Où allais-tu ?

Silence.

— Avec qui étais-tu ? Qui devais-tu rencontrer ?

Kasia ne répondit pas. À côté de lui, Mademoiselle Holloway planait maladroitement, déplaçant son poids d'un pied à l'autre, jouant avec ses mains. Mais Tomek s'en moquait. Il était plus que disposé à mener l'interrogatoire – de manière aussi dure et autoritaire qu'il pouvait se le permettre – ici et maintenant, que Mademoiselle Holloway veuille rester présente ou non.

— Kasia, réponds-moi ! aboya-t-il, sa voix atteignant presque un rugissement. Pourquoi as-tu quitté l'enceinte de l'école ? Est-ce que quelqu'un te l'a demandé ? Était-ce une blague ou un de ces stupides défis que les jeunes se lancent de nos jours ? Qu'est-ce qui t'a pris de sortir de l'école ? N'importe quoi aurait pu t'arriver. Tu aurais pu te faire renverser par une voiture ou, pire encore, quelqu'un aurait pu t'enlever.

Si Kasia comprenait la gravité de ses actions, elle n'en montrait rien. Au contraire, son attention se détourna de Tomek pour se fixer sur le mobilier du bureau du directeur. On leur avait accordé le temps et l'espace nécessaires pour discuter du comportement de Kasia sans crainte d'être interrompus.

— Est-ce que je peux aller au magasin ?

La question était si hors contexte, si incongrue, qu'il lui fallut un moment pour réaliser ce qu'elle avait dit et qu'elle s'adressait à lui. Quand il comprit enfin, sa main tressaillit. Le mouvement était infime, comme s'il allait la lever pour la gifler, mais Mademoiselle Holloway le remarqua, et son expression se transforma immédiatement en inquiétude.

Il avait tellement envie de la frapper, de la gifler fort pour être si désobéissante – comme ses parents l'avaient fait avec lui quand il s'était mal comporté étant petit – mais il ne pouvait s'y résoudre. Ce n'était pas lui. Ce n'était pas qui il était. Il n'était pas comme ses parents. Et il savait que la violence n'était pas la solution. De plus, s'il faisait quoi que ce soit, il savait qu'il aurait les services sociaux sur le dos avant même de retrouver la sensation dans ses doigts.

— Absolument pas, dit-il à Kasia. Pas question. Tu rentres avec moi, où je pourrai te surveiller, et nous allons rester assis en silence s'il le faut, mais je ne te laisserai aller nulle part pendant la semaine à venir. Tu es complètement privée de sortie.

Petite garce vindicative, ajouta-t-il dans sa tête.

CHAPITRE
QUARANTE-DEUX

La nuit avait été interminable. C'était comme être le compagnon incroyablement ennuyé et sobre à une fête remplie de gens ivres et désagréables qu'on ne connaissait pas.

Dès leur retour du bureau de la directrice, Tomek avait confisqué le téléphone portable et l'ordinateur portable de Kasia, la laissant avec sa liseuse Kindle, ses manuels scolaires et beaucoup de temps pour réfléchir à ses actes. Il avait essayé de travailler, passant des appels téléphoniques dans le salon, tentant de gérer ses e-mails à la table de la salle à manger, et faisant le suivi de ses différentes tâches et notes, mais il avait été distrait, incapable de penser à autre chose qu'à Kasia.

Il avait passé la nuit à retourner des pensées dans sa tête. Pourquoi agissait-elle ainsi ? Quel était le catalyseur ? Qu'est-ce qui avait déclenché tout cela ?

La seule conclusion logique qu'il pouvait tirer était qu'elle était victime de harcèlement. Que quelqu'un à l'école ou peut-être en ligne lui avait dit d'être à la gare de Leigh à un moment précis au milieu d'un orage, sinon elle serait soumise à un ridicule et une subjugation sans précédent. C'était peut-être pour cela qu'elle s'était emportée ?

Ou peut-être que la même personne lui avait dit de sécher les cours, de s'attirer des ennuis et de risquer une possible expulsion ?

Peut-être lui avaient-ils aussi demandé d'envoyer des photos d'elle-même, et l'histoire de masturbation qu'elle lui avait racontée n'était qu'un mensonge ?

Il ne savait pas. Il ne savait pas quoi faire avec elle. Elle le mettait à l'épreuve à tous les niveaux imaginables, et il était sérieusement à bout de patience.

Mais tard dans la soirée, une idée lui était venue, et il n'avait pas pu s'en défaire de toute la nuit, restant éveillé, se retournant sans cesse, regardant l'horloge, comptant les heures et les minutes jusqu'à ce qu'il soit possible de passer l'appel.

Et puis il l'avait fait, à la première heure du matin.

Par chance, elle avait accepté, et après avoir réglé cela avec Nick, Tomek avait fait le voyage jusqu'à HMP East Sutton Park dans le Kent.

La personne qu'il était allé rencontrer l'attendait déjà à son arrivée.

Dans les mois depuis qu'il l'avait vue pour la dernière fois, elle avait pris un poids considérable. D'une manière ou d'une autre, malgré le fait d'être en prison où il y en avait en abondance, elle avait réussi à se débarrasser de la drogue et semblait maintenant en bien meilleure forme. Elle avait retrouvé une âme ; il y avait de la chaleur dans son visage et son expression ; il y avait de la vie dans la couleur de sa peau, une lumière renouvelée et vigoureuse dans ses yeux.

Elle avait l'air... normale.

— Bonjour, Tomek, dit-elle, assise derrière la table dans la pièce isolée. Elle ne se leva pas, elle n'essaya pas de lui serrer la main. Au lieu de cela, elle lui offrit simplement un sourire accueillant, qui, quelques mois auparavant, aurait été empli de venin et de malice.

— Salut, Anika. Ça fait plaisir de te voir. Tu as l'air en forme, dit-il en tirant la chaise de sous la table avant de s'y asseoir lentement.

— Dommage qu'on ne puisse pas en dire autant de toi, répondit Anika. De la façon la plus gentille possible, bien sûr, ajouta-t-elle avec un léger sourire en coin.

— Bien sûr, répondit-il du même ton. Comment est la vie à l'intérieur ?

— Aussi merdique que tu peux l'imaginer. Mais tous mes repas sont achetés et payés par toi, alors je ne peux pas me plaindre. Comment est la vie à l'extérieur ?

Tomek haussa les épaules. — Comme tu peux t'y attendre. Toujours la même chose.

— Sauf pour une chose, qui est je présume la raison pour laquelle tu es ici.

Le sourire en coin de Tomek s'élargit en un grand sourire. — Perspicace, comme toujours.

— On apprend quelques trucs quand on est dans cet endroit. Vas-y alors, que lui est-il arrivé maintenant, à notre chère fille ?

— « Fille » est probablement le seul mot que j'utiliserais pour la décrire en ce moment, murmura Tomek. Il n'y a rien de charmant chez elle en ce moment. Son regard s'éloigna d'elle tandis qu'il se préparait à expliquer. Le problème était qu'il ne savait pas par où commencer. Il ne savait pas ce qui relevait simplement d'un comportement d'adolescente capricieuse et ce qui était plus profond. Finalement, il commença par la nuit de l'orage.

— Elle t'a crié dessus pour *ça* ?

Tomek hocha lentement la tête.

— Pour un train manqué ?

— Ça avait l'air important.

— Ce n'est pas son genre, dit la mère de Kasia.

— Je sais. C'est pourquoi je suis là.

Anika fit une pause avant de répondre. Elle se pencha en arrière dans sa chaise et croisa les bras sur sa poitrine.

— Est-ce la première fois qu'elle te crie dessus comme ça ?

Tomek fouilla dans ses souvenirs. — Comme *ça*, oui. Nous avons eu notre lot de disputes récemment.

— Pourquoi ?

— Parce qu'elle est difficile.

— Comment ?

Tomek lui raconta. Des bijoux aux codes-barres. Des sifflements à l'école buissonnière. De l'étrange changement de coiffure à la soudaine perte de poids. Elle pensait qu'il ne le savait pas, mais il le savait. Il l'avait remarqué immédiatement. La perte d'appétit. Le refus de manger quoi que ce soit au dîner. La vérification constante de son ventre dans le miroir ou sur le canapé. Les signes étaient subtils, mais pas si on savait quoi chercher.

— Je ne sais pas, elle semble juste... différente, conclut-il.

Anika haussa les épaules. — Ça ne me semble pas si grave. Elle se tapota le côté de la tête avec son index. Tu ne crois pas que tu réagis peut-être un peu trop ?

Tomek prit un moment pour contrôler sa réponse.

— Comment expliques-tu la dispute de l'autre soir ? demanda-t-il.

— Peut-être qu'elle réagit violemment. C'est ce que font les adolescents.

— Seulement ceux qui ont quelque chose à cacher.

— Pas nécessairement. Elle pourrait être *bouleversée* par quelque chose. Elle pourrait être en colère contre toi. Je veux dire, c'est toi qui t'es occupé d'elle ces derniers mois. Et d'après ce que tu me dis, tu n'as pas fait du très bon travail.

— Pardon ? La voix de Tomek se brisa comme celle d'un adolescent surpris. Qu'est-ce que tu viens de dire ?

— Il ne semble pas que tu aies eu beaucoup de succès à prendre soin de *notre* fille.

—C'est toi qui oses parler comme ça, siffla Tomek en retour. Regarde où nous sommes, Anika. Regarde où *tu* es.

—Quand je te l'ai envoyée, je pensais qu'elle serait mieux avec toi, son père... Mais visiblement non.

—Je n'ai pas demandé ça. Je n'ai pas demandé qu'elle débarque sur le pas de ma porte, répondit-il, le sang bouillonnant. Mais elle est venue, et j'ai assumé mes responsabilités. J'ai accepté d'être son père. J'ai accepté de prendre soin d'elle, de subvenir à ses besoins, de la protéger, de la guider... Pour qui tu te prends à essayer de me faire la leçon depuis ta cellule ? C'est toi qui as décidé de te faire arrêter et d'aller en prison. Pas moi. Qui peut lui reprocher d'être bouleversée ? Si elle est en colère contre quelqu'un, c'est contre toi !

CHAPITRE
QUARANTE-TROIS

La sonnerie retentit à travers les couloirs.

Kasia ramassa immédiatement ses cahiers et ses stylos, attrapa son sac par terre et y fourra le tout, sans prêter attention aux dégâts qu'elle avait causés à son cahier en arrivant.

Encore une journée, encore un cours, encore une heure pourrie passée sur les maths.

Aujourd'hui, ils avaient discuté des proportions et des taux de variation. Comme d'habitude, cela lui était passé complètement au-dessus de la tête, aidé cette fois-ci par le fait qu'elle s'en fichait tout simplement. Elle avait perdu toute motivation. Quelle importance auraient toutes ces choses après les guerres raciales ? Quelle importance aurait quoi que ce soit ? Dans le nouveau monde, elle, Zeus et le reste des Harpies créeraient leurs propres règles, leurs propres façons de faire les choses, et cela n'inclurait ni les proportions ni ce foutu théorème de Pythagore. Elle aurait son propre théorème à la place. Un qui serait utile. Un qui aiderait vraiment les gens.

Elle avait fantasmé sur leur nouvelle vie ensemble. Tous ensemble. Zeus, maître des dieux, et ses sœurs Harpies. Comment la vie serait différente, comment elle serait meilleure, sans aucun lavage de cerveau, sans changement climatique, sans guerres. Ils seraient aux commandes et ils auraient une existence paisible et épanouissante. Zeus leur accorderait les pouvoirs et les connaissances de l'agriculture et de la survie, et leur donnerait les outils nécessaires pour aider à construire un monde nouveau. À tous.

Le jour du jugement approchait, avait-il dit. Bientôt. Leur second sacrifice n'avait pas suffi à déclencher les guerres raciales. Il y avait eu une erreur, et Kasia le croyait. Pourquoi ne le croirait-elle pas ? Il était Zeus. Il était un dieu. Il lui avait fait voir des choses qu'elle n'aurait jamais crues possibles. Qui était-elle pour douter de lui et le remettre en question ?

Quand la guerre raciale viendrait enfin, avait-il dit, ils devraient faire un sacrifice de plus, une offrande supplémentaire, et alors leur sauveur les sauverait tous.

Kasia pensait à ce sacrifice en quittant la salle de classe.

— Kasia, pourrais-je te parler une minute ?

Au début, elle n'entendit rien. Ce n'est que lorsque Mme Matthews, l'une des enseignantes principales de l'école, se répéta, qu'elle revint finalement à elle.

— Kasia, je me demandais si je pouvais te dire un mot, s'il te plaît ?

Kasia s'arrêta net, se tourna vers Mme Campbell — une autre de ses professeurs de maths — roula des yeux et grogna.

— Un peu moins d'attitude, je te prie, dit l'enseignante en se dirigeant vers la porte qu'elle ferma derrière le dernier élève. Puis elle traversa la pièce pour s'asseoir sur le bord de son bureau. Des deux bras, elle fit signe à Kasia de s'asseoir.

Elle n'avait pas envie de s'asseoir.

— S'il te plaît, insista Mme Campbell. Prends un siège.

En disant cela, Kasia remarqua que Mme Campbell jetait un coup d'œil à son bras. Et c'est alors qu'elle comprit de quoi il s'agissait.

C'était l'heure du spectacle.

Mordillant sa lèvre inférieure, Kasia se dirigea vers le bureau le plus proche et tira une chaise de dessous. Soigneusement, lentement, elle s'y assit.

Prête.

— Comment vas-tu ? demanda Mme Campbell.

Kasia fut prise de court par la simplicité et la facilité de la question.

Elle s'était attendue à ce que l'enseignante attaque directement. Mais au lieu de cela, elle jouait au jeu de l'attente.

— Je vais... bien, répondit-elle, essayant de paraître aussi désinvolte que possible tout en gardant une note de souffrance dans sa voix.

— Tu es sûre ?

— Oui.

— Comment ça se passe à la maison ?

Kasia détourna son regard de l'enseignante pour le fixer sur le bord de la table. Elle commença à gratter un éclat de bois qui se détachait de la surface.

— Bien, répondit-elle.

— Tu es sûre ?

— Oui.

— J'ai entendu parler de l'incident avec Mlle Hendry l'autre jour. Que s'est-il passé ?

Kasia prit un moment pour réfléchir à l'incident. — Avec mon téléphone ? J'étais juste... je sais pas. Elle m'a simplement surprise dessus.

Mme Campbell déplia ses bras et s'agrippa au bord de son bureau. — Et l'autre jour..., poursuivit-elle. Sécher les cours. Ça ne te ressemble pas. Rien de tout cela ne te ressemble.

Kasia ne répondit pas. Elle pensait que ce serait plus percutant si elle ne disait rien.

— Es-tu sûre que tout va bien ? continua Mme Campbell. C'est un espace sûr ici, j'espère que tu le sais. S'il y a quelque chose que tu veux me dire, ma porte est ouverte. Sauf quand nous avons une discussion, alors elle sera bien fermée ! S'il y a quelque chose que tu veux me dire et que tu ne veux pas que je partage, alors bien sûr, je peux faire ça. Mon travail est de prendre soin de mes élèves, et je vois beaucoup de potentiel en toi. Je ne voudrais pas le perdre.

Pour un instant — un bref instant d'une fraction de seconde — Kasia s'oublia. Elle oublia Zeus, les Harpies, les guerres raciales imminentes. La fin du monde. Et pour un moment encore plus court, elle envisagea de dire la vérité à Mme Campbell.

— Y a-t-il quelque chose que tu voudrais dire ?

Kasia ne répondit pas. Elle continua à jouer avec le bureau. Elle attendait que les mots sortent de la bouche de Mme Campbell.

— Je...

— Oui ?

— Rien.

— Tu es sûre ?

Kasia hocha la tête.

Mme Campbell poussa un long soupir, se redressa et se dirigea vers la porte. Après quelques pas, elle jeta un coup d'œil au bras de Kasia et s'arrêta. Son expression feignait la surprise, mais Kasia savait que c'était faux.

— D'où viennent ces bleus sur ton bras, Kasia ? demanda-t-elle. Puis ses yeux remontèrent jusqu'à son cou. — Et là aussi.

Kasia baissa les yeux vers son avant-bras et posa une main sur le côté gauche de son cou. Il n'y avait rien en réalité. Juste du maquillage qu'elle avait habilement appliqué ce matin après que Tomek soit parti travailler.

— D'où viennent ces bleus, Kasia ?

— Je... je suis tombée.

— D'accord. Et comment es-tu tombée ?

C'est alors que Kasia monta vraiment en température et commença à sangloter. Peu après, des larmes coulèrent sur ses joues, et elle mit ses mains en coupe sur son visage. Mon Dieu, elle devenait vraiment douée pour ça. Tellement douée qu'elle méritait un prix !

Mme Campbell se précipita vers elle, s'accroupit à ses côtés et posa une main réconfortante sur son épaule. — Ça va, dit-elle. Tu peux me dire. Tu peux tout me dire. Tu n'es pas simplement tombée, n'est-ce pas ?

Kasia, entre ses sanglots et ses halètements, secoua la tête.

— C'est arrivé chez toi ?

Plus de sanglots. Plus d'hyperventilation. Cette fois, un hochement de tête.

— C'est ton père qui t'a fait ça ?

Un autre hochement de tête.

C'est alors que Mme Campbell franchit toutes les limites imposées par l'école et la prit dans ses bras. Son corps était chaud contre celui de

Kasia, réconfortant, apaisant. Le contact maternel qu'elle n'avait pas ressenti depuis des mois, voire des années.

Un contact maternel qui l'obligeait à reconsidérer ce qu'elle était en train de faire.

En s'écartant, Mme Campbell demanda : — Depuis combien de temps cela dure-t-il ?

— Quelques semaines.

— Voudrais-tu que j'en parle à quelqu'un ? Je peux prendre des dispositions pour assurer ta sécurité.

— Comme... comme m'emmener loin d'ici ?

Mme Campbell hocha la tête. — Oui. Ou te faire emménager chez quelqu'un d'autre, un autre membre de ta famille. Nous pouvons te protéger, Kasia. S'assurer que tu es en sécurité. Est-ce que... est-ce que tu voudrais que je le fasse ?

Au moment même où Kasia allait répondre, la sonnerie retentit, signalant qu'il était temps de se rendre au cours suivant.

CHAPITRE
QUARANTE-QUATRE

Plusieurs heures plus tard, Tomek était encore furieux des commentaires d'Anika, bien que sa frustration et son ressentiment, ainsi que le reste de ses émotions confuses, se soient dissipés dès qu'elle avait ouvert la porte.

Cela faisait quelques mois que Tomek ne l'avait pas vue, et elle n'avait pas changé du tout. Ses cheveux avaient toujours la même longueur, exactement la même couleur, et son visage avait exactement le même teint. Même sa tenue vestimentaire était identique. C'était comme si elle avait été figée dans le temps et ne s'était dégelée que pour lui.

— Salut, l'étranger, dit-elle avec un large sourire.

— Bonsoir. Tu vas me laisser entrer ou je dois rester planté dehors dans le froid ?

— Le froid ? Il fait quinze degrés, bon sang. C'est bouillant !

— Désolé, répondit Tomek. J'avais oublié que vous les Écossais n'êtes pas habitués à des températures au-dessus de dix degrés.

— Très drôle ! dit-elle d'un ton sardonique, en refermant légèrement la porte. Pour ça, je n'ai pas envie de te laisser entrer.

— Et abandonner un pauvre vieil homme ici tout seul dans la... chaleur ?

Le visage de Saskia se décomposa, la bouche béante de surprise. — Le jour est enfin arrivé. Le grand, l'inimitable, l'éternel jeune Tomek Bowen se qualifie de vieux. Tu dois vraiment être dans un sale état.

Tu n'imagines pas à quel point, pensa-t-il tandis qu'elle s'écartait pour le laisser entrer.

Saskia Albright était sa plus proche et plus ancienne amie. Quand il avait déménagé dans le pays, à l'âge de cinq ans, elle avait été l'ange qui s'était liée d'amitié avec lui dans la cour de récréation. Elle non plus n'avait pas d'amis, alors ensemble ils avaient cherché la compagnie, la camaraderie et le réconfort l'un de l'autre. C'était un miracle qu'ils soient restés en contact si longtemps. Elle le connaissait mieux que quiconque sur cette planète, et elle était comme une sœur pour lui.

C'est pourquoi il pouvait se permettre de remarquer que son appartement était un vrai bordel. Des manuels et des cahiers étaient empilés sur le sol du salon, des rames et des rames de papier et des pochettes en plastique éparpillées à côté d'eux. Des stylos, des crayons. C'était comme s'il y avait eu une explosion dans une papeterie. Ou alors elle avait simplement tout laissé tomber par terre à la fin d'une longue journée.

— Je ne vais même pas m'excuser pour l'état des lieux, répliqua-t-elle. Tu ne m'as pas donné assez de préavis pour ranger.

— Je t'ai prévenue quatre heures à l'avance. Il te faut combien de temps ?

— *Vingt-quatre*. Au moins.

— Donc maintenant je dois m'asseoir dans ta saleté ?

Elle haussa les épaules, comme si elle s'en fichait complètement. — C'est *ton* problème.

Tomek ricana. — J'en ai des tas, des problèmes.

Ils se dirigèrent vers la cuisine, où Saskia abaissa le levier de la bouilloire et se tourna vers lui.

— Thé ? Café ?

Il regarda sa montre. — Pas si je veux passer la nuit à pisser.

Saskia inspira brusquement entre ses dents. — Déjà à ce stade de la vie, hein ?

— On a le même âge, ma vieille.

— Certains le ressentent plus tôt que d'autres. Je suppose que j'ai la chance d'avoir de bons gènes.

— Dommage que ce soit la seule chose que tu aies pour toi.

La bouilloire cliqua avant que Saskia ne puisse riposter. Le temps qu'elle finisse de se préparer une tasse de thé, cette eau version enseignant, elle s'était distraite et avait oublié ce qu'elle allait dire. Pendant qu'il attendait, Tomek traversa la cuisine d'un bond et plongea dans le réfrigérateur. Là, il trouva une brique de jus d'orange, l'ouvrit et se servit un verre.

— Qu'est-ce que tu crois être en train de faire ? siffla Saskia.

Tomek se figea, tenant la brique. Il la regarda, puis regarda la brique, puis la regarda de nouveau. — Je... je ne sais pas. Je... je pensais juste... jus.

— C'était beaucoup trop naturel à mon goût. Tu connais peut-être l'emplacement de tout, mais tu aurais au moins pu demander d'abord.

Tout cela semblait aussi trop naturel pour Tomek. Y compris les paroles sévères auxquelles il avait eu droit après. Tout semblait vraiment beaucoup trop naturel, en effet.

Après s'être excusé, ils se rendirent au salon. Tomek but dans son verre puis le posa sur la moquette à ses pieds.

— Assure-toi seulement de ne rien renverser, dit Saskia.

— Oui, *Maman*, répondit-il, à son grand déplaisir. Bref, comment vas-tu ? Occupée ?

— Et pas qu'un peu. Mais heureusement, les vacances d'été sont au coin de la rue.

— Six semaines à ne rien faire du tout.

— Je pourrais réserver un séjour quelque part. Peut-être. Je n'y ai pas vraiment réfléchi, les choses ont été tellement occupées. Et toi ?

— Non, nous n'allons nulle part, répondit Tomek en secouant la tête.

— Ce n'est pas ce que je voulais dire, idiot. Je voulais dire comment vont les choses pour toi ?

Il haussa les épaules. — Tu sais, la routine habituelle.

— Eh bien, c'est un mensonge. Je le vois sur ton visage. Quelque chose te tient éveillé la nuit, et ce n'est pas seulement les mictions nocturnes. Je te connais assez bien maintenant, Tomek, pour savoir quand tu me racontes des conneries. Sinon, pourquoi serais-tu passé un jeudi soir sans raison ?

— Ce n'est plus possible de passer voir ma meilleure amie un jeudi soir sans raison ?

— Pas quand tu as l'air de quelqu'un à qui on vient d'annoncer qu'il ne lui reste que six mois à vivre. Saskia se gifla les joues d'horreur, réalisant soudain le potentiel impair. — Oh mon Dieu. Tu n'as pas vraiment que six mois à vivre, n'est-ce pas ?

— Cinq, répondit Tomek. Mais quand Saskia poussa un cri aigu et commença à s'humilier, il s'excusa et expliqua qu'il plaisantait.

— Connard ! cria-t-elle en lui donnant une tape sur le bras. Ton sens de l'humour a toujours été merdique.

— Qu'est-ce que ça dit du tien ?

— On ne parle pas de moi. On parle de toi. Elle claqua des doigts puis posa son verre. Allez. Dis-moi tout.

Tomek inspira profondément, prenant son temps. Il ne savait pas pourquoi, mais il se sentait nerveux. Même s'il savait qu'elle ne le ferait pas, il avait l'impression qu'elle allait le juger ; le juger sur ses compétences parentales, le juger sur la façon dont il avait géré Kasia jusqu'à présent. Qu'elle dirait qu'il était incompétent, un père terrible, qui ne méritait pas d'avoir Kasia dans sa vie.

Puis, malgré l'anxiété, il lui raconta. Déballant tout. Tout ce qui s'était passé depuis la dernière fois qu'ils s'étaient vus jusqu'à maintenant. Un vomissement verbal d'histoires, d'émotions, de frustrations et de peurs.

— J'ai l'impression d'être un père de merde. J'ai l'impression d'être le pire père de la planète. Je n'ai aucune putain d'idée de ce que je fais et ça se voit. Je la perds, et je ne sais pas quoi faire.

Saskia, qui était restée assise tranquillement, écoutant chacun de ses mots, hochant poliment la tête à chacun d'eux, se dégagea de sa chaise, s'avança vers lui, puis, s'accroupissant près de ses genoux, le gifla. Pas fort. Mais assez fort.

— Ne sois pas stupide, dit-elle, en pointant son doigt vers lui. Tu n'es pas un père de merde. Personne ne sait ce qu'il fait quand il devient parent. Ton problème, c'est que tu le deviens pour quelqu'un qui se trouve malheureusement être une adolescente avec un passé assez misérable et qui connaît déjà comment certains aspects du monde fonctionnent. Ce n'est pas ton problème. C'est une adolescente. Bien sûr qu'elle va avoir ce genre de ratés, d'explosions, de rages. Elle traverse beaucoup de changements, d'hormones et d'incertitudes, et tu as géré ça comme un pro, expliqua-t-elle, en prenant sa main dans la sienne. Honnêtement, tu devrais voir certains parents qui viennent me voir à l'école. En gardant à l'esprit que ce sont des adultes à part entière, des personnes de notre âge, ils posent les questions les plus stupides et évidentes - des choses qu'on aurait cru qu'ils auraient apprises maintenant. Personne ne sait ce qu'il fait. Personne n'a la réponse. Vous trouvez tous votre chemin au fur et à mesure. Elle souleva son menton, le forçant à établir un contact visuel. Puis elle lui dit de respirer. Inspirer par le nez, expirer par la bouche. Ils le firent ensemble. Inspirer. Expirer. Jusqu'à ce que Tomek sente ses épaules se détendre.

Il poussa un long et profond soupir de soulagement. Il avait été idiot de penser qu'elle serait pleine de préjugés, qu'elle le jugerait comme naïf et terrible. Il aurait dû savoir que ce ne serait pas le cas.

— Je pense qu'elle est victime de harcèlement, murmura-t-il.

— Qu'est-ce qui te fait penser ça ?

— L'incident de la gare. L'incident de l'ordinateur portable. L'école buissonnière. Et ce soir, après son retour, elle avait des bleus sur le bras et le cou.

— Des bleus ?

— Oui.

— Comme si on l'avait frappée ?

— Ou pincée.

— Je veux dire, les enfants peuvent être vicieux, mais il n'y a plus beaucoup de violence physique. Du moins pas dans ce que j'ai vu. C'est tout en ligne, c'est tout verbal.

— Ça ne veut pas dire que ça n'arrive pas, nota Tomek.

— Bien sûr. Et si tu penses que quelque chose arrive à Kasia, alors je le signalerais certainement à l'école. Mais je gérerais tes attentes sur ce qu'ils peuvent faire. S'ils sont comme les miens, ils n'auront ni le temps ni les ressources.

— Je m'en fous. Si ma fille est harcelée et blessée physiquement par qui que ce soit, je veux que ce soit réglé. Sinon, je serai obligé de m'en occuper moi-même.

Saskia posa une main sur son genou, lui donna une ferme pression puis lui fit un clin d'œil. — C'est exactement ce que j'attendrais d'un père fantastique.

Tomek pensa que « fantastique » était un peu exagéré, mais cela n'atténua pas le sourire qui se glissa sur son visage après qu'elle l'eut dit.

CHAPITRE
QUARANTE-CINQ

La musique explosait dans les petits haut-parleurs de son ordinateur portable, remplissant la pièce d'une cacophonie de sons. Zeus venait de sortir une nouvelle chanson, et comme des membres d'un club exclusif, ils étaient les premiers à l'entendre, avant tout le monde. Il voulait leurs opinions, leurs retours. Mais elle n'en avait aucun, si ce n'est que c'était fantastique, son meilleur travail à ce jour. Il avait largement surpassé ses chansons précédentes et vraiment montré son talent. Elle n'en avait tout simplement jamais assez. Sa seule critique était qu'il ne sortait pas de nouveautés plus fréquemment.

Ses hanches et ses bras se balançaient au rythme de la musique tandis qu'elle se déplaçait dans l'appartement. Elle laissait la musique l'emporter où bon lui semblait. À travers sa chambre, autour du lit, dans celle de Tomek, dans le couloir, sur le canapé, jusqu'au rebord de la fenêtre. Jusqu'à ce qu'elle arrive à la table à manger, et à l'objet posé dessus.

Kasia s'accroupit pour l'examiner. C'était bon marché, fait de bois fragile, et des traces de colle utilisée pour sceller le tout avaient coulé à travers les fissures et le long des côtés. Sur le devant, il y avait un grand trou pour que les oiseaux puissent entrer et sortir, et sur le côté, une petite inscription. Elle disait : *Pour Michał. Parti mais pas oublié.*

Tomek l'avait contemplé avec un grand sourire sur le visage. C'était presque comme s'il l'avait serré dans ses bras avant qu'elle ne franchisse la porte et essayait de le cacher. C'était gênant. Ce n'était qu'un nichoir.

Elle envisageait de le prendre et de danser avec quand son téléphone sonna.

Zeus.

Elle répondit immédiatement.

— Oui, Sauveur ?

— J'organise un chat vidéo dans les deux prochaines minutes. Juste quelques-uns d'entre nous. Ce sera restreint, intime, sur invitation seulement. Je veux que tu y sois. Peux-tu te libérer ?

— Oui. Cent fois oui.

— Bien.

Il raccrocha, et un instant plus tard, son téléphone émit un signal avec un lien vers l'appel vidéo. Elle sprinta jusqu'à sa chambre et cette fois, bloqua la porte avec sa coiffeuse légèrement calée devant. Elle ne voulait pas revivre la même situation que la dernière fois. Si Tomek rentrait, il devrait attendre.

Kasia ouvrit d'un coup sec l'écran de son ordinateur portable, colla le code de sécurité dans Zoom puis rejoignit l'appel. Trois autres Harpies étaient déjà là. Mais pas celles qu'elle attendait. Quand Zeus avait dit sur invitation seulement, elle s'était attendue à être invitée à un appel de groupe avec les filles les plus importantes, celles qui étaient les plus proches de Zeus. Non. Au lieu de cela, elle se retrouvait dans une réunion avec les autres filles qui avaient causé des problèmes, celles qui n'atteignaient pas leurs objectifs de poids, les autres filles qui avaient donné à Zeus des raisons de s'inquiéter et de croire qu'elles n'étaient pas pleinement investies. Elle était dans le groupe des dernières, le groupe d'isolement où tous les clowns et les enfants désobéissants étaient envoyés.

Elle était sur le banc des punis.

Avec Whispering Nightmare, Becky Bonky et Debra Zebra.

— Merci de vous être jointe si rapidement, dit Zeus, et elle réalisa alors que les filles étaient déjà là depuis un moment, qu'elles avaient déjà parlé en privé avec lui. Qu'elle était la dernière à entendre l'information. Elle était vraiment le vilain petit canard à ce stade. Elle avait beaucoup de lèche-bottes et de rattrapage à faire. — J'expliquais justement à vos sœurs ici présentes que ce n'est pas le moment de faire des erreurs. On vous offre une opportunité unique dans votre vie d'être avec moi. Littéralement. Si vous ratez ou faites des erreurs, quand les guerres raciales arriveront, vous *mourrez*. Vous n'aurez pas d'autre opportunité comme celle-ci dans votre vie. Et les compétences et les outils que vous avez appris avec moi seront inutiles. Ils ne vous sauveront pas. Seul *moi* peut vous sauver.

Kasia hocha furieusement la tête, montrant à Zeus qu'elle comprenait, qu'elle était pleine de remords.

— Maintenant que vous êtes toutes là, poursuivit-il, j'ai des nouvelles importantes, et des demandes importantes. Êtes-vous prêtes ?

— Oui, Zeus, répondirent les filles à l'unisson.

Un sourire narquois passa sur les lèvres de Zeus. — Très bien. Je voulais vous informer que j'ai eu une vision, et qu'on m'a donné la date à laquelle la guerre raciale surviendra. Kandy, je t'ai déjà brièvement expliqué certaines choses, mais je veux que tu écoutes. Le meurtre de l'autre jour n'était pas suffisant. Il y a eu des erreurs, c'était bâclé. L'orthographe sur le mur était incorrecte. Ce n'était pas assez, et nos plans ont été gâchés. Gâchés par une figure diabolique et démoniaque. J'ai eu des visions d'elle depuis un moment, essayant d'interférer avec notre mission. Pour l'instant, j'ai pu la repousser et nous gagner un peu de temps, mais elle devient plus forte chaque jour. C'est pourquoi, pour réussir et pour que les guerres raciales commencent, nous devons tuer cette figure maléfique, ce démon, une fois pour toutes. Comprenez-vous ?

— Oui, répondirent les filles. Kasia était captivée. Sa voix, sa façon de parler. Elle pouvait entendre sa musique en arrière-plan dans son esprit.

— En attendant, il y a certaines choses que j'ai besoin que vous fassiez. Vous m'écoutez ?

— Oui.

— Très bien : l'argent. Ce n'est pas bon marché et ce n'est pas facile de faire fonctionner le studio et de se préparer pour l'au-delà. J'y ai déjà investi tellement d'argent que j'en ai besoin de plus. C'est pourquoi, pour ma nouvelle chanson, et le reste de mon catalogue, je veux que vous l'écoutiez sans arrêt, en boucle. L'argent généré par les streams, les téléchargements et les vues nous aidera tous à nous préparer pour l'au-delà. Comprenez-vous ?

Kasia n'entendit pas la question. Elle était trop occupée à charger la dernière chanson de Zeus sur Spotify.

— Kandy ? Tu m'ignores ?

— Non, Zeus. Elle tendit son téléphone vers la caméra. — J'étais en train de remettre ta chanson.

Le sourire narquois sur le visage de Zeus se transforma en un large sourire. — Très bien. Très impressionnant. Très proactif. J'aime ça. Les filles, peut-être pourriez-vous apprendre quelque chose de Mademoiselle HeartThrob ici présente.

D'un coup, les autres filles attrapèrent leurs téléphones et commencèrent à jouer la chanson.

— Sur une note plus sérieuse, poursuivit Zeus, avec Kasia qui était maintenant la seule à l'écouter, les revenus générés par les streams et les téléchargements ne seront pas suffisants. J'ai besoin de plus. *Nous* avons besoin de plus. C'est pourquoi je vous demande de voler vos parents, de voler les personnes que vous connaissez et aimez. Tout ce qu'ils possèdent. Si vous êtes vraiment investie dans ce projet, si vous êtes prête à mourir à vous-même, alors c'est ce que vous devez faire. Vous devez vous défaire de ces attachements émotionnels et prendre ce que vous pouvez. Dans l'au-delà, l'argent sera important. Bien plus important que vous ne pourriez l'imaginer. Comprenez-vous ?

— Oui, répondirent les filles, y compris Kasia. Cette fois, elle ne se précipitait pas pour voler de l'argent dans le portefeuille de Tomek ou où qu'il le garde. Elle était assise droite comme un i sur son lit, incapable de bouger.

Après avoir décrit d'autres façons dont les filles pourraient obtenir de l'argent supplémentaire, Zeus mit fin à l'appel mais demanda à Kasia de rester.

— J'ai une demande supplémentaire pour toi, ajouta-t-il. Ton père. J'ai besoin de savoir tout ce qu'il sait sur les personnes que tes sœurs ont tuées. J'ai besoin d'être tenu au courant des derniers développements, et j'ai besoin d'être averti à l'avance si leur enquête s'approche trop de moi ou de tes sœurs. Tu comprends ?

Elle hocha la tête, les yeux écarquillés, pleinement investie.

— Je comprends.

Il avait des notes cachées dans son sac à dos dans le salon qu'elle pourrait lire.

— Bien. N'oublie pas, c'est pour son bien. Que dois-tu faire si tu veux qu'il nous rejoigne également dans l'au-delà ?

— Je dois mourir à moi-même, dit-elle, d'une voix robotique. Je dois l'effacer de ma vie à tous égards.

CHAPITRE
QUARANTE-SIX

Tomek était penché sur le bord de son siège, appuyé contre la table, quand Nick est entré dans la salle de briefing.

— Désolé pour mon retard, tout le monde, dit-il en se dirigeant vers le bout de la pièce. Sa chemise était tendue autour de son corps, particulièrement au niveau de la taille, comme si elle avait rétréci de quelques tailles au lavage, et il n'avait pas l'air de s'en soucier ou même de le remarquer.

— Tu fais de la muscu maintenant, chef ? demanda Tomek.

— Pourquoi ? Qu'est-ce qui te fait dire ça ?

— À moins que tu n'aies commandé à emporter hier soir ? Je ne sais pas trop.

Nick baissa les yeux vers son ventre, le tapota comme s'il était enceint, puis sourit joyeusement à Tomek. — Tu peux remercier ma charmante épouse pour ça. Elle n'y voit aucun problème. Je commence à croire qu'elle devient aveugle.

— Je pensais que c'était pour ça que tu l'avais épousée ? remarqua Tomek, suscitant quelques rires timides de ses collègues.

— Ça suffit comme ça, aboya Nick en pointant son doigt vers Tomek. Il posa son ordinateur portable sur la table, puis dit : — Bon, où en étions-nous ? Des nouvelles. Des nouvelles, les gens, j'ai besoin de mises à jour. Qui a quoi et qu'est-ce que vous avez ?

La salle était équipée d'une série de tableaux blancs occupant chaque mur. Sur celui juste derrière Nick figurait une image de Michael Edwards, une vue aérienne de sa maison et d'autres informations pertinentes relatives à son meurtre, ainsi que des images et des informations sur Richard Stafford.

À la gauche de Tomek se trouvait un autre tableau blanc, fraîchement nettoyé, prêt pour la nouvelle enquête sur le meurtre. Déjà, l'un des membres de l'équipe y avait placé une photographie aérienne du château de Hadleigh. Au-dessus des deux images sur les tableaux blancs figurait le nom de code de l'opération qui avait été attribué au hasard : Opération Heartthrob.

Pendant un long moment, personne ne dit rien, jusqu'à ce que Martin choisisse de prendre le relais et s'adresse à l'équipe. Il se leva, prit un marqueur dans le plateau du tableau blanc et commença à le faire tourner entre ses doigts. — La victime s'appelait Karl Bacon, expliqua-t-il, puis il griffonna le nom à côté de la photographie du château de Hadleigh. — L'autopsie indique que la cause du décès était l'entaille à la gorge. Il a ensuite été poignardé quarante-deux fois au total, avec ce que Lorna pense être les mêmes couteaux que ceux utilisés sur Michael Edwards, à l'exception de celui trouvé dans le jardin des voisins, bien sûr. Elle a également trouvé deux marques circulaires noires sur sa poitrine nue.

— Des marques de Taser ? demanda Rachel.

— Exactement.

— Autre chose ? demanda Nick.

— Oui. Une chose de plus. Ce n'est pas une science exacte, mais le technicien de la scène de crime pense qu'il y avait plus de quatre personnes présentes. Gardez à l'esprit que c'est un groupe d'enfants qui a trouvé le corps, mais d'après le nombre d'empreintes découvertes, Rory estime qu'un nombre considérable de personnes étaient présentes.

— Combien ?

— Dix, quinze. Peut-être plus.

— *Quinze* ? répéta Rachel. — Pourquoi y aurait-il autant de personnes...

— Nous ne savons pas avec certitude combien de personnes étaient présentes, interrompit Nick, d'une voix grave. — Ce n'est pas confirmé, et ce n'est pas exact. Par conséquent, je ne veux pas que nous nous concentrions trop dans cette direction. Cela pourrait s'avérer insignifiant, et nous devons focaliser nos efforts sur les choses que nous savons, pas sur celles que nous pensons être vraies. Tout le monde a compris ?

Il y eut un murmure général.

— Très bien, continua Nick. — Savons-nous ce qui lui est arrivé avant sa mort ? Pourquoi était-il là à ce moment précis cette nuit-là ?

Rachel leva la main, bien qu'il n'y ait aucune raison de le faire. — Karl vivait seul dans une petite maison, et selon ses voisins, ils n'ont rien entendu de lui du tout la nuit de sa mort. Ma théorie est qu'il a été enlevé de sa maison au milieu de la nuit, puis emmené au château.

— Que faisait-il comme métier ?

— Politique. Quelqu'un qui espérait se faire une place dans le milieu, la mi-trentaine. Je suis encore en train d'essayer de retracer ses déplacements avant qu'il ne se retrouve au château.

Nick hocha la tête. Il était plongé dans ses pensées et cela se voyait sur son visage. Il réfléchissait à quelque chose, les rouages tournaient. Et Tomek le ressentait aussi. Une connexion.

— Savons-nous où les tueurs ont pu fuir après ? demanda Nick.

— Pas encore, répondit Martin.

— Et pour les images de vidéosurveillance ? Chey, tu as déjà quelque chose sur ce front ?

Le jeune agent secoua la tête. — Pas encore, monsieur. Bien qu'il semblait avoir quelque chose d'autre à ajouter.

Nick laissa échapper un long soupir régulier. Un spécial Nick.

— Redoublez d'efforts, s'il vous plaît. Nick tourna son attention vers la carte aérienne du château de Hadleigh. — Si nous avons *affaire* aux mêmes tueurs que pour Michael Edwards, alors j'espère qu'ils se seront dirigés vers le centre-ville, vers les caméras de vidéosurveillance, et non vers le sud.

— À part le mode opératoire, y a-t-il autre chose qui relie les deux meurtres ? demanda Victoria. Dès qu'elle le dit, toutes les têtes se tournèrent vers elle comme si elles étaient préprogrammées.

Avant que quiconque ne puisse répondre, Chey lâcha quelque chose d'inintelligible.

Puis, après avoir retrouvé sa contenance, il dit : — Je pensais que vous ne le demanderiez jamais, madame ! J'ai tapé le nom de Karl dans Google et j'ai trouvé pas mal de choses sur lui. Des articles en ligne, des publications sur les réseaux sociaux, des interviews médiatiques. Ce genre de choses. Mais ce qui a vraiment attiré mon attention, c'est une interview radio qu'il avait donnée il y a presque dix-huit mois.

— Une interview *radio*, tu dis ? demanda Nick, en penchant la tête sur le côté avec curiosité.

— Je le dis, répondit Chey. Et c'était avec notre cher Michael Edwards, discutant de l'immigration et de la prétendue hausse de violence qui y serait associée. Il s'avère que notre dernière victime était encore un autre fasciste d'extrême droite qui pense que quelqu'un fuyant la Syrie en guerre vient directement pour lui voler son emploi tout en profitant simultanément des aides sociales. C'est très paradoxal qu'ils puissent faire les deux, si tu veux mon avis. — Il regarda Tomek, qui lui fit un signe de tête approbateur pour avoir utilisé correctement le mot cette fois. — Mais c'est ce qu'il a utilisé pour se faire une place en politique. Les gens y croient — ou pas, selon les cas — mais il n'y connaît absolument rien sur tout le reste. J'ai écouté ce type parler et il est tellement sous-qualifié qu'un gosse de quatre ans pourrait prendre son boulot et faire mieux.

— Il n'y avait que ces deux-là pendant l'interview ? demanda Tomek, soudainement inquiet d'une éventuelle troisième victime.

Chey confirma que c'était le cas.

— Ont-ils eu d'autres interactions entre eux ? demanda Nick.

Chey secoua la tête. — Je n'ai pas pu aller jusque-là, monsieur. Je vais certainement enquêter là-dessus.

— Excellent. S'ils se sont déjà rencontrés et ont ouvertement discuté de sujets d'extrême droite sur les ondes, il est possible que quelqu'un, ou plutôt un groupe de personnes, cherche à rendre sa propre forme de justice.

Un silence s'abattit sur la pièce. Tomek réfléchit à cette hypothèse.

— Qu'en est-il de Richard Stafford, monsieur ? Qu'est-ce qui se passe avec lui ?

Il fallut un moment à Nick pour enregistrer la voix de Tomek.

— La brigade des stups a finalement levé son interdiction le concernant, donc maintenant il est à notre portée. Mais ils veulent procéder à l'arrestation. Nous devons juste voir s'il y a des preuves le reliant au meurtre de Michael Edwards. Quoi qu'il en soit, il sera bientôt retiré de la circulation.

— Je ne pense pas qu'il ait jamais vraiment été dans la rue, monsieur, mais je comprends ce que vous voulez dire. Super. Ça ressemble à du progrès.

— Ça devrait l'être. Et avec un peu de chance, nous pourrions être en mesure de trouver quelque chose qui le relie également au meurtre de Karl.

Tomek ne pensait pas que ce soit probable. Une partie de son intuition, au plus profond de lui-même, suspectait que quelque chose d'autre se tramait. Quelque chose de plus inquiétant et malveillant. Le seul problème était qu'il n'en avait pas la moindre idée.

CHAPITRE
QUARANTE-SEPT

Le week-end. Enfin. Un jour de congé, et le premier jour après la fin de la punition de Kasia. Elle n'était plus consignée à la maison, et il avait l'appartement pour lui tout seul. En toute honnêteté, ça ne l'avait pas dérangé qu'elle veuille aller à Lakeside, l'un des centres commerciaux les plus fréquentés du pays, avec Yasmin et quelques autres copines de l'école. En fait, il était content de s'en débarrasser. Il ne pouvait plus supporter l'atmosphère gênante et pesante qui régnait dans l'appartement. Et il avait besoin de temps pour lui, pour faire le vide dans sa tête et réfléchir à ce qui se passait. Elles étaient parties ce matin, arrivant à la gare avec suffisamment d'avance cette fois-ci, un détail que Tomek avait jugé préférable de ne pas mentionner, et elle ne devait pas rentrer avant une heure ou plus. Depuis, il avait commencé à ranger l'appartement avec son film préféré en fond sonore. *Titanic*. Ce film lui remontait toujours le moral. Il ne savait pas pourquoi. Il se souvenait simplement de l'avoir regardé adolescent et d'avoir été captivé par les performances de Leonardo DiCaprio et Kate Winslet. Et la scène où elle était torse nu avait laissé une impression durable sur le garçon de dix-sept ans qu'il était. Bien sûr, il aimait aussi les films d'action gore comme *Pulp Fiction* et *Fight Club*, mais rien n'égalait ce que *Titanic* lui avait fait ressentir — et lui faisait encore ressentir aujourd'hui.

Son humeur légèrement améliorée ne dura cependant pas longtemps lorsqu'il arriva à la chambre de Kasia. Son espace privé. L'endroit où elle se sentait le plus en sécurité. L'endroit où elle gardait aussi ses secrets.

Tomek resta là un long moment, figé, cloué sur place, réfléchissant à la décision à prendre. Il n'y aurait pas de retour en arrière. S'il fouillait dans ses affaires, il aurait trahi sa confiance. Peu importait si elle ne le découvrait jamais ; *lui* le saurait. Et s'il trouvait quelque chose qu'il ne voulait pas voir ? Il devrait la confronter, admettant ouvertement avoir fouillé dans ses affaires. La glace déjà fine se fissurerait et se briserait sous ses pieds, l'envoyant plonger dans les profondeurs froides et troubles du ressentiment et de l'ostracisme.

D'un autre côté, il avait besoin de savoir ce qu'elle traversait. Si elle était victime de harcèlement, il voulait le savoir. Il *devait* le savoir. Il pourrait l'aider. Il pourrait arranger les choses.

Mais quelles preuves trouverait-il dans sa chambre ? Ce ne serait pas comme découvrir des lettres ou des impressions des messages qu'elle aurait reçus. Non, comme Saskia l'avait dit, tout se passait en ligne de nos jours, et les secrets seraient donc dans son portable ou son ordinateur portable. Les deux étant protégés par un mot de passe.

Merde.

Il allait y aller.

Il ouvrit le tiroir supérieur de sa table de nuit et en sortit son ordinateur portable. Il le posa sur la table de chevet et s'accroupit. S'il s'asseyait au bout du lit, il risquerait de faire un creux et de déranger la couette fraîchement tirée.

Une fois l'ordinateur ouvert, l'écran s'illumina, et il vit une image d'une falaise surplombant un océan serein et tranquille. Avec son articulation, il pressa la touche entrée. Au milieu de l'écran se trouvait la boîte de mot de passe. Avec hésitation, il tapa le mot de passe de Kasia dans la case comme s'il s'agissait d'une bombe et que tout mouvement brusque ou soudain pourrait la faire exploser.

Il appuya à nouveau sur la touche entrée.

Pendant une seconde, l'ordinateur traita le mot de passe. Puis l'écran oscilla de gauche à droite. Un message d'erreur apparut en dessous.

Vous avez saisi un mot de passe incorrect.

— Merde. Elle l'a changé…

Avant qu'il ne puisse en essayer un autre, il entendit la porte d'entrée s'ouvrir. Paniqué, il jeta l'ordinateur portable dans le tiroir, le referma d'un coup sec, et attrapa le plumeau qu'il avait laissé tomber par terre.

Un instant plus tard, elle entra dans sa chambre.

— Qu'est-ce que tu fais ici ? demanda-t-elle, figée, sa main encore enroulée autour de la poignée.

— Je fais le ménage, répondit-il, essayant d'agir aussi naturellement que possible malgré son cœur qui battait à tout rompre. Estime-toi chanceuse. J'avais pensé te faire faire ça quand tu reviendrais, mais j'ai réalisé que je n'étais pas si méchant.

Sans rien dire, Kasia ouvrit la porte complètement, s'écartant pour le laisser passer. — Tu peux sortir maintenant, répliqua-t-elle.

Tomek n'avait aucune intention d'aller où que ce soit. Du moins pas aussi vite qu'elle le voulait.

— Tu rentres tôt.

— Ouais.

— Comment c'était le shopping ?

— Bien.

— Où sont tes sacs ?

— Quels sacs ?

— Tu n'as rien acheté ?

— Non.

Tomek arrêta de dépoussiérer. — Oh. Alors tu as l'argent que je t'ai donné ?

— Non.

— Où est-il ?

— J'ai tout dépensé.

Tomek examina sa personne, puis passa la tête par la porte de la chambre, regardant dans le couloir jusqu'à la porte d'entrée. — Sur quoi ?

Haussant les épaules, incapable de le regarder dans les yeux, elle répondit : — Des trucs.

— Quels trucs ?

— Juste des trucs.

— Je t'ai donné cent livres, Kasia. On ne les dépense pas juste sur « des trucs ». Tu aurais dû acheter un nombre sérieux de « trucs » pour dilapider cent livres. Où est l'argent ?

Elle croisa les bras et fixa la moquette du regard.

— Quelqu'un te l'a pris ? Yasmin te l'a demandé ?

— Quoi ? Non !

— Alors où est l'argent ?

— Je te l'ai dit. Je. L'ai. Dépensé.

— Sur quoi, Kasia ? De l'air ? Je ne savais pas que l'oxygène était devenu un produit de luxe de nos jours.

— La ferme, murmura-t-elle sous son souffle.

— Pardon ? Qu'est-ce que tu viens de dire ?

— Rien. Je t'ai dit que je l'ai dépensé. Il est parti. Je ne l'ai plus. Qu'est-ce que tu veux que je te dise de plus ?

— J'aimerais que tu me dises où cet argent est passé. Cent livres, c'est beaucoup d'argent, Kasia. Ou peut-être que tu ne t'en rends pas compte ?

Elle haussa les épaules, se dirigea vers son lit et s'y jeta, l'ignorant complètement comme s'il n'était pas là.

— Est-ce qu'on te harcèle ?

Il ne savait pas d'où cette question venait. Elle lui avait échappé involontairement. Mais c'était une question qu'il attendait de poser depuis trop longtemps.

— Quoi ?

— Est-ce qu'on te harcèle ?

— Non.

— Alors pourquoi es-tu partie avec cent livres et revenue sans rien pour le prouver ? Je comprendrais, *peut-être*, si tu avais dit que tu les avais perdues. Mais...

— Je ne les ai pas perdues.

— Tu les as données à quelqu'un ?

Elle tressaillit. — Non. J'ai tout dépensé en nourriture.

— Cent livres en nourriture ? Qu'est-ce que tu as acheté ? Un repas pour tout le centre commercial ? Bon sang, Kasia. Je ne sais pas quoi faire avec toi, vraiment pas.

— Rien, répondit-elle en croisant les jambes et en pliant les bras. Tu n'as rien à faire avec moi. Je vais bien. Je peux m'occuper de moi-même.

Avant que Tomek puisse répondre, son téléphone sonna. Il eut envie de se précipiter dessus pour vérifier qui c'était. Mais elle fut trop rapide ; elle avait verrouillé l'écran avant qu'il puisse faire quoi que ce soit. Puis elle balança ses jambes hors du lit et commença à fouiller dans son armoire.

— Qu'est-ce que tu fais ? demanda Tomek.

— Je sors.

— Non, tu ne sors pas. Nous n'avons pas terminé notre discussion.

— Si, c'est terminé.

— Où vas-tu ?

— Au château de Hadleigh.

Une partie de la tension dans les épaules de Tomek s'apaisa. — Pourquoi ?

— Parce qu'il y a une veillée là-bas ce soir, siffla-t-elle.

Pour Karl Bacon ? Vraiment ? C'était la première fois que Tomek en entendait parler.

— Plein de gens de l'école vont y être pour rendre hommage, poursuivit-elle.

Pendant un long moment, Tomek ne dit rien. Il se contenta d'observer tandis qu'elle sortait un legging et un gros pull de son armoire, se sentant comme s'il était à des milliers de kilomètres d'elle, et peu importe à quel point il essayait de l'atteindre, peu importe à quel point il s'étirait, elle n'était qu'à quelques centimètres de lui.

— Avec qui y vas-tu ?

— Sylvia, répondit-elle.

Tomek se détendit davantage en apprenant qu'elle irait avec Sylvia. Il aimait bien Sylvia, il l'approuvait. Elle avait été la première amie de Kasia depuis son arrivée dans sa nouvelle école, mais ces dernières semaines, Kasia l'avait délaissée pour Yasmin, une décision dont il n'était pas très content.

En quelques minutes, elle était prête.

— Ne rentre pas trop tard, s'il te plaît, dit-il alors qu'elle ouvrait la porte d'entrée. Et si par hasard tu tombes sur une autre centaine de livres pendant que tu es dehors, j'aimerais vraiment les récupérer.

Elle partit sans rien dire.

CHAPITRE
QUARANTE-HUIT

Le crépuscule. Le ciel s'était paré d'un violet profond et romantique. Kasia le contemplait avec admiration du haut d'un petit muret dans les ruines du château. Devant et derrière elle, ses sœurs papotaient, gloussaient, dansaient. En arrière-plan, résonnant à travers les collines et au-delà, s'élevait la musique de Zeus.

— Nous venons d'atteindre cinquante mille écoutes sur Spotify ! déclara-t-il triomphalement, provoquant une procession de cris aigus de la part des Harpies. Les sœurs de Kasia se précipitèrent vers lui, l'enlacèrent, puis lui donnèrent un baiser sur chaque joue. Avant de s'éloigner, il donna à chacune d'elles un petit carré.

C'était maintenant au tour de Kasia. Elle sauta du mur, ignorant la douleur fulgurante qui lui traversa les genoux, puis se hâta vers lui.

— Félicitations, dit-elle, en attrapant ses avant-bras musclés. Je n'ai pas arrêté de l'écouter. Elle tourne en boucle tous les jours depuis que tu l'as sortie.

Le visage sévère de Zeus s'ouvrit en un mince sourire. — Tu remplis ta mission, dit-il, puis il écarta une mèche de cheveux de son visage, regardant profondément, avec envie, dans ses yeux. Tu as retrouvé ta couleur dans les yeux. Je ne pensais pas la revoir revenir si vite, si tôt.

Rougissante, elle répondit : — Je remplis ma mission. Je me meurs à moi-même. Je fais ce qui doit être fait.

— Bonne fille. Il baissa la voix. — Et... pour l'autre chose dont nous avons parlé ?

Elle baissa la voix à son niveau. — Tout est sous contrôle, dit-elle. J'ai trouvé des rapports qu'il avait ramenés chez lui. Ils ont identifié le corps, estiment qu'il a été tué avec trois armes, et qu'il y avait plusieurs d'entre nous ici.

— Des noms ?

Elle secoua la tête. — Seulement quelqu'un appelé Richard Stafford.

À la mention du nom de Richard Stafford, Zeus devint pensif, comme s'il le reconnaissait. Il réfléchit un moment, puis finit par hocher la tête, la remercia et la congédia. Cependant, avant qu'elle ne le quitte, il la tira en arrière, sa main écrasant presque son bras, puis lui tendit un carré.

— Pour ton bon travail, dit-il.

Kasia jeta un coup d'œil au carré de LSD et le prit. Il était déjà dans sa bouche, se dissolvant sur sa langue au moment où elle retournait à sa place sur le mur. Elle y resta cinq minutes, regardant ses sœurs danser, s'étreindre et s'embrasser au milieu de l'enceinte du château tandis que les produits chimiques commençaient à s'emparer de son corps et à inonder son cerveau. À présent, le soleil avait plongé sous l'horizon et il ne restait plus que les nuances pourpres qui s'estompaient. Alors qu'elle tendait le cou vers le ciel, les fins nuages lavande se transformèrent en grands rubans et commencèrent à onduler à travers le ciel, se déplaçant dans la direction que ses yeux voulaient leur donner. Tandis qu'ils filaient au-dessus d'elle, elle pouvait entendre le *bruissement* qu'ils produisaient. Elle tendit la main pour les atteindre. L'un d'eux, le plus petit et le plus lent des rubans, fonça vers elle. Il s'arrêta juste devant elle et l'invita à monter à bord. Se hissant sur ses pieds, en équilibre sur la roche précaire et dentelée, elle fit un pas en avant et monta sur le tapis volant.

Mais il n'était pas là.

Son corps fut projeté dans les airs et avant qu'elle ne s'en rende compte, s'écrasa au sol. Une douleur aveuglante traversa sa cheville et elle hurla d'agonie, sa voix couvrant la musique. Immédiatement, ses sœurs Harpies l'entourèrent et commencèrent à s'occuper d'elle. Elles la déplacèrent doucement, la testant, faisant de leur mieux pour apaiser la douleur. Mais cela ne fonctionnait pas. L'agonie était trop intense. Ce n'est que lorsque Zeus s'approcha et tint son pied que la douleur disparut. Il le massa, le frottant avec ses pouces et ses index jusqu'à ce qu'il ne reste plus aucune douleur.

Ses mains guérisseuses l'avaient sauvée.

— Ça va mieux ? demanda-t-il.

— Oui. Beaucoup mieux.

Puis il l'aida à se relever et lui demanda de marcher dessus. Il n'y avait rien. Plus de douleur, plus de sensation irritante montant et descendant dans sa jambe. Rien.

— Merci, dit-elle en se jetant sur lui.

— Ce n'est qu'un aperçu de ce que je peux faire, dit-il.

Elle le regarda avec admiration. — Merci, merci, merci. Je ne pourrai jamais assez te remercier.

— Tu le fais déjà en étant ici, expliqua-t-il. En me soutenant et en croyant en moi, tu me remercies.

Puis il lui tendit un autre carré de LSD et lui dit de le prendre.

Kasia le fit sans hésitation. C'était le moins qu'elle puisse faire.

— Maintenant, tout le monde, rassemblez-vous, beugla-t-il. En quelques secondes, les Harpies formèrent un cercle autour de Zeus, leurs corps serrés les uns contre les autres. — J'ai une annonce à faire, poursuivit-il. Ceci... Ce que vous voyez ici... *ceci*... sera notre nouveau foyer dans l'au-delà. Le jour où les guerres raciales commenceront, nous viendrons ici, nous ferons notre sacrifice, nous tuerons le démon qui s'est opposé à nous pendant si longtemps, et nous renaîtrons ici. Je veux que vous l'imaginiez maintenant. Je veux que vous vous imaginiez perchées dans les tours, sur les passerelles, contemplant le nouveau monde. Je veux que vous vous imaginiez vivant nos nouvelles vies ensemble.

Kasia ferma fort les yeux, compta à rebours à partir de trois, puis les ouvrit d'un coup. Aussitôt, tout son environnement changea. C'était comme si elle avait pénétré dans un kaléidoscope, comme si elle était descendue dans le terrier du lapin, avait traversé le miroir, et était entrée dans un tout nouveau monde – le monde que Zeus voulait qu'elle voie.

Elle se tenait au centre d'un magnifique château, ses pieds posés sur des pavés, entourée de quatre tours sur le périmètre. À l'intérieur, ses sœurs Harpies s'affairaient à construire, cuisiner, nettoyer, en plein air. Au-dessus, le ciel d'un bleu cristallin était rempli d'oiseaux multicolores qui semblaient tout droit sortis de la forêt tropicale. Juste à côté d'elle se trouvait une cache d'armes, garnie d'épées, de couteaux et d'autres lames. C'était magnifique de le voir ainsi. Elle savait que ce n'était qu'imaginaire, mais c'était un prélude à la chose réelle ; c'était la *vérité*, et elle avait hâte de finalement la vivre. Après plusieurs minutes à explorer les recoins cachés de son château, passant sa main le long de la maçonnerie et des pierres, elle entendit la voix de Zeus l'appeler, et lentement l'illusion commença à se dissiper.

En quelques secondes, le monde que Zeus avait créé pour elle fut remplacé par la désolation du château de Hadleigh. À présent, la lumière avait disparu, la laissant debout au milieu de l'obscurité. Juste au moment où elle s'apprêtait à rejoindre le groupe, elle entendit une voix.

Profonde, démoniaque.

Son premier instinct fut que c'était le diable qui venait les trouver. La personne qui s'était opposée à chacun de leurs mouvements. Celui qui avait empêché le début des guerres raciales.

Qu'il les avait enfin trouvés.

— Hé ! Sortez d'ici ! Le château est fermé ! Vous ne pouvez pas être ici !

La voix venait de juste derrière elle. Elle ne savait pas quoi faire. Elle s'était séparée du groupe, alors elle sprinta vers eux, sa cheville hurlant de douleur tandis qu'elle se tordait sur le sol inégal. Mais au moment où elle atteignit l'endroit où le groupe s'était trouvé, il n'y avait plus personne. Ils s'étaient tous enfuis, leurs cris et leurs éclats de rire disparaissant au loin. Kasia ne savait pas quelle direction prendre, mais elle continua à courir, suivant les sons vagues de ses sœurs, espérant les rattraper. Après une courte distance, le sol sous elle commença à descendre en pente, et ses muscles des jambes tremblèrent et se transformèrent en gelée, jusqu'à ce qu'ils cèdent complètement et qu'elle dégringole encore et encore, comme une poupée de chiffon. Elle hurla de douleur, mais le bruit fut étouffé par le son de son corps dévalant à travers l'herbe.

Finalement, après trente mètres, elle s'arrêta brusquement contre quelque chose de dur. Sa réaction immédiate fut qu'elle était tombée sur les genoux du diable, mais quand elle ouvrit les yeux, à travers l'obscurité épaisse et brumeuse, elle vit Yasmin. Son amie. Sa sœur. Qui la sauvait.

Sans rien dire, Yasmin aida Kasia à se relever, plaça son bras sur son épaule et l'assista tandis qu'elles commençaient à descendre la colline.

— Où sont les autres ? demanda Kasia.

— Ils sont en sécurité, répondit Yasmin. Ne t'inquiète pas pour eux. Ils savent comment se débrouiller.

Kasia grimaça de douleur à chaque pas. — Où allons-nous ?

— Retour au studio, répondit Yasmin, respirant lourdement. Zeus y sera. Il pourra soigner ta cheville. Il prendra soin de toi.

CHAPITRE
QUARANTE-NEUF

Ils étaient seulement tous les deux. Cela faisait plus de dix minutes.

Dès leur arrivée, Zeus avait envoyé Yasmin dans une autre partie du studio et lui avait dit de ne pas revenir, sauf s'il le lui demandait.

Ils étaient seulement tous les deux. Tous les deux dans la chambre. Seuls. Kasia allongée sur le lit, presque nue de la taille aux pieds, grimaçant tandis que Zeus opérait sa magie sur sa cheville, pétrissant les muscles, massant les os, frottant le cartilage. La douleur avait considérablement diminué depuis son retour, et c'était entièrement grâce à cet homme. Zeus. Son sauveur.

Elle le regardait avec envie, ses yeux se perdant dans ses muscles qui se contractaient à chaque mouvement infime. Il était si bien défini, si bien sculpté qu'elle en était jalouse. Toutes ses sœurs avaient des corps fantastiques. Leurs abdos, leurs seins, leurs jambes, même leurs fesses. Tout était si parfaitement ciselé. Mais le sien... elle n'était toujours pas satisfaite du sien, malgré ses efforts récents.

—Je vois que vous avez perdu du poids, murmura Zeus, comme s'il entendait ses pensées.

—Vraiment ? Je ne pensais pas.

—Absurde. Je peux le voir ici. Il déplaça lentement sa main de sa cheville, remonta le long de son tibia, puis commença à frotter son pouce sur sa cuisse. —Vos jambes paraissent beaucoup plus minces.

Tandis qu'il parlait, il fixait sa chair, évitant tout contact visuel. Au début, elle s'était demandé si elle avait fait quelque chose qui l'avait contrarié, mais elle réalisa rapidement que c'était tout le contraire. Et puis soudain, elle se sentit mal à l'aise.

—Je... je n'ai pas mangé autant, dit-elle, secouant sa jambe comme si elle souffrait du pouce de Zeus ; il continua néanmoins à pétrir ses muscles.

—Je peux le voir. Je suis impressionné. Vos efforts portent leurs fruits. Vous accomplissez votre prophétie, comme je vous l'ai dit tout à l'heure. C'est dommage que certaines des autres filles n'en fassent pas autant.

Plus de pétrissage. Remontant toujours plus haut sur sa jambe. Plus près, plus près. Elle garda la bouche fermée, essaya de ne pas regarder, de ne pas y penser.

—Que voulez-vous dire ? demanda-t-elle pour tenter de retarder l'inévitable.

—Whispering Nightmare, marmonna Zeus. —Elle n'a pas suivi mes instructions. Elle a pris du poids. Drastiquement. L'avez-vous remarqué ?

Quelle était la bonne chose à dire ici ? Elle ne savait pas. Bien sûr, elle avait remarqué que Whispering Nightmare avait pris du poids, mais seulement légèrement, une quantité minuscule. Mais voulait-elle l'admettre et dénoncer sa sœur ? Whispering Nightmare risquerait d'être expulsée du groupe, et elle aurait trahi la confiance de sa sœur. Mais d'un autre côté, mentir à Zeus était tout aussi grave. Sinon pire. Bien pire.

—Vous devez être honnête avec moi, continua-t-il. —Tout ce que vous dites dans cette pièce est protégé et sacré. Rien n'arrivera. Les filles ne sauront jamais que nous avons eu cette discussion.

Elle avala difficilement, la bouche sèche après la course haletante en descendant la colline et le trajet vers le studio. Finalement, elle hocha la tête. —Oui. J'ai remarqué qu'elle a pris un peu de poids.

Zeus fit un claquement de langue désapprobateur et secoua la tête. Pourtant, il continua à masser sa cuisse, son pouce travaillant autour de la circonférence de sa jambe supérieure. —Merci d'être honnête avec moi. Vous devez avoir très mal. Tout votre corps doit être douloureux.

Elle essaya de se repositionner sur le lit mais ses mains la maintinrent en place. —Non, je vais bi-

—Souvenez-vous, vous ne devez pas me mentir, dit-il d'un ton plus grave. Cette fois, ses yeux remontèrent et croisèrent son regard inquiet. —Je finirai toujours par découvrir la vérité.

Fermant les yeux dans un très, très, très long clignement, elle acquiesça. —Oui. Tout mon corps me fait mal.

—Je m'en doutais. Pourquoi ne l'avez-vous pas dit plus tôt ? Je suis là pour aider, souvenez-vous.

Elle ne répondit pas. Son pouls s'accélérait et son cœur semblait avoir bondi dans sa bouche.

—Enlevez votre haut, ordonna-t-il.

Elle n'hésita pas. Passant ses mains autour de sa taille, elle retira son T-shirt par-dessus sa tête et le posa à côté d'elle. Maintenant qu'elle était en sous-vêtements, elle se sentait exposée, nue. Elle croisa les bras sur sa poitrine, mais Zeus saisit une main et commença à la masser.

—Vous avez une belle silhouette, dit-il en frottant individuellement ses doigts. —Et votre peau est si lisse et douce.

—Merci. J'ai utilisé le savon que vous nous avez dit d'acheter.

—Très bien. C'est encore une chose pour laquelle Whispering Nightmare m'a déçu.

—Ah bon ?

Elle couvrit sa poitrine de son bras libre, mais c'était inconfortable et semblait maladroit, alors elle le baissa le long de son corps.

—Oui. Elle a dit que c'était mauvais pour sa peau, pas bon pour sa santé. Elle m'a désobéi, et je ne suis pas sûr de ce que je dois faire d'elle. Surtout avec l'apocalypse si proche. C'est pour bientôt. Que me suggérez-vous de faire ?

Kasia ouvrit la bouche pour répondre mais se retint. —Je... je ne sais pas. Vous... vous avez toujours dit que nous devons suivre chacun de vos ordres si nous voulons vous accompagner dans l'au-delà.

Il finit avec son bras droit, puis tira sur ses jambes, la traînant vers le bas du lit pour qu'elle soit allongée en position couchée.

—C'est exact. Et vous avez suivi chacun de mes ordres, n'est-ce pas ? Vous avez fait tout ce que j'ai demandé. Et parfois, vous êtes allée au-delà.

—Oui...

—Et j'aimerais vous récompenser pour cela maintenant.

Sans rien dire, il se propulsa du bord du lit et se dirigea vers une grande armoire dans le coin de la pièce. Tandis qu'il lui tournait le dos, Kasia regarda autour de la chambre. Cherchant quelque chose pour se protéger, quelque chose qui pourrait le convaincre de ne pas aller de l'avant avec ce qu'elle pensait être sur le point de se produire. Elle n'avait même pas ses règles qu'elle aurait pu invoquer comme excuse.

Mais alors elle se rappela pourquoi elle était là. Ce pour quoi elle se battait.

Les guerres raciales. L'au-delà. Mourir à elle-même. Si elle voulait accéder au nouveau monde, elle devrait le laisser faire ce qu'il voulait. C'était la volonté de Dieu. Elle accomplirait sa prophétie.

Un instant plus tard, Zeus émergea de derrière la porte de l'armoire. Sur sa tête, il portait un grand masque de cygne. C'était comme quelque chose sorti d'une production théâtrale, surdimensionné, fait de prothèses, et pourtant il semblait vivant. Presque comme le vrai.

Tandis qu'il s'avançait vers elle, il plongea la main dans sa poche et sortit un autre carré de LSD.

—Prends ça, dit-il.

Kasia le fixa longuement. Elle pouvait déjà sentir la descente — ce mal de tête interminable, cette sensation accablante de terreur et de désespoir — aiguiser ses griffes, se préparant à planter ses crocs en elle.

—Prends-le, répéta-t-il.

Kasia tendit la main. Zeus y déposa le carré. Kasia le plaça dans sa bouche, le laissa se dissoudre puis l'avala. Le mouvement était robotique, presque devenu une seconde nature pour elle maintenant. Et en un instant, elle commença à sentir les produits chimiques se mélanger à ce qui restait dans son sang. Cela lui monta directement à la tête, et presque immédiatement, elle vit Zeus se transformer en un grand cygne d'un mètre quatre-vingts.

—Les mythes racontent que je portais des masques chaque fois que je couchais avec mes putains, dit Zeus.

Elle savait que c'était Zeus qui parlait, mais les drogues circulant dans son organisme donnaient l'impression que le bec du cygne s'adressait directement à elle.

Ensuite, elle sentit une main sur sa cuisse, écartant ses jambes. Cela la prit par surprise, et elle tressaillit.

—Inutile de résister, lui dit-il. Tu accomplis ta prophétie.

J'accomplis ma prophétie, se dit-elle. J'accomplis ma prophétie.

—D'habitude, j'attendrais que tu aies seize ans, poursuivit-il. Mais il y a quelque chose chez toi, Kasia. Il y a vraiment quelque chose de spécial. Je sens que tu es importante pour moi. Je sens que tu es l'élue. Avec ton aide, nous allons nous débarrasser du diable qui nous chasse depuis tout ce temps. Et ce sera toi qui le feras.

Une partie d'elle écoutait, tandis que l'autre moitié se concentrait pour rester parfaitement immobile, n'offrant aucune résistance.

J'accomplis ma prophétie.

Puis Zeus s'attaqua à sa culotte. Elle pouvait sentir ses doigts et ses pouces chauds plonger sous le tissu et commencer à la baisser. La baisser sur son bassin, sur ses os iliaques.

Elle serra les dents et tendit ses muscles jusqu'à ce que son corps tremble physiquement.

Et puis tout s'arrêta.

La porte de la chambre s'ouvrit brusquement. La lumière inonda la pièce, aveuglant Kasia momentanément. Elle cligna plusieurs fois des yeux pour permettre à ses yeux de s'adapter avant de reconnaître qui était entré.

—Je suis prête pour toi— commença Cauchemar Murmurant avant de s'interrompre. —Que se passe-t-il ici ?

Cauchemar était vêtue uniquement de sous-vêtements, la lumière derrière elle projetant des ombres sur ses seins et son visage.

D'un coup, Zeus s'éloigna de Kasia et jeta son masque au sol. —Est-ce que je t'ai autorisée à entrer ? tonna-t-il.

—Tu m'as demandé de venir ici, répliqua Cauchemar Murmurant avec autant de venin dans la voix que Zeus. —Pourquoi portes-tu ce masque ? C'est le masque que tu portes... que tu portes quand nous...

Zeus saisit la tête de cygne et la lança dans l'armoire. Dès qu'elle fut hors de vue, la vision de Kasia redevint normale. Zeus avait repris sa forme humaine, et la seule preuve de sa forme animale était l'odeur de ce qu'elle imaginait être celle d'un cygne.

—Je n'arrive pas à croire... commença Cauchemar Murmurant. —Tu étais sur le point de...?

—Sors, aboya Zeus.

—Moi ? Je ne vais nulle part. Pas avant que-

—Je ne m'adressais pas à toi, répondit Zeus. Il se tourna vers Kasia. —Kandy... Tu dois sortir d'ici. Prends tes affaires et va-t-en.

Kasia n'avait pas besoin qu'on le lui dise deux fois. Frénétiquement, elle attrapa ses vêtements sur le lit, remit sa culotte dans une position plus confortable, et se précipita hors de la chambre. En s'arrêtant près de la porte, elle remarqua le ventre de Cauchemar Murmurant. Soit elle était ballonnée, soit la nourriture qu'elle avait mangée commençait à lui donner une certaine apparence.

—Tu peux partir maintenant, Kandy, entonna Zeus, tandis qu'il maintenait le contact visuel avec Cauchemar Murmurant. —Merci pour ton soutien ce soir. Rappelle-toi, tu accomplis ta prophétie.

—Oui, Zeus, dit-elle. J'accomplis ma prophétie.

CHAPITRE
CINQUANTE

—**B**onjour, Chef ! s'exclama un Chey surexcité lorsque Tomek franchit les portes du bureau. Bon sang, qu'est-ce qui t'arrive ? Tu as l'air d'avoir vu un lion et un cygne essayer de s'accoupler.

— Un lion et un cygne ?

Cette remarque suffit à stopper Tomek dans son élan.

— Ouais, tu sais. Deux des animaux les plus vicieux de la nature.

— Les cygnes ne sont pas vicieux.

— Bah ! Permets-moi d'être en désaccord. Visiblement, tu n'as jamais croisé un cygne en colère. Estime-toi chanceux, mon ami. Chey se détourna de Tomek et fixa son écran d'ordinateur. Ça ferait quand même un bon nom pour un pub. Au Lion et au Cygne.

— De quoi tu parles, bordel ? demanda Tomek en laissant tomber son sac à dos près de sa chaise.

— Tu... répondit Chey. Tu as l'air d'un cygne mélancolique. Pourquoi cette tête d'enterrement ?

— Ils ont un long cou, pas une longue tête, crétin.

— Tu as quand même l'air déprimé par quelque chose.

Tomek secoua la tête et balaya l'accusation d'un geste. — Je vais bien. *Et maintenant je commence à parler comme Kasia.*

— Je te croirai quand je le verrai, répliqua Chey. Comment s'est passée ta soirée ?

— Bien. Et la tienne ?

— Bien. Je suis sorti. Rien d'excitant.

— Tu es allé à cette veillée ?

Chey leva les doigts de son clavier et s'éloigna de son bureau. — Quelle veillée ?

Le pouls de Tomek s'accéléra. — Celle au château. Pour Karl Bacon...

Pinçant les lèvres, Chey secoua la tête. — Je ne savais pas qu'il y en avait une.

— Cette petite garce, marmonna-t-il entre ses dents.

— Comment tu m'as appelé ?

— Pas toi. Rien. Ne t'inquiète pas. Avant que Chey ne puisse répondre, Tomek plongea la main dans sa poche pour prendre son téléphone et se précipita dans la salle des incidents. Heureusement, elle était vide. Il déverrouilla l'appareil, fit défiler son carnet d'adresses et trouva le numéro qu'il cherchait.

Elle décrocha à la sixième sonnerie.

— Pendant un instant, j'ai cru que tu n'allais pas répondre, dit-il.

— J'y ai réfléchi un moment, répondit-elle. Qu'est-ce que tu veux ?

Pas de politesses. Pas de bavardages. Droit au but. Comme il l'avait demandé.

— Est-ce que tes collègues ont fait un reportage sur la veillée qui a eu lieu hier soir ? Je n'ai vu aucune photo ni vidéo en ligne.

— Quelle veillée ?

Le pouls de Tomek s'accéléra à nouveau.

— Celle au château.

Une brève pause. Le bruit d'un clavier tapant dans son oreille, suivi d'Abigail appelant ses collègues. Quand elle reprit le combiné, elle semblait essoufflée. — Non. Aucune idée de ce dont tu parles. Personne ne sait rien à propos d'une veillée au château.

— Cette petite menteuse, chuchota-t-il.

Tomek n'avait pas pu penser à autre chose. Kasia lui avait menti. Et il avait été assez stupide pour la croire, pour penser qu'elle disait la vérité alors qu'elle avait démontré d'innombrables fois qu'on ne pouvait pas lui faire confiance.

Où était-elle allée ? Qu'avait-elle fait ? Avec qui avait-elle été ?

Avait-elle vraiment passé la nuit chez Yasmin, comme elle l'avait dit ?

Ces questions avaient tourmenté son esprit depuis sa conversation avec Abigail, et immédiatement après l'appel, il avait envoyé un message à sa fille. À son soulagement, elle avait répondu. Un monosyllabique « Oui », certes. Mais c'était tout de même une réponse, un message lui faisant savoir qu'elle était en vie.

Il réglerait ça avec elle et découvrirait la vérité en rentrant. Pour l'instant, cependant, il avait un travail à faire. Une personne à interroger.

Roger Armstrong semblait tout aussi ravi de voir Tomek cette fois-ci que lors de leur première rencontre. Aujourd'hui, l'homme portait un pantalon beige ample, des chaussures Vans et un t-shirt large. Cet après-midi-là, ils avaient convenu de se retrouver dans une petite salle de conférence au rez-de-chaussée. C'était à l'écart et cela permettait à Tomek d'être raccompagné à la sortie plus rapidement.

Il trouva Roger debout dans le hall, ce qui ne lui donna aucune occasion de parler avec la réceptionniste à la langue bien pendue.

— Ravi de vous revoir, Roger, dit Tomek de sa voix la plus polie.

— Ouais, bien sûr. Pourquoi êtes-vous ici maintenant ? N'avons-nous pas parlé la semaine dernière ?

— Oui, Monsieur Armstrong, mais le monde du maintien de l'ordre et le traitement des criminels avance rapidement et de façon complexe. Je suis sûr que vous pouvez comprendre cela, étant donné votre domaine d'activité.

— Qu'est-ce que c'est censé vouloir dire ? lança Armstrong. Si vous venez ici pour insinuer que j'ai quoi que ce soit à voir avec l'incident de drogue dans cet établissement, alors vous faites fausse route. Mais puisque vous l'avez mentionné, vous serez heureux d'apprendre que j'ai lancé une enquête à grande échelle et que j'ai déjà traité avec les individus accusés. Ils ont été suspendus immédiatement.

— Vous vous êtes débarrassé de *tout* votre personnel ? demanda Tomek. Comment fonctionnez-vous ?

— *Tout...* ? Ce n'était pas tout mon personnel, je vous le ferai savoir.

— Combien ? demanda Tomek, sa curiosité prenant le dessus.

— Cela ne vous regarde pas. C'est une affaire interne et elle le restera. D'ailleurs, nous devrions vraiment avoir cette conversation dans la salle de réunion que j'ai réservée. Veuillez me suivre.

Roger partit en trombe comme s'il participait à une compétition d'athlétisme, fonça dans la pièce, puis tint la porte ouverte. Quand il réalisa que Tomek ne l'avait pas suivi, les muscles de son visage se crispèrent. — Je n'ai pas toute la journée !

Souriant malgré la frustration qu'il ressentait envers cet homme, Tomek traversa nonchalamment le hall, prenant tout son temps. En chemin, il salua la réceptionniste d'un signe de la main. Elle lui rendit son salut, ravie de le voir.

— J'apprécierais que vous ne parliez à personne dans le bâtiment, expliqua Roger tandis que Tomek entrait dans la pièce.

— Ah bon ? Et pourquoi donc ?

Roger ferma fermement la porte. — Nous sommes... nous sommes en pleine restructuration. Les emplois des gens sont en suspens. Ils pourraient... ils pourraient dire quelque chose qu'ils regretteraient plus tard, ou vous pourriez accidentellement leur révéler quelque chose dont ils ne savent rien.

Tomek était perplexe. Il ne voyait pas en quoi cela le concernait. — Vous réalisez que je ne travaille pas ici, n'est-ce pas ?

— Oui. Mais je vous préviens, c'est tout. Roger traversa la pièce et s'arrêta devant un grand écran plat, les mains dans les poches. — Maintenant, pourquoi êtes-vous ici ?

Enfin. On entrait dans le vif du sujet, les choses importantes.

— Est-ce que le nom de Karl Bacon vous dit quelque chose ?

Roger réfléchit. — C'est possible. Il fit une pause un peu plus longue. Finalement, il claqua des doigts et secoua la tête. — Rafraîchissez-moi la mémoire.

— Il est apparu dans une interview radio avec Michael Edwards il y a environ dix-huit mois.

— Ça fait combien de temps ?

— Dix-huit mois ?

— Alors non. Désolé, mais vous n'avez aucune chance que je m'en souvienne. Je veux dire, je vois et je traite des centaines de choses différentes par jour. Vous avez de la chance si je me souviens de qui était dans le bâtiment la semaine dernière, et c'est déjà beaucoup demander.

— Y a-t-il quelqu'un qui travaillait ce jour-là à qui je pourrais parler ?

— Peut-être. Il faudrait que je vérifie.

— Pourriez-vous vérifier *maintenant* ?

Le visage de Roger se tordit dans un mélange d'incrédulité et d'indécision.

— Si vous me donnez les informations dont j'ai besoin, il est fort probable que je n'aurai pas besoin de vous parler à *vous* à nouveau. Juste aux personnes qui travaillaient ce jour-là.

Roger lutta avec cette décision pendant quelques instants.

— Donnez-moi cinq minutes.

Sur ces mots, l'homme s'élança hors de la pièce et fila vers le seul ascenseur du bâtiment. Tomek ne perdit pas de temps et, une fois les portes de l'ascenseur fermées, il se dirigea vers le bureau de la réception.

— C'est le plus vite que je l'ai jamais vu bouger, dit la réceptionniste, en regardant par-dessus son écran d'ordinateur.

— C'est probablement *vraiment* le plus vite qu'il ait jamais bougé. Tomek ricana. — Je n'ai pas beaucoup de temps, mais j'ai besoin de vous poser quelques questions rapidement.

La réceptionniste lui fit un salut militaire moqueur. — Bien sûr, monsieur. À vos ordres, monsieur.

S'appuyant contre le bord de son bureau, un œil sur l'ascenseur, Tomek demanda : — Est-ce que le nom de Karl Bacon vous dit quelque chose ?

— Ce politicien d'extrême droite qui est mort l'autre jour ?

— Lui-même.

— Quoi à propos de lui ?

— Il est venu ici pour une interview radio une fois. Il y a environ dix-huit mois.

— Ah oui. Je m'en souviens.

— Vous vous en souvenez. Pourquoi ?

La réceptionniste rejeta ses cheveux derrière son épaule. — Parce que je me souviens avoir été dégoûtée qu'on ait donné à cette ordure du temps d'antenne à la radio pour renforcer sa notoriété et rallier des gens à sa cause. Et l'autre raison, c'est que le même jour, il y avait un putain de type bizarre, un aspirant musicien, qui était venu et harcelait tout le monde pour qu'on joue sa musique et qu'on écoute ses chansons, espérant qu'on les diffuserait à l'antenne. Ce crétin ne réalisait pas qu'on est une station de radio, et que ce qu'il voulait, c'est une *maison de disques*.

La réceptionniste fit un claquement de langue désapprobateur, comme si parler de cet homme faisait resurgir sa frustration d'il y a si longtemps.

Mais Tomek ne faisait pas attention à cela. Ses yeux et ses oreilles étaient entièrement concentrés sur sa bouche et les mots qui en sortaient.

— Vous vous souvenez de son nom ?

Elle n'hésita pas. — Un type qui s'appelait Zeus ou une connerie comme ça.

CHAPITRE
CINQUANTE-ET-UN

L'heure du déjeuner. Exactement une heure pour quitter la salle de classe, rejoindre la cour de récréation, s'amuser, manger un peu, puis retourner en cours après la sonnerie. Un moment où toute l'école se retrouvait dehors.

Ces dernières semaines, leurs pauses déjeuner avaient consisté en la même chose : jeter la nourriture que leurs parents avaient préparée pour eux et s'asseoir dans un coin du terrain synthétique, à commérer et comploter, rayant de la liste chaque élève de la cour qui ne survivrait pas à la guerre raciale. Mais aujourd'hui, c'était différent.

Les choses étaient proches. Terriblement proches.

La guerre raciale devait commencer demain, et ils avaient tous beaucoup de préparatifs à faire. Ils avaient encore besoin d'autant d'argent que possible. Zeus devait recevoir ses relevés de redevances de YouTube et Spotify avant la fin de la journée, et avec un peu de chance, ils ne seraient pas retardés, sinon ils risquaient de repousser le jour du jugement dernier. Il leur fallait encore des bouteilles d'eau, des caisses de nourriture et de grandes quantités de LSD.

Kasia ressentait encore les effets des drogues dans son système à l'heure du déjeuner. Sa tête pulsait lentement, douloureusement, comme si quelqu'un l'utilisait comme une balle anti-stress sans s'arrêter depuis le matin. Elle se sentait triste, seule, isolée et déprimée. Et les événements des premières heures du matin n'avaient pas vraiment aidé. Les images de Zeus dans son masque de cygne étaient gravées dans son esprit et le seraient pour toujours.

Mais elle accomplissait sa prophétie. Et, avec la guerre raciale qui devait commencer si bientôt, elle continuait de l'accomplir. Il n'y avait pas de temps pour relâcher, pour se détendre, pour devenir complaisante.

Depuis dix minutes, elle et Yasmin parcouraient les couloirs vides, se faufilant dans chaque salle de classe, à la recherche du sac d'une enseignante.

Dans la plupart des cas, elles trouvaient un professeur assis là, travaillant sur son ordinateur portable ou corrigeant des copies, protégeant ses affaires comme un chien de garde loyal. Chaque fois, on leur disait de sortir et d'aller dehors, alors elles sprintaient vers la salle suivante, riant comme si elles jouaient à un jeu. D'autres fois, elles ne trouvaient rien du tout, l'enseignant étant allé à la salle des professeurs ou hors de l'école pour manger un morceau.

C'est alors qu'elles sont arrivées au couloir d'anglais. Cinq salles de classe côte à côte. Cinq occasions de voler quelque chose à certains des professeurs les plus charmants que Kasia ait jamais rencontrés. À l'exception de Mlle Turner, ils approchaient tous de l'âge de la retraite, et avaient donc une nature détendue, ouverte et bienveillante. Beaucoup d'entre eux rappelaient à Kasia sa grand-mère. Sa nouvelle grand-mère. Celle à qui on l'avait présentée seulement quelques mois auparavant. Lors des rares occasions où Tomek l'avait emmenée la voir, Mamie Bowen avait toujours traité Kasia avec amour et adoration. Elle veillait à ce qu'elle soit toujours bien nourrie et bien hydratée. Elle complimentait ses cheveux, ses yeux, son maquillage. Elle avait montré à Kasia ce que c'était que d'appartenir à un environnement familial aimant.

Mais elle ne pouvait pas penser à ça maintenant. Elle ne pouvait pas penser à Mamie Bowen. Ni à Papi Bowen. À la façon dont ils la faisaient sourire quand elle pensait à eux...

Elle avait un travail à faire. Et ce travail était juste devant elle.

Yasmin fut la première à arriver à la première salle de classe. Elle était fermée, et à travers la vitre de la porte, elles virent une enseignante assise à son bureau, mâchant paisiblement de la laitue comme un lapin tout en lisant sur sa liseuse Kindle.

Salle suivante. Situation similaire. Une autre enseignante, cette fois-ci la moins préférée de Kasia, Mme Perkins, assise à son bureau, savourant son déjeuner toute seule. Kasia se demanda si les professeurs d'anglais préféraient leur propre compagnie plutôt que de passer du temps avec d'autres personnes, mais se rappela ensuite qu'ils enseignaient l'anglais et lisaient beaucoup, et préféraient donc probablement la compagnie des personnages dont ils lisaient les aventures à celle des personnes qu'ils rencontraient dans la vraie vie.

Troisième salle. Vide. Sans aucun signe que quelqu'un ait utilisé le bureau.

Quatrième salle. Également vide, à l'exception d'une pomme et d'une boîte Tupperware laissées sur le bureau avec un emballage de chocolat suspendu au bord. Perché au coin de la table se trouvait une pile de papiers, probablement en attente d'être corrigés. Kasia résista à la tentation de les jeter en l'air et de créer un désordre car, comme Boucle d'or et les trois ours, elles eurent de la chance avec la dernière salle.

C'était celle de Mme Hammond. La préférée de Kasia. Cette femme de soixante-quatre ans devait prendre sa retraite à la fin de l'année scolaire, après avoir consacré près de trente ans à la même école. Une grande fête d'adieu avait été organisée pour son dernier jour et tous les enfants étaient invités.

Mais pour Kasia et Yasmin, il n'y aurait pas de dernier jour d'école, il n'y aurait pas de fête.

Elles avaient une guerre raciale et une vie après la mort à préparer.

Elle accomplissait sa prophétie.

Kasia refoula les images et les souvenirs de Mme Hammond et des cours qu'elles avaient partagés au fond de son esprit alors qu'elle se glissait dans la salle de classe. Le bureau de l'enseignante était dans la même position que dans les quatre salles précédentes, et en dessous se trouvait une chaise de bureau spéciale, propre à Mme Hammond qui l'avait spécifiquement demandée.

C'était son château et tout le monde dans l'école le savait.

Sur la table, il y avait un ordinateur portable de l'école, fermé, et un téléphone portable. En dessous, coincé dans un petit espace sur le côté du bureau, se trouvait le sac de Mme Hammond. Petit, marron, et fait de cuir véritable.

Kasia se pencha pour le ramasser. À l'intérieur, elle trouva un rouge à lèvres, une brosse à cheveux, un porte-cartes de débit et de crédit, et un portefeuille. Une femme possédant peu de choses. Laissant tomber le sac par terre, Kasia sortit le portefeuille et l'ouvrit. À l'intérieur, il y avait cinquante livres en espèces. Deux billets de vingt et un de dix.

— Bien joué ! dit Yasmin tandis que Kasia brandissait triomphalement l'argent en l'air.

Mais leur joie fut de courte durée. En fait, elle n'avait même pas encore pris son envol.

— Que faites-vous toutes les deux avec mon portefeuille ? demanda une voix sévère depuis la porte. Ce qu'il y avait avec Mme Hammond, c'est qu'elle était capable de passer en un instant du calme, du respect et de la politesse à la sévérité, l'intimidation et la fureur. En ce moment, elle leur offrait cette dernière facette. — Que faites-vous avec mon argent ?

Aucune ne choisit de répondre. Au lieu de cela, elles prirent la fuite. Yasmin traversa la salle de classe en trombe et franchit la porte à toute vitesse. En sortant, elle heurta Mme Hammond et la fit tomber à la renverse sur le sol. La femme poussa un cri strident en s'écrasant sur le linoléum. Kasia la suivait de près. Avant de s'élancer dans le couloir, elle jeta un dernier regard à la femme au sol, puis fila dans la direction opposée.

Les cris de joie de Yasmin, mêlés aux appels à l'aide de Mme Hammond, résonnaient le long des couloirs.

— La guerre des races arrive ! hurlait Yasmin. La guerre des races arrive !

Kasia suivait immédiatement son amie, la liasse de billets serrée entre ses doigts dans une étreinte de fer. Mais elle choisit de ne pas dire un mot.

CHAPITRE
CINQUANTE-DEUX

Kasia avait l'adrénaline à son comble lorsqu'elle s'est précipitée par la porte d'entrée. Elle a grimpé les marches deux par deux, puis a fait irruption dans le salon. Yasmin est arrivée juste après elle.

— Oh mon Dieu, dit Yasmin en claquant la porte. Je n'arrive pas à croire que ça ait marché. Tu as vu la tête de Hammond ? Mémorable !

Kasia s'arrêta pour reprendre son souffle.

— Tu crois qu'elle va bien ? On dirait qu'elle s'est cogné la tête.

— Quelle importance ? demanda Yasmin en traversant le salon. Elle s'arrêta près du canapé, laissa tomber son sac d'école au sol, puis s'affala dans les coussins. En posant ses pieds sur les accoudoirs du fauteuil, elle ajouta : Elle sera parmi les premières à disparaître lors de la guerre des races, de toute façon. Je veux dire, elle est vieille, lente et grosse. Elle ne peut pas s'attendre à survivre quand tout s'effondrera. Ce sera la survie des plus forts, et elle n'en fera définitivement pas partie.

Kasia ne dit rien, faisant les cent pas près de la table à manger. Puis elle baissa les yeux sur sa main, sur l'argent qui dépassait de ses doigts. Dans sa poigne, les billets étaient devenus froissés et plissés.

— Tu crois que c'est assez ? demanda Yasmin.

— Il a dit combien il nous fallait ?

— Non. Juste qu'on devait récupérer autant que possible.

Yasmin balança ses jambes hors du canapé et commença à fouiller dans les meubles de l'appartement. Elle examina la bibliothèque, délogeant une poignée de livres, les ouvrant, feuilletant les pages, puis les jetant au sol. Ensuite, elle passa à la table basse et fit de même, progressant graduellement dans l'appartement avec l'attention et le soin d'un primate. Pendant ce temps, Kasia observait, la fureur et l'incrédulité la traversant. C'était sa maison, et Yasmin mettait tout en désordre. Elle se pencha pour ramasser l'un des livres que Yasmin avait jeté, mais alors qu'elle l'attrapait, Yasmin demanda :

— Qu'est-ce que tu fais ?

— Je range.

— Pourquoi ? Ça n'a pas d'importance. Rien de tout ça n'aura d'importance quand la guerre des races éclatera.

— Quand même, répondit Kasia en jetant un regard inquiet autour de la pièce. Il faut que ça ait l'air... respectable.

Mais Yasmin n'écoutait pas. Elle était trop occupée à poursuivre sa destruction gratuite dans le couloir et jusque dans la chambre de Tomek.

— Ton père a de l'argent ici ?

Kasia hésita. Elle avait déjà omis de lui parler de l'argent qu'elle avait failli manquer sur l'étagère. Voulait-elle lui dire pour l'argent qu'il gardait dans la boîte à chaussures dans son armoire ?

Avant qu'elle ne puisse répondre, on frappa à la porte.

Les deux filles se figèrent, se regardant l'une l'autre, les yeux écarquillés. Le corps de Kasia se glaça de peur. Lentement, comme si le faire plus vite briserait le mur du son et révélerait leur présence, elle porta sa main à sa bouche.

Un autre coup, cette fois légèrement plus fort.

— Ne bouge pas ! chuchota Kasia.

Un moment de silence.

Puis un autre coup.

Tout ce que Kasia pouvait entendre était les battements de son cœur dans ses oreilles.

Et encore un coup.

— Kasia ? Tu es là ? Tu viens de rentrer par la porte d'entrée ?

D'un coup, Kasia se détendit et poussa un profond soupir de soulagement. Elle reconnut immédiatement la voix. Sa voisine du dessous. La femme avec qui elle avait passé plusieurs après-midis et soirées à jouer à des jeux de société. Les soirées qu'elle avait d'abord détestées mais qu'elle avait secrètement fini par aimer.

Amie. Pas ennemie.

Bien qu'elle serait une autre à périr dans la guerre des races.

— Attends ici, chuchota Kasia à Yasmin. Je m'occupe d'elle.

Elle n'attendit pas de réponse. Elle pivota sur place et quitta la pièce. À la porte d'entrée, elle tourna lentement la poignée, l'ouvrant d'une fraction pour que la femme ne puisse pas entrer. Edith était de l'autre côté, portant un grand chapeau d'été et une robe à fleurs. Elle avait l'air prête pour une journée au parc ou à la plage.

— Tout va bien, Kasia ? demanda doucement Edith.

— Oui, Mademoiselle Bates. Tout va bien.

— J'ai entendu du bruit. Et beaucoup de portes qui claquent.

— Désolée. C'était juste moi qui rentrais. Je ne me sentais pas très bien alors l'école m'a renvoyée plus tôt.

Edith la regarda d'un air dubitatif.

— Votre père est au courant ?

— Je lui ai envoyé un message mais il n'a pas encore répondu. L'école a essayé de l'appeler mais il n'a pas décroché. Il doit être occupé.

Le front d'Edith se plissa de doute.

— Puis-je entrer ? Je peux vous préparer une tasse de thé, m'assurer que vous allez bien.

Kasia sentit une pression de l'autre côté de la porte mais tint bon.

— Vraiment, je vais bien, Mademoiselle Bates. Je devrais probablement me reposer. Je pense que je vais faire une sieste.

— Hmm. Plus d'inquiétude. Plus de doute. Elle regarda à travers l'entrebâillement de la porte, mais Kasia le rétrécit rapidement. Finalement, Edith céda et fit un pas en arrière.

— Eh bien, je serai en bas si vous avez besoin de moi. Et vous avez mon numéro...

— Oui. Bien sûr. Merci, Mademoiselle Bates, dit Kasia en fermant lentement la porte à Edith, souriant poliment.

Elle attendit d'entendre la porte d'entrée d'Edith se fermer avant de retourner vers Yasmin. Quand elle revint, elle trouva son amie enfouie dans l'armoire de Tomek.

— Qu'est-ce que tu fais ?

— Je cherche de l'argent, dit-elle en émergeant de sous les vêtements. Dans sa main, elle tenait une série de lettres manuscrites. C'est quoi, ça ?

Kasia les arracha de la main de son amie.

— Tu ne peux pas prendre ça !

— Pourquoi pas ?

— Parce que c'est personnel, marmonna-t-elle. C'est privé.

— Ça n'a pas d'importance. Rien de tout ça n'aura d'importance quand tout commencera.

Yasmin perdit rapidement intérêt pour les lettres et se dirigea vers le rebord de la fenêtre. Vers les arbres bonsaïs adorés de Tomek. Vers le nichoir à oiseaux bien-aimé de Tomek.

Dès que son amie tendit la main vers l'un des arbres, Kasia lui cria d'arrêter.

—Qu'est-ce qui ne va pas chez toi ? exigea Yasmin. Pourquoi te comportes-tu comme une petite garce à propos de tout ça ? Tu n'as pas des doutes, n'est-ce pas ?

Kasia ricana. —Non, bien sûr que non !

Yasmin attrapa le bonsaï et, avec un grognement et un effort, le tendit à Kasia.

—Prends-le.

—Quoi ?

—Prends ce putain d'arbre et détruis-le !

—Mais...

—Tu es dedans ou tu es dehors ? Je t'ai couverte, tu sais. Zeus a demandé si tu étais investie et j'ai dit que tu l'étais. J'ai mis mon putain de cou sur la ligne pour toi, Kandy, et c'est comme ça que tu me remercies ?

—Non, Yasmin. Ce n'est pas comme ça. J'ai volé Mme Hammond, non ?

—Mais maintenant tu te défiles. Quelle est la différence ?

Kasia n'avait pas de réponse à cela. Elle ne savait pas pourquoi elle se comportait ainsi. C'était comme si un déclic s'était produit dans son cerveau et la retenait.

—Qu'en est-il de ta prophétie ? poursuivit Yasmin. Celle dont j'entends toujours Zeus parler. Vas-tu l'accomplir, ou vas-tu continuer à te comporter comme une petite garce ?

Une larme se forma dans l'œil de Kasia. Elle cligna des yeux pour la chasser, mais elle revenait sans cesse.

—Je suis dedans, murmura-t-elle. Je veux ça.

—Je pensais que tu étais morte à toi-même ?

—Je le suis !

Yasmin poussa l'arbre dans le visage de Kasia. —Alors prouve-le. Si tu es vraiment morte à toi-même, alors tu feras ça. Si tu y crois vraiment, tu feras ce que je te dis. Si tu veux voir ton père dans la prochaine vie, où rien de tout ça n'aura d'importance, alors *fais-le*.

Kasia fixa la plante un moment, incapable de bouger, incapable de penser clairement. Les bras de Yasmin tremblaient sous le poids de l'arbre, faisant frémir les feuilles d'un côté à l'autre comme si elles étaient au milieu de Shipwrights Wood.

J'accomplis ma prophétie, se dit-elle.

Je meurs à moi-même.

Tout ira bien. Papa me rejoindra dans l'au-delà. Il peut venir avec-

—Fais-le, bordel ! hurla Yasmin.

Kasia ferma les yeux et, hurlant à pleins poumons, arracha l'arbre des mains de Yasmin et le projeta violemment sur le tapis. La terre explosa sur le sol, éclaboussant leurs chaussures. Des feuilles et des brindilles se détachèrent et se dispersèrent aux quatre vents. Le pot se fissura et se brisa sous l'impact.

—Bien, dit Yasmin, sa voix effrayamment calme. Maintenant, fais-en un autre.

—Quoi ?

—Un autre. Fais-les tous. Détruis l'appartement. Détruis tout.

CHAPITRE
CINQUANTE-TROIS

D'une réceptionniste à une autre. Sauf que celle qui se tenait juste devant lui était moins accueillante.

— Où est-elle ? aboya Tomek à la femme derrière le bureau.

— Je vous demande pardon ? répliqua-t-elle sèchement, et à juste titre après la façon dont il venait de lui parler, il devait l'admettre. Je n'accepterai pas ce ton.

— Bien sûr. Désolé. Pardonnez-moi.

La femme retroussa le nez et lui lança un regard méprisant. — Qui cherchez-vous ?

— Kasia Coleman, répondit-il, un peu plus poliment cette fois, mais pas suffisamment pour se faire pardonner le dommage qu'il avait déjà causé.

— Et vous êtes ?

— Son *père*, siffla-t-il.

Elle leva un doigt vers lui puis plaça un téléphone fixe contre son oreille. — Un moment, s'il vous plaît.

Ce moment sembla durer une éternité. Pendant ce temps, la réceptionniste fit plusieurs appels téléphoniques, chacun moins utile que le précédent. Jusqu'à ce qu'elle finisse par joindre la directrice et lui parle directement.

— Elle est prête à vous recevoir maintenant, ajouta la réceptionniste. Savez-vous où trouver...

Mais Tomek était déjà parti, marchant d'un pas déterminé dans le couloir avant qu'elle ne puisse terminer. Il trouva facilement le bureau de la directrice et y fit irruption sans frapper. Au milieu de la pièce, en pleine discussion, se tenaient la directrice et Mlle Holloway, la professeure principale de Kasia. Assise sur l'une des chaises se trouvait une femme que Tomek n'avait jamais rencontrée et dans le coin se tenait un homme en costume qu'il n'avait jamais rencontré non plus.

— Monsieur Bowen, commença la directrice, Mlle McCann, en s'avançant. Je vous en prie, entrez.

Tomek avança d'un pas hésitant. Mlle McCann ferma la porte derrière lui.

— Où est Kasia ? demanda-t-il.

Il y eut un long moment avant que quelqu'un ne réponde. Tomek examina les alentours, étudiant les visages qui le regardaient. Il sentait une atmosphère inquiétante de préoccupation dans la pièce, quatre paires d'yeux accusateurs qui le transperçaient.

— Nous ne parvenons pas à localiser votre fille, répondit la directrice.

— Quoi ?

— Nous ne savons pas où elle se trouve. Nous...

— Où est-elle allée ? Que s'est-il passé ?

Avant que Mlle McCann ne puisse répondre, Tomek sortit son téléphone de sa poche et composa le numéro de sa fille. La sonnerie retentit dans son oreille jusqu'à ce qu'il soit dirigé vers la messagerie vocale. Ensuite, il lui envoya un message, bien qu'il ne s'attendît pas à une réponse immédiate. Enfin, il essaya l'application Localiser mes amis sur son iPhone. Rien. Son téléphone était éteint. À part une petite icône indiquant que son téléphone avait été utilisé pour la dernière fois à la maison.

— Monsieur Bowen, commença la directrice. Il y a certaines choses dont nous devons discuter.

— Non. Je m'en fous. La première chose à faire est de retrouver ma fille.

Sa tête tournait. Son estomac faisait de même, faisant des culbutes comme une nageuse synchronisée aux Jeux olympiques. Il avait envie de vomir.

— Nous faisons de notre mieux pour retrouver votre fille, déclara la directrice. Nous avons plusieurs enseignants qui la cherchent, et si nécessaire, nous contacterons la police pour qu'elle intervienne.

— Je *suis* la police. Ils sont déjà impliqués.

— Ce n'est pas de cela dont je parlais, poursuivit Mlle McCann, d'une voix morne. Elle se tenait les doigts fermement entrelacés. Je parlais d'une autre affaire.

— Pourquoi ? Qu'a-t-elle fait d'autre ?

Elle se déplaça vers le fond de la pièce. Était-ce pour s'éloigner de lui ? Tomek n'en savait rien. Mais en ce moment, il avait l'impression que tous les enseignants s'éloignaient de lui. Comme s'ils s'écartaient lentement, lui échappant. Le laissant se sentir seul, isolé.

Mlle McCann fit un geste vers la femme que Tomek ne reconnaissait pas. — L'autre jour, Mme Matthews a remarqué quelque chose de différent chez votre fille. Quelque chose qui l'a inquiétée.

— Vous et moi aussi, répondit-il.

— Au début, je n'y ai pas prêté attention, ce qui est ma faute, continua Mlle McCann. Cependant, nous faisons tous des erreurs. Mais le comportement de Kasia depuis, et ses absences répétées, m'ont donné davantage de raisons d'être préoccupée.

— Vous n'êtes pas la seule, ajouta-t-il, bien qu'il commençât à sentir qu'ils parlaient de choses différentes.

— Voyez-vous, Monsieur Bowen, l'autre jour, Mme Matthews a remarqué plusieurs bleus sur le bras et le cou de votre fille. Et quand on l'a interrogée à ce sujet, Kasia a expliqué qu'il y avait eu quelques incidents où les choses entre vous à la maison étaient devenues physiques, abusives. Elle a également décrit plusieurs cas où vous l'auriez abusée émotionnellement et verbalement.

La bouche de Tomek s'ouvrit, mais rien n'en sortit. C'était comme si quelqu'un l'avait poignardé en plein cœur, avait traîné le couteau jusqu'à son abdomen, puis l'avait remonté brusquement alors que vague après vague de nausée le frappait de tous côtés.

Mlle McCann fit un geste vers l'homme silencieux derrière elle. Il se tenait les mains le long du corps. Ses cheveux étaient raides, il était en surpoids et il avait l'air de ne pas avoir bien dormi depuis des semaines.

— Voici Monsieur Adams, poursuivit la directrice. Il vient des services sociaux.

— Allez vous faire foutre.

— Nous avons des raisons de croire que Kasia vit dans un environnement dangereux, et nous avons le devoir de veiller à ce qu'elle soit bien prise en charge, comme tout enfant devrait l'être.

— Allez vous faire foutre, répéta-t-il. Absolument pas. Pas question.

Son monde entier s'écroulait autour de lui. La nausée s'aggravait et sa tête commençait à tourner. Quelqu'un quelque part allumait et éteignait les lumières dans son esprit, et les mots qu'il voulait dire, les mots qu'il voulait *hurler*, tombèrent de sa bouche.

— Je n'ai pas à me justifier devant vous, dit-il, la voix pâteuse.

Mais si. Il savait que si. Pour blanchir son nom, pour éliminer toute trace de jugement et d'inquiétude qu'ils pourraient avoir à son sujet. Il ne pouvait pas les laisser penser qu'il était un père abusif. S'ils le faisaient, ils lui enlèveraient Kasia. Ce serait la fin de la nouvelle vie de famille qu'ils avaient construite ensemble. Ce n'était pas parfait, ça ne l'était plus depuis un certain temps, mais quelle famille l'était ? C'était un travail en cours. Et cela signifierait également la fin de sa carrière. Un père abusif travaillant dans les forces de police. Nick ne pourrait jamais le garder.

Ce serait la fin de tout.

CHAPITRE
CINQUANTE-QUATRE

Tomek avait réussi à apaiser *certaines* des inquiétudes de l'école et de l'assistant social. Mais pas entièrement. L'homme collé à ses talons était essoufflé quand ils atteignirent la dernière marche. Tomek n'attendit pas qu'il reprenne son souffle. Il entra directement dans l'appartement. Et regretta immédiatement son geste.

L'endroit ressemblait à une zone de bombardement.

Les livres de la bibliothèque, y compris celui dans lequel Tomek cachait de l'argent, étaient éparpillés sur la moquette. Les coussins du canapé avaient été jetés par terre, leurs entrailles répandues comme s'ils avaient été lacérés à coups de couteau. Les quelques tableaux et portraits accrochés au mur pendaient de guingois ou gisaient brisés sur le sol. La table de la salle à manger était renversée, son contenu dispersé partout. Des griffonnages et des marques illisibles avaient été gribouillés sur les murs et le plafond. Dans la cuisine, le contenu du réfrigérateur avait été vidé et jeté sur le comptoir. Des morceaux de verre jonchaient le linoléum et scintillaient sous la lumière artificielle.

— C'est quoi ce bordel ? demanda Tomek, bouche bée.

Sa première réaction fut de penser qu'on avait cambriolé l'appartement. Qu'un gang – peut-être celui de Richard Stafford, qui avait tué Michael Edwards et Karl Bacon – avait défoncé la porte d'entrée et saccagé l'endroit. Mais ensuite, il pensa à Kasia.

Comment son téléphone se retrouvait par terre, à moitié enseveli sous un livre. Comment un autre téléphone gisait à quelques mètres du premier.

— Kasia ! appela-t-il. Kasia ! Tu es là ?

Avec appréhension, il se dirigea vers leurs chambres, le cœur battant, les entrailles nouées. Il s'arrêta d'abord devant sa propre chambre. Le sol était un chaos total. La couette et les draps avaient été arrachés du lit, des vêtements jonchaient le sol et le dessus de l'armoire, et ses bonsaïs – ses précieux bonsaïs ! – étaient réduits en miettes, des dégâts irréparables infligés aux arbres qui faisaient partie de sa vie depuis près de vingt ans. Prudemment, Tomek contourna le lit pour examiner les dégâts. C'est alors qu'il aperçut le nichoir brisé, malmené, gisant sur la moquette. Le gazouillis des oiseaux venant de la fenêtre de la chambre lui parut soudain amplifié. Une famille de rouges-gorges sans endroit permanent où se réfugier.

L'appréhension et la peur que ressentait Tomek s'estompèrent rapidement pour faire place à la fureur, la colère, la soif de vengeance.

Il serra le poing.

— Que s'est-il passé ici ? demanda une voix depuis l'embrasure de la porte.

Tomek pivota sur place, le poing levé. Il se retint juste avant de frapper l'assistant social.

— Désolé, marmonna-t-il en baissant le bras.

Fantastique. Ça va faire bonne impression devant ce bureaucrate.

— Que s'est-il passé ici ? répéta M. Adams.

— J'aimerais bien le savoir, répondit Tomek en passant ses doigts dans ses cheveux. Il n'arrivait pas à détacher son regard du nichoir et des bonsaïs. Ses fiertés, les seules choses qu'il aimait en dehors de Kasia, détruites dans un acte de vandalisme insensé.

— Je pourrais peut-être répondre à cette question, intervint une voix douce et gentille venant de quelque part dans l'appartement.

L'assistant social s'écarta, révélant sa voisine, qui se frayait un chemin parmi les débris, s'appuyant contre le mur pour maintenir son équilibre.

— Edith, commença Tomek. Tu vas bien ? Ils sont aussi allés dans ton appartement ?

— Mon appartement ? Oh non, mon cher. Le mien va bien.

— Que s'est-il passé ? Qui a fait ça ? Tu sais où est Kasia ?

Son esprit tournait à cent à l'heure et il avait du mal à suivre le fil de ses pensées. Sa respiration était superficielle et rapide, et son pouls continuait d'augmenter. Il commençait à se sentir étourdi et confus.

— Calme-toi... dit Edith en s'approchant de lui, la main tendue. Elle la posa sur son bras et immédiatement sa respiration revint à un rythme presque normal, et une partie du brouillard dans son esprit se dissipa. Calme-toi, Tomek. Tu es stressé.

— Dis-moi juste ce que tu sais... S'il te plaît.

— J'étais dans la cuisine en train de préparer un déjeuner tardif quand j'ai entendu la porte d'entrée de l'immeuble s'ouvrir et ce qui semblait être deux personnes monter bruyamment les escaliers. J'ai attendu quelques minutes, mais ensuite j'ai entendu beaucoup de fracas et de bruit, alors je suis montée voir. Je ne savais pas ce qui se passait ici, et après avoir frappé, Kasia a ouvert la porte.

— Elle était seule ?

— Je n'ai vu ni entendu personne d'autre, répondit Edith en retirant son bras. Mais je l'ai senti, j'ai perçu qu'il y avait quelqu'un d'autre.

— Qu'a-t-elle dit ?

— Qu'elle était rentrée plus tôt de l'école parce qu'elle ne se sentait pas très bien, mais elle m'a semblé parfaitement en forme. Néanmoins, je l'ai laissée se reposer et je suis redescendue. Et c'est alors que le vacarme a repris. Beaucoup plus fort cette fois. J'ai essayé de frapper, mais elles ne m'ont pas entendue.

— Tu as entendu une autre voix ?

— J'ai entendu un autre nom.

— Qui ?

— Une fille appelée Yasmin. Elles se criaient dessus avec excitation, lançaient des objets... Elle regarda autour de la chambre. Créant ce désordre.

— Et ensuite ?

— Quelques minutes plus tard, elles sont sorties de l'appartement et ont dévalé les escaliers en me frôlant, me faisant presque tomber. Je ne les ai pas bien vues, mais comme je me tenais au mur pour garder l'équilibre, j'ai remarqué qu'elles avaient toutes les deux de gros sacs, comme si elles partaient pour une nuit ou deux.

Tomek hocha la tête, les rouages de son cerveau tournant de plus en plus vite à mesure qu'il recevait de nouvelles informations.

— Tu as vu dans quelle direction elles sont parties ?

Edith secoua la tête. — Je suis désolée, Tomek.

Il posa ses deux mains sur ses épaules. — Non, c'est *moi* qui suis désolé. Je suis désolé que tu aies dû vivre ça. Je vais m'assurer qu'elle s'excuse auprès de toi et qu'elle remette tout en ordre – fais-moi confiance. Mais d'abord, je dois la retrouver.

CHAPITRE
CINQUANTE-CINQ

Tomek avait enfin réussi à se débarrasser de l'homme corpulent qui lui collait aux basques. Après avoir constaté les dégâts que Kasia et son amie avaient délibérément causés, M. Adams avait décidé que Tomek n'avait rien fait de mal, et que son temps et son énergie seraient mieux employés à essayer de retrouver la jeune fille par des moyens dont ni Tomek ni la police ne disposaient.

Tomek avait été plus que ravi de donner satisfaction à cet homme et de le voir partir, car il avait un endroit où il devait se rendre.

La mère de Yasmin lui ouvrit la porte avec une expression inquiète qui crispait son visage. Ses yeux étaient rouges, gonflés, comme si elle avait pleuré pendant plusieurs heures. Elle avait également l'air de ne pas avoir dormi depuis des semaines. Ils avaient à peu près le même âge, mais il imaginait qu'en ce moment, ils paraissaient tous les deux au moins dix ans de plus.

Tomek se reconnaissait beaucoup dans son expression douloureuse et vaincue. Il en ressentait aussi une partie.

— Entrez, dit Pamela, sans qu'il ait besoin de demander.

Dès qu'il franchit le seuil, la tension dans ses épaules diminua légèrement. Il la suivit dans la cuisine et déclina l'offre d'une boisson.

— Je cherche Kasia, dit-il. Je me suis dit qu'elle pourrait être ici.

— Et moi, je cherche Yasmin.

— Vraiment ?

Pamela hocha la tête, regardant le sol. Elle attrapa une boîte de mouchoirs sur le comptoir et commença à la manipuler entre ses doigts.

— Elle devait rentrer il y a une demi-heure, mais elle ne répond pas à mes appels.

— Quand lui avez-vous parlé pour la dernière fois ?

— Ce matin, avant qu'elle ne parte pour l'école.

— Comment était-elle ?

Pamela haussa les épaules, sa tête s'enfonçant davantage dans sa poitrine. — Comme elle a été ces deux derniers mois. Silencieuse, agressive, évitant son père et moi.

Tomek sentit qu'il allait devoir aborder le sujet avec précaution et sensibilité. Il était clair qu'ils avaient traversé la même épreuve, que leurs deux filles avaient manifesté le même comportement erratique, mais Tomek avait la peau beaucoup plus dure que la plupart des gens. Il avait connu toutes sortes de situations dans son métier, et celle-ci n'était pas différente. Sans compter que Pamela avait un lien plus profond avec sa fille adolescente que Tomek n'en avait avec la jeune fille qui était entrée dans sa vie depuis moins d'un an.

— Elles étaient toutes les deux dans mon appartement, lui dit Tomek. Il y a environ une heure. Elles l'ont complètement saccagé.

— *Saccagé* ?

Tomek acquiesça.

— Mais pourquoi diable feraient-elles une chose pareille ?

— Je n'arrive pas à l'imaginer. Elles ont mis tout l'endroit sens dessus dessous.

— Savez-vous où elles sont allées maintenant ?

Tomek secoua la tête. — J'ai trouvé leurs deux téléphones portables chez moi. J'espérais qu'elle serait ici. Ma voisine a dit que lorsqu'elle les a vues partir, Kasia avait une sorte de grand sac de couchage avec elle. Avez-vous une idée d'où elles pourraient être allées ?

Pamela réfléchit un moment. — Rien ne me vient à l'esprit.

Tomek soupira profondément, croisant les bras. — Vous êtes sûre ?

— Oui, j'en suis sûre, siffla Pamela, changeant soudainement d'attitude et passant à l'offensive.

Tomek leva les mains en signe de reddition. — Je suis désolé. Je dois poser la question. C'est le détective en moi. Je ne voulais pas vous offenser.

— Ça va, dit-elle, bien que son intonation suggérât le contraire.

— Y a-t-il un endroit dont les filles vous ont parlé, ou peut-être avez-vous surpris une conversation quand elles étaient ici ?

— Qu'est-ce qui vous fait penser qu'elles discuteraient de quoi que ce soit ici ?

Le sourcil de Tomek se leva. — Parce que Kasia reste toujours dormir ici. Je pensais juste que...

— Dormir ici ? répéta Pamela. Kasia n'a pas dormi ici depuis des semaines.

— Mais elle...

Et alors il comprit. Que Kasia lui avait menti. Lui avait menti sur l'endroit où elle passait ses nuits. Lui avait menti sur ce qu'elle ressentait. Lui avait menti à propos du harcèlement. À propos de tout.

— Mais où diable ont-elles dormi alors ?

De lourdes larmes se formèrent dans les yeux de Pamela. Elle les essuya avec un mouchoir.

— Mon Dieu, elles pourraient être n'importe où, n'est-ce pas ? Et si quelque chose leur était arrivé ? Oh mon Dieu. Elles pourraient être en réel danger !

Tomek devait contrôler les émotions de Pamela. La dernière chose dont il avait besoin était qu'elle devienne inconsolable. Il devait la garder positive, lucide et avec les idées claires.

— Tout va bien se passer, d'accord ? lui dit-il. Nous allons les retrouver. Elles sont en sécurité. Tant qu'elles sont ensemble, elles sont en sécurité.

Ses paroles eurent peu d'effet.

— Pensez-vous que quelque chose leur soit arrivé ?

— Non, pas du tout. Je suis sûr qu'il y a une explication parfaitement raisonnable à tout cela.

Sauf qu'il savait qu'il n'y en aurait pas. Sinon, pourquoi auraient-elles détruit son appartement ? Pourquoi Kasia aurait-elle prétendu qu'il la maltraitait physiquement et verbalement ? Pourquoi l'aurait-elle presque effacé de sa vie en si peu de temps ?

— Avez-vous… avez-vous déjà trouvé de la drogue dans la chambre de Yasmin, ou quelque chose qui indiquerait qu'elle pourrait en consommer ?

Dès que le mot *drogue* sortit des lèvres de Tomek, Pamela gémit et les larmes coulèrent à flots. Alors qu'elle sanglotait contre sa poitrine, Tomek resta maladroitement en suspens, lui tendant la main sans la toucher. Il ne voulait pas franchir une quelconque frontière sociale entre eux, mais il ne voulait pas non plus qu'elle pleure juste devant lui. Finalement, il posa une main sur son épaule, puis la déplaça progressivement dans son dos.

— Tout va s'arranger, lui dit Tomek en lui serrant doucement l'épaule. Nous allons les retrouver. Elles vont réapparaître. Les statistiques pour ce genre de situation sont généralement très bonnes.

À ces mots, elle leva les yeux vers lui, son regard s'emplissant d'espoir. — Vraiment ?

— Oui. La plupart du temps, elles retrouvent le chemin de la maison toutes seules.

Mais dans ce cas particulier, il n'y croyait pas. Il ne croyait à aucun des mots qui sortaient de sa bouche. Parce qu'après l'avoir retrouvée et s'être occupé d'elle, rien n'irait bien pour Kasia. Ni pour sa petite amie, Yasmin, d'ailleurs.

Il veillerait personnellement à cela.

CHAPITRE
CINQUANTE-SIX

Les incantations avaient augmenté, tant en fréquence qu'en volume, au cours des cinq dernières minutes. L'évolution avait été progressive, comme la marée montante, mais ce n'était que maintenant, alors qu'elles atteignaient leur crescendo, que Kasia réalisait à quel point elles étaient fortes. Les vibrations la traversaient de part en part, faisant frissonner chaque centimètre de son corps.

Elle n'avait aucune idée de l'endroit où elle se trouvait et, pour aggraver les choses, elle avait perdu toute notion du temps. Vingt minutes ? Peut-être trente ? Possiblement plus. Elle ne savait pas. Ne pouvait pas savoir.

Elle ouvrit les yeux et ne vit que du noir, les visages de ses sœurs perdus dans l'obscurité, à l'exception de la faible lumière émise par les six bougies disposées uniformément autour de l'espace.

Elle se sentait euphorique. L'adrénaline, issue de la destruction qu'elle et Yasmin avaient causée plus tôt, et l'imminence du compte à rebours vers l'apocalypse qui était sur le point d'éclater, déferlait en elle. Elle haletait fortement, sa poitrine se soulevait et s'abaissait, ses cordes vocales se tendaient. Ses yeux se révulsèrent et sa tête bascula en arrière, son visage pointé vers le plafond. Le LSD qu'elle avait pris peu de temps avant commençait à faire effet. Le plafond noir s'était maintenant transformé en un mirage de créatures mortelles et dangereuses. Des serpents, un mélange de vert et de bleu, tourbillonnaient à la surface. Des bêtes gigantesques et mythiques, comme elle n'en avait jamais vu auparavant, seulement lu à leur sujet, grognaient et aboyaient vers elle depuis les hauteurs. Des démons la narguaient, l'appelaient, la taquinaient. Elle ferma les yeux, essayant de les chasser, mais cela ne fonctionnait pas. Ils étaient toujours là, griffant et tendant les bras vers elle au-dessus de sa tête.

Elle faisait un bad trip. L'un des pires qu'elle ait jamais vécus.

Mais elle ne se recroquevillait pas. Ne se recroquevillerait pas. Elle était plus courageuse que ça. Plus courageuse qu'eux. Sans compter qu'elle avait Zeus et les Harpies à ses côtés si les choses devenaient trop intenses. Ils formaient une unité, une équipe. Ils pouvaient la défendre. Mais pour l'instant, elle pouvait se défendre elle-même.

Elle hurla, sa voix se brisant sous la soudaine tension.

Le son emplit la pièce et, en un instant, les démons disparurent, reculant dans l'obscurité jusqu'à ce qu'elle ne puisse plus voir leurs visages. Elle avait réussi. Elle les avait bannis.

À sa surprise, ses sœurs continuèrent leurs incantations, resserrant leur emprise sur ses mains, s'assurant qu'elle restait verrouillée dans le cercle.

—C'est bien, lança Zeus, laisse tout sortir. Libère tes démons intérieurs alors que nous cherchons à les bannir de ce monde et du suivant. Exorcise-les de ton corps et de ton âme. Nous ne pouvons pas nous permettre d'en avoir avec nous dans l'au-delà. Ils doivent disparaître.

Zeus se tenait à la périphérie du cercle, patrouillant, observant, prêt à bondir pour aider une Harpie si elle en avait besoin.

Il plaça une main sur le dos de Kasia et l'autre sur sa poitrine, et elle sentit immédiatement l'air s'échapper de ses poumons. Elle suffoqua, haletant, respirant lourdement.

—Laisse-les sortir, dit-il. Laisse-les tous sortir.

Elle pouvait les sentir. Tous. Les démons quittant son corps, s'échappant par ses poumons vides d'air et sa bouche. Mieux encore, elle pouvait les voir. S'envolant de son corps et fuyant dans l'obscurité avant de finalement disparaître dans le plafond.

Zeus augmenta la pression sur sa poitrine, expulsant encore plus d'air de ses poumons. Son corps commença à pétiller et à picoter alors qu'elle luttait pour respirer. Cela faisait plus de trente secondes que rien n'entrait, et pendant un moment, elle crut qu'elle allait s'évanouir. Jusqu'à ce qu'il la frappe sur la poitrine et que la dernière bête, la dernière créature, explose de sa bouche. Une grande chose horrible, avec des centaines de dents et des yeux rouges démoniaques et maléfiques qui la fixaient.

Quelque part, du plus profond d'elle-même, elle trouva l'énergie et l'oxygène pour hurler au visage du démon. L'explosion de ses lèvres eut l'effet escompté et il fit rapidement demi-tour pour battre en retraite.

Dès que la bête fut partie, Kasia inhala, relâcha son emprise sur les sœurs de chaque côté d'elle, puis s'effondra en arrière sur le sol.

Les incantations s'arrêtèrent rapidement et furent remplacées par le bruit de mouvements. En quelques secondes, ses sœurs étaient regroupées autour d'elle, la touchant, la célébrant, la félicitant.

—Tu as réussi, dit Yasmin depuis quelque part sur sa droite. Tu as réussi ! Tu es morte à toi-même, Kandy ! Tu es officiellement morte à toi-même !

CHAPITRE
CINQUANTE-SEPT

Tomek frappa sur la vitre si fort qu'il faillit la traverser avec son poing. Puis il colla son visage contre la fenêtre et scruta le studio vide.

Le banc en bois qui se trouvait autrefois devant l'entrée avait disparu, et aucune de ces musiques atroces ne résonnait à l'intérieur.

Les Fils de Zeus.

C'était le nom que la réceptionniste de la station de radio lui avait donné.

Le même nom que l'artiste que Kasia suivait, écoutait, dont elle ne cessait de parler, dont elle achetait les produits dérivés, et qu'elle était allée voir récemment.

Le même homme que Tomek soupçonnait maintenant d'être impliqué dans les morts de Michael Edwards et Karl Bacon.

Le même homme qui pourrait potentiellement mettre Kasia en danger.

Tomek frappa à nouveau du poing contre la porte vitrée.

— Merde, siffla-t-il, puis il se retourna et commença à chercher un caillou par terre.

Il en trouva un quelques instants plus tard et le fit rebondir dans ses mains, évaluant son poids. Il n'hésita pas. Le morceau de béton fit une pirouette dans les airs et s'écrasa contre la vitre, projetant des milliers d'éclats sur le sol. Aussitôt, une sirène retentit à l'intérieur du bâtiment. Tomek n'y prêta guère attention. Il franchit la porte, le verre crissant sous ses pieds comme du gravier, puis examina les lieux. Le studio de yoga reconverti en centre d'activités pour adolescents était vide. La décoration avait été arrachée des murs, les ornements enlevés de leurs socles, et les meubles retirés du sol. C'était comme si l'endroit avait été abandonné depuis des années, attendant silencieusement qu'un nouveau propriétaire vienne lui redonner vie.

Le reste du studio était dans le même état – à l'arrière et à l'étage. Vide, dépourvu de tout ce qui aurait pu suggérer que quelqu'un y avait vécu ou travaillé.

Les Fils de Zeus, ou quel que soit son putain de nom, avait fait un travail minutieux pour enlever tous les objets. Mais pas assez minutieux. L'équipe médico-légale trouverait quelque chose, il en était certain.

Debout dans l'une des pièces vides à l'étage, Tomek sortit son téléphone de sa poche.

— Nick, tu es là ? demanda-t-il frénétiquement.

— Oui, qu'est-ce que... ?

— J'ai besoin de la police scientifique à Temple Farm Industrial Estate. Il y a...

— De quoi tu parles ? demanda Nick. On a un autre cadavre ?

— Non. Kasia. Elle et son amie ont disparu. Les Fils de Zeus. Michael Edwards. Karl Bacon. Je pense que tout est lié. J'ai besoin de la scientifique.

Tomek haletait, son esprit filant à cent à l'heure. Il y avait tant de pensées qui tourbillonnaient dans sa tête qu'il n'en captait que la fin de chacune.

— Tu as l'air d'avoir besoin de t'allonger un moment, répondit Nick, d'une voix rauque. Maintenant, avant que j'envoie qui que ce soit, reprends ton souffle et dis-moi exactement ce qui s'est passé.

CHAPITRE
CINQUANTE-HUIT

L'équipe médico-légale était arrivée vingt minutes plus tard. Tomek s'était occupé d'eux, leur expliquant la situation et la nécessité d'être minutieux, puis était retourné à la salle d'opération. Nick lui avait dit qu'il ne serait d'aucune utilité au studio de yoga. Qu'il passerait son temps à aboyer des ordres et à interférer avec le travail de l'équipe, énervant tout le monde au passage. Et Tomek avait été d'accord avec lui. Le seul problème, c'est qu'il n'était pas plus utile dans la salle d'opération. Il tournait en rond, faisait les cent pas, aboyait des ordres, harcelait ses collègues alors qu'ils essayaient de l'aider à déterminer où se trouvait Kasia. Son niveau de stress avait atteint des sommets, et il n'y avait rien qu'il puisse faire pour le calmer. Rachel et Anna, accompagnées de deux agents en uniforme, avaient été envoyées chez lui pour mener des enquêtes de voisinage et rester à proximité de l'appartement, au cas où, par miracle, elle réapparaîtrait. Pendant ce temps, Chey examinait les caméras de vidéosurveillance et les séquences à l'extérieur du studio de yoga et près de l'appartement de Tomek, espérant déterminer ses mouvements après qu'elle avait fui les lieux. Tomek avait remis son téléphone portable et celui de Yasmin aux équipes de police scientifique numérique, qui cherchaient actuellement dans les appareils l'historique des messages, les informations de télémétrie et toute preuve photographique qui pourrait indiquer où l'une ou l'autre des adolescentes était allée. Bien que cela prendrait des heures, avaient-ils prévenu.

Des heures, c'était trop long.

Des heures, c'était plus que ce dont il disposait. D'ici là, quelque chose d'horrible pourrait lui être arrivé.

Ou pire, à quelqu'un d'autre.

Après son retour à la salle d'opération, Tomek avait expliqué sa théorie. Que Les Fils de Zeus, dont le nom était Zachary Godson, s'il se souvenait bien, avait orchestré le meurtre de Michael Edwards et Karl Bacon, et qu'il avait ordonné à une poignée de filles dévouées et obsédées de le faire. Il ne savait pas comment, et il ne savait pas pourquoi. Mais quelque chose dans ses tripes — son intuition, cette partie qui était restée en sommeil pendant des semaines (à la fois son intuition paternelle et celle de détective) — lui criait, laissant son estomac malade et noué.

À sa surprise, Nick n'avait pas rejeté l'idée.

— Je peux voir ça comme une possibilité, avait-il répondu. J'ai toujours été légèrement dubitatif quant au fait que Stafford envoie un gang — de filles, qui plus est — pour tuer Edwards. Ça ne semblait ni logique ni juste. Mais... passons. D'abord, nous devons nous concentrer sur la recherche de votre fille.

Un processus dans lequel Tomek ne devait avoir aucune implication. Nick ne voulait pas qu'il s'approche trop, ne voulait pas qu'il connaisse les moindres détails de chaque partie de la recherche. S'il y avait une mise à jour importante ou une information qu'il devait connaître, Nick le lui dirait. Tomek n'était pas ravi de cette décision, mais il réalisa rapidement que c'était pour le mieux. Il pouvait à peine penser clairement, encore moins traiter les informations qui circuleraient partout. Sans mentionner qu'il avait déjà contrarié une poignée d'agents en uniforme en leur criant de se dépêcher et de bouger leurs gros culs.

C'était mieux pour tout le monde s'il restait dans la salle d'opération et se tenait aux côtés de Nick, s'appuyant sur le commissaire principal pour un soutien émotionnel, ce qu'il n'avait pas peur d'admettre qu'il appréciait.

Plus de trois heures s'étaient écoulées depuis la disparition de Kasia, et il n'y avait toujours pas de nouvelles, toujours aucun signe d'elle.

Tomek commençait à s'agiter. Il cliquait sans arrêt sur la souris de l'ordinateur depuis presque deux minutes, et faisait rebondir son genou presque au même rythme, tandis que son esprit fixait l'écran sans le voir.

— Je n'arrête pas de penser à ce que j'aurais pu faire différemment, tu sais ? dit-il soudainement à Nick. Je n'arrête pas de penser aux signes et pourquoi je ne les ai pas repérés plus tôt. Ils étaient juste là, sous mes yeux. J'espère juste… j'espère juste qu'elle est en sécurité, que…

Le téléphone vibrant contre sa jambe le distrait. Il fouilla frénétiquement ses poches pour l'atteindre. Dans sa précipitation, il faillit laisser tomber l'appareil par terre.

Il répondit sans vérifier l'identifiant de l'appelant.

— Kasia ? C'est toi ?

— Kasia ? Non, ce n'est pas elle.

L'âme de Tomek se dégonfla, ses épaules s'affaissèrent. Ce n'était pas Kasia. En fait, c'était la personne la plus éloignée de Kasia dans tous les sens du terme.

Nathan Burrows, le meurtrier incarcéré de son frère.

— Nath… commença Tomek. Pourquoi… pourquoi m'appelles-tu ?

— J'avais envie d'une petite conversation, répondit l'homme. Bien que je pense que c'est toi qui en as besoin. Qu'est-ce qui se passe ?

Tomek se leva rapidement de la chaise et sortit de la pièce. En fermant la porte derrière lui, il intercepta un regard préoccupé de Nick.

— C'est Kasia, expliqua Tomek dès que la porte fut fermée. Elle a disparu. Je pense qu'elle a peut-être rejoint une sorte de culte ou quelque chose comme ça.

— Un culte ?

— Oui.

— Disparue ?

Tomek se faufila dans une autre pièce, fermant doucement la porte derrière lui. — Oui. Je ne sais pas comment l'expliquer. Elle… elle juste… Elle s'est comportée si étrangement ces dernières semaines, et maintenant elle s'est enfuie avec son amie, je… je ne sais pas quoi faire.

— Est-ce qu'elle a déjà fait ça avant ?

La voix de Nathan était calme, apaisante. Et en l'écoutant, l'esprit de Tomek devint concentré, engagé dans la discussion. Il réfléchissait vraiment à ce qu'il allait dire et comment répondre plutôt que de débiter la première chose qui lui venait à l'esprit.

Il devenait *présent*.

— Elle s'est déjà enfuie, oui. Mais pas comme ça. C'est différent.

— Différent comment ?

— Son comportement au cours des dernières semaines. J'ai remarqué un changement évident chez elle. Elle n'est plus celle qu'elle était. Elle est différente. Et la dernière fois, elle n'avait pas détruit mon appartement.

— Je suis désolé d'entendre ça, Tomek. Qu'a-t-elle fait ?

— Ils ont mis tout l'appartement sens dessus dessous. Tomek serra le poing alors que la colère commençait à monter en lui. — Tout détruit. Le salon, ma bibliothèque, la cuisine. Elle a volé de l'argent de ma cachette secrète. Elle a complètement ravagé mes bonsaïs, et...

Tomek ne put se résoudre à terminer cette phrase. Mais par son intonation, Nathan comprit à quoi il faisait référence.

— Je vois... dit-il. Et est-ce que c'est... irréparable ?

Tomek fit une pause, inspira, retint son souffle, puis le laissa échapper. — Oui, malheureusement. Je ne sais pas ce qui lui a pris.

En fait, si. Zachary Godson. L'homme qui avait une emprise sur sa fille.

— Avez-vous essayé son portable ? demanda Nathan.

— Elle l'a laissé dans l'appartement.

— A-t-elle été enlevée ?

Tomek expliqua qu'un témoin l'avait vue s'enfuir de l'appartement avec un ami.

— Ça semble effectivement bizarre, dit Nathan, l'air pensif.

— C'est le moins qu'on puisse dire. Je ne sais pas quoi faire. Je m'inquiète pour elle. J'ai peur qu'il lui soit arrivé quelque chose.

— Je vais vous aider, dit Nathan.

Cette déclaration était si inattendue qu'elle prit Tomek par surprise. Sa bouche s'ouvrit mais pendant un instant, aucun son n'en sortit.

— Vous voulez m'aider ?

— Non, Tomek. Vous me comprenez mal. Je vous dis que je *vais* vous aider, pas que je veux vous aider.

Tomek fit une pause. — Quelle est la différence ?

— Vouloir aider, c'est ce que disent les gens quand ils ne s'engagent pas vraiment. Ce n'est que lorsque vous leur mettez un pistolet sur la tempe qu'ils finissent par faire quelque chose pour vous. Dire que je *vais* vous aider signifie que je vais réellement agir pour résoudre la situation.

Tomek fit encore une pause, réfléchissant à ce que Nathan disait. Et puis il réalisa qu'il ne comprenait pas vraiment ce que l'homme suggérait.

— Comment... pouvez-vous m'aider ?

Un rire profond résonna au téléphone. — Je suis enfermé ici depuis très longtemps, Tomek. J'ai appris une chose ou deux, et je me suis fait un ami ou deux. La plupart d'entre eux me doivent une faveur. Tout ce que vous avez à faire, c'est donner votre accord et je ferai tout ce qui est en mon pouvoir pour vous aider à retrouver Kasia.

— Pourquoi ? Pourquoi voulez-vous m'aider ?

Un autre rire, plus doux cette fois. — N'est-ce pas évident ? Pour Michał.

— Pour Michał, répéta Tomek dans un murmure.

Puis : — Très bien. Vous avez mon accord. Faites ce que vous pouvez pour m'aider à retrouver ma fille.

CHAPITRE
CINQUANTE-NEUF

De retour chez lui, la clé refusait d'entrer dans la serrure. C'était l'une des principales raisons pour lesquelles lui et Kasia avaient quitté leur ancien appartement, et voilà que cette fichue serrure ne fonctionnait toujours pas. Mais il s'en fichait. Il était si fatigué, si abattu et mentalement épuisé, qu'il n'avait plus l'énergie de s'énerver. Avant, il aurait grogné et gémi, tendu son corps de frustration. Puis il aurait crié contre cet objet inanimé, le traitant de putain d'enfoiré inutile. Mais pas maintenant. Maintenant, il aurait été plus que content de dormir en haut des escaliers ou dehors dans l'humidité du début d'été. C'était le minimum qu'il méritait.

Les recherches sur la localisation de Kasia n'avaient mené nulle part. Ils n'avaient rien trouvé. Rien dans les enregistrements de vidéosurveillance des voisins ou dans les images des caméras de surveillance des environs. Rien auprès des voisins interrogés par Rachel et Anna. Rien non plus du côté de l'équipe d'analyse numérique. Elle était quelque part, dehors. Mais Dieu seul savait où elle se trouvait.

Finalement, après quelques manipulations supplémentaires, Tomek réalisa qu'il avait essayé d'insérer la clé à l'envers. Il la retourna et ouvrit la porte.

L'intérieur du salon était pratiquement dans le même état que lorsqu'il l'avait quitté. Des débris jonchaient les tapis et les meubles.

Rachel et Anna avaient, à leur honneur, essayé de ranger, mais n'avaient visiblement pas su par où commencer. Quelques livres avaient été empilés soigneusement sur la table, et une poignée de plumes récupérées sur les coussins et remises à l'intérieur, mais leurs efforts s'arrêtaient là.

Tomek s'en moquait. Ça pouvait attendre jusqu'au lendemain. Ou le jour d'après. Ou encore celui d'après. Jusqu'à ce que Kasia soit rentrée saine et sauve, il se fichait complètement du désordre au sol.

Levant les pieds pour éviter les débris, il se dirigea sur la pointe des pieds vers sa chambre et s'effondra au bord du lit. L'odeur de terre humide qui avait été traînée sur le tapis flottait dans l'air.

Il s'étendit sur le lit, laissant le matelas l'envelopper, épouser les contours de son corps, l'attirant progressivement plus profondément dans ses fibres. Il fixa le plafond, son esprit retournant chaque détail pour la millième fois. Comme s'il ne l'avait pas déjà assez fait dans la salle d'incident et que son cerveau insistait pour que quelque chose d'autre apparaisse. Un petit détail qu'il aurait négligé ou auquel il n'aurait pas encore pensé. Un nom, un lieu, une référence à un groupe ou une information qu'elle aurait pu mentionner.

Mais rien. Son esprit était complètement vide, dépourvu de toute pensée cohérente.

C'est alors, tandis que son esprit était si ouvert, si vide, rien qu'une vaste étendue de temps et d'énergie sans limites, que les vannes s'ouvrirent et qu'il se mit à pleurer. Rien n'arrêtait les larmes, aucune barrière ne les retenait, alors elles se déversèrent, coulant le long de son visage, trempant rapidement le drap de lit dans des flaques d'eau salée.

Les larmes durèrent cinq minutes. C'était la plus longue période durant laquelle il avait pleuré depuis des années, depuis les funérailles de son frère ; trente ans de frustration et de soulagement refoulés jaillissant hors de lui aux premières heures du matin.

Quand il eut fini, il était trop épuisé pour se relever du lit ou même se déshabiller en position allongée. Tout ce qu'il voulait, c'était dormir et, à son réveil, voir Kasia debout au-dessus de lui, le regardant avec un visage à la fois désolé mais ouvert et chaleureux.

Alors que ses yeux devenaient lourds et qu'il se sentait entraîné encore plus profondément dans le matelas, quelqu'un frappa à la porte d'entrée.

Immédiatement, Tomek s'anima. Il se dépêtra du lit dans son état somnolent, puis sprinta vers la porte d'entrée. En chemin, il donna des coups de pied dans les objets sur le sol et trébucha, mais n'y prêta guère attention.

Kasia était à la porte !

Kasia était rentrée !

Tout serait pardon-

L'euphorie de Tomek fut fauchée par la petite femme menue, presque décharnée, qui se tenait devant lui.

— Edith, qu'est-ce que tu fais ici ? Il est trois heures du matin, dit-il.

— Je t'ai entendu rentrer. Je n'arrivais pas à dormir, pas avec tout ce qui se passe. Je voulais venir voir comment tu allais.

Un mince sourire traversa son visage. Il appréciait le geste, mais ce n'était pas elle qu'il voulait voir.

— Tu veux entrer ?

Edith acquiesça et franchit le seuil.

Alors que Tomek refermait la porte derrière elle, il ajouta : — Je suis désolé si je n'ai pas l'air content de te voir. C'est juste...

Elle se retourna pour le regarder. — Je sais, mon chéri. Je sais. Puis elle tourna son attention vers le désordre sur le sol et les murs, vers la destruction causée par sa fille. — J'ai essayé de monter quand certains de tes collègues étaient là, les deux femmes. J'ai proposé d'aider à ranger, mais elles ont dit que l'endroit faisait l'objet d'une enquête et que c'était techniquement une scène de crime.

Tomek hocha la tête. Techniquement, c'en était une. Mais le seul crime qui avait été commis dans cet appartement était l'échec de Tomek en tant que père.

— J'apprécie l'offre, répondit-il en essuyant les larmes de ses yeux.

— Des nouvelles ? demanda doucement Edith, ne voulant pas dépasser les limites.

— Rien pour l'instant. Nous n'arrivons pas à la joindre, et personne ne sait où elle est. Elle a laissé son téléphone, donc nous n'avons aucun moyen de la contacter. Et elle n'était pas aux endroits où je pensais qu'elle pourrait être.

Edith posa une main réconfortante sur son bras. — Je suis sûre que ton équipe travaille très dur pour la retrouver.

Tomek sentit les larmes commencer à ressurgir et lutta pour les retenir.

— Je sais que c'est difficile, dit-elle. Mais tu dois rester positif. Elle va réapparaître. Je suis sûre qu'elle va bien. Tu veux un câlin ?

Tomek ouvrit la bouche pour répondre, mais avant qu'il ne puisse dire un mot, Edith enroula ses bras autour de sa taille et l'étreignit. Pour quelqu'un d'aussi petite et menue, elle avait une sacrée poigne, et à cet instant précis, c'était exactement ce dont il avait besoin. Du réconfort, du soutien, quelqu'un pour le maintenir debout quand ses jambes fléchissaient et que son corps devenait faible. Les larmes coulèrent instantanément sur son visage et il s'effondra dans ses bras, son corps convulsant de façon incontrôlable à chaque sanglot, comme s'il était à nouveau adolescent, hyperventilant, gémissant, souhaitant que tout s'arrête.

— Tout va s'arranger, lui dit-elle, sa voix étouffée contre le tissu de son t-shirt. Kasia va bien aller. Tu vas la retrouver. Et quand ce sera le cas, sois indulgent avec elle. Je suis sûre qu'elle a ses raisons pour ce qu'elle a fait, et quelles qu'elles soient, je suis certaine qu'elles sont justifiées. C'est difficile d'être adolescent, alors ne sois pas trop dur avec elle.

La réaction immédiate de Tomek fut qu'il ne le serait pas, qu'il lui tomberait dessus comme une tonne de briques, mais il réalisa ensuite que c'était l'adrénaline, la colère et la frustration qui parlaient, et qu'Edith avait raison. Elle n'était qu'une adolescente stupide qui ne savait pas mieux. Une adolescente stupide qui lui lançait des appels à l'aide depuis un certain temps, et maintenant les choses avaient finalement atteint leur point de rupture.

— Oui, tu as raison, lui dit-il. Mais tu devras peut-être me retenir, ajouta-t-il en plaisantant.

— On se retiendra mutuellement, répondit Edith, le libérant enfin.

C'est alors que Tomek réalisa que le comportement de Kasia ne l'avait pas affecté uniquement lui. Il avait aussi affecté Edith. Que la vieille dame se souciait de Kasia et l'adorait d'une manière qui dépassait le simple voisinage. Que Kasia avait beaucoup d'excuses à présenter et de réparations à faire. Non seulement envers lui, mais aussi envers Edith.

— Allez, dit-elle, il est tard. Va te coucher.

— Je n'ai pas dix ans, répondit-il. Et la dernière fois que j'ai vérifié, tu n'es pas ma mère.

— Je sais, mais je n'ai jamais eu d'enfants, alors ce soir je le suis. Et je te dis d'aller dormir, jeune homme.

Tomek leva la main en un salut. — Oui, madame. Comme vous voudrez, madame.

CHAPITRE
SOIXANTE

La rue était mortellement silencieuse, parfaitement immobile. Aucun mouvement dans les arbres, aucun mouvement dans les buissons. Même pas un souffle de vent à ses oreilles.

Yasmin retenait sa respiration pour ne pas troubler le silence. Elles étaient en mission top secrète, leur Creepy Sleepy le plus confidentiel et le plus important à ce jour, et l'échec n'était pas une option.

Toutes les quatre se tenaient à l'entrée du jardin, serrées les unes contre les autres, vêtues des mêmes longues robes blanches qu'elles avaient portées dans l'entrepôt. Elle pouvait sentir l'énergie entre elles, bourdonnante, picotante au creux de son ventre. Elle ne ressentait plus de peur ni de nervosité. Aucune d'entre elles n'en ressentait. Elles étaient si proches maintenant, si près du dénouement.

Et l'homme qui menaçait de tout gâcher dormait profondément au premier étage du bâtiment.

Yasmin fit le premier pas. Comme un vampire qu'on aurait invité à entrer, elle pénétra avec précaution dans le jardin et se dirigea vers le portillon latéral. Elle posa ses deux mains sur le dessus et l'escalada. Ses pieds claquèrent sur le sol de l'autre côté. Quelques instants plus tard, ses sœurs Harpies l'avaient rejointe, et ensemble elles contournèrent la maison, marchant sur la pointe des pieds, se baissant, se collant aux murs, s'arrêtant tous les quelques pas pour écouter. Le seul signe de perturbation était la vitesse progressivement croissante du vent au loin.

Ensuite, les filles arrivèrent dans le jardin arrière. Yasmin tendit le cou vers le ciel et aperçut la chambre de Kasia sur la droite. À côté se trouvait celle de Tomek. Le bruit de ronflements et de sommeil profond filtrait par l'entrebâillement de la fenêtre. Elle se demandait dans quel état était l'appartement depuis que Kasia et elle l'avaient saccagé. Avait-il encore plus dévasté les lieux par frustration et colère, ou avait-il essayé de ranger et de restaurer une partie ? Elle avait hâte de le découvrir.

Accolée au côté de la maison se trouvait la rangée de garages dont Kasia lui avait parlé. Yasmin fut la première à les escalader. Elle planta ses pieds dans les petites encoches que Kasia lui avait indiquées et, s'aidant de ses mains, suivit le même chemin que Kasia avait emprunté plusieurs fois jusqu'au sommet du garage. Une fois en haut, elle aida le reste de ses sœurs, les tirant par-dessus le rebord et sur la surface en béton. Les filles se stabilisèrent, leurs mouvements prudents.

Rien ne devait mal se passer. Il n'y avait pas de place pour les erreurs.

— La fenêtre est ouverte, chuchota-t-elle aux filles. Je passe en premier.

Avec précaution, équilibrant son poids sur chaque pied, elle avança lentement sur le garage vers la fenêtre de la chambre de Kasia. Plus tôt, elle avait pris soin de la laisser entrouverte, juste au cas où, et heureusement, le livre qu'elle y avait coincé était toujours en place. À la fenêtre, elle l'ouvrit lentement, méfiante du bruit que pouvait faire le joint en caoutchouc dans le silence tandis qu'il se déplaçait et frottait contre le PVC, jusqu'à ce qu'elle soit finalement assez grande pour qu'elle puisse y passer. Elle glissa son corps à l'intérieur avec aisance et s'accroupit à côté du lit. Attendit. Écouta.

Rien, hormis le bruit des ronflements émanant de l'autre côté du mur.

Elle prit un moment pour observer les alentours, et sa question précédente trouva sa réponse : la pièce était toujours dans le même état que lorsqu'elles l'avaient quittée. Ce salaud paresseux n'avait même pas essayé d'y faire quoi que ce soit.

C'était juste une raison de plus pour laquelle il fallait s'occuper de lui.

Dans un accès de panique, Yasmin passa sa main derrière son dos et tâta sa ceinture. Le Taser était toujours en place, solidement fixé avec l'attache que Zeus lui avait nouée. C'était idiot de sa part d'en douter, vraiment, mais elle devait s'en assurer.

Rien ne devait mal se passer. Il n'y avait pas de place pour les erreurs.

Elles avaient pratiqué cela, répété des dizaines de fois. Elles avaient passé plus de deux heures ensemble, examinant méticuleusement chaque détail, chaque éventualité. Il n'y avait aucun scénario ou incident auquel elles n'étaient pas préparées.

Dès que la dernière de ses sœurs fut passée par la fenêtre, Yasmin pivota sur la pointe des pieds et se dirigea furtivement vers le couloir. En s'en approchant, le bruit des ronflements s'intensifia. Posant une main sur la poignée de la porte, elle l'ouvrit lentement, doucement, retenant sa respiration. Puis elle se dirigea vers la chambre du diable, vers les sons démoniaques de l'enfer. Juste au moment où elle arrivait à la porte, les drogues commencèrent à faire effet, et lorsque la porte s'ouvrit, le tapis se transforma en feu et en lave, baignant la pièce d'une lueur rouge profonde. Une vague de chaleur la gifla soudainement au visage, la faisant presque perdre l'équilibre.

Et *il* était là, allongé au milieu de tout ça, étendu sur son trône de fer, entouré de lave en fusion et d'un mur de flammes.

Le diable. Lucifer.

Pendant un long moment, Yasmin contempla la pièce, figée sur place.

Soudain, elle fut saisie de peur. Pour la première fois, la nervosité la retenait.

Ce n'est pas réel, se dit-elle. Ce n'est pas réel. Le feu et la lave ne sont pas réels. C'est sans danger de—

Elle fut tirée de ses pensées par une poussée dans le milieu de son dos. Calcium Kitten lui avait donné un coup de coude, le coup de pouce dont elle avait besoin, et dès qu'elle ouvrit les yeux, le feu et la lave dans l'antre du diable se dissipèrent, remplacés par l'obscurité.

Rien ne pouvait mal se passer, se dit-elle.

Et rien n'irait mal.

Yasmin franchit le seuil de la pièce en retenant son souffle. Derrière elle, les Harpies se mirent silencieusement en ligne. Mais ce faisant, Calcium Kitten trébucha sur le talon de Yasmin et s'écrasa contre le bord du lit.

Le diable se réveilla immédiatement, rejetant les couvertures de son corps entièrement habillé, brandissant un poing serré en l'air.

—Kasia ? demanda-t-il, l'espoir teintant sa voix.

Au moment où Tomek prenait pleinement conscience de ce qui se passait, Yasmin avait déjà saisi le Taser et le pointait directement sur lui, un point rouge fixé au centre de sa poitrine.

—Qu'est-ce qui se passe, bordel ? marmonna Tomek d'un air hagard en examinant les quatre filles devant lui, l'une pointant une arme à impulsion électrique sur son téton tandis que les autres brandissaient des couteaux de cuisine.

Le diable avait enfin trouvé son maître.

—Qu'est-ce que *tu* fous ici ? poursuivit Tomek, dirigeant la question vers Yasmin. Où est Kasia ? Où est ma fille ? Qu'est-ce que vous avez fait d'elle, bordel ?

Tomek bomba le torse, agrippa la couette entre ses doigts et la rejeta de son corps tandis qu'il se levait d'un bond du lit.

—Fais-le ! hurla Calcium Kitten.

Yasmin tenta frénétiquement de tirer avec le Taser, mais il ne fonctionnait pas. Il était bloqué. Verrouillé. Défectueux. Elles n'étaient pas de taille face au diable, pas dans une confrontation physique. Elles avaient donc placé tous leurs espoirs sur le pistolet paralysant pour l'assommer et le maîtriser. Mais elles n'avaient pas prévu qu'il ne fonctionnerait pas. Elles avaient envisagé toutes les éventualités, oui. Toutes sauf celle-ci.

Zeus avait promis que l'arme fonctionnerait.

Avant que Yasmin ne puisse réagir, Tomek était sur elle. Il l'attrapa par le haut de sa robe et la jeta sur le lit, grognant fortement en la projetant. La pièce tournoya en un carrousel de noir et de gris, et les cris des filles emplirent le petit espace. Quand Yasmin se redressa, elle vit Calcium Kitten sauter sur le dos de Tomek, tentant d'enfoncer la lame dans son ventre. Mais il était trop fort pour elle, trop puissant. Il avait saisi la lame d'une main et s'apprêtait à attraper l'autre main de Calcium quand Yasmin réalisa que tout avait horriblement mal tourné.

Ensuite, Tomek fit basculer Calcium Kitten de son dos et la jeta sur le sol près de la fenêtre. Elle gémit de douleur tandis que ses jambes et ses bras étaient transpercés par le bois brisé des bonsaïs et du nichoir.

Pendant ce temps, ses autres sœurs restaient pétrifiées, figées sur place, comme si quelqu'un les avait éteintes.

—Courez ! hurla Yasmin.

Les filles n'eurent pas besoin qu'on le leur dise deux fois. Un instant elles étaient là dans l'encadrement de la porte. L'instant d'après, elles n'y étaient plus. Avant de partir, Yasmin jeta un dernier regard au diable : il était penché sur Calcium, la tenant par les cheveux. Dès qu'il remarqua Yasmin qui s'échappait, il lâcha sa sœur et se dirigea vers elle. Il atteignit le pied du lit avant que Calcium ne l'attrape par les chevilles et ne le fasse trébucher. Il tomba juste devant les pieds de Yasmin.

Sans hésiter, elle fit demi-tour, sprinta dans le couloir, sauta par la fenêtre et descendit le long du garage.

Rien ne devait mal se passer ce soir.

Mais c'était arrivé. Tout avait horriblement, horriblement mal tourné.

Sa sœur, sa douce et bien-aimée Calcium Kitten, s'était sacrifiée. Et le diable l'avait réclamée pour lui-même.

Elle et le reste des Harpies, Zeus inclus, s'assureraient que sa souffrance et sa mort ne soient pas vaines.

CHAPITRE
SOIXANTE-ET-UN

Tomek tremblait encore d'adrénaline deux heures après que les filles avaient fait irruption chez lui et tenté de le tuer. À strictement parler, il ignorait quelles étaient leurs intentions. Il ne savait pas si elles étaient venues pour le torturer, l'enlever ou l'assassiner, mais au vu du pistolet à impulsion électrique dans les mains de Yasmin et des lames de vingt-cinq centimètres que portaient les autres filles, il pouvait faire une estimation assez fiable de ce qu'elles avaient prévu.

L'équipe avait essayé de le calmer, de le forcer à aller à l'hôpital, mais à part quelques points de suture à la main, il n'avait rien. Rien, si ce n'est ce désir animal de découvrir ce qui se passait et pourquoi Yasmin et ces filles inconnues avaient fait irruption chez lui.

— Tu es en état de choc, lui dit Nick, les yeux fatigués. Je pense que tu devrais juste t'asseoir et te ressaisir.

Tomek secoua la tête, gardant son regard fixé sur l'écran de télévision dans la salle des opérations.

— Je ne vais nulle part, répondit-il.

Et personne d'autre non plus. Bien qu'ils n'aient été absents du bureau que quelques heures, toute l'équipe avait été rappelée. Chey, comme d'habitude, passait au crible les images de vidéosurveillance pour localiser Yasmin et les deux filles restantes. Sean, Martin et Oscar avaient été envoyés avec un convoi d'agents en uniforme et patrouillaient actuellement dans les rues de Leigh-on-Sea et au-delà, avec la mince chance de les trouver cachées dans un buisson quelque part ; Anna parlait avec les parents de Yasmin ; et Rachel était assise dans la salle d'interrogatoire avec la fille que Tomek avait appréhendée.

— Comment as-tu dit qu'elle s'appelait ? demanda Nick en se frottant les yeux pour chasser le sommeil. Il tenait une tasse de café dans la main, sa deuxième depuis son arrivée.

— Calcium, répondit Tomek.

— Calcium ?

— Étonnamment, je ne pense pas que ce soit son vrai nom.

Et ils n'avaient pas pu le trouver non plus. Elle n'avait aucune pièce d'identité sur elle. Pas de téléphone, pas de cartes bancaires. Rien. Excepté la lame d'acier destinée à mutiler et tuer.

Tomek avait pris la liberté de passer ses empreintes digitales dans IDENT1, la base de données nationale d'empreintes digitales de la police, mais aucun résultat positif n'était apparu. Le seul espoir de Tomek de découvrir son identité était qu'elle leur dise elle-même – quelque chose dont il n'espérait pas grand-chose. Si les échantillons de cheveux qu'ils avaient prélevés correspondaient à ceux trouvés sur la scène de crime de Michael Edwards, cela confirmerait seulement qu'elle avait déjà été impliquée dans un acte criminel. L'adolescente n'avait peut-être pas réussi à tuer ce soir, mais cela ne voulait pas dire qu'elle n'avait jamais tué auparavant.

Nick tira une chaise de la table dans la salle des opérations et s'y laissa tomber en gémissant. « J'ai le dos en miettes », dit-il à personne en particulier. « Je crois que j'ai dû mal dormir. »

Essaie de voir quatre filles s'introduire dans ta chambre et on verra si tu dors bien après ça, voulait dire Tomek, mais il garda cette pensée pour lui.

Sur l'écran, on voyait Rachel se lever de derrière le bureau et sortir rapidement de la pièce. Quand elle revint, elle tenait deux gobelets d'eau dans ses mains. Pendant ce temps, Calcium n'avait pas bougé. La fille était avachie sur la chaise, les épaules voûtées, figée. Ses cheveux étaient attachés en couettes comme Kasia les avait récemment adoptées, et elle portait un survêtement fourni par la police. La robe blanche toute simple qu'elle portait, maintenant sale et souillée par un peu du sang de Tomek, avait été prise pour examen. Son expression était vide et inexpressive. Elle ne révélait rien, et Tomek pouvait déjà voir où menait cet interrogatoire.

— Tout d'abord, commença Rachel d'une voix douce et gentille, je veux que vous sachiez que vous êtes dans un endroit sûr, et que tout ce que vous me direz sera traité en toute confidentialité, d'accord ?

Calcium ne répondit pas. Les seuls signes indiquant qu'elle était toujours vivante et respirait étaient le mouvement régulier de sa poitrine qui se soulevait et retombait, et ses clignements d'yeux occasionnels.

— Est-ce que le nom de Tomek Bowen vous dit quelque chose ? demanda Rachel en tournant une nouvelle page de son carnet.

Rien.

— Que faisiez-vous chez lui ce soir, Calcium ? C'est bien ça ? C'est votre nom ?

Pas de réponse.

— Est-ce que je l'ai bien prononcé ? Calcium. C'est un nom un peu étrange, n'est-ce pas ? Avez-vous un autre nom, ou est-ce votre nom légal ?

Rachel regarda l'avocat assis à côté de Calcium, mais même lui semblait confus et se contenta d'hausser légèrement les épaules.

— Très bien, Calcium ce sera. Dites-moi, que faisiez-vous chez Tomek Bowen ce soir, Calcium ?

Comme il n'y avait toujours pas de réponse, Rachel continua avec une avalanche de questions, s'arrêtant chaque fois pour laisser à l'adolescente le temps de répondre.

— Avec qui étiez-vous ce soir ? Pourquoi avez-vous attaqué M. Bowen ? Pourquoi avez-vous été retrouvée avec un couteau à la main ? Êtes-vous allée là-bas pour tuer M. Bowen, Calcium ? Ou pour l'enlever ?

En l'observant, assise là, impassible, le visage de marbre, Tomek fut de plus en plus frappé par sa ressemblance avec Kasia, par leur similitude. Les couettes. Les cheveux blonds. Les yeux, le nez, la structure du visage, jusqu'aux petites taches de rousseur sur son visage. Tomek ferma les yeux et, dans son esprit, il revécut les événements de l'attaque. Il se souvenait avoir pensé qu'il aurait pu la confondre avec Kasia. C'était pour cela qu'il était resté si longtemps au-dessus d'elle. Il avait voulu s'assurer qu'il n'était pas sur le point de faire du mal à sa fille, qu'elles n'étaient pas la même personne. Qu'elle ne pouvait pas s'être introduite dans sa propre maison pour aller le tuer.

Les questions incessantes de Rachel le tirèrent de sa rêverie. À mesure que la conversation à sens unique passait au sujet de Kasia et de son sort, la patience et les manières douces de Rachel s'effritaient progressivement. Ce ne fut que lorsqu'elle aborda le sujet de Michael Edwards et Karl Bacon, près d'une heure plus tard, qu'elle avait complètement épuisé sa patience.

— Qu'as-tu à cacher, Calcium ? exigea-t-elle. Pourquoi ne dis-tu rien ? Qu'est-ce que tu dissimules ? *Qui* protèges-tu ? Ils ne vont pas te protéger. Tu ne pourras plus jamais les revoir, parce qu'à la fin de tout ceci, nous allons t'inculper d'effraction et d'intention de causer des blessures graves. Nous pourrions même demander une accusation de tentative de meurtre. Cela signifie que tu iras directement d'ici en prison, et tu ne pourras rien y faire. Les personnes que tu essaies de protéger, les personnes contre lesquelles tu refuses de témoigner — elles ne pourront pas te sauver. Alors, si tu veux mon conseil, je te suggère de commencer à parler et de nous dire ce que nous voulons savoir. Si tu le fais, je suis sûre que le juge sera clément lors de ta condamnation, mais quoi qu'il en soit, tu vas à un seul endroit et un seul : en prison.

Pendant longtemps, il y eut un silence. Profond, intense. Tomek le sentait s'écouler dans la salle d'enquête à travers la télévision. Jusqu'à ce que Calcium tourne lentement la tête pour faire face à la caméra.

— Faux, dit-elle. Je vais en *enfer*. Nous y allons tous. Quand la guerre des races arrivera, aucun de nous ne sera sauvé.

CHAPITRE
SOIXANTE-DEUX

Des éclats de verre s'éparpillèrent sur le sol, volant au-dessus de ses pieds et de ses orteils, heurtant ses chevilles.

C'était le troisième verre à vin en presque autant de secondes – s'ajoutant aux bougies, aux cadres photo et aux lames que Zeus avait déjà lancés à l'autre bout de la pièce. Depuis le retour de Yasmin, la pièce était devenue sombre et rouge, teintée et ternie par sa rage. Dehors, elle était certaine d'entendre le grondement sourd du tonnerre au loin, mais comme il n'y avait pas de fenêtres, elle ne pouvait pas en être sûre. Mais elle le sentait, sans aucun doute. La terre tremblait sous ses pieds, comme si un tremblement de terre était imminent. Zeus était furieux. Pire, il était apoplectique. Plusieurs des Harpies seniors avaient essayé de le consoler, de le détendre en l'enlaçant, en massant ses bras et sa poitrine, en jouant avec ses cheveux. Mais rien n'avait fonctionné. Au contraire, il les avait repoussées et leur avait interdit de s'approcher de lui, et elles avaient toutes été forcées de se recroqueviller sur le sol froid et dur, assises en tailleur.

— Kandy ! rugit sa voix profonde. Viens ici ! Je veux te parler !

Kasia n'hésita pas. En se mettant debout, elle sentit les articulations de ses genoux craquer.

— Oui, Zeus ? dit-elle en s'arrêtant à côté de lui.

— Je veux que tu me touches.

Sans avertissement, il saisit sa main et la posa sur sa poitrine. Sa peau était luisante de sueur, et immédiatement sa main en fut couverte d'une fine couche. Sous sa peau à elle, son cœur battait la chamade, et sa poitrine montait et descendait rapidement.

Après quelques secondes, son halètement s'apaisa et sa respiration ralentit. Elle descendit sa main le long de sa poitrine jusqu'au haut de ses abdominaux.

— Que fais-tu ? demanda-t-il.

— J'accomplis ma prophétie, répondit-elle.

Elle descendit la main jusqu'à s'arrêter près de son nombril. Son pénis n'était qu'à quelques centimètres, et elle réfléchit longuement si c'était vraiment ce qu'elle voulait faire. L'idée de coucher avec lui l'autre soir ne lui avait pas plu. Pourrait-elle vraiment faire ça ? Pourrait-elle lui donner du plaisir ? Et devant ses sœurs en plus ?

Lentement, elle retira sa main et la remonta jusqu'aux épaules de Zeus. Puis elle commença à les masser, enfonçant profondément son pouce et ses doigts dans ses muscles, de la même manière qu'il l'avait fait pour elle quelques nuits auparavant.

— Je suis désolée pour Calcium, dit-elle en lui murmurant à l'oreille. Je suis sûre qu'elle est en sécurité. C'est l'une de nos meilleures. Elle est résistante, forte. Elle sait ce qu'elle fait.

— Comment peux-tu en être sûre ? demanda Zeus, sa voix faiblissant, gémissant légèrement sous son toucher.

— Parce que c'est vous qui l'avez formée ainsi. Vous nous avez toutes formées ainsi. Elle ne nous trahira pas. Elle ne dira rien au diable.

Zeus gémit plus fort, appréciant manifestement ce qu'il entendait.

— Je m'inquiète pour Whispering Nightmare, dit-il.

— Pourquoi ?

— Elle a trahi ma confiance. Je n'ai pas autant foi en sa capacité à rester forte qu'en celle de Calcium.

— Que sait-elle exactement ?

Zeus haussa les épaules. — Pas grand-chose. J'ai cessé de tout lui dire après avoir remarqué un changement en elle. Tu comprends pourquoi j'ai dû me débarrasser d'elle ?

— Bien sûr, Zeus. Vous avez fait ce que vous deviez faire pour le reste d'entre nous, pour le bien de la mission. Elle est au-delà de toute rédemption. Mais Calcium ne l'est pas. Comme je l'ai dit, elle est forte, résistante. Elle ne dira rien. Je me demande, pouvez-vous la sauver ? Peut-elle encore nous accompagner dans l'au-delà ?

Les épaules de Zeus se tendirent. Il secoua la tête. — Malheureusement, je ne peux pas. Elle est trop loin. Maintenant, elle est hors de ma portée. Le diable la tient. Il était trop fort pour nous. Trop fort pour elle.

— La prochaine fois, nous devrons tous nous envoyer pour le capturer. Il ne fera pas le poids face à nous tous. J'en suis persuadée. Nous sommes trop forts en groupe. C'est pourquoi nous survivrons à la guerre des races. Et parce que nous vous avons de notre côté. Elle fit courir ses doigts le long du haut de son dos et du bas de sa nuque, sentant les nodules de sa colonne vertébrale bouger en dessous. Il laissa échapper un autre gémissement, plus faible cette fois.

— Tu as raison, dit-il, entre deux respirations profondes. Il ne fera pas le poids face à nous tous. Puis il se reprit soudain, claquant des doigts, comme si une idée venait de lui traverser l'esprit. — Ou alors, nous pourrions l'attirer jusqu'à nous, dit-il. Envoyer les filles vers lui n'a pas fonctionné. La prochaine fois, nous devrions l'envoyer vers les filles.

Il pivota sur sa chaise et la regarda, plongeant profondément dans ses yeux.

— Tu es un génie !

— Je n'ai rien fait..., dit-elle, soudain timide.

Il bondit de la chaise et posa ses mains sur le haut de ses bras. — Faux. Tu accomplissais ta prophétie. Mais ton travail n'est pas encore terminé. Il y a encore une chose que tu dois faire. Ensemble, nous allons capturer le diable. Et j'aurai besoin de toi à mes côtés si nous voulons réussir.

CHAPITRE
SOIXANTE-TROIS

Tomek vit la nourriture apparaître sous son nez. Il lui fallut un long moment pour réaliser qu'elle était là.

— Mange, ordonna Rachel.

Elle rapprocha le plateau de son visage jusqu'à ce qu'il soit forcé de le lui arracher des mains.

Il le posa sur la table et recommença à fixer l'espace vide sur le tableau blanc.

— Pourquoi tu ne manges pas ? demanda-t-elle en tirant une chaise pour le rejoindre.

— Pas faim.

— Quand as-tu mangé pour la dernière fois ?

Il haussa les épaules. Le mouvement était léger, mais visible. Il ne se souvenait pas de la dernière fois qu'il avait mangé. Ne se rappelait même pas la dernière fois que son estomac avait ressenti la faim, en fait.

Rachel se pencha vers lui, saisit le sandwich poulet-bacon de Sainsbury's et le plaça contre ses lèvres.

— Mange.

Tomek baissa les yeux vers le sandwich, les releva vers Rachel, puis les rabaissa vers la nourriture. Comme un enfant capricieux qui refuse de dîner, il tourna la tête sur le côté et serra les lèvres.

— Mange, Tomek. Tu auras besoin d'énergie.

— Quoi-?

Tomek avait réalisé son erreur trop tard. Dès qu'il ouvrit la bouche, Rachel y fourra le sandwich et s'assura qu'il n'avait nulle part où se tourner. À contrecœur, lançant à Rachel un regard intimidant et méfiant, Tomek mâcha le sandwich. Au début, il détesta ça parce que sa bouche était trop sèche. Mais dès que ses papilles gustatives commencèrent à réagir, il se mit à saliver et enfourna le reste du sandwich sans assistance.

— Ce n'était pas si difficile, si ? murmura Rachel en arrachant le bout de croûte à moitié mangé qui pendait de ses lèvres.

— On dirait ma mère, répliqua Tomek. Quand elle me forçait à manger mes légumes verts et mes carottes.

— Tu étais ce genre d'enfant, hein ? Ça ne m'étonne pas.

— Qu'est-ce que ça veut dire ?

— Tu étais une princesse à l'époque, et tu en es toujours une, dit-elle en croisant les bras sur sa poitrine. Tu sais même quelle heure il est ?

Tomek secoua la tête et jeta un coup d'œil à l'horloge murale.

Quinze heures.

Où était passée la journée ? Quelques minutes plus tôt, il regardait Rachel interroger Calcium aux premières heures du matin. Et maintenant, elle était là à lui faire manger un déjeuner tardif.

— Depuis combien de temps je fixe le tableau ? demanda-t-il.

— Plus important, quand as-tu dormi pour la dernière fois ? Je crois que tu as besoin de t'allonger.

Tomek secoua furieusement la tête. — Impossible. La dernière fois que j'ai essayé, j'ai failli mourir. Je ne dormirai pas tant que je n'aurai pas retrouvé Kasia.

Il commença à se lever, mais Rachel l'attrapa par la manche et le tira vers le bas.

— Je me corrige, dit-elle. Tu étais un enfant *désobéissant*. Il fallait toujours que tu fasses à ta façon, n'est-ce pas ? Assieds-toi et laisse-moi parler. Il s'est passé beaucoup de choses pendant que tu étais assis ici...

Elle promena son regard autour de la pièce, cherchant la fin de sa phrase.

— *À réfléchir*, compléta Tomek. J'étais en train de réfléchir.

Bien que si on lui avait mis un pistolet sur la tempe, il aurait été incapable de dire à quoi exactement.

— Bien sûr. *À réfléchir*... poursuivit-elle, avec une pointe de doute dans la voix. Eh bien, pendant que tu réfléchissais, l'équipe a obtenu des informations pour toi. Et je pense que tu aimerais les entendre.

— Un sandwich *et* des nouvelles ? Tu es mon ange gardien.

Elle aspira l'air entre ses dents. — Je ne suis pas sûre de pouvoir assumer cette responsabilité.

— Tu pourrais venir prendre soin de moi quand je suis malade. Me nourrir, me masser la tête quand j'ai mal, tout ça.

— Pourquoi diable voudrais-je faire ça ?

Un mince sourire revint sur le visage de Tomek. Son premier depuis longtemps. — Parce que je le vois dans tes yeux. Tu en meurs d'envie. Tomek lui tapota le bras avec espièglerie.

— Peu importe à quel point tu te trouves drôle ou séduisant, Tomek, tu ne me feras pas changer d'avis. J'ai pris ma décision et je m'y tiens.

Tomek leva les mains en signe de reddition. — Personne n'a parlé de faire changer d'avis qui que ce soit. Mais c'est bon à savoir où tu en es. J'éviterai donc d'essayer de flirter avec toi à la fête de Noël cette année.

Elle fronça les sourcils, le regardant d'un air peu impressionné. — Tu veux entendre ce que j'ai à dire ou pas ?

Le côté désinvolte et enjoué de Rachel, celui dont il avait désespérément besoin, celui auquel il avait essayé de s'accrocher aussi longtemps que possible, avait disparu, remplacé par la Rachel exclusivement professionnelle.

— S'il te plaît. Dis-moi, dit-il, la défaite abondamment audible dans sa voix.

Rachel s'éclaircit la gorge avant de commencer. — Les Fils de Zeus – nom de merde qui n'a même pas de sens d'ailleurs, et ne me lance pas sur cette musique qui me donne envie de me couper les oreilles – est le nom de scène d'un certain Zachary Godson. Trente et un ans, né et élevé à Southend, où il a étudié au lycée pour garçons de Westcliff High. Là-bas, il a étudié la psychologie. En même temps, il a suivi quelques cours de musique et de théâtre, et pour une raison quelconque, a rejoint l'équipe de débat de l'école. Il est surtout connu pour être apparu dans vingt-sept épisodes d'*EastEnders*, en tant que neveu du voisin de la tante de la cousine au second degré de quelqu'un, et parallèlement, il a commencé sa carrière musicale, fusionnant ses deux genres préférés : la merde et encore la merde. Depuis, il a donné des concerts à guichets fermés dans des salles comme Chinnerys, The Cliffs et le bar Mambo's à Southend. Maintenant, il dirige son propre studio de yoga, et pendant son temps libre, il prend soin de lui en pratiquant la spiritualité et *la musculation* ! En disant cela, Rachel fléchit les bras et contracta ses biceps, révélant une petite bosse de muscle sous sa chemise bleu clair.

— Où as-tu appris tout ça ? demanda Tomek. On dirait que ça sort directement d'une page Wikipédia ou de son profil Tinder.

— C'est parce que c'est le cas. Enfin, celle de Wikipédia, pas le truc Tinder. Et ce n'est pas exactement mot pour mot non plus, mais c'est assez proche. J'ai improvisé quelques passages : je crois qu'il était plutôt le filleul perdu de longue date de l'un des frères Mitchell ou quelque chose comme ça. Mais la partie sur sa musique était vraie, j'ai juste ajouté ma propre interprétation.

Tomek prit un moment pour traiter toutes ces informations dans son cerveau déshydraté et légèrement affamé.

— C'est tout ce que tu as ? demanda-t-il. Quatorze heures et c'est tout ce que tu as ? Sa page Wikipédia.

Rachel laissa échapper un petit souffle d'air par les narines. — Je vais laisser passer celle-là, parce que tu es stressé et sous pression en ce moment. Mais non, ce n'est *pas* tout ce qu'on a. Tu seras content d'apprendre que Martin a réussi à retrouver ses parents et que Nick ira leur parler d'ici une heure environ. Je doute qu'ils nous en disent beaucoup, parce que quelque chose me dit qu'ils ne se sont pas parlé depuis un moment.

— Qu'est-ce qui te donne cette impression ?

Rachel frissonna avant de répondre. — Comme je l'ai dit, j'ai eu le déplaisir d'écouter toutes ses chansons et de prendre des notes sur les paroles.

— Il y a des paroles dedans ?

— Malheureusement oui. Dans certaines de ses premières œuvres. Tu sais, quand il cherchait sa voie en tant que musicien et pouvait, *heureusement*, prétendre jouer *un seul* instrument. La plupart des paroles de ses débuts parlent de baiser sa mère et son père, de les bannir et de souhaiter leur mort.

— C'est un assez bon indicateur qu'ils ne sont potentiellement pas en bons termes, ajouta Tomek.

— Attends d'entendre sur quoi portent les autres, dit-elle en frissonnant à nouveau.

— Quoi ?

— La fin du monde. Tout ce qui va mal. Les guerres au Moyen-Orient. Le réchauffement climatique. La pollution de l'eau. Le cancer. Les pandémies. L'injustice politique. Le nombre trente-trois. Les Illuminati. Les Juifs qui contrôlent le monde. Les guerres raciales. Les codes-barres.

— Les codes-barres ? Putain, les codes-barres ? C'est de *là* qu'elle tient ça ? Ce connard qui lui chante cette merde à l'oreille ? Tomek se massa le visage avec les paumes de ses mains. — Je parie qu'il prêchait cette connerie lors des soirées pour mineurs aussi. Je parie que c'est comme ça qu'il l'a recrutée, n'est-ce pas...

L'esprit de Tomek était à des kilomètres de la pièce. Il se voyait debout au milieu du studio de yoga, à quelques centimètres de l'homme qui avait lavé le cerveau et manipulé sa fille, serrant le poing et s'imaginant tabasser le visage de l'homme jusqu'à ce qu'il ne soit plus qu'une bouillie, juste avant d'étrangler Zachary Godson à mort.

— L'équipe d'analyse numérique a réussi à tracer l'adresse IP enregistrée au studio de yoga, et ils ont transmis l'information à Chey, poursuivit Rachel. Ne t'inquiète pas, ajouta-t-elle, ils examinent toujours les téléphones de Kasia et de son amie. Ils devraient avoir un rapport à ce sujet plus tard aujourd'hui.

— Que cherchait Chey ?

— Les profils sociaux de Zachary, son historique de recherche, les trucs habituels.

— Et ?

— C'est une lecture très intéressante. Elle croisa une jambe sur l'autre. — D'un côté, tu as ce chanteur-compositeur conscient des problèmes du monde qui veut sensibiliser aux enjeux d'aujourd'hui.

Mais de l'autre, tu as cet aspect de lui qui est d'extrême droite, qui attise la haine, qui répand de la désinformation sur les immigrants et les terroristes qui toucheraient des allocations tout en volant nos emplois. Il a un compte anonyme sur Twitter qui publie des choses dont Hitler serait fier. Des croix gammées partout. Des appels à la guerre raciale, pour que l'extrême droite se soulève et se batte pour leur pays, pour rendre la Grande-Bretagne à nouveau grande.

— Bien sûr qu'il fait ça, remarqua Tomek. Pas étonnant qu'il croie qu'il y a des messages secrets dans les codes-barres et que l'eau a des sentiments. Ce pauvre con a probablement été lâché sur la tête une douzaine de fois quand il était gosse.

Tomek inspira brusquement entre ses dents et fit une pause pour assimiler l'information. Il lui faudrait du temps avant d'en comprendre pleinement la signification.

— Autre chose ? demanda-t-il.

— Du porno animalier. Beaucoup, beaucoup de porno animalier. Principalement impliquant des oiseaux et d'autres créatures ailées, bizarrement.

— Sérieusement ?

— Oh, oui. Mais ça a probablement un lien avec ses recherches récentes sur Zeus.

Tomek la regarda, confus.

— Tu ne connais pas le mythe ?

Il haussa les épaules.

— Zeus, selon la légende, avait énormément d'aventures et quand il faisait des choses impures, il se déguisait souvent en différents animaux pour dissimuler son identité.

— Donc ce type aimait regarder d'autres personnes avoir des rapports avec des animaux ?

— Soit ça, soit il le faisait pour sa recherche.

Tomek ne voulait pas en entendre davantage à ce sujet. L'idée que cet homme couche avec Kasia lui traversa soudain l'esprit et son corps se raidit de rage.

— Quoi d'autre ? demanda-t-il pour tenter de se distraire. Qu'en est-il... Y a-t-il un lien avec Michael Edwards ? Richard Stafford ? Karl

Bacon ? En dehors du moment où ils étaient ensemble à la station de radio ?

Les coins de la bouche de Rachel se relevèrent en un sourire. — Content que tu en parles, commença-t-elle. Il se trouve que Zachary communiquait avec Michael Edwards et Karl Bacon sur Twitter, alimentant mutuellement leurs feux racistes et xénophobes. Mais il y a plus, la brigade des stups a également partagé des informations sur Zachary Godson avec nous.

— C'est un dealer ?

— L'inverse. C'est un acheteur. Ils ont des preuves photographiques de lui en train d'acheter des caisses de LSD et toute une série d'autres drogues à Edwards et à l'un des sous-fifres de Stafford. En fait, il en a acheté tellement que, pendant un moment, ils ont cru qu'il était fournisseur. Mais quand ils l'ont vu se défoncer avec sa propre marchandise, ils n'ont pas donné suite.

— Bon sang, dit Tomek. C'est le pire musicien du monde. Le pire acteur du monde. Et maintenant le pire dealer de drogue du monde. Y a-t-il quelque chose qu'il sait bien faire ?

CHAPITRE
SOIXANTE-QUATRE

Zachary Godson était en train d'écrire dans son journal quand il entendit frapper à la porte.

— Entrez, ordonna-t-il.

Un moment plus tard, la porte s'ouvrit, et une mince bande de lumière illumina la pièce crépusculaire. Yasmin entra.

Gassy Yassy.

La fille qui allait sauver la situation.

— Je vous remercie d'être venue, lui dit-il, puis il fit un geste vers la chaise à côté de lui. Asseyez-vous.

Il observa les seins de l'adolescente de seize ans rebondir tandis qu'elle s'avançait vers lui. Elle avait perdu beaucoup de poids ces dernières semaines, et elle était magnifique. Elle lui avait fait honneur.

— Vous vouliez me voir ?

— C'est pour ce soir, commença-t-il, refermant le couvercle de son carnet. Comment vous sentez-vous ?

— Bien... dit-elle nerveusement.

— Juste *bien* ? Vous n'êtes pas excitée ?

— Quoi ? Si ! Bien sûr que je le suis. J'ai tellement hâte. C'est ce pour quoi nous avons travaillé si dur pendant si longtemps. C'est juste étrange que ce soit enfin arrivé.

Elle baissa la tête et commença à jouer avec ses ongles. Zachary plaça son pouce sous son menton et lui releva la tête. La lumière derrière lui illuminait le côté gauche de son visage, révélant un hématome sombre qui engloutissait son œil et sa joue.

— Quelque chose d'autre vous préoccupe, dit-il. Dites-moi. Qu'est-ce que c'est ?

— C'est... c'est... c'est hier soir. J'ai fait une erreur. Le pistolet électrique... je n'arrête pas d'y penser. Je suis désolée.

Zachary lâcha son menton.

— Et je suis désolé d'avoir réagi comme je l'ai fait. J'étais en colère. Je n'aurais pas dû vous attaquer comme ça. Mais tout n'est pas perdu. Nous avons une autre chance. Ce soir, la guerre des races commencera, le diable périra, et nous passerons dans l'au-delà. Nous tous. Ensemble. Vous et vos sœurs. C'est un moment pour être heureux, jubiler.

— Je... je le suis, dit-elle, s'efforçant de sourire.

Zachary hésita un moment. Il prit une mèche de ses cheveux dans sa main et commença à jouer avec.

— Comment va Kandy ? demanda-t-il.

— Nerveuse. Excitée. Je ne sais pas. Je n'ai pas vraiment parlé avec elle.

— Très bien. C'est prévisible. C'est pourquoi je dois vous demander quelque chose...

Yasmin leva la tête, ses yeux s'écarquillant. — De quoi s'agit-il ?

— Il est temps pour *vous* d'accomplir *votre* prophétie, répondit-il, puis il tendit la main vers le tiroir de la commode et en sortit un grand sac de congélation rempli de LSD, d'ecstasy et d'autres drogues. Il plongea sa main dedans et en sortit un mélange de stupéfiants.

Il les plaça dans la main de Yasmin et dit : — Vous accomplissez votre prophétie. Je vous l'ai demandé, et vous ferez ce que je vous ordonne.

Yasmin referma lentement ses doigts autour des drogues, murmurant pour elle-même : — J'accomplis ma prophétie. Je dois faire ce qu'on m'ordonne.

CHAPITRE
SOIXANTE-CINQ

Zachary Godson avait des parents qui vivaient à Little Baddow, un petit village situé à un peu plus de quarante-cinq minutes du bureau. Mais il n'y avait rien de petit dans la maison familiale des Godson. Six chambres, deux salles de bains et un jardin d'un acre qui s'étendait à perte de vue. L'entrée de la propriété était tapissée de dizaines de cadres contenant des photos de Zachary au fil des ans. Son premier jour d'école, ses anniversaires, jusqu'à sa première apparition à la télévision. C'était comme traverser une exposition de sa vie, célébrant chaque étape de la même façon que d'autres membres de la famille, des étrangers ou des plombiers qui avaient eu le même malheur de se promener dans ces couloirs. Tomek a immédiatement senti qu'ils vénéraient leur fils et qu'ils espéraient un jour son retour. Pendant ce temps, le cynique en lui lui disait qu'ils lui envoyaient fréquemment des photos du couloir et du salon pour tenter de le convaincre de revenir. « Regarde comme on t'aime, fiston. S'il te plaît, rentre à la maison. Ton père vient de mettre une photo de ton dernier concert dans les toilettes pour qu'on puisse la regarder chaque fois qu'on va faire nos besoins. »

Martha et Gregory Godson avaient tous deux la soixantaine bien avancée, mais paraissaient plus jeunes. Martha semblait avoir reçu ses traits de jeunesse grâce à des chirurgiens plasticiens et un compte en banque sans fond, tandis que ceux de Gregory paraissaient génétiques.

Martha leur tendit à chacun une tasse de thé. Nick prit la sienne en premier, puis la remercia.

Quand Tomek prit la sienne, elle posa une main sur son épaule et lui offrit un regard réconfortant, comme si d'une façon ou d'une autre, elle savait ce qu'il traversait.

— J'espère que notre Zachary ne s'est pas attiré trop d'ennuis, commença Gregory tandis que sa femme s'asseyait à ses côtés. Ils entrelacèrent leurs mains et se rapprochèrent jusqu'à ce que leurs épaules se touchent. À côté de lui, son téléphone s'alluma avec une notification, révélant une image de Zachary en uniforme scolaire en fond d'écran.

— Ça reste à voir, commença Nick.

Tomek les regarda et les détesta tous les deux. Il abhorrait tout ce qui les concernait. Leur maison, leur façon de s'habiller. Tout. Mais plus important encore, il les détestait à cause de leur fils. Il avait besoin de canaliser sa colère et son ressentiment à travers quelque chose, et ils avaient tiré la courte paille parce que, quelque part, ils avaient fait quelque chose — négligé Zachary assez longtemps et durement — pour l'envoyer sur cette trajectoire. Ils en étaient responsables, et il n'accepterait pas d'en entendre autrement.

— Vous n'êtes pas venus nous dire qu'il a disparu, n'est-cc pas ? demanda Martha.

— Non, Madame Godson, poursuivit Nick, sa voix étonnamment calme. Nous avons des raisons de croire que votre fils pourrait être impliqué dans les récents meurtres qui ont eu lieu ces dernières semaines.

— Zachary ? *Notre* Zachary ? Jamais !

— Qu'est-ce qui vous fait croire une telle chose ? demanda Gregory, serrant sa femme dans ses bras.

— Nous ne pouvons pas entrer dans les détails pour le moment, car nos enquêtes sont toujours en cours, mais nous devons vous poser quelques questions sur votre fils. Gregory et Martha ouvrirent tous deux la bouche pour parler, mais Nick les interrompit. Quand l'avez-vous vu pour la dernière fois ?

— Il y a six ans, répondit Martha. Il a juste... Un jour, nous étions une famille heureuse. Le lendemain, il a coupé tout contact.

— Est-ce que c'était aussi la dernière fois que vous avez *entendu parler* de lui ?

Elle hocha la tête. — Nous ne l'avons ni vu ni entendu depuis si longtemps. Nous avons envoyé des messages, nous avons appelé. Mais il a soit bloqué nos numéros, soit il en a un nouveau, car ils ne semblent jamais aboutir.

— Pourquoi a-t-il coupé les ponts ?

Martha et Gregory échangèrent un rapide coup d'œil. — Parce que... Eh bien... C'était vraiment bête. Nous le regrettons maintenant, évidemment. Ça n'aurait jamais dû arriver, mais... Eh bien, un jour, Zachary nous a fait asseoir tous les deux pour nous dire qu'il voulait être acteur, et qu'il avait une audition à venir pour être dans *EastEnders*. Or, aucun de nous ne regarde cette émission, et nous n'étions pas particulièrement heureux qu'il le fasse. Il avait mis tellement de temps et d'efforts dans ses études de psychologie et de musique, voyez-vous, que nous pensions que le métier d'acteur l'emmènerait sur la mauvaise voie. Et il s'avère que nos réactions se sont lues sur nos visages. Il a dit que nous ne croyions pas en lui, que nous ne l'aimions pas, que nous ne le soutenions pas. Mais... Elle fit un geste vers les photos au mur. Mais, vous pouvez voir que la vérité est tout le contraire.

Évidemment, pensa Tomek. Et pas du tout trop tard.

— Il nous manque chaque jour, et chaque jour nous essayons de le contacter sur Facebook, Twitter, tous ses réseaux sociaux, mais il ne répond jamais. Nous avons même essayé de nous faire passer pour des adolescentes, qui semblent être son principal public, et nous avons eu un certain succès, mais il découvre rapidement que c'est nous.

— Donc vous *avez* eu des contacts avec lui ? nota Tomek. Vous nous avez menti.

Le visage de Martha rougit. — Non, non ! Pas comme ça. Il met fin à la conversation avant de nous dire quoi que ce soit. Nous ne savons pas où il est, avec qui il est, ni comment il va. Mais d'après ses profils sur les réseaux sociaux, nous pouvons voir ses mises à jour. Ses concerts, ses spectacles dans les petits villages. Nous sommes tellement, tellement, tellement fiers de lui. Nous souhaitons juste qu'il revienne à la maison.

Tomek n'arrivait pas à croire ce qu'il entendait. C'était comme si Nick ne venait pas de leur dire que leur fils était recherché en relation avec deux meurtres. Ou plus probablement, ils étaient tellement aveuglés par leur adoration et leur amour pour leur fils qu'ils ne l'avaient pas entendu.

Nick réitéra le point. — Vous vous rendez compte qu'il est suspect dans une enquête pour double meurtre ?

— Je suis sûr que ce n'était pas lui, a répondu Gregory. Je suis certain qu'il y a eu une erreur. Notre Zachary ne ferait jamais ça. Il peut sembler grand et effrayant, mais il est inoffensif. Il est si charmant qu'il ne ferait pas de mal à une mouche. Je suis sûr qu'il est innocent.

— Et l'enlèvement de ma fille ? a demandé Tomek. Finalement, il avait craqué. Il ne pouvait plus rester assis là à écouter leurs sottises, à entendre ces parents déconnectés de la réalité s'extasier sur leur fils en fuite alors que sa fille était portée disparue et potentiellement en danger.

— Pardon ? Le ton de Martha a chuté de plusieurs niveaux. Que voulez-vous dire ?

— Il a enlevé ma fille et l'a endoctrinée. Maintenant, je n'ai aucune idée d'où elle se trouve.

— Comment pouvez-vous être sûr qu'elle est avec lui ?

Tomek a serré le poing, la rage commençant à enfler en lui.

— Je le sais, c'est tout, a-t-il répondu. Appelez ça de l'intuition.

Le dos de Martha s'est raidi, et elle s'est écartée de son mari. — Je suis désolée pour votre fille, mais je peux vous assurer que notre fils n'a rien à voir avec ça.

Tomek a ouvert la bouche pour parler, mais Nick a tendu le bras devant lui. Puis le commissaire lui a lancé un regard qui lui disait de se taire, qu'il en était à son dernier avertissement, et que s'il franchissait encore une fois la ligne, il serait contraint de manquer le reste de la conversation et d'attendre dans la voiture.

— Votre fils a-t-il déjà exprimé des inquiétudes concernant la fin du monde lorsque vous étiez encore en contact ? a demandé Nick, orientant la conversation dans une direction plus productive.

Martha et Gregory ont réfléchi.

— Il y avait ce journal intime que nous avons trouvé, a dit Gregory, regardant sa femme dans les yeux comme pour demander la permission de continuer. Il était rempli de griffonnages, de messages et de notes. Presque des prémonitions sur la fin du monde. Tout qui brûle, des guerres raciales, tout ça.

— Lui en avez-vous parlé ?

— Mon Dieu, non. Nous ne voulions pas le contrarier ou attiser le feu de quelque manière que ce soit.

Le soupir de Nick était audible de l'autre côté de la pièce. — Y avait-il autre chose que vous avez trouvé dedans ?

Une pause. Un autre regard entre mari et femme.

— Nous avons trouvé... Nous avons trouvé beaucoup de références à Helter Skelter, a expliqué Martha.

— Le truc de Charles Manson ?

— Oui. Et... et il a aussi acheté un livre sur les meurtres, a continué Martha. Nous n'y avons pas prêté attention à l'époque.

— Nous pensions simplement que c'était un projet de recherche pour ses études de psychologie, a ajouté Gregory.

Le poing de Tomek s'est serré encore plus fort. Jusqu'à ce que ses ongles s'enfoncent dans sa chair.

Manson. Helter Skelter.

C'était ça. C'était l'explication de tout : Zachary tentait d'imiter son héros. Les guerres raciales. La similitude avec les meurtres. Les hordes d'adolescents suivant chacun de ses mouvements, obéissant à chacun de ses ordres. S'introduisant dans les maisons des gens et déplaçant leurs affaires. Le message à l'intérieur des murs du château.

Zachary Godson dirigeait sa propre secte, et il se préparait pour la fin du monde.

———

Ils sont retournés à la voiture en silence.

— T'emmener avec moi était probablement une erreur, a dit Nick.

— Je ne suis pas d'accord.

— Évidemment que tu dirais ça. Mais on a failli ne rien tirer d'eux. Et on n'y serait pas arrivés si je ne t'avais pas coupé avant que tu ne t'emportes contre eux.

— Ce n'est pas ma faute s'ils sont dans le déni à propos de leur fils.

Ils sont arrivés à la voiture. Nick a ouvert la portière, et au moment où Tomek faisait de même, son téléphone a vibré. Il a jeté un coup d'œil à l'écran et a vu le nom de Nathan Burrows apparaître.

— Une seconde, a-t-il dit, levant un doigt vers Nick. Je dois prendre cet appel.

Tomek s'est précipité à l'autre bout de l'allée et a répondu. Une rafale de vent l'a frôlé, emportant avec elle des feuilles détrempées qui se sont collées au bout de ses chaussures.

— Nathan ? C'est toi ?

— Comment vas-tu, cher ami ?

Tomek a senti la tension dans son corps se relâcher.

— Mieux maintenant que j'ai entendu ta voix. Est-ce que... est-ce que tu as du nouveau pour moi ? Tu l'as trouvée ?

Une pause.

— Je suis désolé, Tomek, a commencé l'homme. J'espérais avoir plus d'informations pour toi à présent.

— Que veux-tu dire ?

Nathan a soupiré au téléphone. — J'ai quelques gars qui enquêtent dans la région de Southend pour moi. Beaucoup d'entre eux ont des dealers et des gens là-bas qui leur doivent des services. Quelqu'un vient de me dire qu'ils ont vu une personne correspondant à la description de Kasia entrer dans un petit entrepôt de stockage à Shoeburyness.

Le pouls de Tomek s'est accéléré. — Et ils pensent que c'est elle ?

— Peut-être. Comme je l'ai dit, la fille correspondait à sa description.

— Qui t'a dit ça ?

— Quelqu'un qui connaît quelqu'un qui connaît un type appelé Richard Stafford. Tu connais ?

— Ouais. Je connais.

— Ils étaient près d'un des entrepôts que Stafford utilisait pour son business, par hasard, et c'est là qu'ils l'ont vue. Ils ont dit qu'elle portait une robe blanche et avait les cheveux en couettes.

Tomek a retenu son souffle.

— Où ? Donne-moi l'adresse et je demanderai à l'équipe d'enquêter.

— Comment ? a demandé Nathan. Comment expliqueras-tu l'origine de cette information ?

Tomek a fait une pause. Il n'avait pas de réponse à cela.

— J'irai seul à la place. Donne-moi juste cette adresse.

CHAPITRE
SOIXANTE-SIX

Tomek fit irruption dans son appartement, claquant la porte derrière lui. Les murs tremblèrent sous l'impact, et il crut entendre le bois se fissurer. Mais il s'en fichait. Il ne se souciait de rien d'autre que de retrouver Kasia, et à présent il comprenait ce qu'elle avait ressenti : lui aussi voulait détruire l'appartement, le mettre sens dessus dessous, et y déverser toute sa colère et sa frustration.

Parce que l'entrepôt avait été une perte de temps totale.

Il était vide à son arrivée. Même s'il avait trouvé des signes d'occupation – des meubles, une douche improvisée, des bouteilles d'eau, quelques chaussettes, une brosse à dents, des dizaines de sous-vêtements et une barrette – il n'y avait aucune trace de Kasia. Tomek savait qu'elle avait été là, il le sentait, mais il n'avait aucune idée d'où elle et les autres filles avaient pu aller depuis.

Il sortit son téléphone et composa le numéro de Nathan.

—C'était un fiasco, expliqua-t-il. Elle et les autres étaient déjà parties.

—Je suis désolé, Tomek, répondit doucement Nathan. Tu veux que je demande à mes contacts de continuer à chercher ?

Tomek haussa les épaules. Il se sentait vaincu, abattu. —Ça ne ferait pas de mal, je suppose.

Il y eut un silence. —Ça doit te causer tellement de douleur et d'angoisse. Je suis vraiment désolé que tu doives traverser tout ça.

Un mince sourire traversa le visage de Tomek, réchauffé par les paroles de Nathan. —Merci, mon vieux. J'apprécie. Et merci pour tout ce que tu as fait jusqu'à présent. J'ai l'impression que c'est grâce à toi que je suis arrivé le plus près du but.

—T'inquiète pas. Je vais t'aider à la retrouver, mon pote. Laisse-moi faire. Nathan marqua une pause. —Et je vais te faire envoyer un autre nichoir dès que possible, d'accord ? Quelque chose d'un peu plus solide, qui puisse résister à la force brute d'un adolescent.

Tomek rit. —Je pense qu'il faudra un modèle en métal pour ça.

Il raccrocha et remit son téléphone dans sa poche. Son regard tomba sur le désordre devant lui. La majeure partie était toujours là, à l'exception des étroites allées qu'il avait dégagées à coups de pied. Ça avait désespérément besoin d'être rangé. Il avait repoussé cette tâche, mais maintenant il réalisait qu'il n'avait pas le choix. Peut-être pourrait-il faire un nettoyage de colère : tout jeter dans un sac poubelle noir et en finir ; sans se soucier de ce qui partait aux ordures. De toute façon, tout était probablement cassé. Il doutait qu'il y ait grand-chose à récupérer.

Pour se préparer, il mit de la musique et prépara plusieurs sacs poubelle noirs. D'abord, il commença par le salon, ramassant les plumes des coussins du canapé et les éclats de verre des cadres photo, et les jeta de manière désordonnée. Puis il passa aux livres, feuilletant les pages, se rendant compte qu'il ne les relirait jamais, avant de s'en débarrasser. Certes, une partie pourrait aller à des associations caritatives ou à Edith en bas, mais dans son humeur noire, il voulait juste que tout disparaisse, sorte de sa vie. Il ne voulait pas regarder ces livres et se rappeler ce qui s'était passé.

Après presque une heure à débarrasser le salon, il fit le point sur ses progrès. Très limités. Le sol était encore couvert de minuscules fragments de verre et de débris ; les meubles étaient toujours détruits, et la télévision gisait encore par terre avec un énorme éclat dans l'écran.

—Putain de vie, dit-il.

Ça prendrait des jours pour tout nettoyer.

Alors qu'il s'apprêtait à passer à la cuisine, espérant que les débris y seraient plus faciles à gérer, on frappa à la porte.

Il lâcha immédiatement le sac poubelle noir et, avec le bruit du verre qui craquait sous ses pieds, il se précipita vers la porte d'entrée. Avant même de l'ouvrir, il savait que ce ne serait pas Kasia. Ce serait trop facile. Mais cela n'empêcha pas ses espoirs de s'envoler.

Quand il ouvrit la porte, il fut accueilli par un sourire chaleureux et agréable, et un fort parfum qui assaillit ses narines. Abigail. Dans sa main, elle tenait une paire de gants en caoutchouc jaunes et une bouteille de vin.

—Salut, dit-elle doucement.

—Salut, répondit-il, puis il examina les objets dans ses mains. —Tu sais, si tu pensais me tuer et nettoyer le sang après, le vin n'est pas l'idéal pour ça.

—Ça ? Elle leva la bouteille, comme si elle la regardait pour la première fois. —C'est pour après qu'on ait fini de nettoyer.

—Ah bon ?

—Oui, je me suis dit que tu pourrais avoir besoin d'un coup de main. Et de compagnie.

—J'apprécie le geste, mais je ne suis pas vraiment—

Abigail l'ignora et se faufila à l'intérieur. —Par où vaut-il mieux commencer ?

—Abs..., commença-t-il, tenant fermement la porte ouverte, espérant qu'elle comprendrait l'allusion.

—Tu ne te débarrasseras pas de moi aussi facilement, dit-elle. —J'ai entendu ce qui s'est passé par Sean et je suis venue t'aider. Tu n'es pas obligé de m'en parler, je comprends. Et on n'est même pas obligés de parler du tout, si tu préfères. Mais en ce moment, j'ai pensé que tu pourrais avoir besoin de compagnie, et d'après ce que je vois, tu as *vraiment* besoin d'aide. Cet endroit a toujours eu besoin d'une touche féminine.

Elle entra et Tomek referma la porte de quelques centimètres. — Mais... nous deux...

Elle tourna brusquement la tête vers lui, le foudroyant du regard. — Je suis parfaitement consciente de la nature de notre relation, Tomek. Et ça n'a rien à voir avec ça. Je sais que tu penses que je vis d'arrière-pensées, mais c'est un geste complètement platonique et désintéressé. Juste une amie qui aide un ami. Pas besoin de chercher un sens caché à tout ça, d'accord ?

Il ferma la porte sans s'en rendre compte.

— Bon, prends quelques sacs poubelle, ordonna-t-il. Tu peux t'occuper de la cuisine.

— Macho sexiste, dit-elle avec un clin d'œil. Puis elle attrapa un des sacs poubelle par terre, se fraya un chemin vers la cuisine et plaça la bouteille de vin dans le frigo.

Tomek resta figé sur place pendant quelques instants, l'observant à travers la porte, écoutant son fredonnement qui accompagnait la musique. Elle était vraiment venue pour aider. Il n'y avait vraiment aucun motif caché.

— Tu vas faire quelque chose, ou juste rester planté là toute la journée à me regarder pendant que je fais tout ? C'est ce que font les couples mariés, et ça ne m'intéresse pas.

— Qui est le macho sexiste maintenant ?

La pièce suivante sur la liste de Tomek était la chambre de Kasia. Il gardait la sienne pour la fin : les bonsaïs, le nichoir ; il ne pouvait pas les affronter tout de suite. Il avait besoin de s'y préparer. Mais avant qu'il puisse commencer dans la chambre de Kasia, son téléphone sonna de nouveau.

Nick.

— Du nouveau ? demanda Tomek, chuchotant dans le combiné.

— Je pense que tu devrais venir ici, dit la voix du commissaire. Une femme vient d'arriver, affirmant qu'elle connaît Kasia et Zachary Godson et ce qu'ils ont manigancé. Et elle est prête à tout nous dire.

CHAPITRE
SOIXANTE-SEPT

La jeune femme de vingt ans était le portrait craché de Kasia. Presque chaque angle de son visage ressemblait à celui de sa fille. À tel point que cela le déconcertait chaque fois qu'il la regardait ; il voulait lui crier dessus, la blâmer, l'interroger sur les raisons de son départ et des décisions qu'elle avait prises. Pourquoi elle avait décidé de déchirer sa vie. Puis il voulait oublier tout cela et l'enlacer dans l'étreinte la plus puissante du monde. Il voulait la tenir, serrer son corps contre le sien et ne jamais la lâcher. Il voulait lui dire que tout allait bien, que tout serait pardonné, qu'il était heureux qu'elle soit en sécurité.

Mais cette femme n'était pas Kasia ; *elle* était toujours dehors. Piégée, perdue, probablement terrifiée. La seule différence entre cette femme et Kasia, outre leur taille et leur âge, était le bébé qui grandissait actuellement dans son ventre. Selon les estimations de Tomek, elle n'en était qu'à quelques mois de grossesse, et elle était pétrifiée à l'idée de ce qui pourrait lui arriver.

— Pouvez-vous commencer par nous dire votre nom ? commença-t-il. Nick avait approuvé sa demande de participer à l'entretien avec Rachel, à condition qu'il se comporte correctement et qu'il ne réagisse pas comme il l'avait fait avec les parents de Zachary Godson.

La femme triturait ses ongles, perdue, fixant ses genoux. Elle paraissait effroyablement maigre, presque anorexique. Sa robe blanche pendait mollement sur son corps décharné, et ses pommettes saillaient de façon proéminente. Sous son œil gauche subsistaient les traces d'un hématome profond et douloureux. Tomek pouvait deviner d'où il provenait.

— Mon vrai nom est Clementine Miller, commença-t-elle. Mais Zeus et mes sœurs m'appellent Cauchemar Murmurant. Nous avons tous des surnoms dans le groupe. Nous n'utilisons jamais nos vrais noms.

— Savez-vous quel est celui de Kasia ? demanda Tomek, brûlant les étapes.

— Qui ?

— Ma fille. Elle... elle vous ressemble. Mais elle a treize ans. Elle n'aurait rejoint le groupe que récemment—

— Kandy, répondit Clementine. Kandy HeartThrob, c'est comme ça que Zeus l'appelait.

— Kandy HeartThrob ? répéta Tomek, son esprit assimilant l'information. Pourquoi ce surnom en particulier ?

— Parce que Zeus disait qu'elle était douce comme un bonbon, et qu'elle ressemblait à une idole adolescente, celle que tous les garçons poursuivraient.

Tomek grimaça et serra le poing à cette suggestion. Ce serait difficile à entendre.

— Quand avez-vous rencontré Zeus pour la première fois ? demanda Rachel. Comment vous êtes-vous affiliée à lui ?

— J'étudiais, commença Clementine. À l'université de Southend. La production musicale. Je détestais ça. J'avais toujours voulu entrer dans l'industrie musicale, mais ça ne s'est pas passé comme prévu pour diverses raisons. C'est plus difficile que ce que je pensais. Et donc je voulais abandonner. Puis, un jour, j'ai vu Zeus rôder devant... Comment avez-vous dit qu'il s'appelait réellement ?

— Zachary, énonça Tomek. Zachary Godson.

— Ouais. C'est ça. Zachary. Ça semble étrange de l'entendre comme ça. Elle frissonna à l'idée d'appeler Godson par son vrai nom. Quoi qu'il en soit, un jour j'ai vu Zachary devant mon bâtiment, distribuant des tracts aux passants. Comme c'est là que vont tous les étudiants en musique, ce n'est pas si rare. Habituellement, ces artistes indépendants viennent me voir et me demandent si je peux les aider à monter leur audio, parce qu'ils savent quand ont lieu mes cours et dans quelle classe je suis. Mais pas Zeus — *Zachary*. Il ne se préoccupait pas trop de tout ça. Il voulait juste que les gens écoutent sa musique, alors je me suis arrêtée et j'ai commencé à discuter avec lui.

Il était si gentil et doux, si agréable et charmant. Il avait cette aura autour de lui, vous savez ? Comme s'il était quelqu'un qui allait faire du bien dans le monde, quelqu'un avec une conscience pure. Du moins, c'est ce que je pensais à l'époque. Alors nous avons discuté. Il me parlait de sa musique, de comment il avait été dans *EastEnders* mais avait réalisé que ce n'était pas pour lui et qu'il voulait suivre sa passion. J'ai été emportée par tout ça. J'ai été emportée par *lui*. Il y avait quelque chose de si séduisant chez lui. Sa façon de parler, sa façon de sourire, la façon dont il me faisait sentir. Et ses yeux... Elle ferma les siens et secoua doucement la tête, comme si elle évoquait des images des yeux bleu océan de cet homme. Quand elle se reprit, elle continua : Il m'a aussi dit qu'il dirigeait son propre studio de yoga et qu'il l'utilisait pour faire connaître sa musique et la connexion spirituelle qu'il ressentait avec elle. Il m'a invitée à quelques séances, et c'est là que j'ai rencontré toutes les autres filles qui deviendraient mes sœurs. Il n'y en avait que quelques-unes, cinq au total à l'époque, six si on me comptait. Ce nombre a gonflé à vingt maintenant, y compris votre fille, Kandy... je veux dire Kasia, désolée.

— Ce n'est pas grave, dit Tomek, même si ce n'était pas le cas. Il ne voulait plus jamais entendre ce nom. Que s'est-il passé ensuite ?

— Je suis devenue membre de la famille, poursuivit Clementine, retombant rapidement dans sa transe loquace. Nous prenions soin les unes des autres, nous nous entraidions. Je n'avais jamais eu une relation forte avec mes parents. Nous ne nous entendions pas, nous ne voyions jamais les choses de la même façon, et c'était pareil pour beaucoup de filles. Elles avaient soit été mises à la porte, soit avaient simplement une relation aigre avec leurs parents qui ne changerait jamais. Certaines venaient de foyers brisés, tandis que d'autres étaient celles qui les avaient brisés. Nous ressentions une affinité les unes envers les autres, et nous sommes immédiatement devenues sœurs, toutes ensemble.

Pendant les premières phases, nous ne faisions que traîner au studio, discuter, rire, danser. À toute heure de la journée. Aucune d'entre nous ne travaillait vraiment, et j'avais décidé d'abandonner l'université parce que ce n'était pas assez épanouissant pour moi. C'était pareil pour beaucoup des filles. Nous nous sentions toutes un peu perdues, luttant pour trouver notre voie. Et puis un jour, il y a quelques mois, Zeus, je veux dire Zachary, est arrivé avec des nouvelles. La Vérité, comme il l'appelait. C'est alors qu'il nous a dit qu'il était Zeus, le dieu grec, et qu'il allait nous sauver quand la fin du monde arriverait.

— Comment ? interrompit Tomek.

— Eh bien, il nous a dit qu'il avait des pouvoirs et qu'il pouvait le faire.

— Et vous l'avez cru ?

Elle baissa à nouveau les yeux vers ses genoux et continua à jouer avec ses ongles.

— Eh bien, oui. À l'époque, je l'ai cru. Nous l'avons toutes cru. Il était tellement... convaincant.

— Comment vous a-t-il convaincue ? demanda Rachel, intervenant avec une attitude plus agréable avant que Tomek ne puisse s'imposer avec sa brusquerie.

Elle fit une pause, laissant échapper un petit rire. — C'est ridicule maintenant, vraiment. Mais il faut comprendre qu'à l'époque, c'était tellement convaincant, tellement crédible...

— Nous ne sommes pas là pour juger, ajouta Rachel.

Parle pour toi, pensa Tomek. Il était loin de ne pas porter de jugement sur ce qu'il entendait. Cela le déconcertait que ces vingt femmes environ aient pu succomber au charme de Zachary Godson. Y compris Kasia. Il pensait qu'elle était plus intelligente que ça, plus perspicace.

— Il nous a dit qu'il pouvait contrôler la météo, commença Clémentine. Que quand il faisait beau, il était heureux. Quand il y avait des nuages, il se sentait déprimé. Et quand il pleuvait ou qu'il y avait un orage, il était en colère.

— Il devait être triste ou en colère tout le temps dans ce pays, alors, remarqua Tomek.

Il sentit un coup de pied dans la jambe de la part de Rachel et, bien qu'il ne l'ait pas vue, il devina qu'elle lui avait lancé un regard réprobateur.

— Oui, maintenant que vous le dites, il était toujours triste et lunatique. Clémentine arrêta de jouer avec ses doigts et les posa sur la table. Ils étaient rouges et à vif, la peau s'écaillant.

— De quelle autre façon vous a-t-il convaincue qu'il était Zeus ? demanda Rachel.

— Il m'a dit qu'il pouvait arrêter le temps, répondit-elle. Et pour le prouver, il a soulevé mon poignet, pointant ma montre vers mon visage, puis il a claqué des doigts. Je ne savais pas comment il avait fait, mais la trotteuse s'est arrêtée. Et à partir de ce moment, j'étais conquise, j'étais prête à faire tout ce qu'il nous demandait. Mais j'ai vite compris comment il avait fait, comment il avait fait beaucoup de choses...

— Les drogues, dit Tomek, terminant à sa place.

Elle inclina légèrement la tête.

— Du LSD ? continua Tomek.

— Oui. Beaucoup. Il en donnait à toutes les filles... Elle tourna lentement la tête vers Tomek. Ses yeux étaient grands ouverts, emplis de douleur, de culpabilité et de repentir. — Y compris à votre fille.

Tomek inspira profondément, tapotant ses phalanges sur la table. Il le savait. Bien sûr qu'il le savait, au fond de lui. Il avait fait le rapprochement dès qu'ils avaient établi le lien entre Zachary Godson, Michael Edwards et Richard Stafford, mais il n'avait pas voulu y croire. Ne pouvait pas. Ne voulait pas.

Jusqu'à maintenant.

— Je vous en prie, dit-il, sa voix se brisant tandis qu'il retenait une petite armée de larmes. Continuez, si cela ne vous dérange pas.

Elle le fit, mais pas avant d'offrir à Tomek un regard qui disait : je suis tellement désolée.

— C'est comme ça qu'il nous contrôlait, dit-elle. Il nous gavait de drogues et continuait à nous en donner. Il utilisait aussi d'autres méthodes de contrôle. Contrôle... très contrôlant, il était. Il nous disait quoi porter, comment nous habiller. Il nous disait que nous ne pouvions pas porter de bijoux, que nous devions coiffer nos cheveux d'une certaine façon qui lui plaisait. Nous devions l'adorer. Et puis il nous disait de surveiller notre poids. Il disait que nous devions être minces et d'une certaine taille si nous voulions accéder à l'au-delà avec lui. Il a commencé à contrôler à qui nous parlions, où nous allions, qui nous voyions. À ce moment-là, beaucoup d'entre nous vivaient soit dans le studio, soit dans l'entrepôt.

— L'entrepôt ? répéta Rachel.

Tomek décida de garder le silence.

— C'est à Shoeburyness. Zeus disait qu'il en était propriétaire. Il disait que nous pouvions y vivre. C'est là que la plupart d'entre nous séjournaient.

— Pourriez-vous nous donner l'adresse, s'il vous plaît ? Nous aurons besoin que quelqu'un aille vérifier.

Tomek poussa un profond soupir de soulagement. Voilà une petite question réglée. Clémentine griffonna l'adresse et une vague description sur le papier et le rendit à Rachel, qui la remercia avant de lui dire de continuer.

— Il faisait ces sermons, ces discours, où il nous faisait toutes asseoir en cercle pour nous prêcher. Il nous disait que tout ce qui allait mal dans le monde était la conséquence directe de la consommation humaine, de la surpopulation et de l'épuisement des ressources naturelles de la Terre. Il disait que nous étions tous en train de détruire la planète, mais il disait que le véritable tueur de cette planète serait une guerre raciale. Que les blancs et les bruns se soulèveraient et se battraient. Qu'ils détruiraient tout et tout le monde, et que, si nous faisions exactement ce qu'il disait, nous serions tous sauvés.

— « Exactement ce qu'il disait », répéta Tomek. Qu'est-ce que cela signifie *exactement* ? Qu'est-ce qu'il vous a ordonné de faire ?

Clémentine hésita, inspirant profondément et gonflant sa poitrine. Elle prit un moment pour se ressaisir et, quand elle fut prête, laissa tout l'air sortir de ses poumons.

— Ça a commencé petit, dit-elle. Des petites choses. Comme faire les poches, voler des téléphones sur des tables, dégonfler les pneus des gens ; des choses qui passent largement inaperçues.

Pas pour les personnes concernées.

— Mais ensuite, au bout d'un moment, les choses sont devenues plus avancées, plus... audacieuses.

— Comment ça ? demanda Tomek, bien qu'il sût exactement où cela menait.

— On les appelle les Creepy Sleepies, répondit-elle, frottant le dessous de son œil contusionné. Au milieu de la nuit, trois ou quatre d'entre nous entraient par effraction chez des gens, déplaçaient quelques objets, puis repartaient.

— Et détruisaient leurs nains de jardin au passage, lança Tomek.

— C'est parce que Zeus nous l'avait dit. Tout ce que nous faisions, c'est lui qui nous le disait. C'est lui qui choisissait les maisons. C'est lui qui sélectionnait les filles. C'est lui qui nous disait de détruire les nains.

— Pourquoi ?

— Parce qu'il croyait que c'étaient ses ennemis. Il croyait qu'ils l'observaient, qu'ils l'espionnaient. Et donc il nous disait de les détruire.

— Mais il vous a dit de faire bien plus que ça, n'est-ce pas, Clémentine ? dit Tomek d'un ton grave. Que pouvez-vous nous dire sur les meurtres de Michael Edwards et Karl Bacon ?

Des larmes se formèrent aux coins des yeux de Clémentine et elle commença à renifler. Rachel attrapa une boîte de mouchoirs à proximité et la lui tendit.

— Je ne connais pas leurs noms, dit-elle, mais je sais qui ils sont et je sais de quoi vous parlez.

— Que pouvez-vous nous dire sur ce qui s'est passé ? Étiez-vous présente ?

Les larmes coulaient plus abondamment maintenant. Elle commença à hyperventiler.

— Oui, j'étais là, dit-elle entre deux respirations. Oui, j'ai aidé à poignarder et tuer ces hommes.

La pièce tomba dans un silence de mort, figée. Aucun bruit de climatisation, ni les doux murmures de conversation à l'extérieur de la pièce. Même les lumières rouges sur les caméras dans le coin de la pièce et l'enregistreur vocal sur la table semblaient s'être arrêtés.

— Commencez par le début, dit Rachel, sa voix plus sévère que d'habitude. Avec Michael Edwards, l'homme dans la maison.

Clémentine respira profondément pour se ressaisir, essuyant ses larmes. Son attention se reporta sur ses ongles et elle fut incapable de regarder l'un ou l'autre dans les yeux.

—Il pleuvait. Il y avait du tonnerre. Zeus était furieux, en colère. Il nous a dit qu'il fallait aller tuer cette personne en particulier. Il n'a pas expliqué pourquoi ni qui c'était, juste que ça devait être *lui*. Il était en colère que la fin du monde ne soit pas encore arrivée, et il a dit que si nous faisions ça, tout commencerait. Alors moi, Sleeping Angel, Silent Horsechick et Bright Muffin, nous sommes allées à la maison. Nous sommes entrées par les bois à l'arrière, avons escaladé la clôture, puis j'ai crocheté la serrure pour entrer. Nous avons toutes enlevé nos chaussures pour ne pas laisser d'empreintes à l'intérieur, et nous avons trouvé l'homme endormi sur le canapé. Nous l'avons encerclé. Bright Muffin était derrière lui et elle a mis la lame contre son cou. Ça l'a réveillé. Au début, il a paniqué et a essayé de se dégager, mais quand il a vu que nous tenions toutes des lames, il s'est arrêté. Il savait que c'était fini. Je pouvais le voir dans ses yeux.

—Sleeping Angel tenait le Taser et elle l'a tasé. Au même moment, Bright Muffin lui a tranché la gorge, puis nous lui avons sauté dessus et l'avons poignardé. Je ne sais pas combien de fois, j'ai perdu le compte après quelques coups. Je me souviens juste du couteau qui s'enfonçait encore et encore. Nous hurlions, toutes. C'était comme s'il y avait cette électricité dans l'air, que nous étions toutes alimentées par l'orage dehors. De toute façon, personne ne pouvait nous entendre crier avec le bruit du tonnerre. C'était la couverture parfaite que Zeus nous avait donnée. Après, nous nous sommes toutes enfuies. En repassant par le jardin, Sleeping Angel a jeté son couteau dans le jardin des voisins. Vous... vous l'avez trouvé ?

—Nous l'avons trouvé, dit Tomek, d'un ton factuel.

Il était incrédule, sous le choc. Il avait entendu, vu, et même été témoin du côté le plus sombre de la condition humaine, mais rien de tel. Quatre jeunes femmes, à peine sorties de l'adolescence, commettant un meurtre brutal et sauvage sur ordre, sans aucun remords pour leurs actes.

—Et qu'en est-il de la seconde victime ? Au château de Hadleigh ? demanda Rachel.

—Ça... c'était différent. Nous... étions toutes là. Toutes. Enfin, sauf une.

Kasia.

Cette nuit-là. Le trajet vers la gare. La dispute qui avait suivi.

Tomek avait involontairement empêché sa fille d'assister à un massacre.

Sa bouche s'entrouvrit. —Elle l'a manqué... à cause de la circulation. La pluie... le tonnerre. Savait-elle ce qui allait se passer ?

Tomek retint son souffle en attendant une réponse. Finalement, après un moment, elle vint : Clémentine secoua la tête, et Tomek poussa un énorme soupir de soulagement.

—On lui avait juste dit de prendre ce train précis. Rien d'autre.

Dieu merci.

Rachel regarda Tomek un instant, l'observant se détendre de soulagement, puis poursuivit son interrogatoire.

—Que s'est-il passé au château ?

—Nous étions toutes là. Certaines filles avaient enlevé le type de chez lui plus tôt. Je ne sais pas comment ni où, mais il était déjà là quand je suis arrivée. Nous étions toutes défoncées, en train de chanter, hurler, danser. Zachary était là... s'abritant de la pluie. Et puis elles l'ont tué. De la même façon que la première fois. Elles l'ont tasé, lui ont tranché la gorge, puis l'ont poignardé.

—Qui ? demanda Rachel.

Clémentine prit un moment pour rassembler les noms. —Peppy Piper, Auspicious Almond, Silent Horsechick et Gassy Yassy.

—Yasmin ? dit Tomek, réfléchissant à voix haute. C'était son nom, Yasmin ?

Clémentine haussa les épaules. Tomek regarda Rachel. —Je crois savoir qui c'est. C'est l'amie de Kasia de l'école, celle qui l'a introduite à... à tout ça.

Rachel nota le nom de la jeune fille.

—Gassy Yassy est avec nous depuis presque quatre mois, expliqua Clémentine. Elle était la dernière à nous rejoindre avant votre fille, et oui, c'est elle qui a présenté votre fille à notre groupe.

Tomek offrit à la femme un hochement de tête poli, la remerciant pour l'information.

—Y a-t-il autre chose que vous puissiez nous dire sur ce qui s'est passé au château cette nuit-là ? demanda Rachel.

—Non. Mais j'aimerais juste dire que je sais à quel point tout cela paraît grave. Croyez-moi, j'ai eu du temps récemment pour y réfléchir, et je comprends à quel point c'est terrible et effrayant. Mais vous devez comprendre que Zachary nous a manipulées, il nous a fait un lavage de cerveau. Toutes les choses que nous avons faites, nous les avons faites parce qu'il nous disait que c'était la bonne chose à faire, que cela nous sauverait à la fin du monde.

Tomek était dubitatif et voulait contester cette affirmation particulière. Mais il se rappela que sa propre fille était tombée dans les pièges de Zachary Godson.

—Ma fille a-t-elle déjà fait quelque chose que Zachary lui a demandé ? Qu'en est-il de ces Creepy Sleepies dont vous avez parlé ?

Clémentine le regarda droit dans les yeux. —Deux fois. Elle a fait deux Creepy Sleepies.

Le sang de Tomek commença à bouillir. Il frappa du poing sur la surface, contractant tout son corps.

—Et... elle a volé... Je sais qu'elle vous a volé, et qu'elle a volé ses professeurs. Zeus nous l'avait ordonné. Il disait que nous avions besoin de l'argent pour l'au-delà. Que nous pourrions l'utiliser. C'est ce qu'il appelait Mourir à Soi-même.

—Qu'est-ce que ça veut dire, exactement ? demanda Tomek.

—Cela signifie que nous devions mourir intérieurement. Toutes. Nous devions oublier qui nous étions. Nous devions oublier tous ceux que nous aimions. Nous devions les bannir de nos vies et recommencer à zéro pour que nos proches puissent être amenés avec nous dans l'au-delà.

Tomek relâcha la tension dans sa main. —Elle a fait toutes ces choses pour... pour me sauver ?

Clémentine pinça les lèvres, acquiesça.

—Je..., commença-t-il. Et puis une pensée lui vint. —Et qu'en est-il de... Il déglutit difficilement, incertain d'avoir la force de poser la question. Ou d'entendre la réponse. —Et les aspects sexuels ? Est-ce que... Zachary vous a déjà forcée, ou... ?

Clémentine baissa la tête, confirmant tout ce qu'il avait besoin d'entendre.

—Il nous promettait que nous étions les seules, commença-t-elle, regardant à nouveau ses genoux. Mais je sais avec certitude que c'était un mensonge. Il nous disait de ne pas en parler à nos sœurs, mais il y avait des signes, ça se voyait. Il couchait avec la plupart des filles, et il... il avait cette habitude de porter un masque quand nous avions des rapports. Pour moi, c'était un cygne. Pour les autres filles, il portait différents animaux.

—Avec combien de filles a-t-il couché ? demanda Rachel.

Clémentine haussa les épaules. —Je ne connais pas le nombre exact.

—Est-ce que..., commença Tomek. Est-ce qu'*elle* était l'une...?

Il fut incapable de déduire la réponse du regard dans ses yeux.

—Je ne crois pas, répondit-elle. Bien que j'aie interrompu quelque chose. C'était la deuxième nuit où nous étions toutes au château...

La veillée.

— Kasia s'était fait mal à la cheville et Zachary l'aidait à soulager la douleur. Je suis entrée dans la pièce et j'ai trouvé Kasia en sous-vêtements. Zachary était sur elle, portant un masque. Mais... mais je ne pense pas que quoi que ce soit se soit passé.

Le corps de Tomek se glaça, s'engourdit. Il fixa l'espace vide sur le mur au-dessus de l'épaule de Clementine, son esprit dépourvu de pensées sauf pour une chose : la dernière image qu'il avait de Zachary Godson, debout dans son atelier, avec sa mâchoire ciselée, ses muscles saillants et ces yeux bleus.

L'image suivante qui apparut dans l'esprit de Tomek fut celle de lui-même réduisant le beau visage séduisant de cet homme en une pulpe sanglante.

— Combien de fois avez-vous couché avec Zachary ? demanda Rachel, mais Tomek ne pouvait pas entendre. Il était à peine conscient de leurs voix.

— Je ne sais pas. J'ai perdu le compte. Elle se pencha en arrière dans sa chaise et pointa son ventre. Suffisamment de fois pour que cela arrive.

— Zachary est le père ?

— Bien sûr. Mais quand j'ai essayé de le confronter à ce sujet, il m'a expulsée du groupe. Il a dit que j'avais pris du poids, que je ne suivais pas ses règles.

— C'est pour ça que vous êtes ici maintenant ? Il vous a expulsée parce qu'il vous a mise enceinte ?

Clementine hocha la tête. — Il ne s'attendait pas à ce que je vienne directement ici, j'imagine.

Juste au moment où Rachel ouvrait la bouche pour répondre, Tomek revint au présent.

— Et après ? demanda-t-il. Que se passe-t-il ensuite ? Qu'est-ce que Zeus et le reste du culte ont prévu ?

— Je ne sais pas. Zachary me cachait les détails vers la fin, donc je ne peux pas vous dire ce qui va se passer, ni où, ni quand.

CHAPITRE
SOIXANTE-HUIT

Tomek avait la tête qui tournait en quittant la salle d'interrogatoire. Tant de choses à digérer, tant d'informations à traiter.

Mais la conclusion principale était que Zachary Godson était un homme mort pour ce qu'il avait fait à sa fille. La façon dont il l'avait manipulée, lavé le cerveau, retournée contre lui. Et peut-être même violée...

Tomek serra le poing si fort que sa paume devint moite. Il fit irruption dans un petit bureau et commença à faire les cent pas autour de la table et des chaises au centre. Son cœur battait à tout rompre. Il voulait hurler, exploser dans le même accès de rage qui s'était emparé de Kasia et Yasmin dans son appartement. Il voulait tout détruire, tout déchirer, abattre tout ce qui se trouvait sur son chemin.

Ne laisser aucune victime.

Pendant un long moment, il resta là, regardant par la fenêtre, sans fixer quelque chose en particulier, sans rien assimiler non plus. Il était sur le point de se détourner quand son téléphone sonna. Il sortit l'appareil de sa poche et examina l'écran. Numéro inconnu.

— Nathan ? Qu'est-ce que tu as pour moi ?

Il réalisa son erreur un instant plus tard.

Un petit rire, suivi du son d'une respiration lourde.

— Bonjour, Lucifer, dit la voix.

À cet instant, toute la rage qui avait bouillonné et s'était agitée en lui disparut soudainement, comme si un robinet s'était ouvert et que tout s'était déversé hors de lui.

— Tu aimerais revoir ta fille, Lucifer ?

Tomek ne dit rien.

— Tu sais de qui je parle, n'est-ce pas ? Tu sais qui je suis.

Tomek garda encore le silence. Non pas parce qu'il ne savait pas quoi dire — il y avait beaucoup de choses, des jurons en particulier, qu'il voulait prononcer — mais parce qu'il voulait écouter la voix de l'homme. Il voulait se souvenir de la façon dont il sonnait avant qu'il ne supplie pour sa vie.

— Si tu veux revoir ta fille, alors viens à l'entrepôt sur Vanguard Way à Shoeburyness ce soir à onze heures. Elle t'y attendra.

— Je n'y compterais pas trop, dit enfin Tomek. La police va grouiller partout à ce moment-là. Je crois avoir entendu quelqu'un dire qu'ils allaient faire venir des agents en uniforme et deux équipes médico-légales qui resteront là toute la nuit.

Zachary bégaya au téléphone.

— Qu-qu-qu'est-ce que tu veux dire ? Pourquoi me dis-tu ça ?

— Parce que je veux voir ma fille. Et parce que quand tu arriveras là-bas et que tu trouveras l'endroit plein de policiers, je ne veux pas que tu penses que je t'ai tendu un piège.

— Oh. Euh.

Plus de balbutiements. Plus de tâtonnements. Ce type était un putain d'escroc et un putain d'amateur.

Et un homme mort.

— Alors va au fond du jardin de Michael Edwards. Shipwrights Wood. Onze heures. Viens seul et tu reverras ta fille.

— Oui, Zeus. Tout ce que tu dis, Zeus.

CHAPITRE
SOIXANTE-NEUF

Kasia sentait l'adrénaline parcourir tout son corps. Des profondeurs de son ventre jusqu'au bout de ses doigts. Elle se sentait vivante. C'était le moment. La nuit où le monde prenait fin. La nuit où tout changeait pour elle et Tomek. Elle n'avait pas beaucoup pensé à lui ces dernières semaines. Zeus le lui avait interdit. Si elle voulait vraiment mourir à elle-même, c'était ce qu'elle devait faire.

Jusqu'à maintenant.

Maintenant, perchée au même endroit sur le mur du château que quelques nuits auparavant, elle pensait à Tomek.

À quel point elle l'avait blessé ces dernières semaines. À toute l'angoisse et la souffrance qu'elle lui avait fait endurer. Il n'avait peut-être pas très bien caché ses sentiments, mais même quand il y parvenait, elle voyait que ce qu'elle lui avait fait l'avait bouleversé au-delà des mots. Parfois, elle voulait crier et lui déclarer que tout était pour son bien. Que les disputes, les nuits tardives, ses escapades nocturnes, le désordre qu'elle avait mis dans l'appartement et ses vols – tout cela était pour son bénéfice. Qu'elle l'avait fait aussi pour lui. Elle savait que Tomek n'aurait jamais cru aux prophéties et aux avertissements de Zeus concernant la fin du monde (il aurait ri au nez de cet homme et l'aurait probablement traité d'abruti), et donc elle n'avait pas eu d'autre choix que de faire tout cela en son nom.

Elle espérait qu'il verrait cela, qu'il *comprendrait* cela, quand il les rejoindrait enfin de l'autre côté.

Une rafale de vent passa, soulevant ses cheveux et chatouillant ses chevilles. Le ciel menaçait de pleuvoir toute la soirée, et au loin, le bruit du tonnerre grondait à l'horizon, quelque part dans le Kent, à quelques kilomètres au-delà des eaux.

Les frustrations de Zeus grandissaient. Lucifer, le diable, *leur ennemi*, serait bientôt là. Et puis la pluie, le tonnerre et les éclairs seraient sur eux.

Et ensuite... le silence ?

Elle ne savait pas. Personne ne savait à quoi s'attendre de l'autre côté. Même Zeus lui-même était avare de détails. Peut-être voulait-il garder la surprise. Ou peut-être que... peut-être qu'il ne connaissait pas lui-même la réponse.

Elle chassa cette pensée de son esprit et porta son attention sur l'enceinte du château. Ses sœurs, ses belles et majestueuses sœurs, chantaient et dansaient toutes, scandant, fredonnant, s'embrassant au centre de l'enceinte. À présent, le château avait pris sa forme complète, avec ses murs de pierre, son sol pavé, ses tours, son moulin à eau, tout. La transition était achevée. Leurs défenses étaient en place.

Kasia observa les filles un moment. Yasmin, son amie la plus proche, était au centre de tout cela, balançant ses bras frénétiquement, s'amusant, s'imprégnant de l'atmosphère. Kasia, quant à elle, ne ressentait pas la même chose. Elle n'y arrivait pas. Peu importe combien elle essayait.

Était-ce le doute ? La peur ? L'incertitude ?

Elle ne savait pas. Mais elle n'aimait pas ça.

Peut-être était-ce la nervosité.

Après tout, elle voulait accomplir sa prophétie. Elle ne voulait pas décevoir Zeus ou ses sœurs. La prophétie pesait lourdement sur ses épaules. Et puis elle sentit une main sur l'une d'elles. Elle sursauta, se retournant brusquement pour voir qui était là.

Zeus.

— Qu'est-ce qui ne va pas, Kandy ? demanda-t-il.

— Rien... répondit-elle sans conviction.

— Nerveuse ?

Elle se détourna de lui, hochant la tête.

Il lui serra l'épaule, de la même façon qu'il avait serré ses cuisses plus tôt dans la semaine.

— Je comprends, dit-il. C'est tout à fait naturel, étant si près de la fin. Voudrais-tu savoir quelle est ta prophétie ?

Un autre hochement de tête, plus léger cette fois, presque imperceptible.

— Très bien, dit-il. Je veux que tu tues Lucifer. Je veux que ce soit toi qui le poignardes et le tues. Penses-tu pouvoir faire cela ?

— Oui.

— Sais-tu qui est Lucifer, Kasia ?

Elle fut choquée de l'entendre utiliser son vrai nom.

— C'est le diable... murmura-t-elle.

— Oui. Mais le diable a un nom humain. Veux-tu l'entendre ?

Elle hocha la tête. Puis, quand elle entendit le nom, elle réalisa quelle terrible erreur elle avait commise.

CHAPITRE
SOIXANTE-DIX

La pluie gouttait de la canopée de feuilles au-dessus de sa tête, éclaboussant doucement près de ses pieds. Il était entouré par l'obscurité, situé au milieu d'un petit sentier dans les bois, au même endroit où Clementine Miller et les trois autres filles s'étaient tenues, à la limite du jardin de Michael Edwards quelques semaines auparavant. Il essaya d'imaginer ce qu'elles avaient fait, ce qu'elles avaient ressenti. Bestial, présumait-il. Un mélange de fureur, de désir et d'adrénaline. Il les imaginait escaladant les ronces, rampant à travers l'herbe, puis s'introduisant dans la maison et marchant sur la pointe des pieds, calmes, silencieuses, résolues. Et puis le meurtre frénétique, brutal, sauvage. D'un extrême à l'autre.

Masquées par la couverture de l'obscurité et l'orage au-dessus d'elles.

Tomek leva les yeux. De petites gouttes de pluie atterrirent sur son visage et dans ses yeux. Dans la lueur ambiante provenant de la maison des voisins de Michael Edwards, il vit les nuages gris foncé dériver au-dessus.

Zeus était apparemment en colère.

Tomek ricana. Ce petit crétin pensait qu'il était un dieu grec, qu'il pouvait contrôler la météo. Mais il *avait* contrôlé Kasia. Et Yasmin. Et Clementine. Et toute une escouade de femmes et de filles semblables, partageant les mêmes idées.

C'était un homme dangereux, et pour cette raison, il devait être arrêté.

Tomek avait pensé à appeler des renforts, à demander à Nick ou Sean de descendre avec lui et de jouer les gros bras. Mais il voulait passer un moment seul avec Zachary. Il voulait se retrouver face à face avec l'homme qui avait manipulé et enlevé sa fille. Il voulait voir cet homme supplier pour sa vie devant lui, devant l'endroit même où il avait ordonné à ses Harpies de tuer Michael Edwards.

Tomek fut tiré de sa rêverie par le bruit de feuilles et de brindilles qu'on déplaçait sous des pas.

Puis il entendit des gloussements, des rires sauvages et des ricanements.

Il se tourna vers le son. Se figea.

Réalisa qu'il avait commis une erreur monumentale de jugement.

Devant lui ne se trouvaient ni Zachary ni Kasia, comme il s'y attendait. Au lieu de cela, il y avait dix filles. Dix femmes d'une vingtaine d'années qu'il ne reconnaissait pas. Toutes portaient les mêmes robes blanches, leurs cheveux blonds attachés en couettes. Et chacune d'elles portait un pistolet à impulsion électrique.

Pas de couteaux, pas d'armes.

Donc elles n'étaient pas là pour le tuer.

— Bonjour, démon ! hurla l'une des filles alors que le tonnerre grondait à quelques kilomètres de là.

— Satan ! cria une autre.

— Lucifer !

Les filles commencèrent à pousser des cris perçants, à siffler, à émettre des bruits d'animaux sauvages vers lui.

— Il est temps pour vous de venir avec nous, ajouta la première, calmant les autres d'un poing levé.

Tomek examina chaque sœur Harpie. Regardant leurs visages grimaçants. Les Tasers dans leurs mains.

— Vous n'êtes pas de taille face à nous, poursuivit la première. Cette fois, vous ne nous échapperez pas.

Elle leva le bras. Le reste des Harpies l'imita, et immédiatement, dix points rouges se fixèrent sur différentes parties du corps de Tomek.

En peu de temps, la pluie s'était intensifiée, et tombait maintenant d'en haut à un rythme alarmant. Ses cheveux étaient trempés, ses vêtements complètement mouillés.

Mais c'était le cadet de ses soucis.

Parce que ça allait faire un putain de mal.

CHAPITRE
SOIXANTE-ET-ONZE

Tomek se réveilla sous les assauts de la pluie qui fouettait son visage, cinglant sa peau de toutes parts. Il peinait à ouvrir les yeux, les gouttes les martelant sans répit. Sans compter ce mal de tête qui semblait avoir fracassé son crâne en une centaine de morceaux.

Il était allongé dans la terre, avec des pavés et des morceaux de roche tranchants qui s'enfonçaient dans la chair molle de son dos. Ses cheveux étaient collés sur son visage, et tout son corps le faisait souffrir.

Autour de lui, il entendait des chants, des cantiques, des rires, entremêlés avec le bruit de pieds qui pataugeaient dans la boue détrempée.

Il ouvrit à nouveau les yeux et vit les Harpies, vêtues de leurs robes de lin blanc qui semblaient luire dans l'obscurité, avec des éclaboussures de boue autour de leurs chevilles et de leurs genoux. Leurs bras étaient entrelacés et chacune tenait une lame, sautillant autour de lui en un grand cercle, comme dans une cour d'école primaire.

Ou dans un film d'horreur.

Il tenta d'examiner leurs visages à mesure qu'elles passaient, cherchant celui de Kasia parmi elles, mais elles se déplaçaient trop vite pour que son cerveau embrumé par la douleur puisse suivre.

Étaient-elles toutes présentes, ou certaines attendaient-elles au-delà du cercle ?

Les mots qu'elles scandaient ne signifiaient rien pour lui. Du charabia. Comme si elles parlaient une autre langue. Peut-être les paroles d'une des chansons épouvantables de Zachary.

À ses pieds, au centre du cercle, brûlait un petit feu qui luttait pour survivre contre l'averse. Il ne l'avait pas remarqué jusqu'alors, mais il était faible, chétif, et n'offrait que très peu de lumière et de chaleur.

C'est alors que Tomek remarqua Zeus, debout de l'autre côté. Complètement nu, les bras levés haut et écartés, comme sur une croix, le menton pointé vers le ciel, ses muscles sculptés couverts de gouttes de pluie. Malheureusement, les flammes n'étaient pas assez hautes pour dissimuler son intimité au regard de Tomek.

Au-delà, à l'extérieur du groupe, Tomek distingua les contours du château de Hadleigh, presque engloutis par l'obscurité.

Son cœur martelait dans sa poitrine, et à chaque battement, il ressentait une douleur sourde. Son cœur lui hurlait, implorant du secours. Il ignorait combien de pistolets à impulsion électrique étaient entrés en contact avec son corps, mais même si c'était seulement la moitié de ceux qu'on avait pointés sur lui, ce n'était pas bon pour son cœur.

Il s'efforça de se soulever sur ses coudes, mais ce faisant, il fut pris de vertiges et le monde tourna comme un manège monochromatique de blanc et de noir, se fondant en un gris terne. Il s'affaissa doucement au sol où il resta quelques instants, haletant, essayant de reprendre son souffle.

— Si faible, dit Zeus en ricanant. Sa voix portait loin et dominait le bruit de la pluie.

— Essaie donc de recevoir quelques milliers de volts d'électricité dans le corps, répliqua Tomek, fixant le ciel, observant les gouttes de pluie apparaître du néant.

Presque sur commande, un roulement de tonnerre retentit, résonnant à travers la toile du ciel.

— Plutôt dix mille, murmura Zeus. Mes filles t'ont bien eu.

Tomek laissa échapper une bouffée d'air chaud, roula sur le côté et se redressa en position assise.

— Dans ce cas, je devrais être mort.

— Mais tu ne l'es pas. Il semblerait que le destin t'ait gardé en vie... pour ceci.

Zeus claqua des doigts et aussitôt les filles cessèrent de sautiller. L'une d'elles rompit la chaîne, et un instant plus tard, Kasia, conduite par une fille plus âgée, émergea de l'obscurité. Ses cheveux étaient détachés, ne formant plus les couettes comme ceux de ses sœurs. Son visage avait été battu et ses jambes fléchissaient à mesure qu'elle approchait.

— Kasia ! hurla Tomek, incapable de se contenir. Ça va ? Qu'est-ce qu'ils t'ont fait—

Zeus bondit par-dessus le feu, ses bijoux de famille battant l'air comme un drapeau dans le vent, et gifla Tomek en plein visage.

— Tu ne parleras pas ! beugla Zeus à son visage.

L'ordre était clair, mais Tomek n'en tint pas compte. Il cracha sur la jambe de l'homme et reçut une autre gifle pour sa peine, cette fois sur l'autre joue.

— Kasia, je suis tellement désolé ! Je sais tout... je sais...

La troisième gifle fut suffisamment forte pour déséquilibrer Tomek et l'envoyer basculer en arrière dans la boue.

— Papa ! cria Kasia de l'autre côté du cercle, mais sa voix fut rapidement étouffée par la femme derrière elle, qui plaça sa main sur sa bouche et maintint une lame serrée contre sa gorge.

Tomek prit un moment pour observer son environnement. Il était encerclé par vingt femmes, toutes vêtues de blanc, bras entrelacés, brandissant des couteaux de cuisine, leurs expressions aussi vides et mortes que les personnes qu'elles avaient tuées. De l'autre côté se trouvait sa fille, dont la vie dépendait de la stabilité de quelqu'un. Et à quelques centimètres de lui se tenait l'homme qui avait orchestré tout cela. En ce moment, Zeus était plus fort, plus malin et plus en forme.

Même si Tomek voulait faire quelque chose, la douleur dans sa tête l'en empêchait.

— Touchant, remarqua Zeus en se dirigeant vers Kasia. C'est vraiment touchant. Mais ne vous laissez pas tromper. Il se tourna vers les filles, regardant lentement chacune dans les yeux comme un gladiateur victorieux choisissant sa prochaine partenaire. Vous êtes toutes venues ici pour assister à la fin du monde, n'est-ce pas ?

— Oui, Zeus ! crièrent les filles à l'unisson, presque robotiques.

— Vous êtes toutes venues ici pour voir le sacrifice de la vie du diable ?

— Oui, Zeus !

Il leva son bras en l'air et pointa Tomek du doigt. — Vous pensiez tous que cet homme était le diable, n'est-ce pas ?

— Oui, Zeus !

— Mais vous avez tous été trompés. Il pivota son doigt à cent quatre-vingts degrés et le pointa vers Kasia. — *Elle*, c'est le diable. *Elle* est Lucifer. Je le savais au fond de moi. Quelque chose me disait que quelque chose n'allait pas chez elle. Et ces dernières semaines, elle vous a tous menti. Prétendant être une sœur, se fondant parmi vous. Gagnant votre confiance. Il s'avança théâtralement vers Kasia. Les filles regardaient, fascinées, tandis qu'il s'arrêtait aux côtés de Kasia et récupérait la lame de son ange gardien. — Mais en réalité, cette garce, ce démon, cette créature infernale vous a tous espionnés, complotant contre vous. Elle est le sacrifice que nous devons tous faire si nous voulons survivre à ces guerres raciales et visiter l'au-delà.

— Non ! hurla Tomek. Tue-moi. Tue-moi à sa place ! Elle n'a rien fait de mal, espèce d'escroc. Laisse-la partir !

— Cela ne peut pas se faire. C'est décidé.

— Rien de tout cela n'est réel, supplia Tomek aux filles. C'est juste une putain d'arnaque. Il n'y a pas de guerres raciales. Il n'y a pas d'au-delà. Vous allez toutes mourir pour rien.

— C'est décidé, répéta Zeus. Elle accomplit sa prophétie. Et sa prophétie, c'est la mort.

Zeus entailla la joue de Kasia avec la lame. Le sang coula immédiatement sur son visage.

Tomek réagit. L'adrénaline surgit soudainement en lui et masqua la douleur dans sa tête et son corps. Son esprit et sa vision s'éclaircirent et, se remettant sur pied, il sprinta vers Zeus. Sautant par-dessus le feu, il plaqua l'homme au sol par derrière comme au rugby, le corps de Zeus amortissant la chute de Tomek. Dans l'assaut, la lame s'échappa de la main de Zeus et atterrit quelque part dans l'herbe, perdue dans l'obscurité.

Puis Tomek se releva du chef de culte et se précipita vers Kasia. La fille qui la tenait avait reculé de quelques pas. Tomek ne lui prêta aucune attention ; il était plus préoccupé par sa fille. Il toucha son visage, étalant le sang sur sa joue.

— Tu vas bien ! lui dit-il. Tout va bien !

Elle hocha la tête. Mais ce moment de retrouvailles fut écourté. Yasmin, la fille que Tomek n'avait vue qu'une poignée de fois, et celle qu'il blâmait le plus pour ce qui était arrivé à Kasia, émergea du cercle, brandissant une lame. Son cri strident faillit percer les tympans de Tomek.

Lame levée, l'adolescente chargea vers eux. Tomek poussa Kasia, la jetant au sol, puis se prépara, bandant ses muscles. Il n'avait pas besoin de s'inquiéter, car la fille était si maigre et mal nourrie qu'elle n'avait aucun muscle pour se battre, aucune force derrière elle.

Tomek attrapa son bras avant qu'elle ne puisse abattre la lame sur lui, la désarma, puis la jeta au sol.

Puis il regarda le reste du groupe, haletant, les yeux sauvages.

— Quelqu'un d'autre veut essayer ? rugit-il.

Avant que quiconque puisse réagir, le son des sirènes perça l'air. Tomek regarda derrière lui et vit les vagues flashs de lumières blanches et bleues qui dansaient au loin. Le son des sirènes fut rapidement noyé par le bruit des cris profonds et des appels des policiers de l'autre côté de la colline. Ce qui fut à son tour rapidement submergé par les sons de hurlements devant lui.

Dès qu'elles eurent réalisé ce que le bruit signifiait, les Harpies paniquèrent et se dispersèrent. En quelques secondes, elles avaient disparu, y compris Yasmin, leurs robes blanches s'évanouissant dans l'obscurité comme des esprits fuyant ce monde.

Avant qu'il ne puisse y réfléchir davantage, le son des appels bruyants et des grosses bottes martelant la terre boueuse se rapprocha, jusqu'à ce que Tomek voie deux cônes de lumière blanche scintiller et balayer la colline. Deux agents en uniforme arrivèrent un instant plus tard, leurs gilets pare-balles surdimensionnés les rattrapant peu après.

— Que se passe-t-il ici ? demanda le premier arrivé.

— Que faites-vous ici ? répondit Tomek.

— Nous avons reçu des appels d'urgence des environs. Des voisins affirmant avoir vu une activité suspecte au Château.

— Il n'y a que vous deux ? répondit Tomek.

— Nous... L'homme regarda le visage ensanglanté de Kasia et attrapa sa matraque. — Éloignez-vous de la fille !

Pendant ce temps, l'autre plongea la main dans sa poche arrière et sortit un pistolet à impulsion électrique. Tomek le regarda avec prudence.

— Du calme, dit Tomek, levant les mains en signe de reddition. Je suis son père. Il y a... il y a eu... Le mal de tête et les battements revinrent soudainement. — Je suis le sergent-détective Tomek Bowen, continua-t-il. De la Brigade des enquêtes majeures de Southend. Je travaille avec le commissaire Nick Cleaves, l'inspecteur Victoria Orange. Vous avez entendu parler d'eux ?

Les agents hochèrent prudemment la tête.

— J'enquête sur les meurtres de Michael Edwards et Karl Bacon. Ils ont été assassinés par un culte. Vous venez de tomber sur eux alors qu'ils essayaient de nous tuer.

L'attention de Tomek fut distraite par la parcelle de terre vide à quelques pas de là où, quelques instants plus tôt, Zeus était allongé.

— Où est-il passé ?

— Qui ?

— Le type qui était allongé là-bas à l'instant.

Tomek pointa l'endroit du doigt. Les deux agents suivirent son doigt.

— Je n'ai vu personne, dit le premier.

— Moi non plus, ajouta le second.

— Comment ça, vous n'avez vu personne ? Il est à poil, putain. Son cul est aussi brillant et pâle que la lune ! On ne peut pas le rater !

Tomek pivota sur place, tournant à gauche et à droite, à droite et à gauche, scrutant l'horizon à la recherche de Zeus. Mais il n'y avait aucun signe de lui. Le salaud s'était échappé.

Tomek fit une pause d'une fraction de seconde. Prit une décision en une fraction de seconde et se dirigea vers sa droite.

Le sud.

Il estima que, de toutes les directions possibles, Zachary aurait pris la direction du sud, loin du centre-ville de Hadleigh et de la police qui arrivait, et vers les voies ferrées au bas de la colline.

Du moins, c'est le chemin qu'il aurait pris s'il était celui qui fuyait la police.

— Papa ! Où vas-tu ? appela Kasia alors qu'il s'éloignait.

— Je vais le retrouver, répondit-il, ses jambes pompant lentement. Reste avec ces deux-là. Ils vont s'occuper de toi. Et appelez des renforts !

Tomek ne regarda pas en arrière lorsqu'il commença à descendre la colline. La pente était d'abord régulière, mais quelques mètres plus loin, elle devint plus raide qu'il ne l'avait prévu. Ses chaussures glissèrent sur le sol mouillé, et il trébucha, dégringolant comme une poupée de chiffon sur la terre boueuse, avant de finalement se redresser quelques mètres plus bas. Dans l'obscurité, il aperçut les lumières de Canvey Island au loin, et les minuscules points lumineux du Kent de l'autre côté de l'estuaire de la Tamise.

Il n'avait aucune idée où il allait, aucune idée où Zeus était parti.

Il espérait simplement, priait, d'avoir choisi le bon chemin.

Après avoir atteint le milieu de la colline, la douleur dans sa tête avait disparu, et les muscles de son corps avaient retrouvé toute leur capacité. Il se sentait à nouveau vivant, revigoré.

Une minute plus tard, il atteignit le bas de la colline et s'arrêta au bord des voies ferrées qui allaient de Benfleet à Leigh-on-Sea et au-delà. Il fit une pause pour reprendre son souffle. À gauche ou à droite ?

Finalement, la décision fut prise pour lui.

À une quinzaine de mètres de là, Zeus franchissait la clôture de sécurité, tentant de traverser la voie ferrée.

— Zachary ! cria Tomek, mais l'homme continua, indifférent. Tomek se lança à sa poursuite, et lorsqu'il atteignit Zachary, l'homme était déjà de l'autre côté.

Quelques mètres les séparaient. Si Tomek voulait l'agripper et lui pulvériser le visage, il allait devoir escalader la clôture. D'ici là, il risquait de perdre l'homme de vue pour de bon.

— C'est fini, Zachary, dit Tomek. Tu n'as nulle part où aller.

— Je ne peux pas mourir. Tu ne peux pas me tuer.

Zeus fit quelques pas en arrière, jusqu'à ce que la terre laisse place au lit de pierres sur lequel reposaient les voies ferrées.

— Tu n'es pas un putain de dieu grec, répliqua Tomek. T'es juste un putain d'imbécile. Et tous ceux qui te connaissent sont d'accord.

Zachary fit encore quelques pas, franchissant cette fois le rail électrifié. Il se trouvait maintenant fermement sur la voie ferrée. Tomek pouvait entendre le bourdonnement et le sifflement alors que des centaines de milliers de volts d'électricité circulaient à travers les pylônes.

— Tu n'es qu'un imposteur, répliqua Tomek. Tu n'as pas les pouvoirs de Zeus. Si c'était le cas, il y aurait des éclairs tout autour de nous. Mais tout ce que je vois, c'est un ciel noir et un peu de tonnerre. Qu'est-ce qui se passe ? Tu as une bite molle ou quoi ?

— Elle n'était pas molle quand elle était dans la bouche de Kasia.

Tomek serra le poing et le frappa contre la clôture métallique.

— Dis encore un mot, et je viendrai là-bas pour te réduire en bouillie !

Zeus s'approcha davantage de la voie électrifiée. Il s'accroupit et passa sa main au-dessus.

— J'adorerais te voir essayer, se moqua-t-il. À l'instant où tu toucheras le sol, je te frapperai avec une électricité comme tu n'en as jamais connue.

Tomek n'arrivait pas à croire ce qu'il voyait, n'arrivait pas à croire ce qu'il entendait.

L'homme pensait sincèrement qu'il était Zeus et qu'il pouvait maîtriser le pouvoir de l'électricité.

— Je ne ferais pas ça si j'étais toi... dit Tomek.

— Pourquoi pas ? Tu as peur ?

— De toi ? Petite bite molle ? Jamais. Tu es un imposteur et tu le seras toujours. Mais tu as fait un lavage de cerveau à ma fille. Tu as déformé son esprit et tu l'as manipulée. Tu lui as fait faire des choses qu'aucune adolescente ne devrait jamais faire. Et tu l'as coupée. Et pour ça, je vais te regarder mourir.

Tomek posa sa main sur la clôture métallique.

Dès qu'il fit ce mouvement, Zachary Godson enroula ses doigts autour du rail électrifié. Instantanément, son corps fut secoué, le projetant au sol où il commença à convulser. Ses doigts avaient lâché le rail, mais son corps était tombé dessus, et il tremblait violemment, cent mille volts traversant son système.

Les cris de douleur et d'agonie ne durèrent que quelques secondes avant de s'arrêter brusquement, remplacés par l'odeur écœurante de chair brûlée. Le courant l'avait tué. Il gisait parfaitement immobile.

— Putain d'imbécile, dit Tomek pour lui-même, avant de s'éloigner, laissant le corps sans vie de l'homme là où il méritait d'être.

Alors qu'il remontait la colline, impatient de retrouver sa fille, la pluie et le tonnerre s'arrêtèrent soudainement, et l'air devint étrangement calme.

CHAPITRE
SOIXANTE-DOUZE

— Comment va l'appartement ? demanda Nick.

— C'est le bazar, répondit Tomek. On trouve encore des bouts de verre et de peluche. Et, à un moment donné ces dix derniers mois, on a tous les deux accumulé une quantité dégoûtante de paillettes, de perles et de strass. Aucune idée d'où ça vient. Je me réveille avec des paillettes dans les cheveux et sur les mains, comme si je faisais du somnambulisme.

— Tu es sûr que tu n'es pas secrètement une drag queen et que c'est ta façon de me l'annoncer ? Nick leva une main. Si c'est le cas, pas de problème, mais il y a de meilleures façons de me le dire.

Tomek grogna. — Très drôle.

Un moment de silence gêné s'infiltra dans l'atmosphère. Tomek attendait que Nick explique pourquoi il l'avait convoqué.

— Les RH conseillent que tu prennes un congé, dit-il finalement.

— Ah bon ?

— Ils appellent ça une mise à pied, pendant que l'IOPC enquête sur ce qui est arrivé à Zachary Godson, mais moi j'appelle ça une mini-pause.

— D'accord.

— Jusqu'à la fin des vacances d'été, poursuivit Nick. Pour que toi et Kasia puissiez... vous remettre de tout ça.

— J'apprécie. Merci.

— J'aurais aimé t'offrir plus longtemps mais... Tu sais comment c'est.

Tomek eut un petit sourire en coin.

— Comment... comment va-t-elle ? continua Nick, essayant de combler les silences avec une conversation que Tomek ne voulait pas avoir.

Tomek se contenta de secouer la tête. Puis se sentit obligé d'élaborer.

— Elle essaie d'assimiler tout ça. *Je* suis en train d'assimiler tout ça. Tout ce qu'elle croyait savoir de son monde a été bouleversé deux fois ces dernières semaines, et il faudra beaucoup de temps pour s'en remettre et réparer les dégâts qui ont été causés, si jamais elle y arrive. Ça n'aide pas non plus que tout ici lui rappelle ce qui s'est passé.

— Vous devriez peut-être partir en voyage ?

La suggestion était bonne. Mais pas très utile.

— J'ai une maison à rénover avant de pouvoir y penser. Mais je vais chercher un endroit où nous pourrions aller. Peut-être dans la région. Ça n'a pas besoin d'être très loin.

— Non...

La conversation arriva à sa fin naturelle. Bien que Tomek sentait qu'il y avait autre chose que Nick voulait aborder.

— Comment s'en sort-elle avec son amie ?

— C'est probablement la partie la plus difficile, répondit Tomek. Elle lui faisait confiance, tu sais. Et, avec la façon dont tout s'est terminé... ça l'a vraiment déchirée.

Tomek faisait référence à Yasmin, et à comment, la nuit de l'incident, elle, ainsi que plusieurs autres filles, étaient mortes d'une overdose de LSD et d'un mélange d'autres drogues. Cette nuit-là, Zachary Godson avait créé ce mélange mortel et avait fourni aux filles des quantités copieuses, probablement pour soit intensifier leur expérience, soit inévitablement les tuer afin qu'elles ne découvrent jamais à quel point il était un imposteur. Depuis cette nuit, il y avait eu sept signalements d'autres membres du culte décédés d'overdoses présumées. Leurs autopsies étaient toujours en cours.

— Elle a perdu une amie, dit Nick.

— Et elle a failli perdre un père aussi.

— Mais ce n'est pas arrivé. Et je parie que c'est ce qui la maintient debout en ce moment. *Toi*. Tu dois être son roc maintenant, Tomek. Tu dois être tout pour elle.

Tomek bomba le torse. — Je le suis. Je suis tout ce qu'elle a toujours eu, et maintenant je crois qu'elle s'en rend enfin compte.

— Bien joué. Nick s'éclaircit la gorge. — Comme je te l'ai dit l'autre jour, si tu as besoin d'aide pour quoi que ce soit, fais-le-moi savoir. Si tu veux que je parle à son école, je suis là pour aider. Tu les as prévenus ?

Tomek acquiesça. — J'ai le numéro de son professeur principal en numérotation rapide.

— Je suis sûr que Kasia est ravie de ça.

— Son professeur a été vraiment sympa, en fait. Elle a proposé son aide et des séances après l'école, etc. Mais ça, c'est pour la rentrée. Je n'y penserai pas avant de devoir le faire.

— Bien sûr, bien sûr.

Une nouvelle pause dans la conversation. Cette fois, c'était au tour de Tomek de la faire continuer.

— Quoi de neuf avec Stafford ?

À la mention du nom du baron de la drogue, les yeux de Nick s'écarquillèrent et il sourit largement. — Ils ont arrêté ce salaud il y a quelques heures. Enfin. Ça nous a pris assez de temps. Il s'avère que Zachary Godson était le chaînon manquant.

Tomek sourit narquoisement. — Au moins quelque chose de bon est sorti de cette affaire. Et le fait que ce connard soit mort.

Nick ne trouva pas ça drôle. Il croisa les doigts et se pencha en avant. — S'il y a autre chose que tu dois me dire sur ce qui s'est passé là-bas, il est encore temps.

Tomek leva les mains en signe de reddition. — Comme je te l'ai dit, ce crétin a touché les rails de son plein gré. Il pensait à tort qu'il pouvait canaliser l'électricité à travers lui. Bah, un imbécile de moins dans ce monde.

— D'accord, très bien. Je te crois. Juste... fais profil bas jusqu'à ton retour, d'accord ?

— Et si je ne reviens pas ? plaisanta Tomek.

— Alors tu nous rendrais service à tous. J'essaie de me débarrasser de toi depuis treize ans.

Tomek se frappa le genou puis se leva de sa chaise. — Dommage que tu m'aies pour treize ans de plus, n'est-ce pas ? Tu devras me tuer avant que je démissionne.

CHAPITRE
SOIXANTE-TREIZE

Cris et rires filtraient par la porte, couvrant le son grêle qui émanait de son téléviseur. Il regardait *Doctors*. Une de ses émissions préférées, bien qu'il ait été déçu d'apprendre que la BBC l'avait supprimée. Maintenant, il n'avait plus que les rediffusions et les mêmes intrigues qu'il avait vues maintes et maintes fois. Pourtant, cela lui procurait du bonheur.

Alors qu'il se repositionnait sur le lit, tendant l'oreille pour écouter Jimmi Clay annoncer une nouvelle dévastatrice à l'un de ses patients, le téléphone de Nathan vibra dans sa poche. Il se laissa rouler du lit superposé, entrebâilla la porte, puis répondit à l'appel.

—Comment c'était l'Italie ? demanda-t-il en se dirigeant vers la fenêtre.

—Glorieux, répondit l'homme. Vraiment époustouflant. Magnifique.

—C'est une bonne chose que je sache maintenant ce que ces mots signifient.

L'homme ricana au bout de la ligne. —Comment ça s'est passé ? demanda-t-il. Tu as trouvé sa fille ?

—Non, malheureusement. Tomek l'a trouvée tout seul.

Dehors, Nathan entendit un oiseau chanter.

—C'est dommage.

—Pas quand tu entendras ce qui lui est arrivé.

—Qu'est-ce que c'était ?

Nathan expliqua.

—Comment le sais-tu ? demanda l'homme.

—Parce qu'il me l'a dit. Je crois qu'il avait juste besoin de quelqu'un à qui se confier, se défouler. Tu aurais dû entendre ce qu'il a dit sur le type qui a fait ça. Pfiou ! Je n'ai jamais entendu quelqu'un jurer autant de ma vie.

L'homme pouffa. —Pauvre type. On dirait que ce qui est arrivé à sa fille était pire que ce qu'on a fait à son frère. Imagine si Tomek l'avait perdue de la même façon qu'il l'a perdu.

—Ouais, dit Nathan en se détournant de la fenêtre et en remontant sur le lit. Imagine.

FIN

Mais pas tout à fait. L'histoire continue dans Le Souffle de la Mort :

L'île de Mersea. Plus de 1 000 hectares de terres agricoles, de marais et plusieurs parcs de caravanes. Habituellement, elle abrite 7 000 personnes. Mais pour le week-end férié du mois d'août, elle accueille deux résidents supplémentaires : le DS Tomek Bowen et sa fille, Kasia, cherchant à profiter au maximum de la fin des vacances scolaires, de la fin de l'été, et de la fin du congé prolongé de Tomek.

Mais quand un corps est découvert attaché à une bouée un matin, Tomek est entraîné dans l'univers trouble du meurtre et de la mort plus tôt que prévu. Coupé de son équipe et du reste des forces de police, Tomek est contraint de mettre en pratique ses années d'expérience. Mais alors que la marée se rapproche, coupant toute connexion avec le monde extérieur, pourra-t-il attraper le tueur avant qu'il ne frappe à nouveau ?

Découvrez l'histoire de Le Souffle de la Mort sur Amazon dès maintenant !

Cliquez ICI pour obtenir votre exemplaire !

Ou tournez la page pour lire un extrait exclusif.

LE SOUFFLE DE LA MORT - EXTRAIT EXCLUSIF

Oui, elle nettoierait après leur passage. Et oui, elle continuerait à subvenir aux besoins de la communauté, même si parfois ils prouvaient qu'ils méritaient le contraire. Mais cela ne signifiait pas qu'ils pouvaient lui marcher dessus.

Parfois, elle pensait simplement : Qu'ils aillent se faire foutre, tous, ces ingrats. Ils ne méritaient pas sa charité, ils ne méritaient pas son temps, son effort et son énergie. Du temps, de l'effort et de l'énergie qu'elle ne récupérerait jamais. Mais ensuite, elle se souvenait des sourires excités et fous des enfants lorsqu'ils déambulaient sur l'île, tirant les bras de leurs parents dans différentes directions, les entraînant vers les étals du marché et les tirant à la recherche des œufs de dragons qu'elle avait disposés un peu partout à Pâques. Ça en valait la peine. Elle aimait voir les autres heureux. Elle aimait créer des souvenirs pour les gens. Ce serait grossier de dire qu'elle se considérait comme une version moderne et féminine de Robin des Bois, mais c'était exactement ce qu'elle ressentait. Son temps, son énergie et ses efforts en échange de souvenirs qui dureraient toute une vie.

Sauf que les seuls *souvenirs* qu'elle avait à ce moment-là étaient d'avoir frotté les tables et essuyé le bar toutes les vingt secondes parce qu'il semblait qu'à chaque fois qu'elle passait, une nouvelle tache ou gouttelette de bière s'était formée à la place d'une autre. Sans parler des souvenirs d'être à quatre pattes à ramasser des chips avec ses ongles.

Alors qu'elle laissait tomber son chiffon sur le plateau à bière, qui devait être vidé avant qu'elle ne parte pour la nuit, une rafale de vent siffla à travers une fissure dans l'une des fenêtres et fit claquer le volet contre le mur. Le bruit la fit sursauter pendant une fraction de seconde avant d'être remplacé par de la frustration. Damien avait promis qu'il le réparerait plus tôt dans la semaine. Il lui avait dit que c'était une priorité, qu'il l'aurait fait avant la fin de la journée. La fin de la journée était arrivée, et visiblement la priorité s'était envolée par la fissure dans la fenêtre.

Que penseraient les visiteurs ? Que c'était un taudis, un pub délabré, une pauvre excuse de pub. Et comme c'était le *seul* pub de l'île, elle avait une réputation à maintenir, des normes à respecter. Elle ne voulait pas s'installer dans de mauvaises habitudes et laisser l'endroit tomber en décrépitude comme l'avait fait le propriétaire précédent. Ce n'est pas parce que c'était le seul pub de l'île que les gens viendraient forcément. La concurrence était féroce, et on pouvait parier que, aussi sûrement que la marée montait et descendait deux fois par jour, les trous dans la fenêtre deviendraient bientôt aussi grands que le trou de dettes dans lequel elle était tombée.

Charlene ramassa un verre à bière vide sur le côté, l'inspecta, puis le plaça sous le comptoir. Elle jeta un dernier coup d'œil au sol avant de descendre. Le pub devait être impeccable pour le lendemain. Les clients, nouveaux et anciens, afflueraient par ces portes, où ils boiraient, mangeraient, riraient et peut-être même pleureraient. Et avec un peu de chance, les nouveaux clients reviendraient et deviendraient des habitués. Et ainsi le cycle se répéterait, insufflant une nouvelle vie à l'établissement.

Alors qu'elle se tournait vers le sous-sol, un son, comme un grondement profond, remonta les escaliers. Elle s'arrêta, attendit, écouta.

Son rythme cardiaque s'accéléra.

Le grondement s'intensifia.

Puis il fut remplacé par le bruit assourdissant et cardiaque de verre qui se brise.

Charlene se figea, fixant l'entrée, son cœur battant maintenant à tout rompre dans sa poitrine, essayant de s'échapper. Elle voulait courir, mais elle était clouée sur place, ses pieds immobilisés par une force invisible. Son cœur lui remonta dans la gorge et elle retint son souffle, le gardant là.

Elle saisit une bouteille vide de Peroni et la brandit par le goulot comme une batte de baseball. Il n'y avait qu'une seule entrée, et une seule sortie, et elle ne voulait pas descendre désarmée.

Dehors, le vent s'arrêta soudainement et tout ce qu'elle pouvait entendre était le son rauque de sa respiration saccadée et paniquée.

— Il y a quelqu'un là-bas ? appela-t-elle.

Silence. Bien qu'elle ne s'attendait pas vraiment à ce que quelqu'un réponde.

— Si quelqu'un est là, je veux que vous sortiez maintenant et que vous quittiez ma propriété. Si vous partez tranquillement, je ne porterai pas plainte.

Toujours pas de réponse. Elle ne savait toujours pas pourquoi elle s'attendait à ce que ça marche. Peut-être était-ce le réconfort d'entendre sa propre voix. Comme si quelqu'un de son côté était dans la pièce avec elle, la tenant, la soutenant alors que ses genoux devenaient faibles de peur abjecte.

— Ce n'est pas drôle ! cria-t-elle à nouveau. Je vous donne jusqu'à trois avant que je descende là-bas et... et que je vous *blesse* !

Avec ma bouteille de bière vide.

— Un...

Rien.

— Deux...

Allait-elle vraiment faire ça ? S'aventurer dans l'inconnu ?

— Trois.

Sur la première marche, ses jambes ont cédé et elle a trébuché. À la troisième et la quatrième, elle avait retrouvé son sang-froid et s'accrochait au mur pour se soutenir. À la septième et huitième, l'adrénaline et la fureur déferlaient dans ses veines alors que la cave devenait plus visible.

L'espace était plongé dans l'obscurité totale, à l'exception de la lumière ambiante derrière elle qui se diffusait sur le sol. Elle chercha l'interrupteur et alluma la lumière. Une lueur jaune, plus intense et plus vive, inonda les lieux, illuminant ses tourmenteurs.

Sauf qu'il n'y en avait aucun.

Là, sur le sol, du côté gauche de la pièce, se trouvait le verre à bière brisé qui avait causé la perturbation, des centaines de morceaux éparpillés sur la surface. Le coupable : encore une fenêtre qui avait besoin d'être remplacée. Un courant d'air s'était engouffré par l'ouverture et avait fait tomber le verre au sol.

Va te faire foutre, Damien.

Oh là là, elle allait lui passer un sacré savon demain. Il ne saurait pas ce qui lui tomberait dessus. Il serait tellement désolé qu'il regretterait de ne pas avoir réparé les fenêtres *avant* qu'elles ne deviennent un problème.

Soupirant, Charlene remonta chercher une pelle et une balayette. Elle les gardait sous le comptoir pour les casses agaçantes et fréquentes qui se produisaient. Le temps qu'elle atteigne la dernière marche, son pouls et son rythme cardiaque avaient chuté drastiquement, revenant presque à la normale. Elle se versa une bonne dose de whisky pour achever le processus, et l'avala d'un trait.

Au moment où elle écartait le verre de ses lèvres, le vent revint, ainsi que le bruit de cognement qui l'accompagnait, frappant contre le mur. *Bang, bang, bang.* Jurant entre ses dents, Charlene se précipita vers le volet et le referma d'un coup sec.

Au même moment, une fenêtre de l'autre côté du pub s'ouvrit violemment, faisant pleuvoir du verre sur les tapis. Charlene poussa un cri et laissa tomber son verre de whisky. Il explosa en morceaux à l'impact. Mais elle s'en fichait. Tout ce qui l'importait, c'était la brique qui venait de traverser la fenêtre.

Elle se pencha pour la ramasser. La reconnut instantanément : gravées sur l'un des coins, les lettres DW Bricks.

Les briques de Damien Westwood.

Et puis elle l'a vu. L'inscription sur l'autre côté, gravée sur le flanc de la brique.

On pouvait y lire : *BOUH !*

Halloween n'était pas avant quelques mois, et pourtant elle venait de recevoir la frayeur de sa vie.

CHAPITRE
DEUX

La musique remplissait la voiture. La musique de Kasia, certes. Sauf que ce n'était pas elle qui l'avait choisie ; Tomek avait pris cette décision pour elle. Il avait supposé qu'elle voudrait écouter son artiste préféré pendant le trajet, que cela lui ferait peut-être du bien. Que cela lui remonterait peut-être le moral. Bien que cela n'ait que peu d'effet. Et ce depuis bien longtemps. Tomek avait essayé d'engager la conversation, de communiquer avec sa fille, mais cela avait été difficile. Quelques mots de trois ou quatre syllabes suivis à l'occasion d'une phrase plus longue, c'était tout ce qu'il avait obtenu. Certains jours étaient bons, d'autres mauvais. Son humeur montait et descendait comme la marée. C'était prévisible de la part d'une adolescente, bien sûr. Mais encore plus après ce qu'elle avait traversé au début des vacances d'été. Sur une échelle de un à dix – un étant misérable et déprimée, ne voulant rien d'autre que rester dans sa chambre, et dix étant aussi heureuse qu'un enfant gourmand devant un cupcake – Tomek la plaçait fermement à quatre.

Une nette marge de progression.

— Je t'ai déjà dit que j'ai emmené ta mère ici une fois ? demanda-t-il. Ce n'était probablement pas le meilleur moment pour parler de sa mère, mais quand était-ce le bon moment ?

— Oui. Trois fois.

— Je ne l'ai jamais emmenée trois fois. Juste une seule.

Elle fronça les sourcils et roula des yeux, se tournant lentement vers lui avec un visage qui explosait de dérision. — Non, je voulais dire que tu me l'as *raconté* trois fois.

— Ah. D'accord.

Il raclait le fond du baril des conversations depuis si longtemps qu'il avait commencé à y remettre de la sciure.

— Et est-ce que je t'ai dit qu'elle s'était vraiment amusée ?

— Tu as dit qu'elle a poussé des cris sur la plage parce qu'elle n'aimait pas le sable, qu'elle a hurlé sur le bateau, et qu'ensuite elle s'est plainte à chaque seconde de la nuit parce que les lits étaient tellement inconfortables.

Tomek laissa échapper un petit rire. — J'en ai des souvenirs bien plus agréables. Le sable est comme sur n'importe quelle plage du monde, il faut juste le laisser s'écouler entre tes orteils. Un bateau reste un bateau ; on ne peut pas éviter le tangage, peu importe combien on essaie. Et, bon, pour ce qui est de dormir... il n'y en a pas eu beaucoup, mais—

— Beurk ! s'exclama Kasia en plaquant ses mains sur ses oreilles et secouant la tête avec dégoût.

— Je ne voulais pas dire ça comme ça, dit-il, tentant de se rattraper. Tu seras ravie d'apprendre que tu n'as pas été conçue là-bas, si c'est ce que tu penses.

Le secouement de tête s'arrêta et Kasia baissa les mains et se tourna lentement pour lui faire face, son expression passant du dégoût à l'angoisse.

— Je ne pensais *pas* à *ça*. Mais maintenant si ! Son corps frissonna à l'idée de Tomek et sa mère ayant des rapports sexuels, une pensée qu'aucun enfant, quel que soit son âge, ne devrait jamais avoir à imaginer.

Avant que Tomek ne puisse s'excuser pour les images troublantes qui voltigeaient sans doute dans sa tête, la circulation se fluidifia. Il quitta la voie principale pour une série d'étroites routes sinueuses pleines de virages serrés et de haies qui avaient désespérément besoin d'être taillées. Tomek connaissait les routes de campagne comme sa poche. Des années à conduire pour aller et revenir des maisons un peu partout dans l'Essex lui avaient donné l'impression d'être un chauffeur de taxi s'entraînant pour le fameux examen de « The Knowledge ».

Ce matin-là, le soleil brillait magnifiquement, et déjà il pouvait sentir son avant-bras commencer à brûler alors qu'il pendait par la fenêtre. C'était le week-end férié d'août, une période qui marquait la fin des vacances scolaires et la fin de l'été. Bientôt, les nuits commenceraient à tomber plus tôt et les sourires débordants et les visages joyeux reculeraient avec la lumière du jour. Les shorts, T-shirts et tongs feraient bientôt place aux chaussures imperméables et aux longs manteaux d'hiver, accompagnés à l'occasion de bonnets et de gants en laine. Le bonheur collectif d'un pays si obsédé par les conversations sur la météo chuterait aussi brutalement que la température.

Sauf ce week-end-là.

Ce week-end était occupé par la régate annuelle de l'île de Mersea, un week-end d'activités nautiques et aquatiques, couronné par des soirées de socialisation et de consommation d'alcool.

C'était la dixième pour Tomek, la première pour Kasia.

Et on voyait clairement lequel des deux était le plus enthousiaste.

Après presque une heure de route, ils arrivèrent enfin au Strood, une longue et étroite bande de route qui reliait l'île de Mersea au continent britannique. Elle se trouvait sous le niveau de la mer et était inondée deux fois par jour lorsque la marée montait sur la côte. Pendant plusieurs heures chaque jour, l'île de Mersea était coupée du reste de la civilisation et n'était accessible que par bateau ou embarcation. Certains, avec plus d'argent que de bon sens, avaient tenté de traverser le Strood et avaient échoué, obligeant les résidents et autres visiteurs à secourir à pied les passagers abandonnés. Ils finissaient par arriver de l'autre côté sains et saufs ; les véhicules, cependant, n'avaient pas toujours autant de chance.

Au moment où Tomek et Kasia arrivèrent, la marée montait, et la route était déjà submergée par quelques centimètres d'eau.

Au loin, ils pouvaient voir le paysage plat et sans prétention de l'île de Mersea, tapi à quelques mètres au-dessus du niveau de la mer. Au-dessus d'eux, des volées de mouettes se dispersaient dans le ciel, et sur la droite,

CHAPITRE
UN

Des connards. Des connards partout. Des connards qui étaient *supposément* ses amis. Des connards qui, pensait-elle, avaient un minimum de respect pour elle et son établissement. Des connards qui, d'après ce qu'ils laissaient entendre, l'appréciaient pour tout son travail et ses efforts. Mais si le désordre devant elle était une indication de leur respect, leur loyauté, leur *amitié*, elle savait qu'elle ne pouvait leur faire confiance que dans la mesure où elle pouvait les pousser – directement dans les profondeurs de l'eau trouble à seulement quelques dizaines de mètres.

Des paquets de chips vides jonchaient les tables et les chaises, et encore plus de miettes étaient éparpillées sur le sol. On aurait dit qu'ils avaient été ouverts et délibérément vidés. Soit cela, soit ses amis s'étaient lancés dans une espèce de bataille d'oreillers les uns contre les autres, balançant des chips en l'air sans se soucier du pauvre diable qui devrait tout nettoyer après. C'étaient les seules explications qu'elle avait pour une telle sauvagerie impolie.

— Ce n'est pas grave, avaient-ils probablement dit. Charlene va nettoyer. Elle n'a rien de mieux à faire que de trimer toute la journée pour nous nourrir et nous servir des bières, tout en consacrant le peu de temps libre qu'elle a à planifier ses événements communautaires. C'est ce pour quoi elle vit. C'est tout ce qu'elle fait.

une série de mâts de bateaux dépassaient de l'horizon comme de mini gratte-ciel.

— Qu'est-ce qui arrive à la route ? demanda Kasia, jetant rapidement un coup d'œil au panneau de signalisation à côté d'elle. Qu'est-ce que ça veut dire, *inondation* ?

— Quand la marée monte, la route est inondée, donc personne ne peut entrer ou sortir de l'île.

— Oh mon Dieu ! Et elle est en train d'être inondée maintenant ?

— On dirait bien.

— Mais qu'est-ce que tu fais ? On devrait faire demi-tour. On devrait revenir plus tard. Et si on se noie ?

Tomek appuya doucement sur l'accélérateur et ils commencèrent à traverser le Strood. Kasia se mit à haleter fortement.

— Tout ira bien, dit-il, posant une main rassurante sur son avant-bras. Ça arrive tous les jours, et jusqu'à présent personne n'en est mort.

Son explication n'avait guère apaisé ses craintes. Il était tout naturel que sa paranoïa et ses sens soient en éveil. Après tout ce qu'elle avait traversé, il aurait été plus inquiet si les événements de cette nuit-là n'avaient eu aucun impact sur elle. Il espérait que les six dernières semaines passées ensemble, à explorer le pays, à voyager vers certains des endroits qu'elle avait voulu visiter, à s'éloigner d'Essex et des rappels de Zeus et des Harpies, lui avaient fait un bien fou. Mais il n'en était pas si sûr. Impossible de savoir quelle part de l'impact était superficielle, et quelle part avait pénétré sous la surface. Il doutait que l'un d'eux ne le sache avec certitude avant qu'elle ne retourne à l'école, dans sa salle de classe. De retour à la *vie* quotidienne, où la bulle que Tomek avait placée autour d'elle éclaterait bientôt, la rendant soudainement vulnérable aux moqueries et au harcèlement. Certes, l'école avait préparé les enseignants et remis aux parents une lettre soigneusement rédigée détaillant l'incident (sans offrir de détails spécifiques ni trop en révéler), mais les enfants pouvaient être de véritables salopards, même sans le vouloir, et pire encore quand c'était intentionnel.

Le cocon de surprotection s'ouvrirait bientôt, et il espérait qu'un papillon magnifique, plus fort et plus confiant, émergerait de l'intérieur.

Seul le temps le dirait.

Peu après, ils traversèrent le Strood et accédèrent à l'île. De là, c'était un court trajet jusqu'à West Mersea, le cœur vibrant et animé de l'île. Ils séjournaient au camping Rosebank pour le long week-end. Le parc n'était qu'à quelques pas des marais et uniquement accessible à pied. Tomek se gara dans le parking à proximité et inspira profondément, remplissant ses poumons d'air.

— Qu'est-ce que tu fais ? demanda Kasia.

— C'est l'un des airs les plus purs que tu respireras jamais.

Elle leva les yeux au ciel. Avant que Tomek ne puisse dire quoi que ce soit, il fut assailli par un bâillement et étira ses bras vers le ciel.

— On n'a conduit qu'une heure, commenta Kasia.

— À mon âge, une heure en paraît dix.

— À qui le dites-vous !

La voix venait de derrière Tomek. D'un homme grand dans la fin de la cinquantaine avec de larges épaules, un gros ventre, de grandes mains et une grosse tête de cheveux assortie. Il avait l'air d'avoir été haltérophile à un moment de sa vie. Ou alors, il avait reçu un ensemble de caractéristiques particulières du patrimoine génétique. Fixée sur son visage, une paire de lunettes qui faisaient paraître ses yeux globuleux, et il portait un pantalon en velours côtelé et un blazer avec des pièces aux coudes qui semblait ne pas avoir été lavé depuis les années soixante-dix.

Kasia se crispa immédiatement.

— Inutile d'avoir l'air si alarmée, dit l'homme, puis il s'approcha d'eux. Je m'appelle Montgomery Fletcher. Je suis propriétaire de cet endroit. Vous êtes des clients ?

Tomek tendit la main. Elle disparut presque dans celle de Montgomery.

— Nous sommes là pour le week-end.

— La régate ? Bienvenue ! C'est formidable de vous avoir. C'est fantastique de voir tant de personnes venues d'ailleurs assister à l'événement. C'est ça l'esprit de la régate. Un vrai spectacle. Vous voulez vous enregistrer maintenant ou explorer d'abord un peu l'île ?

— S'enregistrer, si nous ne sommes pas trop en avance ?

Montgomery balaya la remarque d'un geste. — Ce n'est pas un

problème. J'ai juste mis fin d'après-midi sur le site web en cas d'urgence. Les femmes de ménage ont généralement terminé vers onze heures.

Après avoir déchargé la voiture, Tomek et Kasia suivirent Montgomery jusqu'à leur mobil-home. Une petite valise chacun. Rien de trop extravagant. Juste assez pour quelques jours de tourisme léger et d'exploration à travers la petite île.

Leur maison pour les nuits à venir était située à une rangée du bord du site, à seulement quelques mètres d'un petit sentier qui longeait le bord de l'eau. Deux lits. Douche et toilettes. Cuisine. Salon. Tout en un. Tout ce dont ils avaient besoin. Un endroit où Kasia pourrait se détendre et récupérer mentalement si tout devenait un peu trop pour elle. Un endroit où Tomek pourrait dormir et chier, les deux choses dont il avait le plus besoin lors d'un séjour. Ça n'avait pas besoin d'être extravagant, ça n'avait pas besoin d'être cher, ça n'avait même pas besoin d'être propre. Tant qu'il y avait ces deux éléments essentiels, il était satisfait. Après tout, il n'était pas étranger aux lits inconfortables ; dans le passé, il avait passé plusieurs semaines sur un canapé-lit chez un ami, et rien ne dit moins relaxation que l'armature métallique d'un canapé-lit IKEA s'enfonçant dans votre dos.

La température à l'intérieur du mobil-home était fraîche. Au-dessus, un climatiseur soufflait de l'air froid à travers les bouches d'aération. Tomek vérifia le temps dehors ; un léger décalage, mais si les prévisions étaient fiables, cela se révélerait utile au cours du week-end. Dehors, une volée de mouettes passa devant la fenêtre en criaillant.

— Qu'en pensez-vous ? demanda Montgomery, tirant Tomek de ses pensées.

— C'est parfait. Plus que suffisant pour nos besoins, tu ne trouves pas, Kasia ?

L'adolescente haussa les épaules.

— C'est son préféré, répondit Tomek à sa place.

— Excellent. Tout ce dont vous avez besoin devrait être ici, mais s'il vous manque quoi que ce soit, je suis juste au coin sur le site, et serai plus qu'heureux de vous aider. Vingt-quatre heures sur vingt-quatre, sept jours sur sept.

— Quand trouvez-vous le temps de dormir ? demanda Tomek.

L'homme rit, son gros ventre rebondissant de haut en bas. — Bonne question. Je ne me souviens pas de la dernière fois où j'ai eu une nuit complète de sommeil, pour être honnête, mais c'est le prix à payer quand on gère sa propre entreprise. Voulez-vous une visite du site, ou peut-être de l'île ? demanda Montgomery, faisant de son mieux pour relancer la conversation.

Tomek secoua la tête. — Ça ira. Je suis venu ici de nombreuses fois. Je n'imagine pas que ça ait beaucoup changé depuis ma dernière visite.

ÉGALEMENT PAR JACK PROBYN

La série d'enquêtes criminelles du DS Tomek Bowen :

LIVRE 1 : LA JUSTICE DE LA MORT

Southend-on-Sea, Essex : Le Détective Sergent Tomek Bowen – déterminé, tenace et hanté par la mort de son frère – est appelé sur l'une des scènes de crime les plus choquantes qu'il ait jamais vues. Un homme a été rituellement assassiné et abandonné dans un jardin ouvrier près de l'aéroport local. Les premières investigations indiquent que cet homme avait un passé. Un passé qui lui a valu de nombreux ennemis.

Télécharger La Justice de la Mort

LIVRE 2 : L'ÉTREINTE DE LA MORT

Annabelle Lake pensait reconnaître la Ford Fiesta qui attendait devant son école, ainsi que son conducteur. Elle se trompait. Son corps est retrouvé quelque temps plus tard, suspendu à une balançoire dans une aire de jeux locale sur l'île de Canvey.

Télécharger L'Étreinte de la Mort

LIVRE 3 : LE TOUCHER DE LA MORT

Lorsque le brouillard se dissipe un matin de décembre dans l'Essex, le corps d'une adolescente est découvert gisant face contre terre dans un champ. L'affaire atterrit rapidement sur le bureau du DS Tomek Bowen qui, tout en essayant de jongler avec sa nouvelle vie de parent célibataire d'une fille de treize ans, doit déterrer l'enchaînement mortel des événements et faire éclater la vérité au grand jour.

Télécharger Le Toucher de la Mort

LIVRE 4 : LE BAISER DE LA MORT

Le passé n'oublie jamais... La mort d'un sans-abri passe presque inaperçue à Southend-on-Sea — jusqu'à ce que l'autopsie l'identifie comme Herbert Tucker, un député controversé avec un historique de création d'ennemis. Retrouvé entre les cabines de plage de Thorpe Bay, sa mort soigneusement mise en scène soulève plus de questions que de réponses.

LIVRE 5 : LE GOÛT DE LA MORT

Par un matin venteux et glacial, Morgana Usyk, propriétaire de l'un des repaires préférés du DS Tomek Bowen, le Café Morgana, visite Mulberry Harbour à un peu plus d'un kilomètre en mer. Peu de temps après, son corps est retrouvé dans les bas-fonds, flottant à côté du port. Les premiers rapports et les témoins oculaires affirment avoir vu le tueur s'enfuir des lieux. Mais lorsque la tempête Alisha arrive, emportant toutes les preuves, Bowen et son équipe se retrouvent bloqués.

LIVRE 6 : L'ANGE DE LA MORT

Lorsque l'hôtesse de l'air Angelica Whitaker est portée disparue après une soirée dans l'une des boîtes de nuit les plus populaires de Southend, l'affaire est confiée au DS Tomek Bowen pour la première fois de sa carrière. Dès le début de l'enquête, les soupçons se portent sur l'homme avec qui elle a dansé au club, mais lorsque son corps est retrouvé plus tard dans une église, posé comme un ange, ces mêmes soupçons commencent à s'orienter vers un tueur calculateur, composé et sadique.

LIVRE 7 : LE SAUVEUR DE LA MORT

Au cœur d'une tempête, un animateur radio local est sauvagement assassiné dans son manoir de l'Essex. Lorsque les nuages et la pluie se dissipent le lendemain matin, le DS Tomek Bowen et son équipe découvrent une scène de crime qui rappelle quelque chose tout droit sorti des livres d'histoire. Les preuves suggèrent qu'il s'agit d'un meurtre aléatoire. Mais tandis que Tomek démêle les différentes couches de la vie de la victime, il réalise que l'animateur cache bien plus que ce qu'il laisse paraître.

LIVRE 8 : LE SOUFFLE DE LA MORT

L'île de Mersea. Plus de 1 000 hectares de terres agricoles, de marais et plusieurs parcs de caravanes. Habituellement, elle abrite 7 000 personnes. Mais pour le week-end férié du mois d'août, elle accueille deux résidents supplémentaires : le

DS Tomek Bowen et sa fille, Kasia, cherchant à profiter au maximum de la fin des vacances scolaires, de la fin de l'été, et de la fin du congé prolongé de Tomek.

Télécharger Le Souffle de la Mort

LAISSER UN AVIS

Et voilà. Fin.

Eh bien, je dis " nous "... je veux dire vous. Merci.

Merci d'être arrivé jusqu'ici et de m'avoir accompagné pendant que j'imaginais ces histoires folles et étranges, puis que je les traduisais sur papier (ou plutôt, en fichiers numériques).

Amazon regorge de millions de livres (littéralement, et je n'utilise pas ce terme à la légère), et il est donc souvent difficile de trouver sa prochaine lecture. On veut juste savoir quel livre se plonger. Mais parfois, on n'a pas le temps de tous les éplucher, alors que faire ?

Consultez les critiques, bien sûr.

On les utilise dans tous les aspects de notre vie.

Au restaurant. Au cinéma. Sur notre prochain téléviseur. Sur nos écouteurs. Presque tout est régi par les pensées des autres.

C'est fou, non ?

Mais que se passe-t-il quand on tombe sur un livre sans critique ? On risque de le fuir. Difficile de se fier à un livre.

Votre temps est précieux. Votre temps est précieux. Vous ne voulez pas perdre votre temps avec des histoires décevantes. Personne ne le souhaite. Et je ne vous le souhaite pas. Parfois, j'ai peur que la même chose arrive à cette histoire.

Mais il existe une solution.

Une critique est très utile. Et elle me donne la confiance nécessaire pour continuer à alimenter les pensées les plus folles qui me trottent dans la tête. Si vous avez un moment de libre, j'apprécierais vraiment que vous laissiez un commentaire. Il n'est pas nécessaire qu'il soit long ; juste quelques mots sur ce que vous avez pensé du livre.

Merci.

Votre aimable auteur,

Jack Probyn

REJOIGNEZ LE CLUB VIP

Votre livre GRATUIT vous attend

Offert dès votre adhésion au club

Recevez dès maintenant votre exemplaire GRATUIT du roman préquelle de la série DS Tomek Bowen sur jackprobynbooks.com en rejoignant mon club VIP par e-mail.